陈承德 著

洞脑

命运戒恶定律

北京大学出版社
PEKING UNIVERSITY PRESS

图书在版编目(CIP)数据

阅脑：命运戒恶定律/陈承德著. —北京：北京大学出版社,2022.10
ISBN 978-7-301-33067-8

Ⅰ.①阅⋯ Ⅱ.①陈⋯ Ⅲ.①幻想小说—中国—当代 Ⅳ.①I247.5

中国版本图书馆CIP数据核字(2022)第096158号

书　　　名	阅脑：命运戒恶定律 YUENAO：MINGYUN JIEE DINGLÜ
著作责任者	陈承德　著
策划组稿	王炜烨
责任编辑	王炜烨　王立刚
标准书号	ISBN 978-7-301-33067-8
出版发行	北京大学出版社
地　　　址	北京市海淀区成府路205号　100871
网　　　址	http://www.pup.cn　　新浪微博：@北京大学出版社
电子信箱	zpup@pup.cn
电　　　话	邮购部 010-62752015　发行部 010-62750672 编辑部 010-62750673
印　刷　者	三河市北燕印装有限公司
经　销　者	新华书店
	965毫米×1300毫米　16开本　24.75印张　316千字 2022年10月第1版　2022年10月第1次印刷
定　　　价	88.00元

未经许可，不得以任何方式复制或抄袭本书之部分或全部内容。
版权所有，侵权必究
举报电话：010-62752024　电子信箱：fd@pup.pku.edu.cn
图书如有印装质量问题，请与出版部联系，电话：010-62756370

思维若可见,人性将何往?

康德说:"人性这根曲木绝造不出笔直的东西。"

但如果有了阅脑器……

目 录

001		序
003	第一章	善不敌恶时
031	第二章	看见爱才嫁
065	第三章	失去内部
087	第四章	戒谎原理
103	第五章	伴"虎"如伴"君"
129	第六章	阴谋不等式
147	第七章	安全套哲学
171	第八章	无赖经济学
189	第九章	原谅人民
205	第十章	道德成本能
219	第十一章	解放"自由"
233	第十二章	政治欧姆定律
251	第十三章	哥伦布竖蛋
277	第十四章	精神厕所
297	第十五章	真理哄民主
317	第十六章	煮豆燃豆萁

339	第十七章	人格均匀论
357	第十八章	比真理还真
375	后记	命运二定律
383	致谢	

序

2050年版《百科全书》关于"阅脑革命"的条目写道：

公元2030年英国人诺埃·牛曼发明阅脑器，人类得以不求助上帝而根除恶，史称"阅脑革命"。关于损人利己的"恶"，道德哲学有各种理论解释其根源所在：一说源自人的动物本性，一说源自人的道德无知，一说源自人的不听从上帝，一说源自人有自由意志，等等。但几千年的宗教、教育、法治都没有根除恶。牛曼在遭受一系列欺骗所致的劫难后发现：思维不可见是本能允许产生恶念的必要条件。人的本能是趋利避害；一旦思维可见，任何损人的恶念都会害己，故本能地不会产生。于是他发明阅脑器使思维可见，消除恶的可能性而使人成为不可能坏的好人。阅脑器的引入具有使人类共存合理化的四大效应：

第一，使道德成为本能；
第二，让人际关系真诚；
第三，将世界效率最大化；
第四，把自由解放出来。

阅脑革命首先在英国成功，继而为世界所效仿。人类文明从此进入超越善恶的后道德时代，不再靠其他维系而只诉诸人性动力。

第一章

善不敌恶时

要不是 321 号犯人在午夜前从梦中惊醒,这一天就不会在历史上有特殊意义。谁会相信这个头发蓬乱、胡子拉碴的中年人竟是诺埃·牛曼教授——牛津大学有望获得诺贝尔奖的天体物理学家?他习惯性地用右手拍两下脑门,确认自己是醒着而非做梦。随即伸手到枕下的杂物中摸索。摸到笔和一张纸,不管上面已写的是什么就唰唰两笔划掉,屏住呼吸,急速在下方空白处写下一个等式:

思维成为可见＝道德成为本能

端详片刻后扔下笔,牛曼如释重负地吐了口气,仿佛是当年爱因斯坦第一次写下了 $E=mc^2$。他抬头环顾四周那种种远离自由的标志:粗糙的白壁、结实的铁栏、从走廊的长明灯借来的勉强的灯光,当然还有邻床狱友——那个粗壮的强奸犯正鼾声如雷,鼻孔肆无忌惮地喷射……入狱以来他多次这样环视过这个突然属于自己的环境,不但这次的感受完全不同,不再是痛楚的怨愤,而变成一种可以由此出发的希望。他甚至想起他所喜爱的中国哲人孟子的豪言:

天将降大任于斯人也,必先苦其心志,劳其筋骨,饿其体肤,空乏其身,行拂乱其所为,所以动心忍性,增益其所不能。

"增益其所不能"啊!想着,一股悲情涌起,潸然泪下。
诺埃·牛曼是公认的物理天才。早年在剑桥师从诺贝尔奖得主瑞克·格登攻读博士时,那个谁都瞧不起的格登大佬竟也叫他"小爱因斯坦",并预言:"搞不好这小子获奖会比我当年还年轻十岁!"那不是赞誉——格登从不赞誉谁,而且最为自己如此年轻而获奖感到骄傲——而是科学预测。他知道牛曼不仅具有他那样的一流物理学家的天资,而且有一个让他都眼馋死的本领,居然能在梦中进行科学思考!那思考有时比醒着时还有效,以至格登会不时把某个难题交给他:"回去睡一觉!"这本领有几分天生也有几分人为。十二岁那年,小牛曼深为凯库勒梦到苯分子结构的故事所激励。弗雷德里克·凯库勒是19世纪的德国化学家,他曾苦苦思索苯分子(C_6H_6)的六对碳氢原子是如何连接起来的。所设想的种种形式都被实验否定了,但他锲而不舍地钻研,并久思成梦。一天晚上他梦见一条长长的碳链像一条蛇般在空中游动,突然蛇尾大幅度地一甩搭到了蛇头上:环状!著名的苯环结构便由此而来,这是奠定有机化学基础的最重要发现。敬佩之余,少年牛曼如法炮制,故意训练自己在入睡前冥思各种数学难题,并在半睡半醒的状态坚持用力思考。渐渐地,这些问题也出现在他的梦中,他开始在梦中逻辑推理起来。不知是因为数学逻辑强大得能把睡眠的大脑也条理化,还是因为这大脑就是按照这种逻辑特制的,反正他的梦中思考越来越严密,复杂程度也越来越高,竟至能解出醒时都难以解出的题目。

$$\begin{array}{c} H \\ | \\ C \\ HC \diagup \diagdown CH \\ \| \quad \| \\ HC \diagdown \diagup CH \\ C \\ | \\ H \end{array}$$

一个最好使的脑袋又加倍工作,效率可想而知。他跟随格登从事宇宙线研究不久就成就斐然,以至格登从开始的欣喜无比转而感到一种威胁。当牛曼解决了格登多年未能解决的几个难题后,诺贝尔奖得主决定采取行动保护自己在该领域的权威地位。碰巧牛津大学有了个天体物理教授的空缺,他便竭力推荐自己的年轻助手。牛津既没有研究宇宙线的传统也没有所需的设备条件,此举如同一个渔夫送给竞争对手一块远离大海的良田。但牛曼十分感激导师的推荐,却全然不知是被放逐。不论如何,他成了牛津最年轻的教授。此后他取得了许多成果,只是都在格登的领域之外。

近年来牛曼主持了一项关于引力波的重要研究。这一课题可望实现从射电天文学向引力天文学的变革,如爱因斯坦所梦想的那样。一旦突破,必获诺贝尔奖无疑,所以大洋两岸竞争激烈。哈佛的团队依靠雄厚的资源全力以赴,但牛曼得以保持领先地位,因为他独辟蹊径地创造了一种非传统的研究方法。这方法业已成为制胜的关键,也是金钱所不能买到的。然而,正当他感到驰骋宇宙、胜利在望之际,突然祸从天降……

生活伴随许多不起眼的小事,你不知道其中哪些会有重大后果。从宗教的角度看,很多祈祷没有得到回应是因为它们都只冲着大事而发了。

牛曼的三口之家住在牛津北郊,一幢维多利亚风格的别墅,享有田园风光。牛太太琳达儒雅美貌,像她爱画的中世纪风格赞美画中的丽人一样有气质。作为牧师和画家的女儿,她自学生时代对宗教艺术产生了兴趣后就一发而不可收。孜孜不倦而精益求精,她对基督教名画的临摹逐步达到乱真的程度。但这并未妨碍她把小家治理得井井有条。除了对丈夫的超时工作有几句合情合理的抱怨之外,她对各司其职的家庭生活也总体觉得满意。儿子阿仑才两岁多,却已学会了爸爸的口头禅;时不时说一句"原来如此",若有所思还很合乎情境、语境。牛曼叫他"小保守党",因为他早上不愿到托儿所而晚上又不愿离开那里,颇有反对变化的倾向。但他是如此人见人爱,夫妇俩夸口说他们不用请保姆照看他,因为常有邻居把他借去照看。

牛曼的助手休博特·虎克博士跟随他多年,两家亦是近邻和朋友。

虎克作为物理学家的才气一般,但很善于待人处世。他那持续不断的微笑给人以谦和近人的印象。凡随牛曼出行而做自我介绍时,他必说自己师从牛曼是三生有幸。牛曼有时觉得没有必要如此恭维,但总体上还是感受到一种惬意的忠诚。

但虎克选女人并不客气。虎太太古蕾丝妖艳性感且能说会道,那高耸的胸脯令她像核大国一样自豪。更具杀伤力的是那双媚眼,它们仿佛会说话。她深谙眼球迁移术,从这一角到那一角间忽地一转,不仅使眼白最大化而光亮动人,而且色泽妩媚,介于碧波荡漾和月色朦胧之间。由于受惯男人爱慕而心气甚高,外表的高傲仍不能抵御内心欲望的增长。原本以为嫁了个相貌堂堂的牛津科学家已经不错,但直到认识了牛曼才知天外有天,自己的丈夫各方面都远不如人。而把自己与牛太太相比,虽说五官各有千秋,曲线还胜出一筹,是多数男人更"吃"的那种。如此一负一正,自己没有遇到牛曼这样的人完全是老天无眼。这些使她耿耿于怀,不能不节外生枝。在周末聚会时,她曾几次寻机侦察过牛曼,以那种深信自己魅力的女人所特有的有恃无恐来挑逗。她那火辣辣的眼神、摇摇欲出的胸部确实使男人很难不咽口水。牛曼也不无刺激感,但还不乏应对这种游戏的理智,何况虎克是自己的忠实助手。他微笑着示意道:"结了婚的人就是结了婚的人。"

这废话般的真理最言简意赅。虎太太碰过几次钉子之后只好作罢。不过她与牛太太的交往容易得不在话下,很快已如知心朋友似的,只是牛太太不知道这朋友的心思。牛曼倒是有所觉察,但并不介意。一个女人喜欢你而又自知不可能,就想通过与你太太交朋友而增加些往来,不也属人之常情?何况她也不是没有诱人之处。

虎克夫妇是天主教徒,而牛曼夫妇不信教,有时闲谈中会涉及科学与宗教的关系的话题。虎克认为二者都是需要的且可以并存,牛曼认为这种态度有些机会主义。有一次他问虎克:"如果让上帝对两种人做选择:一种是公然不信他的无神论者，一种是将信将疑的机会主义者，他会对哪种人好些？"

虎克说："这很难说，要看他是怎样的性格。他可能威严无比也可能审时度势。"

牛曼问："那你看他大概是怎样的性格呢？"

虎克说："这也很难说。你一定要问，我宁可相信他智慧多于威力。他也许允许某些妥协，因为他理解人的弱小。当然这也不是由我说的。"

"原来如此！"牛曼笑道，"看来科学家信神也可以持科学态度。"

牛曼挺欣赏虎克的审慎回答，这使他联想到爱因斯坦与玻尔关于量子力学的著名争论。爱因斯坦批评量子力学的统计规律不完备时说"上帝不掷骰子"。玻尔就说："你既然用上帝来解释事情就不要教他如何做。"虎克大概学了玻尔的"不教上帝"的态度，但把它很好地变成了自己的说法，其不甚肯定的口吻反而更显稳重。

宗教问题在两位太太之间发展出了完全不同的内容。虎太太上教堂主要是随夫而为的社交时髦，但她引人注目的形象和传神的目光颇有影响力，把圣街教堂的神父大卫·戴维斯搞得心神不宁。戴维斯四十开外，也曾就读剑桥，先学艺术史后攻神学，对中世纪的基督教艺术颇有造诣。他讲经布道时文史兼备、风趣幽默，很受当地有教养的教民欢迎。不过他喜欢女人，也不知是生性如此还是由于独身的缘故而变本加厉（常识当然是越不透气的容器压力越大）。虎太太飘然而至后不久就和他熟悉了。戴神父的几次超乎寻常的殷勤和借题发挥的邀请使经验丰富的虎太太觉察到：这个道貌岸然的"出家人"也是众多拜倒在她石榴裙下的男人之一。虽然喜欢被异性崇拜，虎太太也不是那种随便以风流韵事给自己惹麻烦的人，而是善于把这种崇拜转化为实利的效益主义者。

一天下午做完弥撒后，戴神父建议向她介绍教堂的 17 世纪彩绘玻璃窗；这是圣街教堂的一个著名特色，许多旅游者慕名而来。虎太太对玻璃窗并无兴趣,那五颜六色的圣经故事画面对她来说都差不多。但戴神父眼中那讨好漂亮女人的神色使她想起了什么——正与牛曼拒绝她时的那种该死的故作镇静形成对照!她突然发现这神父身上有某种东西可以利用,确切地说是某两种东西的结合:对宗教艺术的渊博知识和对漂亮女人的浓厚兴趣。她好像专注地听着介绍,不经意间"啊"了一声,像受到启发似的提起她的好友牛太太来,说她也如何的对宗教艺术有兴趣和有才华,而且还异常美貌。

"比我更漂亮呢!"她诱惑地笑着补充道。

一个漂亮女人称赞另一个女人漂亮是极易引起男人的兴趣的,因为女人不到万不得已是不愿自背十字架的。果然,戴神父开始问这问那。对这些关于牛太太的问题,虎太太有所回答也有所保留,但没有忘记提到:牛太太虽不上教堂,但她是牧师的女儿。

此后不久,当虎太太在牛太太处观赏绘画作品时,又有意无意地提及戴神父,以及他对宗教艺术的渊博知识。这引起了她的兴趣。

"你一定要见见他。"虎太太对牛太太说。

此后不久,她安排他们来她家喝下午茶。

果然不出所料,两人兴趣相合,谈得十分投机。戴神父大为牛太太的美貌风韵倾倒而滔滔不绝,用虎太太的话说是"像个坏了的自来水龙头"。他对牛太太关注的基督教名作典故等大加评论,从教堂建筑的风格到镶瓷壁画的韵味无所不及。对她的提问更是有问必答,犹如百科全书。牛太太受益匪浅,觉得遇到了难以寻觅的知音,情不自禁地邀请他到家里鉴赏自己的画作。

"不胜荣幸!"戴神父露出明显的兴奋。

大概过于明显,连自己都觉得有些过分,从而意识到自己一直专注牛太太可能已引起在一旁的虎太太的不悦。他正要做点儿修正的表示,不料虎太太阻止了他并理解地笑道:"真高兴看见我的两个朋友如此一见如故!"

看到牛太太对文艺复兴时期名画的临摹作品,戴神父显出大为惊讶的样子:"我对这些基督教名作景仰不已,但对现代艺术家的仿古能力早已不抱希望。想不到今天在这里幸会起死回生的佳作、领略时光倒流的神韵!"他特别赞赏了那幅皮尔罗《复活》(Piero's Resurrection)的仿作,感叹不已:"你把他的《复活》又复活了,让我怀疑自己回到了15世纪意大利的克洛吕斯城堡。现在我才真正理解为什么T. S. 艾略特称它为历史上最伟大的作品。"

一个专家的肯定比一百个外行的称赞都有分量得多,牛太太禁不住得意地看看一旁的丈夫。牛曼觉得戴神父的夸奖有些过分。临摹毕竟是临摹,要是如此称赞的话原作又该怎么办?但他也颇为太太的高兴而高兴,这毕竟是难得的事。他自己虽不信神但也并不反对宗教,说到底宗教是相信不能证明的东西,既不能证实也不能证伪。连他的牛顿老学长——剑桥三一学院三百年前的前辈——也认为力学定律是在上帝做出"第一推动"后才主管日月星辰的。加之戴维斯是剑桥校友,他们有不少共同熟悉的东西可聊:从划船俱乐部、国王军酒吧到古怪教授无所不及——对牛津、剑桥的学生来说教授当然也是"东西"。彼此聊得很愉快,还留客人用了晚餐。

此后戴神父不时来欣赏牛太太的作品,牛太太也常去教堂向戴神父请教。来来往往的已然成为好朋友。

几个月后的一天,牛太太突然告诉牛曼她要入教了!

"希望你不介意。人的艺术是关于艺术,而神的艺术是关于神。"她有准备地说,像是引用谁的话。

牛曼对这似是而非的说法似懂非懂,但又不敢像追问学生对物理问题的回答那样追问究竟,那会使说不清楚的人很不舒服。心里对太太的这个大举动自然不悦:不介意?说得倒轻巧。首先是这位神父的影响不过分吗？好像比我的还大，他想证明宗教比科学厉害还是怎么的？其次是琳达明知我不信教，她不仅教堂跑得越来越勤，现在又干脆……不说别的，无神论和信徒同床共枕会做一样的梦吗？那距离是连天体物理都无法丈量的，因为不是多少光年的问题而是不同维度的问题。再说，他目前研究项目正处在关键阶段，后方安宁十分重要。两人的关系虽不无起落，一般还算稳定，谁知这个变化会引起什么别的变化？

但思想毕竟是思想，一转念他把这些话咽了下去。首先，太太不是在请求批准而是在发出通报，那商量的口吻只是出于礼貌而已。他的原则从来是尽量不反对太太的愿望，尤其是在反对也无用的情况下更是如此。所以还不如以积极的态度应对。若往好的方面去想，她入教说不定也有些益处。近来自己夜以继日地工作，很少有时间顾及她。度假之事一拖再拖，她已经很不悦。时间是个常数，若她常去教堂倒可以减轻对自己的压力不是？另外可能还有一个好处。虽然他们之间总体上是相互信任的，但漂亮女人的丈夫所共有的防范心理他也有一点。一般来说信教将增加这方面的安全系数。他虽背不全基督教的"十戒"，但"不通奸"一条是知道的。

经这么一想，牛曼调整了自己的表情而表示不介意："希望这是件好事。谁知道呢，或许上帝还能帮我一些忙也未必可知。"他也提到希望令人满意的家庭生活不会因此而改变。即使这个小小的要求，也是用赞许的口吻提出的。

牛太太没想到丈夫答应得这么爽快，感觉像是跟人借钱时获得意外惊喜：不但借还说不必还了！她甚至为自己对他缺乏信任而有所惭愧。正当她在寻找一句感激的话时，牛曼凑上来在她的颊上碰吻一下，示意谈话结束；然后径自转身朝书房走去，进入后带上了门。

这些是牛曼的常规动作，牛太太再习惯不过，但此刻她感到自己特傻。她还不了解他吗？这个全身心地扑在他的研究上、恨不得连觉也不睡的人哪有心思管她信不信教的事？她心情一落千丈：哪里是什么借到了钱不用还，倒像是傻乎乎地乞讨来一双人家早已扔掉的破袜子！哼，居然还摆出一副理解支持的样子！她叹了口气，转身去了教堂。

太太入教确实使牛曼得以更集中地把精力用于他的研究，他暗自庆幸自己顺水推舟的决策英明。各得其所，何乐不为？至于是否同床异梦，那原本就是不得而知的事情。

牛曼的研究项目进展顺利。理论计算已经成功，相应的求证实验也都设计好了。但进入实验阶段还有经费问题需要解决。在这方面，他不得不羡慕他的美国竞争对手：哈佛的研究经费是牛津的十倍以上。所幸，从虎克与那边的朋友的联系所得到的信息来看，那边的研究仍局限于传统方法，理论计算还落后一大截，当然谈不上实验。

虎克对牛曼开玩笑地说："我们设计了实验而没有钱去做，他们有钱又没有实验可做，让他们把钱给我们来做实验岂不是最合理？"

牛曼笑道："你想得倒美，说不定他们还想让我们把实验送给他们去做呢，那还省了银行方面的事。"

牛曼欣赏虎克的善于与方方面面保持联系。他带来的哈佛的进展信息虽然没有技术价值，却告知自己在竞争中所处的位置。当然，他提醒虎克在通信时一定要注意保密。鉴于那边在理论途径上陷入死胡同，这边独有的研究方法几乎就等价于诺贝尔奖。

但就在这时，意想不到的事发生了。

那天早晨，牛曼在去研究所之前做了一阵子家庭司机。先开车把阿仑送到托儿所；然后送太太到火车站——琳达要和戴神父一起北上约克，参观在约克大教堂举行的中世纪宗教艺术展；最后才送自己上班。这种司机的活是他乐意提供的几项服务之一，因其简单明了而耗时确定。

当牛曼正要进他的办公室时，秘书递给他一封信，上面注有"亲启"字样。他稍觉蹊跷。关上门后打开来看，发现不是信而是一沓照片。他不相信自己的眼睛，重重地拍了一下脑门以断定不是在做梦。即便如此仍不敢相信,竟是琳达与戴维斯的亲热照!他感到一阵恶心,像咽下一只活苍蝇。从背景看,那是教堂的一角。虽然照片不够清晰——没有用闪光灯的缘故——但足以辨认出形象和亲昵程度……

牛曼锁上门,想让自己镇静下来。除了愤怒外,他还感到一种既成事实和未知阴谋交织的可怕。发生的事情已经一目了然、不可改变。从根本上说,他知道自己和太太的相处状态并不理想,出这样的事虽然意外但也不是完全不可以想象的,就像自己受虎太太诱惑时也并非毫不动心——那种时刻只要稍微宽待自己一点就可以滑过去……看来那艘从古老传说中驶来的小船也终于在自己这儿靠了岸,也许那根本就是性的本能,是注定要发生的……相比之下,这隐姓埋名的寄信者似乎更为可怕。照片又是谁拍的?送来的目的何在?他研究了一下信封,那打印的邮址没有笔迹可辨认。他在脑子里把和自己有关系的人过了一遍,从同事、邻居到近期有过接触的人,看看有没有可能做这种事的"敌人"。但却想不出一个。如果一定要找,那只能是他的哈佛竞争对手了,毕竟是诺贝尔奖之争啊。但又一想,那些给银河系拍照的人怎么可能跑来拍这种照片?难道是用最先进的射电望远镜从大洋彼岸的马萨诸塞州拍过来的?当然不会。要是真有那么先进,何不干脆拍到床上去算了?那么到底是谁干的呢?回想起来,他记起是虎太太介绍琳达和戴神父认识的,或许她会知道些情况。他知道虎太太对自己有意思,这意味着她对琳达有妒意;若她知情,应当愿意告诉自己。他于是给虎太太打电话,说有急事求助。

虎太太好像很惊讶,但没有细问,只建议午饭后上牛曼家去谈。

牛曼昏昏沉沉地开车回到家。

他喝了杯白兰地,心绪不宁地躺倒在沙发上,直到门铃响起。

虎太太着一款黑色无袖连衣裙,既分明地衬出白润的肩臂又整体地显示令人羡慕的身段,从胸到腰到胯无不恰到好处。为了保持如此身材她没要孩子,那是顶着丈夫的压力而付出的代价。

但这时的牛曼没有任何美学胃口。他拿出照片递给虎太太看,问她知不知道。"天哪!"她轻声叫道。一张张地看过来,然后转向正在盯着她的牛曼无奈地摇摇头,表示并不知情。

牛曼很失望,又斟了杯酒一饮而下,全不管虎太太。

虎太太坐到他身旁,拿下他手里的杯子放到一边,顺势把他的头拥到自己肩头,轻轻抚摩着。这安慰方式已相当亲昵,但鉴于此刻的特殊处境又似乎并无不当。

牛曼感觉到陌生女人的体温和香水味,微微一震。然而这种稍带刺激的安慰也似乎是此刻所需要的。

确定了这种能相互感觉的方式,虎太太耳语般地轻声道:"唉,我也不能说完全不知道。有几次见他们单独在一起,我也起过疑心——我们女人对这种事是敏感的。但我想即使是那样又怎样呢?说到底,两个人相爱到底有多少错呢?"说到此,她把牛曼的头拥得更紧,抚摩得更深情,甚至感受到自己手指的激动。

牛曼感觉到她并不是在议论别人而是在表达自己,不是在安慰而是在辩护。好像她知道他需要一个解决方案,便要给他一个直截了当的……

虎太太意识到大致掌控,进一步朝怀里拥他,使其面颊压迫自己起伏的胸部……牛曼的呼吸急促起来。他想摆脱,但弹性力学似乎在向相反的方向作用:越抗拒就越感到刺激,越受到一种肉欲的肆虐——好像有什么在越来越快地搅拌他的血液,让他兴奋,让他融化。他知道自己已达到临界状态,只要最微小的松弛就可进入无穷的快感……

终于,他搂住了她……

他们在一起待到傍晚时分,牛曼突然发现已差点过了去托儿所接阿仑的时间。虎太太仍不愿分开,但在充分表达其眷恋之意后还是及时显示了她的善解人意。

牛曼开车全速赶到托儿所,到达时那里已经走空。留守的女老师给了他一个责备的眼光,那是专为没有正当理由而迟到的家长准备的。他难为情地道了歉,好像女老师已经看出他的不正当理由。他也向阿仑道了歉。阿仑没有埋怨,他的小嘴在爸爸脸上的亲吻像往常一样具有驱散一切烦恼的功效;只是牛曼更感到这是世间最纯洁的东西,真希望它能多持续一会儿。他把儿子抱得紧紧的,仿佛要靠自己施加给他的力量来忍住自己的泪水……他有一种向儿子倾诉一切的冲动,可又明明知道那是不切实际的奢望。这个完全依赖于爸爸的小生命,怎么会理解爸爸也正同样程度地依赖于他啊!

牛曼把阿仑放在后座的安全椅上。他发现接太太的时间快到了,便赶紧发车。生活是一种惯性。虽说这一天下来他的世界已经搞得天翻地覆,可原定的事还得继续下去,大概因为不继续下去将会更难。

这时是下班时分,他从环城的双车道绕行以加快速度。越接近与琳达见面的时间,思想越激烈地提出各种问题:要不要向她发问?若要问,怎样问?她会怎样回答?他又该怎样应对?还有虎太太的事呢?是不是这就算扯平了?……一个念头压过一个念头。突然,他被前方突发的情形惊呆了:一辆黑色轿车正倒车驶入他的车道!显然是驾车人发现下错了出口而紧急返回。牛曼用尽全力猛踩刹车,并急打方向盘以避免撞车。但已来不及……刹那间,他的"沃尔沃"无可挽回地撞上那辆黑色"宝马"。不仅如此,紧随在他后面的一辆红色"福特"也不能自制,以更高的速度猛冲上来……一场三车相撞的惨祸!牛曼的"沃尔沃"居中,最惨不忍睹。

第二天从医院病床上醒来时,他被警察告知:他酒后驾车造成重大事故,阿仑已在车祸中身亡!警察未加掩饰地向这个刚从死亡边缘回来的人通报,已经意味着肇事者不值得太多同情。他们已有三方面的证据:

第一,他体内酒精含量超过限度百分之一,属于酒后驾车;

第二,他未给在后座的儿子系安全带;

第三,前后两车的驾驶员都指认他失控。

得知阿仑的死讯,牛曼几乎又昏过去。此后三天他不说话、不进食、不睁眼,只一遍又一遍地听见阿仑的声音:"原来如此""原来如此"……只看见他与爸爸玩捉迷藏的样子……一遍遍地重复着。多么后悔啊,后悔多少事情啊!……你要玩三次,爸爸竟讨价还价地只同意玩两次,说要赶回去工作。而你竟然同意了,以你两岁的理解力!你不会懂得爸爸的工作的重要性,但你懂得爸爸一定是不得已才离开你的……可那是不得已吗?是吗?是吗?……那时爸爸就感到愧疚,但总是想等这个项目完成后再来补偿你,总是假设将来会有许多时间的、会有许多时间的、会有许多……

巨大的悲哀把他与外界隔离了,像在真空中听不见任何声音,不管是医生护士的还是警察的。这对他不利,警察开始不耐烦了。他们先是把他的沉默看作是无可辩驳而默认有罪。当他终于忍着悲痛和伤痛来回答他们的问题时,他们已不相信他的陈述。一个警官对他说的"宝马车倒车"一说反复质疑:"你确定是这样的吗,教授?"

"我确定。"牛曼确认了三遍。

这与宝马车的司机休斯先生的版本完全不同。休斯先生说当事故发生时他是在"减速驶出车道"。警方倾向于这一说法,认为牛曼是在编造故事为自己酒后开车造成恶性事故开脱。对于警察来说,发现牛曼酒精过量意味着案件已解决了大半。酒后开车而闯祸是再熟悉不过的经典故事,而在高速的双车道上倒车是闻所未闻的海外奇谈。

"难怪他三天一言不发,编撰这样的故事能不要时间吗?"一个警官对另一个警官笑道。

警察对酒驾者深恶痛绝,那些人没醉的时候也是醉鬼,说的话也是带着酒气而不可信的。有了如此"导向",调查就对某些证据加倍重视而对另一些证据忽略不计。结果,警方以两项罪名起诉牛曼:酒后驾车和过失杀人。

在法庭上,公诉人 W. 帕瑞指出:"警方的调查没有发现任何证据支持被告所说的'宝马车倒车进入车道'。对'宝马'残骸的检查确认它处于第三进车挡而非倒车挡,这些都与休斯先生所说的'减速驶出车道'相吻合。"

天知道,这家伙在出事的那一刻换了挡!

牛曼的辩护律师托尼·菲利浦虽然也很能干,但从撞烂的汽车残骸里寻找证据不是警方的对手。他只好强调牛曼的品行、信誉来迂回辩护:"牛曼教授一贯品行端良、遵守法规。他对事故的描述也连贯自洽,没有任何编造的痕迹。他是酒精过量了,但只是百分之一,几乎在测量误差范围之内。而另一方面,虽然"宝马"被发现处在进车挡,但司机在事发当时变换排挡不是不可能的。"

公诉人立即反驳说:"这种说法显然没有根据。被告酒后驾驶是事实,百分之一过量也还是过量。如果每个百分之一都不作数的话,那么百分之百也就不作数了。此外,他不给两岁的儿子系安全带也是事实,怎么谈得上一贯遵守法规呢?他总不见得说他儿子是在事发当时把安全带摘掉的吧?(人们未能完全忍住窃笑,还算及时止住了。)他的故事也显然缺乏可信性。休斯先生有三十年驾龄,无违章记录,事发当日没有喝酒,精神和身体都处于正常状态。试想,一个神志清醒的老司机怎么可能在双车道上倒车呢?"

是呀,陪审团成员都认为此说成立。他们也都开车,将心比心:除非疯子,谁会在双车道上倒车?常识获胜了。陪审团的面部表情表示牛曼已没有多少希望。

虽然还有一次庭审,法庭内外的感觉是大局已定。菲利浦越来越担心。他相信牛曼说的是实话,这是他从骨子里能感觉到的。不说别的,失去儿子这一项已把这个科学家摧毁殆尽,还哪有心思来编什么故事?相反,他看出牛曼是这样一种人:若真是他造成的,他不但不会抵赖,还会希望受到比该受的惩罚都更重的惩罚来抵消内心的愧痛。但看来陪审团的观点已很难改变。若二罪并罚,将判三年监禁,这对这个刚刚痛失儿子的物理天才将是何等的雪上加霜!菲利浦感到必须尽力避免最坏的结果。

他和检察官帕瑞在法庭内外打交道有不少年头,知道此人好胜,重视官司的输赢而不在乎刑期的长短。于是决定找他私下谈谈,发掘一下帕瑞所谓"人道主义"——此人对"以示怜悯"的雅称。从法律上说,这个案子对如何起诉被告本有一定的商量余地,因为阿仑的死虽和没系安全带有关,但究竟有多少关系是难以定量的。若检察官宽容些,可以只指控酒后驾驶造成严重后果,而不另行指控过失杀人。这就有可能把刑期从三年减至一年。

"你也是做父亲的。"在帕瑞的办公室,菲利浦看着检察官的眼睛说得言简意赅。他知道帕瑞有个八岁的儿子。

帕瑞果然有感触。他的儿子患有先天唐氏综合征,却是夫妻俩的掌上明珠。自生下那天起便百般照料,那是多少个日日夜夜呀!他们似乎比那小生命更能感受他身上的一切。看到他笑一笑就犹如他们的节日,会翻来覆去地品味好几天。有这种切身的体会,他当然理解牛曼那种天崩地裂的感受。刚接到这个案子时,他的第一反应就是:谢天谢地不是我的儿子!这种庆幸感当然难登大雅之堂——比幸灾乐祸好不了多少,但又何尝不是人之常情?

"好吧,我可以人道主义一下!"帕瑞说,"但他不能嫁祸于人。如果他承认自己失控,落实了第一指控,我可以撤销第二指控。"

"成交!"菲利浦上去拥抱他,像一个天主教徒得到机会拥抱教皇。

菲利浦马上打电话给牛曼,劝他接受这个可以少判两年的安排,并教他如何改口。他知道有的知识分子会不屑这种交易,所以小心措辞,使"改口"这件事听起来既轻松又容易:"你只要说你以为'宝马'是在倒车,但在当时的光线条件下不能完全肯定就是了。"

"可我完全肯定啊。"

"我知道,可你……也肯定想多坐两年牢吗?"菲利浦对牛曼的固执劲大不以为然。

"好好想想吧,教授!"他不悦地挂了电话。他不喜欢对客户用威胁的口气,但有时又必须这样,他比他们懂得什么是他们的利益。他还抱有希望:再给点时间也许这个天体物理学家会想通的,地上的事难道比天上的事还难理解吗?

牛曼当然要好好想想。这晚独自在家徘徊到半夜,仍不能决断。接受这个妥协当然是羞辱,但不接受就好些吗?两种选择是如此尖锐地对立,仿佛在轮流指控他:若妥协,就是苟且偷生、助谎纵恶;若不妥协,就是意气用事、虐待自己。虽已过了午夜,还是忍不住拿起电话向老友卡尔求助。

卡尔·卡尔教授是个古怪的诗人哲学家。他写的哲学诗不太像哲学也不太像诗,但很富有启发性。牛曼喜欢他不拘一格的思维,所以喜欢就重大问题与他探讨。然而,尽管豁达至哲学,卡尔也感到难以对此两难抉择给出意见。他两次向牛曼核实对情势的理解:"肯定没有希望说服陪审团了吗?"

"没有了。"牛曼沮丧地确认。

卡尔沉默了。要是这是其他人向他咨询,他会婉言拒绝参与。有些事情的选择是不应征求别人意见的,因为这事太残酷。谁能告诉你在危急关头去救你的母亲还是女儿?去保留一只手还是一条腿?但牛曼是太好的朋友,无法推辞。

"我需要时间考虑,明天早上答复你。"

"可是……"牛曼还想说什么,但卡尔已径自挂了电话。

早晨牛曼收到卡尔的电子邮件。方式如常,是一首诗:

当善不能战胜恶

善必然战胜恶,
是一个没有根据的愿望;

在自然界就没有根据,
弱肉强食不是正义。
如果历史是规律,
规律不必是善;
如果历史是偶然,
偶然也不必是善。

善不敌恶是普遍现象,
文明也时有向野蛮投降——
在妥协与毁灭之间选择。
很难说什么是善,但至少——
不要在汽车向你冲过来时,
坚持你站在那里的权利。
妥协是生存的智慧,
生存是善的前提,
而善,是艺术!

  牛曼当然理解卡尔的意思。"妥协是生存的智慧",但我能否认自己的眼睛去为那个谎言做证吗?可是,毕竟是两年的自由……权当自己是瞎了、没看见行不行?可我没有瞎啊!他感到一种莫名的冲动,差不多就像要在汽车冲过来时坚持自己站在那里的权利。他问自己,自己是不是不够理性,希望发现自己确实不够理性而可以改正自己。但思考下来却发现自己非常理性:如果我去配合这谎言,我当然会鄙视自己,但权衡利弊这也许还能承受,俘虏或人质不是举手投降来保命的吗?人有时确实需要牺牲尊严来换取利益,问题是代价几何。别的不说,这个交易最糟的一点是我将无颜面对阿仑。他是已经葬在城外的墓地里了,但会永远在我心里……我这个父亲未能在他活着的时候保护他的生命,难道还要与加害他的人一起剥夺他最后的公道?难怪他爱说"原来如此",他一定是知道有什么会发生而提早说出对这个世界的理解,特别是对他的父亲的理解……

牛曼想了又想,一部分好像是代表阿仑在思考,好像那个小脑袋在他的脑袋里运转。他知道这些思考会跟随他一辈子,永远无法逃脱。所以,接受还是拒绝这个交易其实是在选择:多吃两年牢狱之苦还是承受灵魂的无期徒刑?要说理性的话,还有什么比这个计算更理性的?

当他向菲利浦摇头表示拒绝时,满怀期待的律师只好摇摇戴发套的头悲哀地承认:天才原来只限于某一方面,或根本就是以失去弹性为代价的!他把自己的失望表达得尽可能婉转:"我理解,教授。有的人是宁可输也要'对'的。"

牛曼知道他说的"对"字是打引号的,但没有再解释。他不指望一个外人懂得他灵魂深处的计算,更不用说那神圣的父子联盟——那跨越阴阳两界的精神联合体。

正如所预料的,尽管陪审团对牛曼车祸的灾难性后果不无同情,还是一致就两项指控裁断他"有罪"。

菲利浦投向他的目光是同情和责备的混合,但不忍开口。

牛曼虽沮丧但并不意外。他情不自禁地回头看看休斯先生——那个唯一与自己共享真相的人。他想从那狡黠的小眼睛里证实一下他预料会出现的东西,就像证实对某种天体物理现象的预测。果不其然,他看到一丝带有罪恶感的成就感——一种庆幸战胜了事实的自豪,尽管如此隐约和隐蔽,仿佛只有真相本身能识别它。

牛曼又转身看陪审团的人们。让他最不能忍受的是他们那种可怜他的神情,他知道应该是他来可怜他们!这世界就这么怪:要是你敢做那种蠢到让人不敢相信的特大蠢事,人们就会相信你没有做。这些陪审团成员自以为有智慧判断真相,其实连愚蠢都识别不了。他害死我的儿子,他们却让我坐牢!

判处牛曼监禁三年,赫顿法官的判决词义正词严:"你违反法律、害人害己、罪有应得。我以所有受害人的名义,特别是你的儿子阿仑·牛曼的名义,判处你……"没有人知道为什么法官要用这样的话来加深一个人的痛苦,想必不如此便不能彰显正义。

牛曼要上诉,但菲利浦劝他算了:"陪审团的意见那么一致,说明全世界的看法都差不多。"但此话出口后觉得不妥——这不是劝人放弃少找的几个零钱或赖掉的小账,而是接受三年监禁,于是补充道:"不是我不想尽力,而是不会有希望的。你比我清楚,当无法在两种可能性之间判断的时候,人们只能挑选概率大的去相信。你在一百万人里也找不到一个在双车道上倒车的,你太走运了。"

牛曼知道此话不但对而且很科学。搞科学的人被科学搞了,有什么话可说?可还是咽不下这口气,他仿佛听见老伽利略四百年前那声倔强的抗争:"可它还是在转动啊!"——那是他在教会逼迫下答应签字放弃"地动说"时,仍不甘心而发出的一声冤啼。历史上有太多的真理被压制也是因为有太多的人没有坚持,基于如此悲情,明知无望他还是提起上诉。

菲利浦的判断当然是对的,上诉法院裁定"维持原判"。

英国有一句老话:你可能一时地蒙骗所有的人,也可能永远地蒙骗一些人,但不可能永远地蒙骗所有的人。牛曼自幼从爷爷那里学得这似乎深刻的乐观主义,但现在看来那也只是一厢情愿的理想主义。上诉法院的裁决是不可更改的最终结论,这意味着人类永远摆脱不了"宝马"司机的蒙骗了。

牛曼入狱后不久,收到了琳达的离婚协议书。这似乎是情理中可预料的事:如果此前她已经不爱他,现在就有理由恨他——他使她失去了儿子。牛曼在协议书上签了字,始终没有提那些在脑子里盘旋了无数遍的问题。她当然欺骗了,也不像有悔过的样子,不然就不会把这次灾难全归罪于牛曼并趁机脱离关系。人人都同情她失去儿子，全是被那酒后开车的丈夫害的……牛曼咽下委屈，没有就她对这场灾难的"贡献"提一个字。她也确实很惨，仿佛一下子老了许多。在目前的情况下如果追问其奸情，她肯定会抵赖，因为这后果是她无法承担的。既然如此，又何必去逼这个心中有愧的女人再多说一次谎？即便为自己着想也不该去讨那无趣，从自己吻过的嘴唇说出的谎话当然加倍恶心……但他又禁不住要想象：如果追问了她，她会怎样说？她会如何解释那些照片？这种想象的追问是出于好奇，就像他探索某些天体物理之谜一样——明知答案不会有任何用处也还是想知道它们。沿此思路，他甚至担心起她在这想象的审讯中会遭受的难堪，于是想帮她找一个说得过去的理由。最说得过去的当然是诉诸信仰，比如说她献身给一个献身于主的人就等于间接地献身于主。要是琳达真以这样的方式来辩解，自己还能说什么？但谁能责怪一个教徒尽其所能侍奉上帝呢？现在她也可能在想是主惩罚她了，那就不和戴神父睡了吗？未必。戴神父可能会说主这样安排正是让他们睡得更好！孩子没了，丈夫入狱，有什么比这更理想的条件？他或许还会告诉她，和神父睡觉是 21 世纪成为修女的最佳途径。这就是比科学方便的地方，可以想怎么说就怎么说，无须证实。谁知道这家伙现在在布什么道、讲哪一戒，反正是用别人的心去祈祷，都无所谓的。问题是：欺骗人是不是欺骗上帝？一个知道上帝不相信他的人还可能相信上帝吗？

和收到离婚协议书相比，虎克夫妇来监狱看望当然是一个安慰。

起先牛曼仍为与虎太太的事心存愧疚。见到她若无其事的样子，虎克也还是谦虚恭敬，才比较放心。他暗暗感谢虎太太保守了秘密，尽管那是她分内的事。

牛曼嘱咐虎克把研究继续做下去，自己会从狱中全力支持他。

"你放心，我会尽力的。"虎克如往常一样频频点头。

牛曼入狱前已把大多数资料交代给他了。现在把保险柜密码也给了他，意味着全部机密转交无遗。

"有不清楚的就打电话来问。"他嘱咐道。

"我会的。你多保重。"虎克握手告辞。

后来虎克没有来电话，想必是没有不清楚的。

但三个月后，虎克夫妇再次来访。他告诉牛曼，由于牛津的经费不足，研究难以维持下去；哈佛再三聘他去那里工作，为了研究事业，他已接受了……

牛曼脑子里轰的一声，马上闪过一个关于所有权的问题。"为了研究事业"，说起来好听却不提属于谁的。一个全权受托的助手有权带走什么？……他知道这个问题也在虎克的脑子里打转，但他不知道该怎么说。一阵难堪的沉默。他预感到自己的研究成果大概完了，心里叫苦不迭。什么都给了这家伙，现在只能指望他的良心了，可良心也许正是这家伙没有的东西！问题十分明确却实在难以启齿，总不能直呼"请勿偷我的东西"吧？他说不出口，反而还觉得不得不说些什么来结束这尴尬局面……

"那就……祝你好运。"他机械地说，连自己都为这莫名其妙的俗套吃了一惊。

但这正是虎克所希望听到的。

"谢谢、谢谢！"他由衷地说，但含义模棱两可：可以是谢谢牛曼的祝福，也可以是感谢他不提那敏感的问题。但他脸上那转危为安的神色表明是后者，很像是感谢一个宽容的边防检查官——明明看出他护照有问题却不加盘问地放他过关。他赶紧嘱咐牛曼"多加保重"，意味着要告辞。

这对牛曼来说就像一个窃贼临走时还说"祝你快乐"！他的心冰凉疼痛。是啊，如果此人是贼，还有什么比这更好的机会下手？回想起来，以往那些谦卑的微笑、敬重的表示、动听的恭维其实都是为此刻而做的准备，处心积虑宛如微分积分！现在说什么都晚了，但他还是想说些什么，恰似当初明知无望还要提出上诉时的挣扎感。问题是仍不能决定对这个既熟悉又陌生的家伙说些什么。来点天主教的教义？那倒有的是，可他会听吗？要是他是一个会听从的人，还会需要这种提醒吗？

正在这时，虎太太过来给他一个告别拥抱。除了那撩人的香水和弹性的胸部外，牛曼还感觉到她的手指顺势在他的背上按了两下。这显然是一个暗号，但含义也不清楚，恰如虎克那两声"谢谢"一样模棱两可：可以是示意她没有忘记他们之间刚刚开了个头的私情，尽管由于显然的原因目前是顾不上了；但也可以是暗示牛曼——正因为如此，他最好不要在所有权问题上找她丈夫的麻烦，否则……作为天体物理学家，牛曼很擅长设计一些实验来区别两可现象，但这需要时间。

未及他辨认这小动作究竟是传情还是"否则……"，夫妇俩已完成了告别程序离开了。

失去儿子、锒铛入狱，又被离婚、被抢劫……天体物理学家第一次尝到了命运物理学的滋味。

这座监狱的牢房是本着人道主义原则设计的：每间都有一个小窗户使囚犯看见一尺见方的天空，据说是象征希望。不巧牛曼这间是在走廊尽头的拐角处——为了扩大监狱容量而由储藏室改造过来的，所以没有小窗。从走廊的长明灯远征过来的光线让什么都拖着长长的影子，加倍体现出空间的狭小和压抑，好像故意给天体物理学家一个教训。

同室的约克郡大汉是个刑期八年的强奸犯。这家伙一定是精力过人，强奸之余还能建立一套理论，并喜欢与人分享。听说牛曼是牛津的教授，他为有了个有价值而又跑不掉的听众而兴奋，于是唾沫四溅地论证起来："只有强奸才是真正的爱，因为是不顾一切的。有一次一个女人告诉我她是 HIV 阳性，我想了想还是干了。还有什么能叫人这么无畏？所以女人们应该珍惜、法官们应该理解……"

牛曼不敢辩论，只庆幸这家伙的性倾向是有限的。

"哐啷、哐啷……"监狱特有的金属撞击声令人心悸。虽然说来就来说去就去,牛曼觉得每一声都是针对他发出的:提醒他身在何处,迫使他反省人生……把眼前这场家破人亡的劫难与往日天体物理的雄心相对照,生活岂不是个天大的讽刺?

我在追求与银河对话,可是连身边的人在想些什么都不知道。就是到达了银河又怎样?能让我知道朝夕相处的妻子的同床异梦吗?能让我看穿道貌岸然的戴神父的别有用心吗?能让陪审团识破在双车道上倒车的疯子的弥天大谎吗?能让我对得力助手的处心积虑和趁火打劫有所准备吗?欺骗,人的本事啊!通信技术从烽火台发展到因特网,好像克服了所有障碍,唯独没有克服欺骗,以光导纤维传递的谎言还是谎言!为什么这个世界充满欺骗(形式虽然不同——通奸是用身体说谎,剽窃是对智力偷盗——但都是欺骗)?因为欺骗是有利的和可能的。欺骗为什么是有可能的?因为思维是不可见的。

如果思维是可见的,任何损人的念头都将害己,那就本能地不会产生……

本能地不会产生?牛曼被这个念头怔住了:难道思维是否可见是一道可以决定善恶的阀门?他不得不把这个念头再仔细梳理一遍:

——人的本能是趋利而避害,这不是恶,损人利己才是恶。

——如果思维可见,损人的恶念必然害己,故不为避害的本能允许。

——这就消除了产生恶念的可能性,也就消除了恶!

牛曼振奋了。人们往往把恶的问题归根于人性,其实那是同义反复,就像说人是人的问题的根源。现在看来,思维不可见是本能允许恶念产生的必要条件。看看自己的遭遇:如果思维是可以看见的,那一切的欺骗——不论是戴维斯的还是琳达的,休斯的还是虎克的——都会徒劳无用,所以根本不会产生!

让思维可见,这是可能的吗?牛曼甚至怀疑自己是科学家还是幻想家,但还是一遍遍地追问:可能还是不可能?

过去一百年来,脑电波领域的研究有了长足的发展。自从德国人伯格在 1929 年记录第一张脑电图起,随着大脑研究和扫描技术的一系列突破,脑电波观察水平不断提高。功能性核磁共振已清楚地揭示了脑电波与大脑所处状态的联系,而神经元脉冲的电脑成像更为识别脑信号提供了可靠的新手段。

脑状态与脑电波

Beta：醒、工作

Alpha：松弛、思想

Theta：半睡眠

Delta-1：睡眠、睡梦

Delta-2：熟睡

从物理原理上说,不论思维活动多么复杂,它总是一个生物电过程,于是总会有细胞膜电流的变化,于是总会有脑电波的相应改变,于是总可以在物理上被观测到,于是观察思想的机器——阅脑器——在物理上总是可能的!

果真如此,还有什么比发明它更值得追求？牛曼反复思考阅脑器会对人类文明产生的影响。不用说,那将是一场大革命——最大的革命!其意义太巨大、太深刻,因此也太难以概括和表达出来。但必须表达出来!

牛曼苦思冥想、层层深入,终于在那个午夜的睡梦中归纳出了"阅脑革命"的本质:思维可见将把"不损人"这一基本道德要求变成人的本能。他又以物理学的风格将其概括成一个简明的公式:

思维成为可见＝道德成为本能

于是，牛曼着手制订研制阅脑器的计划。

牛曼首先想到要求助的人当然是老朋友彼得。彼得·科恩博士是物理系中心实验室的脑电图专家，又是个万能工程师——人称"除了生孩子不会什么都会"。光从他家后花园的那个工作室就能看出他的功力，那里既保留着维多利亚时代发明家的实验室那种一丝不苟的风格，又装备着现代数字化工具的十八般兵器，包括最新型的多质3D打印设备。他甚至跨学科地帮牛曼解决过不少天体物理实验的装置问题。牛曼很为自己有两个靠得住的好朋友庆幸：思考宇宙人生的大问题时，他请教卡尔，哲学家不拘一格的玄想常使他茅塞顿开；着手制作实物硬件时，他找彼得，工程师总会不慌不忙地手到擒来。这个"三位一体"正好反映了他所在的物理学的中心地位：上有哲学抽象概括，下有技术具体实现。他戏称他们为自己的"哲学系"和"工程系"。

彼得接到牛曼请他探监的电话喜出望外。他曾多次想去看望老朋友，但总怕让牛曼难堪而未敢成行。去监狱看朋友和去医院看朋友完全不同。首先，你不知道人家愿不愿意你看见他在那种地方。其次，见了面说话更不易，连一句简单的问候都成问题。比如：你该不该问"你好吗"？问了会不会被当作讽刺挖苦？不问会不会被认为漠不关心？即便你找得到所有这些问题的答案，你又怎么知道人家有同样的理解？你总不能事先征求了他的意见再开口吧？要是有谁编一本《探监会话指南》倒不无用处，可是在网上怎么搜索也找不到。不过，现在是牛曼请他去议事，当然就比较好办。

彼得太太琼特意做了些牛曼喜欢吃的辣味羊肉让彼得带去，但她拒绝陪同丈夫前往。她实在不知该对那倒霉的老朋友说什么才好——这家伙因为两杯愚蠢的白兰地而失去了一切！这种状态下，哪怕看他一眼都觉得太残忍。

牛曼－彼得的"监狱会谈"是历史性的,没有哪一本后来记载阅脑革命史的书会不提到这个重要开端。同样有趣的还有关于那天的值班看守的一段公案。此人在多年后对记者说,会谈在他的保护下进行,一直进行到"探访时间结束"。而根据彼得的回忆,那看守在探视时间到点前十五分钟就大声呵斥他们:"差不多啦!"

彼得走出监狱时已兴奋得找不到自己的车子,在停车场里来来回回地绕着圈子却不知道在找什么。终于上了车,他又坐在那里不发动汽车,不知过了多久,直到手机铃响。那是太太打来的,问他是应邀出席监狱的晚宴了还是被囚犯们扣留为人质了。他这才意识到已经独自坐了三个钟头。

回到家,彼得从后门经厨房直奔书房,连通常高声发给太太的进门招呼("我回来啦!")都忘了打。稍后不久,他听见太太在厨房惊呼——像是见到煮熟的鸭子复活了一样:

"天哪,这羊肉怎么回来了?"

第二章

看见爱才嫁

自从彼得把自己的工作室改造成牛曼要求的阅脑器实验室,已经五年过去了。淹没在牛津北郊的绿荫中,他的科茨沃尔德板石垒成的老式别墅毫不引人注目。时间仿佛从爬满青藤的花园围墙外绕过,像行色匆匆的路人不留下痕迹,只有些报纸和账单之类从老式信箱口挤进来,提醒外部世界的存在。然而,不久,文明史将在这里停一停,它会不知如何走下去。

牛曼的研究已取得长足的进展。这大致可分两个阶段:他在狱中的两年和出狱后的三年。自那次狱中会晤后,彼得就全力以赴地实施牛曼的计划。为了专心和保密,他提前从大学实验室退休,宁可承受退休金方面的重大损失。同事们对他的突然告退大惑不解,他就摆出一副渴望享清福的样子说:"哎,该放松放松啰!"回到家里却和太太开了一瓶上等香槟,庆祝自己的科学生涯进入新高潮。很快,凭着巧夺天工的本领,他把自己的工作室改造成了牛曼想要的阅脑器实验室。

那时牛曼得在九平方米的牢房里遥控指挥,不过很得心应手。不论他想要的是什么,他的"工程系"总是说"没问题",还会加上他没想到而实际上也需要的。两年后,当他因"良好表现"提前获释,他发现彼得所成就的是如此不可思议,就是他自己来干也绝对做不到彼得的一半!他握住老友的手说不出话来。彼得却只顾讨论下一步工作,连一点缅怀感慨的时间都不给他。

和彼得的鼎力相助有一比的是前助手虎克的"彼岸进展"。牛曼出狱后读到《国际天体物理研究》上一篇地位显赫的论文,正是他的引力波研究的核心成果,作者是"哈佛大学天体物理中心主任虎克教授"。牛曼的工作被不折不扣地拿过去了,不知是作为初去时的见面礼还是后来晋升中心主任的本钱。凭着虎克的机灵，也可能是量入为出的分期付款。牛曼毫不费力地把论文扫了一遍，像一个起死回生的历史人物审视当代演员是如何扮演自己的。表达形式上是做了一些修饰来适合窃贼的风格的。窃贼也是各有风格的，比如有的在下手前要在胸前画个十字。至于是请求上帝保佑还是原谅，那是不必深究的细节。论文结束处照例有一个"感谢帮助"的小注，附了一长串名字，包括"诺埃·牛曼"。当然并不具体说明受到何种帮助，想必开个门、倒个水之类也都算的。但这样的致谢十分重要：万一被指控剽窃或被要求解释那些难以解释的事情，它就可以帮大忙——像买了一个通吃各种情况的全险。"谢谢"二字的确魔法无边，能把所欠的不论多少债务一笔勾销。用它来了结一场盗窃更是既贴切又斯文——该说的都说了，不该说的都没说。虎克不乏历史感，知道自古以来争夺发明权的恶战不断，像牛顿与莱布尼茨关于微积分的发明权问题至今还被争执不休。可惜发表论文或得诺贝尔奖都不是能保密的事情，而他知道牛曼还活着——大概希望最好不是这样，当然要做各种准备。

  其实，这次虎克的担心倒可不必。牛曼摇摇头把那本《国际天体物理研究》扔到一旁。他的确想过写封信给主编拒收虎克的"感谢"，那就相当于退回某人的圣诞贺卡那样的强烈抗议。但他决定不去浪费时间了，原因有二。首先，和他正在从事的新项目相比，那个引力波研究项目就算不得什么了，他本来也不会再为它花时间了。生活中确有这样的时候：你发现你丢失的东西本来就是你想扔掉的，就像老公想离婚但未敢说出口时，正好老婆先提出来了。其次，他仍然为自己与虎太太的那一幕对虎克有所愧疚，在此放过这家伙可以算一种补偿。说补偿当然有点过分：不论他应为那件事承担多少责任，谁都会认为用潜在的诺贝尔奖去弥补这代价太高。但他感到这样做可以确保所支付的比该支付的只多不少。他的哲学是"宁可人欠我，决不我欠人"。不过，往深处说，这倒也不是真的利他主义，而是确保自身安全的战略：以他对前助手的了解，即使有朝一日此人真的发现了什么,也绝对舍不得拿诺贝尔奖冒险去追究什么的。

世事就是如此奇怪,此刻的牛曼不仅不对两年的监狱生活感到怨恨,反而有感恩之心,不然他就不会从琐事中解脱出来而开始一个无可比拟的事业……

彼得打下的扎实基础确保了项目的快速推进,又由于他在技术上的面面俱到,牛曼得以把研究队伍维持在人数最少。除了总工程师彼得和财务总监兼厨师琼之外,他只增添了一个心理学助手——安·阿姆斯特朗小姐。安曾在卡尔门下攻读心理学哲学的博士学位,但遇到牛曼后毅然中途弃学而加入牛曼的研究队伍。

研制进入试验阶段,四个参与者越来越兴奋和紧张。这不只是为了即将到来的革命,也是为一件私事。牛曼和安相爱,并已向她求婚,但安有一个"不可妥协的条件":必须等用阅脑器看到他的爱才嫁。牛曼虽然答应了,但不无抱怨:"这都有点像三角关系了!"

"什么三角关系呀?"安闪动双眸,它们于他是举世无双的。

"我看你,你看机器,机器看我。"

"这倒不假。"安笑道,"人家也是让你把它早点搞出来嘛。那时我就是第一个真正看见爱才嫁的姑娘。"

"嗯,你就可以宣布爱情不盲目了。"

"那是的,嫁给科学家还不该嫁得科学点?"不仅如此,她还请彼得和琼作为这个安排的见证人。彼得夫妇对他俩都喜欢,十分期待机器的成功和他们的秦晋之好一起到来。不过,老两口的期待也不仅仅于此,他们何尝不暗中希望也看一看另一半的心里爱有几何?

认识安的人都不难想象牛曼的感受。她是个东西方混血儿——苏格兰的父亲和中国的母亲,所以谁都说那超乎寻常的美貌和聪慧是东西方优点的"最佳合成"。二十六年前爱丁堡大学的一个教育学讲师到北京讲学,疯狂地爱上一个出众的芭蕾舞演员。为了获得求爱的资格,他放弃了在英语系的授课合同而转到汉语系当学生。拼命攻读了十个月,通过了人家要三年才能过的汉语水平考试。他们在长城上结婚,据说那象征时间和空间上的永恒。不论这吉祥意味灵验与否,他们的小宝贝堪称绝妙,俊俏伶俐得胜过童话故事中的描述。他们初次把安带回爱丁堡见她的苏格兰亲戚时,连"傲慢婶婶"——那个有十六分之一贵族血统、喜欢用法文讥笑中国货的老姑娘——都心悦诚服地惊叹:"Mon Dieu(天哪),没想到中国制造能这么出色!"她对小侄女非常喜爱,不但自我任命为"教母",还自告奋勇地照看安,带着安人前人后地炫耀。当有人误把安当作她的女儿时,她或者不置可否地不予澄清,或者模棱两可地说:"我可好福气?"

出落成大姑娘,安更是貌若天仙。脸庞柔美配合身材窈窕,凤眼亮丽映衬笑容妩媚。别人靠千描万绘拾掇出来的容颜于她是天色自然;别人受高跟鞋衬垫出来的线条于她是天生当然;着实令男人情不自禁而女人醋意萌生。她不但不需要化妆增色,有时为了避免过多的注目礼碍事还要设法减色,包括戴一副平光眼镜来降低那对秀目的魅力。更少见的是她那从容自若的神态,使惊艳具有风度而把机敏体现出来。确实,她从小学到大学的学业都名列前茅。这不但使父母自豪,还给老师们额外的欣慰,因为她成了那些争相接近她的男孩们的学习动力。学校曾就漂亮女孩对男孩的学习的影响问题做过分析,发现有的拖累了男孩的成绩而有的促进了他们的成绩,这取决于漂亮女孩本身的学习如何。

如此天资,难怪她曾想:世上若有真正的爱情自己一定可以得到,否则不合逻辑。然而生活并非那么合乎逻辑。在牛曼之前她谈过三次恋爱,但三战三败。不知为什么男人总要自称是那种他们其实不是的人。

第一个男朋友是个学戏剧的,但声称对她的爱绝不是戏剧,而是"终生不足以偿还的亏欠"。但有一次,安生病发烧不能出席他的生日聚会,他就急了,因为那是他为了炫耀她而精心准备的。他竭力劝她克服困难,说体温三十八点五摄氏度是"医学上可接受的"。劝说未遂他就大发雷霆:

"你就不能拿出点毅力来坚持一下？事关我的面子!"结果安去了。当客人们要求听他们的爱情故事时,安当众量了体温,然后举起温度计宣布是三十九点五摄氏度。她喘着气把如何被迫来参加聚会的故事告诉大家,并宣布全部故事的结束。当人们瞠目结舌、不知所措之际,她拨打了急救电话给自己要来救护车。

第二个男友是学生物的,但声称对她的爱不是生物学,而是像"踏在我最美的梦境上前行"。可有一次他多喝了两杯后竟对她暴力强迫,非常生物学。安极力挣扎才逃脱,身上青一块紫一块地回到家里,伤心地哭到半夜,不能想象爱情竟会遭受这样的待遇。不过她是个爱思想的人,尽力从对方的角度去考虑一下就发现自己也有不是。他毕竟醉了,不能全怪他,那种想要她的男性冲动也不能算错吧？她甚至感到愧疚:自己不顾一切地逃离出来,留下一个醉醺醺的人不管。动物保护主义的标准不是说对攻击你的动物也要保护吗？于是她忍着痛起身,返回宿舍去看他怎么样了。不料推门进去时,见他正在用剩余的激情征服她的同室好友……看来有些人是够不上动物保护的标准的。

安开始知道,就爱情而言她并不处于有利地位。男人爱追求漂亮女人,哪怕毫不了解。部分是因为被漂亮的女人拒绝了也不丢人,就像运动员得不到奥运金牌并不算丢人。但这种男性逻辑对她来说就是个鱼目混珠的局面——要在太多竞选者中挑选,而他们一个比一个会伪装。为了理解爱情,她放弃了所喜爱的文学专业而攻读心理学。但心理学也令人失望,它援引生理学证明新鲜感对于性兴趣的重要作用,由此说明不贞在所难免。而这个论点又得到了动物学的支持,它指出:除了狼和少数几个物种外,绝大多数动物都是性不专一的……真要命,好像所有的科学都联合起来跟爱情作对,使之成为一个最困难的、近乎绝望的事业。这个结论不久又被现实生活证明了。

最后相处的是一个帅气的数学系高才生,他那双清澈的眼睛蓝得像地中海。他爱安爱得不行,好像死都愿意。他说已经用数学证明安的曲线是所有可能的曲线中最完美的,因而值得他永远崇拜。"像我崇拜毕达哥拉斯那样。"他补充道。鉴于以往轻信甜言蜜语的教训,安起先感到这不是好兆头;她显然不能永葆她的曲线,这就意味着他对自己的崇拜是暂时的。大概他也意识到这个逻辑漏洞,所以用毕达哥拉斯一说来补充,以说明安作为偶像的永恒性。但毕达哥拉斯已经死了,这岂不意味着他永远崇拜她的条件是她死于年轻?……这推理越推越可怕,连她自己也感到有失公允。不论多么理性,她也是在恋爱,难道她不希望他的眼睛永远像地中海吗?差别只在于自己没说出来罢了。于是她接受了他。他们交往了相当一段时间,甚至开始为结婚做准备了。不料,一个短短的假期之后他突然撤退,说是刚刚得出一条新的曲线:性兴趣作为时间的函数将不断递减而趋于负值,就此把一生捆死是不负责任的。不管负不负责任,其实他已投入另一个女人的怀抱——一个其貌不扬的寡妇,化浓妆还抽烟!按照安对他的了解,他甚至看都不该看那女人一眼。但这不是她能左右得了的,也无权要求人家解释什么。她知道天下最傻的问题就是:"你为什么不爱我?"虽然她从来是处在被问的一方,看来也并非不可以有例外。她发现理解人真难,真希望能钻到他们的脑子里去看看。

爱情的失败进一步刺激了她对男女交往心理游戏的兴趣。她不再寻找爱而开始研究爱,对追求她的人一概保持距离。人家说"我爱你",她就说:"是吗?可是……"人家问:"你爱不爱我?"她就说:"让我想想看……"心里则叫他们千万不要把食品研究所误当成食品商店!她很快把这若即若离的游戏玩得很好,但也越来越相信爱情与其被生活不如被研究。既然有关的科学都不看好它,只好到哲学中去寻求解释,于是考了个奖学金到牛津攻读心理学哲学。导师正是卡尔·卡尔教授。

卡尔教授的特立独行不仅在于思想方法也在于写作方式。他只用诗的形式写哲学,要用"哲学诗"达到感觉被思想而思想被感觉。刚开始用这种新文体时，一家常发表他的论文的著名刊物表示不能接受，主编竭力劝他"改邪归正"。但他不理，宁可把哲学诗发到文学刊物上去。主编终于舍不得他的富于挑战的见解而妥协了，但每次刊登他的作品时就附一个编者注："本刊不登诗稿，此篇属于例外。"

卡尔的哲学诗很受学生欢迎，因为它不是抽象思辨也不是无病呻吟，而是对现实问题的非常规思考。学生问卡尔怎么看全球变暖，他就给他们念一首：

全球生存实验
——给联合国的建议

地球变暖和海洋上升的毁灭性速度，
正催赶着人类向后转重返农业文明。
但我们还在寻找一切理由拒绝倒退，
除非能百分百证明变暖是人类所为。
不见棺材不落泪，见时又为时太晚，
不如无为而治，搞个全球生存实验——
把所有的工业和发展通通暂停十年，
以基本的小生产活动维持一场冬眠。
此法听似荒唐、消极，且难以接受，
其实是公平、可行，且具有决定性。
到那时，如果变暖情形仍没有改进，
我们可以叹息：奈何自然有其定律！
如果有了改进，我们就不但相信了，
而且习惯了前工业化的新生活方式。

学生问他怎么看恐怖主义,他又给他们念一首:

恐怖何来?

恐怖主义可怕,但是否该如此惧怕,正如其愿。
它比每天让千百人死亡的交通事故罕见得多,
也不比精神分裂患者的突发攻击更措手不及。
相比之下,不幸死于流感或腹泻的概率更大。

是传媒耸人听闻赋予自制炸弹原子弹的威力,
是修改法律把原本盲目的恐惧感"合法化";
是大众心理的放大器把"恐怖"放大成为"主义",
——以战争的名义来经营恐惧的敌我共同体。

美国人应请回他们第三十二任总统罗斯福,
因为他知道"唯一应该恐惧的东西就是恐惧";
当然也可以请教百老汇成功或失败的演员们,
因为他们懂得:没有观众看的戏都演不下去。

有些人说这不像诗,而另一些人则说为什么诗不能像这样。他的挑战性观点常常引起学生辩论,尤其是两个热门的俱乐部:马克思学会和基督教学会。两家是对手,但都请卡尔作为学术顾问。

马克思学会的会长叫马克·维金斯,是政治哲学专业博士生。基督教学会的会长叫克里斯·邦德,是神学系博士后候选人。那天他们应召去见卡尔,碰巧在他的办公室见到新来的安,两人都暗自惊讶竟有这等美人到来。在交谈中,他们发现她不但能言善谈而且很有思想,于是竞相邀她入会;甚至还封官许愿,委以头衔。除了说得出口的理由之外,说不出口的理由也不言而喻:这等佳人的加入当然会对学会的出席率发生积极影响。他们也都是食人间烟火的。

安见他们的邀请都很有诚意,自己又对两个学说都有兴趣,有些拿不定主意。过后便向卡尔请教如何选择。

卡尔早已看出年轻人的把戏,也不点穿。谁能怪他们?若倒退二十年自己也未必不去竞争。他对安说:"这两个学会都蛮有意思,也难说哪个更有意思,但你不必马上决定。他们让我出这学期的讨论题,我已建议他们联合组织个辩论会,辩论一下'何为万恶之源',这是两家可交锋的题目。你可以在辩论中看看谁更令你感兴趣。"

"好题目,也是马斯洛生前思考的最后一个问题。"安指的是人文心理学家亚伯拉罕·马斯洛。

"嗯,你读了霍夫曼的《马斯洛传》。"卡尔露出赞许的目光,"不过,我这个题目是从一个物理学家朋友那里来的,他的想法很不寻常。"

卡尔的题目来自牛曼。当听到牛曼的狱中感悟——思维不可见是本能允许恶念产生的必要条件,所以是恶的根源——他十分震惊。这是完全不同于以往理论的新思路。道德哲学就如何根除恶的问题争论了几千年也没有结论。康德认为无解,说"人性这根曲木决然造不出笔直的东西"。谁会想到,牛曼代之以恶的"可能性"问题竟看到了希望。从趋利避害的本能来看:如果思维不可见,人就可能产生恶念;如果思维可见,人就不可能产生恶念。这是个可操作的机制,对理论和实践都意义非常。所以他想找机会请牛曼讲一讲。

安期待着这个辩论会,当然想不到她将得到的东西比如何选择一个俱乐部要多得多。

"何为万恶之源?"的主题果然很火,三百人的阶梯教室挤得满满的,稍后到的人只好挤站在门边或过道上。他们没有座位还不得不"低人一等",

一不小心挡住后面人的视线就遭到抗议:"对不起啦!"那是一种文绉绉的挖苦,好像是说我对不起你,其实当然是说你对不起我。

在讲台上就座的有五位:主持人、两个学会的会长兼主辩、学术顾问卡尔和他的特邀嘉宾牛曼。

辩论一开始,双方就以传统观点对峙交锋。

马克·维金斯近视镜片比啤酒瓶底还厚,但歪打正着,给人一种穿越时光隧道远瞩未来的感觉。他猛烈抨击基督教:"就恶的根源而言,基督教把它归于人对上帝意志的违背,这概念就很含糊。什么是上帝的意志?要是上帝能造人,为什么不使人不违背他的意志?这种自相矛盾的'全知全能'从未得到过解释,因为根本解释不了!说整部历史源于吃一个苹果更是荒唐可笑,为什么不是橘子或香蕉呢?(大笑。)这种神话在科学上毫无根据而在哲学上无比浅薄。从实践上看,两千年的基督教根本没有让人弃恶从善。相反,许多罪恶还借其名而行,从教会助虐奴隶制度造成的旷世苦难,到牧师奸女狎童丑闻的令人发指,更不用说许多战争以信仰的名义涂炭生灵了。马克思主义揭示了恶的社会经济根源——生产资料的私有制——才切中要害。私有制把人与劳动成果分离而把人异化为商品,导致损人利己、尔虞我诈的邪恶。存在决定意识,只有实现公有制才能最终铲除恶。虽然目前生产力的发展还不足以做到,但根据历史唯物主义的规律,这一天早晚会到来!"

马克思学会方面为之叫好。基督教学会方面则大摇着头不以为然,期待他们的会长给予反击。

克里斯·邦德短发利落,看似有牧师布道般的平静,但言辞是毫不妥协的反唇相讥:"诸位听听,一个不到两百年的学说有胆量笑话一个两千年依然信徒遍天下的宗教没有深度,这是不是既不懂数学又不自量力?可谓坐井观天、天如井大!(笑声。)他们不懂两件事情:第一,恶与罪相通,源自对上帝意志的违背,如托马斯·阿奎那所说的,是与生俱来的'灵魂之病'。

第二，人类之罪是如此深重，唯有上帝的恩典能提供希望，如圣奥古斯丁说的，'善意是上帝之功，而恶意是脱离上帝之功'。主以人形来到世上拯救我们，而耶稣的死后复生证明他就是主。基督教以信仰来战胜恶，这是唯一经受得起时间考验的道德出路……"

基督教学会为之欢呼雀跃，而反对方则嗤笑不已。

经过一番辩论后，主持人请学术顾问卡尔点评。

卡尔说："你们双方都说了些自己的道理，但没有从总体上把握问题。就道德而言，恶的定义是损人利己。关于恶的来源和解决，哲学史上有六个比较有影响的理论：

"——苏格拉底和柏拉图认为恶来自无知，教育可以使人知善恶而不恶。

"——基督教认为恶源于对上帝意志的违背，要以对神的信仰来克服。

"——霍布斯认为恶是人的自然本性，只能由国家通过法治来抑制。

"——康德认为是自由意志使恶成为可能，出路在于倾听良心的呼唤。

"——马克思认为私有制是万恶之源，出路是共产主义的公有制。

"——弗洛伊德有所不同，认为对性的压制是反自然的恶，需要用精神分析来解脱。

"这些理论都有一定的影响，但一个基本事实是：迄今为止所有的道德努力，包括宗教、教育、法制、公有制等，都没有使人完全制止恶。现代社会的恶行也不比古代社会少些。总体来说，人类行为不是基于道德考虑而是出于利益计算。我举个例子，那是有据可循的真事。20世纪末，一个美国总统因为性丑闻被调查。他就问他的民意顾问：'我要是承认了，能不能过关？'民意顾问计算后说不能，他就说：'那就只有战斗。'于是他在电视里否认事实，对全世界说谎。"

学生们大笑,都还记得那个电视里反复播放的著名镜头。

"你们看——"卡尔继续道,"总统先生的这个决策过程没有任何关于是非的道德考虑,而只有能否过关的概率计算。对于他来说,'犯错'就是'被捉',这和一个职业小偷的定义没有两样。"

台下大笑。

"但这不是一个笑话,也不是关于某一个人的问题。如果总统如此,选举他的人会有很大的不同吗?有人说,人是一种揣着粪便而向往清洁的动物(大笑),这话听似不雅却是真实写照。康德也说'人性这根曲木决然造不出任何笔直的东西'。几千年的文明没有根除恶,这个事实引出一个根本性的问题:道德进步究竟是不是可能的?或为什么不可能?或在什么条件下才可能?关于这个问题现在有一个新的方案,我看它比以往任何理论都更有分量,而且简单明了。现在我就把我的时间让给这个新思想的首创,我的老朋友诺埃·牛曼教授。"

卡尔素以言行审慎著称,把哲学浓缩为诗句更是绝无仅有。这番有分量的介绍当然使全场的目光聚焦到牛曼身上,随即响起一片期待的掌声。

"我不是哲学家。"牛曼开口道,"但要是我说人类社会的基本问题是'你不是我',想必都能理解。人需要与人共存,但又有损人利己的倾向。刚才卡尔说到人类的一系列道德努力都没有能够根除恶,但如果我们能去除产生损人的恶念的可能性,当然也就根除了恶。根据人趋利避害的本能,我们看到的是思维是否可见这个条件决定了恶念是否可能产生。

"——如果思维不可见,恶念就未必害己,避害的本能允许其产生。

"——如果思维可见,恶念就必然害己,避害的本能不允许其产生。

"——这说明思维可见将去除产生恶念的可能性。"

台下寂静无声。这个推理似乎简单又似乎不那么简单。

"在思维可见的条件下,本能的'避害'要求和道德的'不损人'要求是一致的,于是道德成为本能,人成为不可能坏的'好人'。"

"道德成为本能?""不可能坏的'好人'?"……学生们被震惊,仿佛正在为遭遇一个闻所未闻的鬼魅而惊恐,它被证明是可以消除一切魔鬼的好鬼!

牛曼继续说道:"两千多年前的《伊索寓言》里已设想过思维可见的问题。那是说,如果把人的思想挂在身体外面,邪恶就藏不住了。其实,根据趋利避害的本能,如果恶意是不能隐藏的,它就不会产生。如果消除恶的可能性是一个使思维被看见的技术问题,那么技术上能解决就能解决,技术上不能解决就不能解决。我们也知道,思维活动是一个由脑细胞完成的生物电过程,这个过程必然伴随脑电波的变化,这个变化必然是物理上可观测的;所以,看见思维这件事在物理原理上是可能的。"

学生们鼓掌喝彩,像是欢呼英格兰队进球,更像是双方观众一起为一个实在精彩的头球攻门叫好,接着就炸开了锅似的议论起来。卡尔对这反应很满意,虽然是在预料之中。他见主持人欲摇铃恢复秩序,就示意他别忙:"给他们些时间议论一下。"像个有耐心的厨子关照让肉汤在火上多炖一会儿,然后侧过身和牛曼聊天。

到了提问时间,马克·维金斯已迫不及待:"牛曼教授的设想的确令人大开眼界,但是从观察脑电波到阅读思想,其复杂程度不知要跨越多少个数量级,这在技术上也许是异想天开吧?"

牛曼说:"是要跨越许多数量级,但技术史上的许多事情就是天开了才知道并非异想。就说显微镜的历史吧。16世纪詹森发明的显微镜只能把物像放大九倍,让我们看清楚虱子。17世纪列文虎克制造的能放大一百四十倍,让我们看到了细胞。但光学显微镜的极限只有一千六百倍,而20世纪卢斯卡发明的电子显微镜可以放大一百万倍,能分辨DNA的结构。现在的隧道显微镜呢?可以放大三千万倍,让我们观察到原子的构造。这些数量级的跃迁都是先前不敢想象的。从区别脑的活动状态到识别思维的确有很长的路要走,但技术上的问题……"他忽然打住了,拿起杯子喝了口水,然后改口道,"当然,这在目前还是幻想。"

卡尔注意到牛曼欲言又止,马上接过话题道:"这很有意思,它使我想起那年世界技术博览会上的一件事。一个公司在那里展出了它生产的世界上最细的铜丝,只有头发丝的十分之一那么细。人们惊叹不已。但不出几天,另一家公司就宣布他们已经给这铜丝钻了孔。"

学生们大笑。

"再过了几天,又有一家公司宣布已经在那孔里车了螺纹。"

学生们都笑得前仰后合。牛曼趁着欢乐气氛递给卡尔一个感激的眼色。

克里斯·邦德抓住机会提问:"诸位,我担心的倒不是技术问题,而是有违人权的危险。现代文明朝着尊重个体尊严的方向发展,因此注重隐私权。而思维可见显然与之背道而驰;虽然很有趣,但是合理吗?"

"是啊,是啊……"有不少人附和,这个问题显然更被关注。

"但人权是一个关于平等的概念。"未等牛曼开口,前排一位女生站起来回答。会场本是处于男生主导的氛围,这女声的闯入显得很尖锐,顿时鸦雀无声。

发言的是安:"隐私权是什么?是我们鉴于思维不可见的现状而约定的一个权利,就是让个体思想的隐蔽不受侵犯。但如果像牛曼教授所说的,有一个机器使思维可见了,那我们可不可以约定另一个权利,让个体思想的公开不受侵犯呢?这没有什么不可以。所以,这里不是背不背离人权的问题,而是我们约定哪一种平等权利的问题:思想隐蔽还是思想公开?"

"对啊……"一片赞许的笑声和掌声,事情原来可以这样看的!

卡尔凑近牛曼耳边道:"这是我的一个博士生,很有才气。"

"对不起,我还没说完呢。"安把刘海朝后抹了抹继续道,"我看思维可见并不是什么不可思议的事情,也不必怕得要死。我们完全可以想象,如果人类本来就是以脑电波直接交流思想的动物,而不是要通过口头或书面媒体转个弯来交流的动物,那又怎样?这并不是物理上不可能的事,只是我们碰巧没有进化成那样的动物。再进一步说,如果我们本来是思维可见的动物而今天来讨论一种把思想隐蔽起来的可能性,我们会不会也担心违背人权呢?"

"是啊……"学生们又报以热烈的掌声。有的被这富有想象力的洞察折服,有的为如此美貌气质的女生又如此雄辩而赞叹不已。

安坐下时顺势朝牛曼投去征询的一瞥,不料正好和他赞许的目光遭遇。两人都像不小心挡了人家的道似的抱歉一笑,但不及笑完又慌忙避开,好像那笑也挡了对方的道。

牛曼十分欣赏安那颇见功力的支持。这正是他想说的道理,不料被说得如此之好,而且出自这样一位……不由生出一种美人助英雄的感觉而心有忐忑。

安也感到心跳,不是因为发言,得到的反应,而是因为那一瞬间的交流。她发现自己似乎在听别人发言,却不知他们在说些什么……

辩论会结束时,两个俱乐部都派代表来邀请安喝咖啡,像约好了似的。她犹豫片刻后同时谢绝,似乎是迫于公正。其实她已把他们的主意借来打了自己的主意。一转身就奔牛曼去,约他喝咖啡!

牛曼不能不感到一股浪漫气息席卷。但这时已有不少学生围过来问他问题,若只顾随美女而去的话必被"指背"。他想和她约个时间,但刚说了声"谢谢",就被一个冒失鬼从背后发来的大声提问打断了,好像只有他的问题才是全世界最重要的。牛曼只好转身去回答。他知道这对安不公平,就像谈话中途去接听电话一样不礼貌。但他还是这么做了,因为此时更重要的似乎是不让人觉得自己受她的影响——这种心理当然说明已经受影响了。等回答完那冒失鬼的问题再回过头来时,安已不在。他有点儿遗憾,但没有时间多想,学生们抛来的问题令他应接不暇。这交谈进行了个把小时,直到卡尔过来解围。卡尔对学生们说自己要送客人回家,他们才不得不放他走。

牛曼随卡尔走到学院传达室时,吃惊地看到安等在那里,朝他微笑!

卡尔解释道:"安想请你喝咖啡,等了一个多小时。我见你身陷重围,只好略施小计让你脱身。这是思维不可见的好处呀!"

三人都笑起来。卡尔告辞,牛曼随安走进沿街的一家小咖啡馆。咖啡馆灯色昏暗、烛光荧荧,加上轻音乐缭绕,无不增加牛曼的浪漫感觉。自从在狱中离婚后他还不曾接触过女人,何况是如此天仙般的……

不料,还未坐定,这天仙般的就单刀直入地盘问起来:"刚才你说到技术的可能性时,为什么突然改变话题?"

糟糕,到底没有躲过这双眼睛!牛曼心里叫苦不迭,好像以为是应邀参加生日派对,一下车却发现到了警察局。安的追问当然是正当合理的,谁叫自己不小心说漏了嘴?当他答应卡尔去讲一讲的时候,曾反复提醒过自己只谈思想不谈技术;不料说着说着就出了界。当时自己的紧急刹车和卡尔的及时援救配合得还不错,自以为已掩饰过去,没想到还是被逮住了——只是人家没让他当场难堪而已。看来这咖啡不是好喝的,更别做什么浪漫梦了,倒是得处处小心保守好秘密。

平时的保密对牛曼来说并不是问题,但这次不同,他怀疑自己是否还能那么守口如瓶。面对的是一双这样的眼睛啊!它也很是锐利,这也正是魅力的一部分。他知道自己应该躲开,躲得越快越远越好,可是又如此强烈地被吸引……他预感到自己终于会在某种程度上投降……于是开始怀疑应不应该坚持对她隐瞒:这是不是对她的支持的应有回报?是不是有违自己对欺骗的批判?根本的问题在于他已经在乎她的看法,尤其是对他的看法。但保密总是必需的,于是想设立交谈的底线:只说这些,不说别的……但随着谈话的进行,这很快被证明无效。安的攻势越来越凌厉,边界就像21世纪初欧共体的版图一样不断突破。他知道自己是矛盾的,既想保密又想多告诉她些什么,处于自己和自己讨价还价的状态。说是喝咖啡,完全不知咖啡是黑是白、是苦是甜、是冷是热。

安完全被牛曼的项目吸引了,越问越多、越问越细。她的进展并不只是凭借魅力,而是得助于心理学方面的真才实学。牛曼感到她的一些见解颇有启发,渐渐地从戒备支吾状态进入探讨问题的状态。

"有了阅脑器以后说谎是不可能了,但到底能不能达到'道德成为本能',这还没有把握。"牛曼谨慎地说。

"我看肯定能,因为那时候作为道德的超我就变成自我了。"安熟悉弗洛伊德学说,立即想到弗氏的"三我"理论。

"对不起,我没读过多少弗洛伊德,你能不能解释一下?"牛曼说。

"他认为人的意识世界包括三部分:本我、自我、超我。本我是遵循快乐原则的自然欲望,如饥饿、生气、性欲等。自我则遵循现实原则,只做对自己有益而现实允许的事,也就是趋利避害。超我则是社会规范和习俗,告诉你什么是应该做和不应该做的。"

"原来如此。"牛曼感到很有意思。

"超我企图管制自我,但不是总能管得住的。比如,一个人在马路上拾到五百镑,他的本我让他放进口袋里,他的超我让他交给警察,而他的自我则在权衡利弊。他明知把钱放进口袋里是不对的,但如果他觉得别人不会知道,他可能还是这么做了。"

"嗯,人们知道不应该说谎可还是说谎,因为说谎是有益而又是可能的。"牛曼道。

"当思维可见了,害人就势必害己。所以'不损人'这个超我要求就会成为自我本能的一部分。"

"道德成为本能就是超我并入自我,有意思。没想到阅脑器还很符合弗洛伊德。"牛曼为增加了一个新的理论依据而高兴。

"我倒不介意你说弗洛伊德符合你的阅脑器,因为阅脑器是真家伙。"

安按捺不住兴奋,"要是你有兴趣,我可以把他的《梦的解析》借给你看。"

这样提议后安有些紧张。借书给人是校园里惯用的社交伎俩,特别是初次见面后而希望再见面,不论是讨论书还是归还书都是好借口。安已习惯了,那些追她的男生们常用此计,他们争着借书给她也不管她感不感兴趣。起初她总是出于礼貌而接受下来,后来则因现实的考虑而多予拒绝。不只是借了而不读是一种难堪,而且记得归还也是个负担,而记得一本不想看的书更得花加倍的力气。虽说是惯用伎俩,她还从未用过这一招,所以很惊讶自己居然能及时抓住机会,像个老手似的。她脸红了,好像有什么图谋太明显而被识破。这种弗氏经典著作哪里找不到?推荐它简直像对伦敦人推销伦敦地铁线路图……但她告诉自己,自己对这个项目感兴趣是说得过去的。阅脑器将会彻底改变传统心理学——她的领域!研究心理却看不见思想,心理学其实还处在盲人画画、聋人弹琴的阶段,介于科学和猜谜之间。历史上,传统医学也曾一直算不上科学,直到16世纪维萨留斯建立解剖学看到了人体内部才算。现在的心理医生挣钱是不少,那不是因为他们的理论靠得住,而是因为心理学是人人有份的大市场。要是思维可见了,许多现行理论都可能成问题……

其实安不必为她的借书提议找理由。牛曼马上接受了,即便真的是一张伦敦地铁线路图他也会接受的。

安受到鼓舞,又禁不住得寸进尺。

"嗯……"她似乎欲言又止,但还是说了,"有没有一种可能……就是……你的项目……会需要一个助手,像……我这样的?"无论怎么说这也太快了点。但牛曼已经被她方方面面地吸引住了,她很清楚这一点。

"这……是可能的,但我想……你得先征求卡尔的同意。"牛曼开出这个小小的条件,向自己证明自己还有原则。

"那当然!"安胸有成竹地笑道,像一个篮球运动员逮住了球而又处在最佳投篮位置。

分手时,牛曼的右颊上得到一个吻。那带着体温的微小压力在那里逗留了好一阵,近乎神圣。他能够听到自己的心跳。

牛曼次日收到一本《梦的解析》,里面夹着一首诗。真是有什么样的先生就有什么样的学生,他想。他紧张地拿起来读:

阅脑器与爱情
　　　（安）

如果被你一眼看穿,
我平静下的迷乱。
不知我还有没有勇气,
用眼光和你对峙;
然后发现你藏起的热切,
而不再为自己感到羞怯。

但你心中的涟漪,
任谁的雷达都可以搜见——
她的当然更不例外。
于是石光电火之间,
爱的礼花开了又谢,
我们则背离了它曾经的绚丽。

还好,阅脑器只是一个假设,
我可以幽幽地品味,
你可以久久地猜度;

心情可以慢慢地开放，

　　或者永远是充满希望的花骨朵。

　　牛曼读了三遍，揣摩字里行间的意思：究竟是在议论阅脑器还是在表达心境？很难断定，似乎你中有我我中有你，有点像爱尔兰奶油白兰地的酒味和甜味，在竞争中相互加强。

　　如所预期的，卡尔同意了安的请求。他预感到牛曼的秘密工作可能是人类道德的最终出路。等到有了阅脑器，传统心理学大概会像白天的路灯一样既微弱又多余，而公开心理学的前景将难以估量。安这样的才女值得这个继往开来的机会，尽管失去这个学生不无可惜——连看一眼都是愉快的。

　　安懂得导师的心情，给了他一个告别拥抱说："只要你记得把你的新诗第一个发给我，你就不会失去我。"

　　于是安成了牛曼的助手。两人配合默契且坠入爱河。牛曼起初还有犹豫，担心他们之间相差十八岁的悬殊。没想到安迅速发明了一个理论来说服他："你不知道研究表明这是好事吗？"

　　"好事？"

　　"你看，就像异性恋比起同性恋来有再生产方面的优势，我们异龄恋比起同龄恋来也有一个优势——生活域宽广！"

　　"生活域宽广？"

　　"人们不是既喜欢年轻又喜欢成熟吗？可两者是成反比的，年轻的不成熟，成熟的不年轻，这就是同龄恋的弊端。异龄恋则可以同时享有二者，既有年轻又有成熟，对不对？"

　　"这……"牛曼很吃惊，怀疑这似是而非的逻辑是否能成立。但他没有去挑战，因为心里巴不得被说服。安自己倒被这个即兴编制的"理论"完全说服了，从而死心塌地。她崇拜牛曼的非凡才智而感到兴味无穷，想到有诗人把性比作"身体的领悟",她觉得和他在一起像"和智慧做爱"。牛曼的感受更不用说,除了为她的美丽和聪慧倾倒,更庆幸他们的交流是那么容易,仿佛可以用彼此的手指来操作电脑键盘。

除了可以科学地做梦,牛曼还有一个与思想有关的习惯,或者说是"问题"。在与人交谈时他有时会突然停顿,思想片刻后再继续。一般人不适应这种暂停就会催促他。特别是在电话里,他们会以为是电话线断了或什么的,往往会"喂喂"地呼叫看他是否还在那里。他不喜欢这种压力,嫌他们不懂道理——他们自己说许多未经头脑的废话,还不容别人思考一下再说!有哪条法律规定了说话不许有停顿的?不少人讲话时"嗯嗯""呃呃"个不停,明明需要时间思考却偏用些无谓的噪声填空,好像要保持什么连续性。相比起来当然是用点时间想好了再说更妥当。还有就是到商店买东西的时候,他受不了售货员喋喋不休地推荐产品给他,不给他自己思考的时间。要是他们不理会他的不悦脸色而继续唠叨不停,他就会转身逃出来。

有趣的是,安好像从一开始就很理解他的停顿。她从不催他,连用眼神催促的表示都没有,总是让他有足够的时间从容返回。

"你怎么这么沉得住气?"有一次牛曼忍不住问她。

"这有什么,我知道说话和写文章一样,标点和空格都是有意义的,应该尊重。"安平静地说,好像是完全理所当然的事。

这不正是自己想说而未能如此巧妙地说出来的话吗?牛曼深感一种心心相印的快乐,抱着自己的"发言人"一阵热吻。

安也不乏顽皮的点子。鉴于牛曼的擅长梦中思考,她给他起了个绰号叫"梦里醒"(Sober Dream),且很为之得意,不几天就叫熟了。牛曼也不甘示弱,马上为她想出个昵称叫"负打扮"(Make Down),当然是指她的化妆减色。安非常喜欢这头衔,别人越听得莫名其妙,她就越觉得暗号般的亲昵。不过她还是忍不住打电话向卡尔通报了这个奖赏。

卡尔说:"干得好!"

但是,有一件事是安万万没想到的:牛曼竟会以新的"不法行为"来向她交代自己的犯罪记录。那天,他们开车到市区去参加一个紧急会议,但到了那里找不到泊车的地方。附近的停车场已经客满,而路边全是禁止停车的双黄线。出乎安的意料,牛曼突然把车停在马路中央,并催她下车。安还没弄明白是怎么回事,牛曼已锁了车门,拉着她便走。

"你怎么把车停在路当中?"安紧张地问,大感不解地跟着他。

"不要紧,我们去去就回来。"他催她跟上。

"那也不能……"

"无妨的。你看,这儿路宽,后面的车以为我们抛锚了,就会从边上绕过去。再后面的见前面的这么做,也会跟着绕过去,所以不会堵塞交通。"

"天哪,要是警察来了呢?"

"警察见那些车都那么做就会也么认为,不会想象谁敢在马路中央泊车,所以只会帮着维持车辆流动而不会来调查的。"

安惊呆了。但当她回头看时就更惊讶了:事情果然在如此进行! 她又好气又好笑地叫道:"没想到一个大科学家这么痞!"

牛曼急着赶路,没有理她。

他们开完会匆匆赶回停车的地方,发现车安然无恙。两人对望一眼捂嘴窃笑,赶紧上车发动。回程的路上,牛曼绕道而行,在一片树林边停了车。那是牛津郊外的一个公墓的入口处。

"我带你去看一个人。"牛曼往墓地走。

这是个有一定规模的现代公墓。石碑的阵列顺着平缓的坡地井井有条地伸展开去。蓝天下空旷的寂静与某种高远的深沉相映和谐,但又显出一种量的不对称:太多的墓碑和太少的来访者。牛曼在一块碑前停下。这墓照管得很好,但石碑特别小,显然属于一个孩子。安倾身去看碑文,不由一阵颤抖。

阿仑·牛曼(2022—2025)

"原来如此!"

"他该八岁了……"牛曼未能说完,扭过头去。

他在坟前坐下,沉默。

安挨着他坐下,低头摘些野花放在碑前。坟头的草刚被修整过,只有那些沿着墓石边缘挣扎出来的躲过了割草机而幸存下来。夹杂其中的野花也幸存了。牛曼给她讲了那个在双车道上倒车的"宝马"司机,带给自己的遭际……

再回到先前泊车的话题上,牛曼说:"当然是痞,但有时好像就得用痞来治蠢。这么多年来我都在想象怎样才能让陪审团相信那个事实,今天才好像实现了。他们不相信有人会在双车道上倒车,那信不信有人会把车子泊在马路中央?要是我的律师当初能想出这个实验来演示给他们看,说不定能说服他们。"

安说不出话。这个被如此冤枉了的人要这样为自己平个反,她能说什么呢?牛曼仿佛把她当作陪审团的一员——仿佛她应该代表他们向他道歉。她不能不感受到"事实"的那股不屈不挠的劲头,就像那些沿着墓石边沿挣扎成长的野草的生命力——无论如何压迫还是要挤出头来。她伸手抚摩他的面颊,好像要尽量抚去历史的不公和伤痛。

"等有了阅脑器,你会去找那家伙算账吗?"她问。

牛曼想了想说:"我还是送他一个机器吧,世界上要算的账太多了。思维不可见是人类的生理缺陷,谁也利用,谁也受害。那一次碰巧是他害了我。"

"哦,你们科学家是这么解决怨恨的呀?"她钦佩地问。

"这也是战争文明的逻辑。对一群战俘,你知道他们中有一个人射杀了你的同伴或击伤了你,但你有必要去鉴别那究竟是哪一个吗?那在他们只是运气或技术的区别,不必像对待谋杀案那样去调查凶手。更广义地说,他们是俘虏而你不是,那也只是你的运气而已。"

"嗯,是这样。"她把他的手臂攥得更紧。

虽然如此相爱,他们还没有上过床。安坦诚地说了她"暂不进行"的两点理由。第一点是较常见的,她想让他们结婚的日子有特殊意义。第二点是较罕见的,她说她要重新定义性生活:即便在结婚后,做爱也应该是一种庆祝活动而非家常便饭。

一天晚上,安在牛曼的怀里解释道:"因为我要你永远爱我!"

"我会的!"牛曼全心全意地说。

"你不会的,谁都不会的。"安叙说了自己对爱情的研究结果,"心理学证明爱情是一种消灭距离的倾向,所以只有保持距离才能保持倾向。新鲜感是性吸引的重要因素,几乎像'异性'这个条件对异性恋一样重要。实验证明一个男人触摸一个陌生女人和触摸自己的妻子完全不同,哪怕不如妻子一半漂亮也可能有两倍的刺激。对新鲜感的需求是和对美的需求是一样的,尽管它受到谴责。许多夫妻失去他们的爱就是因为失去依赖于新鲜感的激情,所以婚姻制度有两个补充:嫖妓和婚外情,其本质是一样的。情人比妻子有竞争力。你要想保持爱情,就要把妻子变成情人。这是规律,谴责它是谴责规律。"

牛曼听得心惊肉跳,似乎是她比自己在这个世界上多活了十八年而不是相反。

"我要你永远爱我,或至少爱二十年吧,唯一的办法就是让你一直想得到我而又不能完全得到,让我在某种程度上保持新鲜。这就是我的战略。"安公然地说,好像一个阴谋家把阴谋和盘托出。

"……可是,你不是答应嫁给我的吗?"

"是的,我也期待把自己给你,特别是当我看到你的思想和你的爱的时候。但我不想要传统意义上的婚姻——每天生活在一起、睡在一起的那种！那会毁了爱情。"她激动地摇着头，"天天重复，再美的东西也看不见了，再令人激动的东西也麻木了。看看你现在的眼睛，多么深情啊，好像死都愿意。我多幸福、多陶醉啊！可是到那时候，一本书、一个电视节目就可以把它夺走，我都斗不过，更不要说别的女人了。我争不过新鲜感就像挡不住时间，这是规律，不是什么人想不遵循就可以不遵循的。"

"多残酷啊！"

"所以卡尔说：爱在于思念，一如神在于遥远。"

"我知道，婚姻消灭情思，一如天堂没有宗教。"牛曼接上道，想证明自己对那首诗知道得不比她少，但这不等于要把诗句当真。

安不示弱，索性背诵了全篇：

关于爱情与宗教

当我恋爱的时候，仿佛在敬神；
思念是庙宇，吻是天地。
当我敬神的时候，仿佛在恋爱；
祈祷是情话绵绵，彻悟是灵魂的高潮。

热恋是把对象神化、美化、唯一化、永恒化。
人与神也是异性相吸，生活是无情的介质。
爱在于思念，一如神在于遥远；
婚姻消灭情思，一如天堂没有宗教。

神是永恒的恋人，恋人是暂时的神；
有人恋爱不成就顺道去信神，相隔很近。
爱情播种，神却把自己化作种子；

灵魂受孕，十月怀胎后便是信仰。

　　"好有一比呀！"牛曼心情矛盾地叹息。他庆幸自己在琳达之后没有转向宗教，而是柳暗花明，遇上了安。可是安的计划未免太理性了……

　　"我们的距离已经够小了吧？"她在他怀里更沉入些道。

　　"那你对以前的……"牛曼未敢把话问完。

　　"男朋友？"她帮他说了。

　　"我是说，你也……"

　　"没有，所以我接受教训。你嫌不公平？"她看着他的眼睛苛以溺爱的责备，好像他用错了度量单位，比如用了斤两或尺寸来度量爱情。"我想，那是因为他们够不上！谁也不值得我这样在意、这样怕失去……"她用全部气力搂住他，好像已经在和他被夺走的危险搏斗。

　　两人的眼睛都湿了，仿佛听到爱情在叹息自身的限度……

　　他们聊过了午夜。牛曼送她到她的卧室门口，仍依依不舍地握着手不放，饥渴地盯着那美丽的双眸。安倚着门框陶醉地喘气，抚摩他的面颊："我要你永远这样看着我！"他又深吻她，真想把她抱上床去。他感到，如果他坚持这样做的话她不会拒绝他的；但他没有，不愿让她感到他对他们的爱的珍惜比她的少哪怕一点点，即使是在最汹涌的激情下。

　　算他幸运，这正是安要试他的地方。一个男人能在她面前控制住自己意味着两件事：第一，他把她看得比性重要；第二，他不大会在别的女人那里失控。

　　牛曼躺在床上回味安的话，感到无比真切。安说那是她的"战略"，却完全不像那些狡猾女人玩的欲擒故纵的游戏，倒有点像一个戒毒者在克制对海洛因的渴求而保护身体。他不得不承认安的"把妻子变情人"的理论有道理，回想自己当年和琳达的关系，不也是从最初的激情而变成视而不见的吗？后来她和戴维斯的私情、自己受虎太太的诱惑，虽说各有原因但根本上是两人之间已再没有激情。所以安说是"规律"。人们把爱误认为一件可以抓在手里的东西，其实它是卡尔说的"倾向"——但凡得到了就要失去的。这让他想到莱辛的名言："对真理的追求比对它的占有更加宝贵。"看来，值得追求的女人也是真理。

紧张期待的阅脑试验终于开始了。

作为阅脑器的发明者，牛曼将首先把机器用于自己。而作为爱和信任的证明，他让安做第一个看见他的思想的人。安懂得这不只是个工作安排，也是他们相互关系的重要进展——入心是比做爱更亲密的接触。

安对牛曼的脑活动持续观察了三个小时，记录了大量的思想。然而在最关心的问题上结果似乎令人失望。虽然他想到她有二十多次，比任何其他的人或事都多得多，但她并没有见到她所期待的"爱"！

大多数是想到要她做些什么，如把这个核对一下、把那个存档等。

有两次是想知道她在做什么。

有一次是在喝茶时希望和她一起喝。

还有一次，见她踮起脚从书架上取文件，拉长的身姿特别优美，很想去抱她，但没有做。

还有几次是他担心她的观察结果：会不会得出自己爱她的结论？

但是，最关键性的是他未能通过她的一个试探，或者说是陷阱。安故意放了一本杂志在他的桌上，那封面上是一个半裸的性感女郎在媚笑。目的是看他会如何反应。结果，他不仅注意到了，而且觉得那女郎的乳房比安的大些！真是不可饶恕——他立即后悔这么想了，然后紧张起来，担心这念头已被安看到……

担心之余他又想到应该多想想她才是。

但马上又为这想法后悔，因为这想法本身也会被看见而被认为是虚伪。

....

这就是"爱"吗？安很失望,好像是期待洗一个滚烫的热水澡而伸手一试却是温吞水,或是指望考试成绩出类拔萃而结果却是差点没过及格线。她所期待的爱,是一种炽热火辣的、绝无仅有的、不可遏制的激情。它应是无比深切的、高于一切的、无时不在的……而现在看到的完全没有达标,更不用说那丢人的乳房比较了,好像那点尺寸的上下就能影响他!

可是,她听到自己的心在不同意。她的"梦里醒"怎么可能不深爱她呢？就是从这份记录看,虽然与理想相去甚远,自己无疑在他心目中是重于一切的。也许爱就是比重？一个人思想里的爱究竟该是怎样的？反思自己的心理,要是除了他就什么都不存在,那又何以生存？她开始怀疑自己关于爱的概念——会不会由于思维不可见而发展到过于神圣的地步以至不认识它的实际状态？这使她想起西奥多·阿多诺的"偶像化"警告,那很像小时候母亲讲过的一个寓言。说是有一个姓叶的先生非常喜欢龙,想象龙是如何的出色非凡。他在家里到处画龙,不但画在墙上、柱上、家具上,还绣在衣服上、被褥上。天上的龙听说后很感动,就来拜访他。但当叶公看到真的龙时竟吓得魂不附体,仓皇逃跑了。"我会不会是爱情的叶公?"她调动全部心理学知识来审视他们的感情:自己对他的,他对自己的,自己对那些感情的感觉,对那些感觉的感觉……最后把自己的失望归结为概念的理想化:照相机只能拍到具体的花红柳绿,期待看到"爱"的概念则是指望拍到"美丽"。

在安反省关于爱的概念的时候,牛曼也从对自己的阅脑记录中思考了婚姻问题。他原以为自己对性是忠实的,可是,尽管深爱着安,他还是本能地被一个陌生女人的身体所吸引。虽说只是对一张照片的瞬间念头,但也说明了两个问题:

第一,所谓"性忠实"是一个人造的信念而非生物学事实;

第二,这个信念由思维不可见维持着而构成了婚姻的基础。

这意味着"婚姻"其实是一个有赖于思维不可见的信仰体系。牛曼感到这是个重大发现,但更重大的问题是要不要对安说明它。安在期待结婚,而这个发现等于宣布婚姻其实是没什么意义的东西——是借助思维不可见维持的一种信仰、一种心理安慰!能不能不告诉她,把婚结了再说呢?……不行,这太虚伪。何况自己的思想早晚要被看到的,那时岂不是大暴露——拿明知没有意义的东西糊弄她?想来想去,唯一可行的方案是全盘照说,和她探讨清楚这个发现。说明白了,她还愿结婚的话就结。当然,这样探讨也有一定的风险,可能会被认为是自己在为那个不雅念头开脱——似乎一纳入一般规律就不那么可耻了。但实话总是说得清的,就是被暂时误解也要讨论清楚。

他们四目相对时有些难堪,好像一份遗嘱打开后发现里面的东西比先前许诺的少了许多。安想"刺"他一下,说:"这就是你的爱吗?但又不大忍心。"不料牛曼却先承认了:"我知道你所期望的比这多得多,可是……"

"也还有没期望到的。"安忍不住道。

"是很……丢人。"牛曼措着辞,虽有道歉的意思也还是不得不说,"问题是它说明了什么?"

"还能说明什么?"

"说明……性忠实是人为的信念,不是生物学的事实。"

"那又怎样?"安听出牛曼不限于仅仅讨论他们的个人问题,而要从学理层面上辩解,就说,"人类建立婚姻制度是有进化论的道理的。"

"是的,性爱的不专一性不利于后代存活,于是发展出婚姻制来固定两性关系。其实质是让变的东西不变,所以要靠社会力量——要用宗教、法律、习俗来造成不容改变的印象。"

"事实上它还是变化的。卡尔说指望它不变是指望铁板不生锈、报纸不发黄、肉汤不变酸。问题是为什么婚姻制度能得以维系?"安问道。

"我考虑了一下,看来也是作为信仰体系而维系的,就是像宗教那样让人相信。宗教是相信上帝存在,婚姻是相信爱情永恒。"

"上帝是没法看到的,但许多爱情都没有永恒,怎么还信?"

"信仰体系就是仗着思维不可见而打的一个包票:它让你相信别人都是那么信的,所以你也应该信。宗教是那么悠久又被那么多人相信,你若不信就一定是你的问题。婚姻制度也是那么悠久又被那么多人相信,你若不信也一定是你的问题。"

"你这么一说倒是很像,我还是第一次听说婚姻是信仰体系。"

"我也刚搞清楚。"牛曼不无得意。

"嗯,等看见思维了就不好办了,原来大家都没有那么永恒,"安笑道,"这么说来,那张纸是没有什么意义的了?"

"是啊,要是我看到你的心变了,还会相信那张纸吗?"

"是倒是,可是……"安意识到这意味什么:阅脑器一来,他们所期待的婚姻不但完了,而且哲学也完了!她不由感到惶恐。这机器一上阵就使这么重要的东西不再有意义了,那会不会毁掉整个文化?要是如牛曼说的,社会利用思维不可见制造了各种信仰体系,打了各种包票,那不是也都要失去意义的吗?

"我们是不是走得太远了?"安忍不住问。

"我们肯定已超出常规了。但我不信看清真实会让世界更糟,你说呢?"牛曼好像不乏信心,但仍希望得到安的认同。

安知道彼得夫妇很想知道实验的结果。可是在晚餐的饭桌上她不知从何说起,便向牛曼使眼色求援。牛曼也感到为难。他知道,关于婚姻制度的发现对于彼得夫妇不会是喜讯。他们对那些概念信了一辈子,有必要让他们遭受一次精神破产吗?真理固然重要,但也要看情况,譬如达尔文发现了进化论就有必要让他年迈的祖母也知道她的祖先的不幸模样吗?于是他含糊其词道:"嗯……事情好像比想象的要复杂,机器好像也没完全搞清楚……"

彼得和琼都是体谅人的人。看出他们有难处,又事关私人感情,赶快话锋一转议论起天气来。

晚餐后牛曼回到卧室，颇有些沮丧。虽然阅脑试验在技术上很成功，但却把期望已久的结婚梦一笔勾销了，还弄得无法回答彼得夫妇。发现婚姻是信仰体系的确很重要，可是美梦成了泡影何尝不是遗憾？况且也不只是个结不结婚的问题，其他方面呢？感情会不会受影响？从一定角度看，这事办的是够书呆子气的。好像两个饥饿的人坐在饭桌前评价一桌期待已久的宴席却不动刀叉，然后宣布为健康着想而不吃了。他感到有些困乏，便更衣进浴室淋浴，想早点休息。

从浴室出来时发现屋里漆黑，牛曼感到奇怪。

"灯泡坏了吗？"他伸手试了试开关，房间骤然亮了。他不敢相信自己的眼睛：安躺在被子里向他微笑！他重拍两下额头确认自己是醒着……

"能……经常这样吗？"牛曼平静下来后问道，但马上后悔问得太傻。

"要是经常的话就不会这样了，记得吗？"安抚摩着他的脸。

牛曼知道她又指那该死的规律。该死不该死，规律就是你忘得了它而它却忘不了你的东西。

第三章

失去内部

安关于"是不是走得太远"的问题仍在牛曼脑子里盘旋。他很清楚自己正在搬动一块文明的基石，人类文明至少有一半依赖于人的"内外有别"。就说前天，他去和一个元件供应商谈合同。那个经理胖得要命，连他的大皮椅都显然是特殊定制的。牛曼以往从没注意过别人块头的大小，这次也为之惊讶，心里说有如此像猪一样的人呀！看到此人动作艰难的样子，不禁又担心他怎么挤得进剧院里或飞机上的座位？就算飞机上的座位之间是可以打通的，那究竟该买一张票还是两张票呢？那走道又该设计多宽呢？……当然，这些念头不过是无害的自娱而已，没有造成任何问题。会却依然开得很好，胖经理很通情达理，合同也顺利地签了。但事后他想，这事要是发生在今后会怎样？要是他看见我在心里笑话他，一切还会这么顺利吗？

阅脑器肯定会带来巨大的后果，而且未必都是好的。问题是，如果现在预见到某些严重的后果该怎么办？是装作不知道还是因此放弃它？这使他想起爱因斯坦引发的核物理革命：如果爱因斯坦预见到 $E=mc^2$ 的公式将导致核武器的出现，他还会不会公布这个发现？他会完全不顾及毁灭千百万性命的可能性吗？若他不顾及，我也不顾及吗？回看历史，这位大师也算幸运。按理说，若没有他的公式就不会有原子弹，那些受害者可以追究他的责任。人们没有让他负责是因为他站对了阵营。如果他不是犹太人而是纳粹，让希特勒先有了原子弹，炸死的不是日本人而是美国人，那么他在历史上的地位又会怎么样呢？

那天晚上，牛曼思考着这些问题迷迷糊糊地进入梦乡。他发现自己来到爱因斯坦的书房里。那蓬头乱发的老头和衣斜靠在沙发上睡熟了，像大半袋子土豆窝在墙脚一样。一边打着呼噜,一边还有口水从嘴角滴淌下来。牛曼感到替他难为情:这么大的事他也不管,只顾睡大觉!于是不客气地连推带摇地把他弄醒:"你要是事先知道 E=mc² 会导致核武器的出现,还会不会公布这个发现?"

"……什么?……会不会?"爱因斯坦好像不大高兴被吵醒,揉揉眼睛但还是没有睁开,就闭着眼喃喃地说,"嗯,那就先禁止核武器再发现它好了……"

"什么?"牛曼不理解,想要他说清楚,但他又呼呼睡过去了。牛曼急着用手去推,但推了个空。他惊醒了,发现是个梦。

第二天早上他把这个梦告诉安。安笑道:"梦里醒,这梦话可不大清醒,还没有发明的东西怎么禁止呢?"

"是呀,我也这么想,可他就是这么说的,不知是搞错了时态,还是用相对论跑到另一个时空系里去了。"

安忍着没笑出声。做梦不合逻辑是再正常不过的事,只有她的"梦里醒"会把梦中逻辑如此当真,以至怀疑梦中人物搞错时态。照这么说来,好像一个睡着的人也可以和一个醒着的人进行辩论并且能赢呢!

经过一段时间的试验和改进,阅脑器样机终于造出来了:一个六英寸长、四英寸宽、老式平板机式的装置。它可以接收个体的微脑电波,以语言和图像的形式呈现思想。这意味着一切的内心秘密——不论是谎言背后的事实还是犯罪活动的动机,也不论是恭维话的目的还是不说出口来的歧视——都将一目了然。

一器在手,牛曼开始规划"阅脑革命"。面对千头万绪他感到需要一个原则框架,从而有所为有所不为。不知咋的,爱因斯坦的那句近乎荒唐的话老在他脑中打转:老先生怎么可能先禁止核武器再发现质能公式呢?他几次试图重回到那个梦里,但都未成功。爱因斯坦好像不愿再见他,也不知是因为得罪了老先生还是因为那种会面只能是一次性的。于是他去见卡尔,告诉他爱因斯坦的所言所行。

"嗯,那一定是他吸取了教训。"卡尔理解地笑道,"他当然要对原子弹负责。不仅是他发现的质能关系,而且是他在1939年写信给罗斯福总统建议研制原子弹的,导致了'曼哈顿计划'。只是后来他见到原子弹在日本爆炸的后果才后悔莫及。1955年他去世前不久发表了《罗素—爱因斯坦宣言》要求销毁核武器,但已经太晚了。那些有了核武器的国家不愿放弃,而那些没有的则拼命追赶,核竞赛导致了一个极危险的世界。到20世纪70年代,全世界储备的核弹头已可以把这个世界毁灭几十次。人类文明的安全只系于核电钮的毫米空隙之间,安全系数接近于零!"

"可怕的教训。"牛曼叹息道。

"后来大家都感到威胁太大,就搞了一个防止核扩散条约。那东西从一开始就注定危机四伏。有核国家可以保持,甚至更新核武器,而其他人连核知识都不许有,什么动物会乐意这样的逻辑?我称之为'核逻辑'。"

"核逻辑?"牛曼好奇地问。

"噢,对了……"卡尔记起了一件事。他从文件夹中找到一页纸递给牛曼:"你一定漏了我的这一首,因为那时你在……你在……"

"在监狱!"牛曼帮他说了。他不喜欢别人不好意思提他蹲监狱的事,因为那反而像是在确认他有罪。他拿过那首诗来看。

关于"核逻辑"

上帝听说人类为核安全问题发生争端,
就派钦差大臣来地球了解情况。
大臣乘风而下,途经若干国家,
见到种种不可思议的景象——
在A国有核阅兵导弹翘首,耀武扬威;

在B国有核系统更新换代,明火执仗;
而在C国、D国,则有核检查人员,
扛着联合国旗走街串巷、倒柜翻箱,
搜寻核证据的蛛丝马迹或"核意向"。
大臣看不懂人关于核类控制的逻辑,
就请教联合国秘书长大人:
"如果核武器威胁人类安全而应禁止,
有核国家是不是该首先销毁?
如果联合国遵循各国平等的原则;
一样的核武器何以是不一样的东西?"
秘书长答道:"钦差大臣阁下!
你说的是普通逻辑,而非'核逻辑',
核逻辑不是'我有,你就可以有';
而是'因为我有而你没有,所以——
我能不让你有而你不能不让我有'!
'平等'就是现实地分配两种权利:
我有有的权利,你有没有的权利;
二者对和平有同等重要的意义。
最荒唐、最不负责的态度就是以为:
准了州官放火就要许百姓点灯!"

大臣听得目瞪口呆:"好新鲜的逻辑,
难怪说你们人类富有创造力。
我得赶快回去报告上帝,
让他老人家也要学习!"

牛曼大笑："我怀疑上帝能不能对付人的诡辩！不管大国怎样貌似公允，世界其实就处于这样的荒唐状态。"但他却很受启发。如果爱因斯坦是后悔自己未能未雨绸缪，那么他的"胡话"就一点儿不"胡"，分明是不惜颠倒时空来教我不要重犯亡羊补牢的错误！从卡尔处出来时他感到很满足，仿佛又见了爱因斯坦一次，尽管老先生不愿见他。

根据核武器带给世界的两大教训：暴力和不公，他发现自己所寻找的原则架构就是两条底线：和平与公平。一方面，许多革命都是承诺幸福却给人类带来痛苦。如果昔日事关物理的核技术无意加剧了暴力还情有可原，今天事关道德的阅脑革命再不诉诸和平就不可饶恕，所以和平必须是一条底线。另一方面，有阅脑器的人和无阅脑器的人的差别必然巨大——恐怕比有核国家和无核国家的差别更大，甚至超过物种之间的差别——所以公平也必须是一条底线。于是他立下了阅脑革命的两条基本原则：

第一，和平原则：阅脑革命必须在法律范围内进行而不使用暴力。

第二，公平原则：使用阅脑器者必须接受别人对他们使用阅脑器。

在此基础上他们制订了一个行动计划。其中，牛曼把"可行性研究"列为一个重要的限制条件，并亲自加了一句承诺："如果此研究证明阅脑器对社会不可行，我们将放弃它。"当时他和安对望了一眼，没有说话而完成了一个对话。安知道这是牛曼在回答她对阅脑器的后果的担心。牛曼曾对她说："要是我是爱因斯坦而事先知道 $E=mc^2$ 会导致原子弹，我就把那个公式锁在抽屉里。这个原则也适用于阅脑革命。"

安很为这个承诺感动，但又不无疑心。一个倾注全部心血做出如此发明的人真会这样想吗？会不会是说说而已来讨自己的欢心？情人会承诺任何事情的……她在猜测他脑子里的想法，而手边就有一个可以阅脑的机器，不由想到把二者结合一下……当然，她犹豫了，能对这么信任自己的人这么做吗？……可她实在想做，以至用人类的福祸安危作为理由：这项革命将对世界产生巨大影响,他的思想和明智至关重要,而我是唯一能够影响他的人。不能为此偷看一回吗?只此一回,下不为例……

终于,安手抖心跳地打开了阅脑器,带着那好奇心、责任感、犯罪感等混合一体的复杂心情。

上帝保佑,阅脑记录告知她,牛曼确实是这么决定的。但她也吃惊地发现:自己竟是他做出如此决定的关键因素!他确实有激烈的思想斗争:既无比向往阅脑的前景又十分担心不期的后果;而天平终于向后者倾斜是因为他绝对地在意她的态度:

> 她是爱我的,但要是我变成一个只顾自己发明的技术疯子就另当别论了。若失去了她,就是赢得世界又有什么意思?若要在这两者之间选择,有什么可犹豫的?当然是很可惜……能不能把机器保留在我们二人世界里?这和锁在抽屉里也差不多;可那又没有多少意义,我们本来就心领神会……

读着这些,安感到嘴里咸咸的,猛地意识到是泪水。这不正是每个女人所希望自己的男人的"在意"吗?不过,这发现并没有减轻她肩头的责任,反而好像更加重了。看来,只要他知道她在担心机器的后果就不会胡来。她的反应关系世界安全,她岂不是"安理会"?但她并不感到像握住牵狗绳似的控制了他,反而像是被他——确切地说是被他的爱——更紧地抱住了似的。她分不清所背负的是一个男人的爱情还是自己对世界的责任。附加爱情的责任仍然是责任,不过是甜蜜型的。

尽管侦察成功,但什么也不能说。安深知自己的行径十分恶劣,都不敢想象牛曼若发现了会有何反应。但有一点是肯定的:他不会再信任她——他若真的那么傻的话,她感到自己都有义务去制止他。出于赔罪心理,她把那晚安排成他们的"庆祝活动",说是嘉奖他的科学伦理。

牛曼只顾高兴,没有起半点疑心。

"我们会成功吗?"安把定稿的"行动计划"交给牛曼。他没有回答而是掂了掂手中的机器,似有雄兵百万听令。

按照计划,第一步要做的是向科技部申请经费。

"和斯特劳的办公室联系了吗?"牛曼问安。

"联系了。约见大臣的步骤是提前三个月预约,办四道申请,经过五级审批。"

"好大的衙门!我来试试。"

"早上好,斯特劳办公室。"一位小姐愉悦的声音,几乎带有流行乐的旋律。但不等牛曼通报完姓名,她就打断说:"知道了,牛曼教授。我已经把约见大臣的程序向你的助手交代过了。我们这里是提前……"

"我也知道你的三、四、五规矩了,女士。请你转告大臣先生两点:第一,这个发明可以获得几项诺贝尔奖;第二,如果他不在一周内见我,我就去见法国的科学部长了。"圈内人都知道,法国人正在多方努力想使诺贝尔奖人数赶上英国,包括用重金收买海峡这边的精英。

"那……教授先生,你能不能告诉我你的发明的大致内容?"她显然感觉到了若干个诺贝尔奖的分量,或者是失去它们的分量。

"对不起,我只能与大臣先生面谈。我知道谁也不愿意破例,但有时候是必要的。请转告大臣先生,这是我最后一次求见。"

"当然,教授先生!"她已经在央求,"请允许我向大臣先生转达你的意思,很快回复你,很快!"

"狂……妄!"这是斯特劳大臣听到牛曼的要求时的第一个反应。报告者是他的秘书、办事效率很高的海伦·沃克太太。虽已是经过层层转报,牛曼那几句话的分量犹在,并终于到达了它的目的地。

在硕大的办公桌后面,斯特劳靠在高背皮椅上几乎仰面朝天。但他在快速揣摩牛曼的挑战。他当然不喜欢被威胁;不过,要是有人胆敢这么做,也许有他的道理……

"原牛津教授?那就不是牛津的教授,不是吗?"他问。

"嗯……"海伦吃不准这是不是发给她的问题。

"不过,几个诺贝尔奖……嗯?好吧,下周还有空当吗?"

"周三下午还行。"

"给他二十分钟,不,十五分钟!"

海伦退出去,带上厚重的橡木门。

立刻,斯特劳坐回到桌边,拿起电话。"喂……"他轻声招呼。

"嗯,小心窃听!"一个女人压低的声音。

"放心,这里有反窃听,说什么都行。"

"那……我就愿意听你说。"女人诱惑地笑起来。

三谬·斯特劳是内阁中最年轻的大臣——这个牛津化学专业出身的政治家精明能干、仕途雄劲。在进入政界前他已在著名的宝洁公司顺利发展,进入了高管层;但一次破格升迁的起起落落使他心态大变。在那场竞争中,起先他几乎已输给了对手,但突然反败为胜,仅仅因为他碰巧有个热心的叔叔,而叔叔又碰巧有个肯帮忙的朋友,而那朋友又碰巧是那场竞赛主裁判的儿子的老师,而那儿子又碰巧在学校里惹了麻烦……于是形势突变。那个意想不到的胜利使他对人际关系的作用大为感慨,感慨得三夜失眠,终于悟出其中道理。原来社会反应比任何化学反应都更有机,因为人的利益、动机、情感、关系等的相关变化潜力无穷。化学反应再复杂,总有可能与不可能之分;而社会反应则连不可能的也会成为可能,因为游戏规则可以被改变。鉴于此认识,他确定自己的人生舞台应远远大于一个上市公司,于是把刚刚争到手的位子拱手让给了手下败将,毅然决然竞选工党议员。他那求解化学方程的才干对竞选果然有意想不到的效果,对公众情绪的准确把握和对政治气候的正确判断使他一举成功。进入议会后,又因为既通科学又懂政治,很快当上了初级工业部部长,得以进一步显露才华。

当解决了前任们长期未能解决的一系列难题后，他被首相汤姆·贝尔看中。当时首相正在为日渐老化的内阁寻找新鲜血液，于是提拔他入阁成为科技大臣。

但斯特劳有些怕首相。这不是因为他胆子太小而是因为胆子太大——竟然染指首相夫人。阿曼妲·贝尔是首相的第三个太太，比首相年轻二十五岁。斯特劳在上次大选期间与她一起工作过一段时间，而相互倾慕起来。斯特劳的哲学永远是"要最好的"，女人也不例外。至于阿曼妲是否最漂亮，这种判断当然主观性很大，但"第一夫人"的地位赋予她一种客观的吸引力。她那骤然提升的双眉在别人脸上会显得过于凶悍，而在她那里就具有特殊魅力。当它们不对称地上下挑动向年轻的部长传情，就使斯特劳不能不冒这个险。他是那种既极端谨慎又极端大胆的人——谨慎时可以谨慎到担心冰箱里的鸭子得感冒。就连平时坐小车，他的方式也与众不同：总是坐在后排的中间位置，力求在所有方向上最大限度远离车身和门窗，据说统计数据表明这可以在车祸时减少死亡率百分之十五。过分谨慎了吗？当然不是。仔细想来，车子在路上行驶时的风险的确是大得无可估量。你得假设：不仅是你的车辆而且所有在你周围飞驰的车辆全都安全可靠，所有的机械和电器都正常工作，所有的司机的生理和心理都正常运转——都是清醒而理智的，都没有受酒精或毒品的影响，都没有过于疲惫或困倦，也都没有因为家庭纠纷、股市行情、失业失恋等而痛苦烦恼……就同时满足这无数多的条件而言，无论怎么谨慎都不算过分的。但这个极端谨慎者有时又敢于冒极大的风险，从职业生涯的大幅度跳跃到勾搭首相夫人都可见一斑。这两者看起来矛盾其实不然，他的极端谨慎正是他冒得起大风险的本钱，一如职业赛车手们那种高度控制的肆无忌惮。所不同的是，他的"赛车"就是生活本身。

这是英国政治的一个多事之夏，贝尔首相尤其心绪不宁。有两件事最让他睡不着觉，因为它们将直接影响明年的大选。

内政方面,由于得力的副相突然去世,贝尔迫切需要找一个接替者。一个能干的副相对于首相至关重要,犹如一个全面的缓冲带使自己免受日常管理的风险。有成就当然是自己领导有方,而出了问题则有人挡着、兜着。目前更急需一个忠实的副手来帮助夏季的内阁洗牌,只有确保一个可靠的班子才能迎战大选。大选的前景本已不容乐观,尤其受不了自己方面的内斗或背后捅刀子。

外交方面,今秋的联大会议是一个头痛:英国有可能失去联合国经理会(经济理事会)常任理事国席位。日本为取代英国的位子而游说国际社会多年。他们的慷慨经援使许多国家相信它的大国地位——它的"大"不像大不列颠的那个"大",而在于真金白银的实力。如果英国失去这个一贯把持的显要国际地位,对首相会是沉重打击——老百姓会认为是他把他们的席位弄丢了。这当然是冤枉,这种事就像倒霉的英国天气一样,不管谁当首相都要发生的。但反过来,若他能碰巧保住英国的席位,那么国人那莫名其妙的感激之情就会化作数以万计的选票。

首相生性多疑,选择副相的事就变得非常不容易。他心里仿佛在下一盘棋,对手正是自己的内阁大臣们。过去三年他的政绩平平,不仅反对党虎视眈眈,党内想伺机取而代之的也大有人在。内阁大臣们大多城府很深,表面上都像是兢兢业业的忠臣,却很可能在关键时刻给你颜色看。这种两面三刀差不多已成为这个党的特色,不同于保守党的公开内斗。那种内斗是连续的和赤裸裸的,你可以知道谁和谁在一边。而工党内部暗流纵横,识人实在困难,就是英格兰银行最好的验钞机也验不出你的真假朋友!对首相而言,误选了副相可不是闹着玩的,弄不好不但不是帮手还可能是一颗不定时的炸弹,你随身携带却不知何时会炸响。

贝尔翻来覆去地考虑人选问题,却越考虑越不放心,连原来认为是可靠的人都渐渐可疑起来。这是一种心理学的"自疑"现象。比如,你若盯着一个本来熟悉的单词看,反复揣摩它的拼写对不对,你就会怀疑它不对头,于是会越看越不像。不过,首相的这种神经质主要是被他自己的政治经历所害。五年前,他本人就是通过对其前任老欧文玩假忠诚而上的台。表面上他是老欧文的忠实副手,那赤胆忠心的样子是连最大的怀疑家也不敢怀疑的。但私底下他已收集了关于老欧文的致命信息——其接受不轨政治捐款的确凿证据。时机一到,他就及时透露给一个会利用这材料的人,致使狂飙四起,迫使老欧文辞职。老欧文对自己的副手没有半点怀疑,反而推荐他为接班人。他从老欧文手中接过唐宁街10号的钥匙时,那哭丧面容不比儿子哭爹逊色,以至老欧文老泪纵横,竟忘掉了自己的不幸而来安慰他!他对自己奥斯卡水平的表演当然得意,花了很大力气才忍住没把这"胜利日"讲给孙子们听。可谁会想到,时过境迁,现在轮到他来防范他自己这样的人了!

和副相人选问题密切关联的内阁洗牌也是难在阅人。他甚至想到用一回"苦肉计"来探探虚实。要是放出风声说自己考虑引退,风吹草低见牛羊,那些心怀不测的野心家们可能会露出马脚。但这一招不是随便使得的,弄不好会弄假成真,一旦被人顺水推舟就难以收拾。这必须是一出配合极为默契的双簧:一个演"隐退"而一个演"反对"。演隐退的要演得像真的要隐退,而演反对的却要真正地反对。若后者在关键时刻撒手,就如同舞台上的对手用真枪射击,那就死得惨啦!最安全的办法当然是由他自己出任两个角色,但那只能是拍电影的蒙太奇手法。最适于合演这种双簧的搭档当然是一个忠实的副相,所以又回到谁出任副相的问题。

贝尔心里的人选有二:内务大臣霍姆和科技大臣斯特劳。两人又各有利弊。

霍姆是个不可多得的干将,忠实可靠、精力充沛,不断有新花样出台。不过,近来这家伙有些咄咄逼人。不仅他关于警察和监狱的改革方案抢了不少头条新闻,而且又反对减税百分之一的大选策略。通常的经验是:大选前减税百分之一可以为执政党多赢百分之二的选票,但霍姆认为现在民众对公共设施的不满程度已成主流,此举得不偿失。首相怀疑霍姆是把他的内务改革看得重于大选了:有的人对我忠诚是因为我在台上,若事情快起变化了就另当别论……

和霍姆一样,科技大臣斯特劳心里也认为首相的减税策略不明智,但他只在自家的饭桌上对太太这么说:"那是误读时事的馊主意。"

"怎么是馊主意?不是用钱买人心吗?"太太对政治也略知一二。

"钱用错地方比不用更糟。他太近视而看不到两件事;一是公众对公共设施的不满已被舆论炒热,像初冬的流感会越来越糟;二是百分之一的减税在现在是微不足道,像过了期的抗生素没什么疗效。"

"你对他说了这些道理吗?"太太问。

"对他说?当然没有!"他笑道,"不但不说,我还要一条条地反驳它们!"见太太迷茫,他解释道:"现在大选是他的一切,所以他肯定听不进这些道理。而这会儿正值选拔副相的关口,和他争论岂不是自毁前程?"

"那你怎么办?"

"当个风向标转呗。"

不日,斯特劳在内阁会上提出支持减税策略的四点理由:

第一,虽说是老办法,仍可讨多数人的欢心;

第二,能促进投资,利于经济发展;

第三,虽然增加财政压力,但也提高效率;

第四,迫使缩减开支,改善工党的形象。

斯特劳用口说四点驳倒了心想的两点,数学上理由充足——$4>2$ 政治上与首相一致,因此深得首相赏识。他在关于副相的竞争中的地位上升一格。

不久斯特劳再次得分。首相为试探内阁的反应而试探地放出风声说:为了党的利益他可能考虑急流勇退。斯特劳心里做了一个快速分析:虽然大选前景未卜但工党还有大约百分之五十的机会;而首相是个连百分之二十的机会也要搏一搏的冒险家,怎么可能轻言放弃呢?据自己对他的了解,所谓"为了党的利益"当然是连鬼都不信的鬼话,所以这肯定是首相试探内阁成员的忠诚度的伎俩。于是他决定,这次不做被动的风标而做主动的"飙风"。

在下一次内阁会议上,不等首相开始,斯特劳就猛力抨击所谓急流勇退的想法:"恕我直言,这个考虑似乎是君子大度,其实是近视狭隘。你也许能因此保全常胜将军的美名,但对我们党显然不利。我查了一下民意调查的统计数,你的连任可以使我们获胜的把握提高百分之三到百分之四,怎么可以说急流勇退是顾全大局呢?"

斯特劳的强烈反应立即得到几个见风使舵的内阁成员的附和,势如桥洞前的激流给航船定下了方向,足以抵制任何危险企图。首相看到这冒险游戏可以安全地玩下去了——如同准备高空走钢丝的听到了保险带上扣的咔嚓声——一颗心落了地。他便落落大方地说:"你有数字说话我不和你争。不过,民意调查有临时性,现在不能肯定明年春天的形势。我是希望你们把视野放开阔些。我也还没有下结论嘛,只是请大家考虑一下这样一种可能性,一种可能性嘛。"

把最后几个字重复一下是首相讲话的习惯。他说话时最恨有人随便插话,因为思路一打断就不容易接上。但自从他上升到了没人敢打断他的地位,又产生了另一种需要:得让别人知道什么时候可以开始说话。于是他在自己准备暂停的地方把最后几个字加重语气重复一下,有点像公交车打铃进站,别人就可以在此响应。他身边的人们多已习惯了这种暗示而配合默契。

接下来的讨论,当然是反对"急流勇退"的声音占主导,不过首相仍能从人们的发言中观察到不同的效忠程度。与斯特劳相比,霍姆的反应既没有那么及时也没有那么明智。起初他把首相的"急流勇退"一说当真了,看作是其缺乏自信的表现——如果说减税策略是其不自信的第一个证据,那么这就是第二个证据。如此未战言败,还有什么希望?所以他开始斟酌是否应该支持这个想法,以及是不是要把自己作为可供考虑的候选人……当他在按这一逻辑思索的时候,他在副相竞赛中的对手已在首相心目中进一步胜出。

但首相毕竟老谋深算,有对自己的思考做批判性反思的习惯,特别是在用人方面。有一次,他和一个随从赶赴一个会议,连续五小时没停车。到了一个可以行方便的地方两人都急于下车,不料那随从竟敢抢在他前头跃进公厕,令他十分不快。但随即他听到那机枪似的排放声——长达半分钟之久!乖乖,按经验判断那起码是接近爆炸的气量,一定是为了不污染车内空气才硬忍到这一刻的!他不禁暗自惊叹此人的忠厚。过后不但没有批评他反而嘉奖了他,不过没有说明理由。后来他还重用了此人,果然极为可靠。当然,此刻关于斯特劳的反思和那个排放启示恰恰相反。他发现自己越来越倾向于斯特劳是因为此人总能合自己心意;合吾意者未必利于吾,故要特别警惕。于是决定进一步测试。他开出一系列问题让斯特劳回答,其中包括最赤裸裸的一条:假如有机会取代首相,你会怎样做?

斯特劳绞尽脑汁。他首先分析首相的出发点:是总体上相信他却想借此确认自己的肯定判断,还是总体上怀疑他却想借此确认自己的否定判断?这两种心态要求不同的答法。他发现首相的提问纵横交错,像是故意混淆二者。真够狡猾的!于是他决定遵循博弈论的"最大之最小值原理",选取最大可能途径中的最小风险路径。就是假设首相的出发点是怀疑他,所以不应否认自己有野心;而是先承认下来,然后证明它与忠诚保驾的一致性。他写道:

> 一个副相希望有朝一日成为首相是自然的,就像一个人走路迈出了左腿就要迈右腿一样。但走路的目的是前进而不是摔倒。如果我入选,作为一个年轻的副相,就不说对你的扶植的感激之情,实现

雄心的有效途径也是尽可能多地跟随你几年,打好经验、业绩、人际关系方面的基础。我深知欲速则不达。如果要再等十年,我也许会有急于求成之心;而四五年,对于我来说根本不是等待而是训练和准备……

这也是首相听来再合情合理不过的话。但不知为何,听得越顺耳他越感到不放心:此人每次都能投我所好,是因为他和我如此所见相同还是他是如此能猜透我的心思?若是后者,而我却难以读出他的心思,那不是说明他高我一筹吗?果真如此,日后若有冲突我怎么较量得过他?

正当首相在唐宁街苦苦思索之际,与之三街之隔的科技部大楼里,一事正在进展。斯特劳的秘书海伦领着牛曼和安,穿过长长的走廊到达科技大臣的办公室。

斯特劳的注意力一下子集中到安的身上:乖乖……如此美人!这眼睛、这身材、这气质……比苔丝·约翰逊还靓,比爱娃·麦隆还性感……要是能尝到……这十五分钟给对了,一定要……

在女性审美方面,斯特劳是标准极高的唯美主义者。唯美主义者和非唯美主义者的区别,在于有没有审美妥协性。非唯美主义者可以"以长处原谅短处",这有点像做买卖但并无一定之规。性感的嘴唇也许可以冲抵鼻子过于尖锐的缺憾,而迷人的笑容也可能让身高不足得到原谅。唯美主义者则不做此类交易,他们会盯住任何缺点不放,攻其一点不及其余。斯特劳就是如此,任何不足之处都会像沙子在眼里那样不可容忍,因而毁了全部胃口。对他来说,是这缺点定义了它的主人,于是观看她就不是享受而是忍受。他还有一套理论来证明这并不是他古怪苛求:为什么那些约会场所,如咖啡馆、酒吧等,总是灯光昏暗?就是为了隐蔽各种缺陷而增加吸引概率。所谓朦胧美,实质就是利用光线的不足和视力的有限来掩盖相貌的缺点。要是人们的眼睛都像显微镜一样尖锐——把汗毛显现得像麦秆那么粗、把毛孔放大到像鼻孔那么大——这个世界上就别指望什么罗曼蒂克了。反过来说,要是人们的视力减半,就不但可以省去许多日常的收拾和装饰,而且那些因长相不足而找不到对象的人也得救了。从这一点上看,究竟该发展技术去提高整形术水平还是该降低人的视觉能力,这不是不可以讨论的……

但他斯特劳的视力极佳。由于令他认为完美的女性太罕见,他不得不自己来创造一些。他常常用眼睛去修正那些引起他兴趣的女人的不足之处,想象这一个的眉眼应如何朝上挑些才更妩媚;那一个的唇线应如何往外突些才更性感。这些"手术"是在他脑子里进行的,没有创口,不收费用,也无需征得同意,因此有许多实践机会。他的标准也因此越来越高,只有真正出色的美人才够得上他的手术……

然而,不论斯特劳多么完美主义、多么目中无人,对眼前这个女人他只能惊讶不已、五体投地。简直是达·芬奇遇见了蒙娜丽莎、莎士比亚撞上了朱丽叶,她不正是完美之本身吗?唯一不完美的就是她不是他的……

斯特劳沉醉于想入非非,仿佛世界已不存在……直到牛曼干咳了两声把他提醒过来。

"哦哦……"他慌忙打着哈哈掩饰,表示欢迎。上下打量一下牛曼,见他穿着随便,连领带都不系。只是那双眼睛目光炯炯,显得不一般的深沉笃定,那大概是受到这等美女青睐的原因……可喜的是他显然比自己要见老,额头上初显的秃顶趋势更令他欣慰,似乎自己已经在关于她的竞争中得分……

"教授先生,你……想告诉我什么呢?"他问道。

"我可以先告诉你,你在想什么,大臣先生!"牛曼说。

"哦?你知道……我……在想什么?好,不妨猜猜看。"

"猜是猜不出来的,但它已经记录在这里。你可以自己核对一下。"牛曼从上衣兜里掏出阅脑器,按一下打印键,便有一小张纸输出,自动扩展成了 A4 大小。他看了一眼后忍住笑,递给斯特劳。

斯特劳接过来看,脸色唰地白了。

	阅脑记录
姓名	斯特劳
思想	乖乖……如此美人!这眼睛、这身材、这气质……比苔丝·约翰逊还靓,比爱娃·麦隆还性感……要是能尝到……这十五分钟给对了,一定要……
言语	无此项
诚实度	无此项

斯特劳已魂不附体。自己的思想,不,是灵魂——隐藏最深的秘密——被原原本本记录在案、一字不差!像一个道貌岸然的绅士突然被当众扒光了衣服:极度的羞愧、恐慌、恼怒,却又不知该恼人还是恼己。似乎只有一点是清楚的:他面对的不是人,而是……

"请别紧张,大臣先生!"牛曼微笑道,"世界上的事情都是可以说明的。"他不想让大臣先生被吓过了头而使自己白跑一趟,于是向他介绍了阅脑器的功能。

斯特劳紧张地听着。上帝保佑,原来是个机器而不是……他尽量控制自己,并盘算对策。

这时秘书海伦推门进来,示意十五分钟的会见时间已满。

斯特劳马上说:"我们还需要时间,把下午的会议都取消了!"

"但德国农业部长……"海伦试图提醒他。

"取消、取消,健康原因!"斯特劳坚决指示道。天知道这也不全是谎话——就他此刻的状况而言。

"好……吧。"海伦吃惊地点头。她在退出关门时瞥了安一眼。

"据说……你是要申请诺贝尔奖?"斯特劳转向牛曼,试图恢复主动。

"诺贝尔奖?哦,不错,我是在电话里提到过,不过那只是为了便于让人理解。"

"那么现在你向我,也就是向政府,要求什么呢?"

"这样说吧,大臣先生!这机器将带来一场革命,我们提出申请是要让它成为和平的革命。"牛曼把他的建议书递上。

斯特劳的目光迅速扫描,一下子就找到了投资数目一项。二十亿?我的预算的四分之一!没门!他心里叫道。但马上哭丧着脸摇起头来,像一个破了产的商人在打发上门讨债的债主一样:"教授先生,我能支配的总共也不到这个数字呢!"

"是吗?"牛曼转向安说,"让我们看看大臣先生能支配多少。"

安又打印出一张表格。

牛曼看了看,递给斯特劳。

	阅脑记录
姓名	斯特劳
思想	二十亿?我的预算的四分之一!没门!
言语	教授先生,我能支配的总共也不到这个数字呢!
诚实度	百分之二

斯特劳接过一看,就差没趴下了——怎么竟忘了在和谁说话!他意识到自己根本不是他们的对手——就像人无法和神较量一样。但又止不住地想:这不行……得赶快打发他们走。要不先把钱答应下来?纠缠下去太危险……或者让保安来把他们扣住,说是讹诈?……但搞得过他们吗?……不行、不行,他们有如此神通,不会是无备而来的……好汉不吃眼前亏,要是打不过他们也许只好加入……于是说:"经费问题不是不可以商量的,不过请容我一些时间,下周我一定回复你!"

牛曼与安交换了一下目光后道:"好吧,下周我们恭候回音。"

"一定、一定。"斯特劳想赶紧送客。

不料安对牛曼说:"我们不看看大臣先生的结论再走吗?"

"对了。"牛曼说,"让我们一起来看看,也算备忘录。"

安又打印出一张阅脑记录。

	阅脑记录
姓名	斯特劳
思想	这不行……得赶快打发他们走。要不先把钱答应下来?纠缠下去太危险……或者让保安来把他们扣住,说是讹诈?……但搞得过他们吗?……不行、不行,他们有如此神通,不会是无备而来的……好汉不吃眼前亏,要是打不过他们也许只好加入……
言语	经费问题不是不可以商量的,不过请容我一些时间,下周我一定回复你!
诚实度	百分之十

牛曼笑起来,递给斯特劳道:"这结论还不错,没有把握我们怎么敢来闯国王陛下的衙门? 不过我们欢迎大臣先生一起来成就这个事业。"

斯特劳已近乎瘫痪,连看一眼记录的力气都没有了。当然,他哪里用得着看? 于是无奈地点着头,是央求他们快走。

牛曼和他握手,既作为告别又作为安慰。但马上后悔这么做了:那手又冷又湿又滑腻,像条去了鳞的死鱼。没想到机器会对人的生理状态产生这么显著的影响。

斯特劳苦笑着表示抱歉,不敢再说一个字,只恨不能有个总开关把自己的脑子一并关掉。

两人走出科技部大楼,忍不住笑话斯特劳的狼狈相。

"好个科技大臣呀!"安把头摇得黑发飘逸。

"你能指望政治家什么?"牛曼说。但对是否与斯特劳合作两人的看法不一。牛曼知道他不是块好料,但觉得他思维敏捷;那审时度势的机灵劲令他想起前助手虎克,属于那种既聪明又狡猾的一类。

"他能爬到这个位子不是没有道理的。"他对安说。

安对斯特劳没一点好印象:"这个色狼是个无赖,说话十有八九假、诡计接二连三来,要不是有阅脑器,我们恐怕让他哄得连家都不认识了。跟这种人怎么合作?"

牛曼说:"我估计这帮政客都差不多是这样,我们不会一出门就碰上个最坏的吧?说谎是他们的常态。"

"可是他……"安仍不能摆脱嫌恶状。

"至于色狼不色狼的,那倒情有可原。男人是有性感的动物,更不要说遇到你这样的女人。我估计用阅脑器看一看,百分之九十都差不多。"

"那你也是?"

"恐怕也是,只是程度不同。我大概不会说什么尝不尝的,像吃肉一样,毫无浪漫可言。但那是个修辞涵养问题。"他笑着把安搂到怀里,好像证明自己也是色狼。

"男人没好的!"她满足地感受他的温存。

"女人也不会差很多。阅脑器的好处就是不必去找什么好人,而是把人变好。这家伙碰巧坐在科技大臣的位子上,我们这个'科技'为什么不从他身上开始?哪怕是为了方便起见。要是连最坏的都能对付,还有谁不能对付?"

安听到他的信心:"好了,你不就是想证明它可以战无不胜?"

"可是你没用它就知道我在想什么了。"牛曼笑道。

第四章

戒谎原理

斯特劳惊魂未定,好一阵子才稍平静,但仍恐惧不已。关上门、拉上窗帘还是感到不安全,像是赤身露体地暴露在寒冬旷野里又被打开了五脏六腑……这时电话响了,是阿曼妲的熟悉声音。但此刻听来非但不妩媚,而且像冰天雪地传来狼叫似的可怕。这是一种对全面暴露的全面恐惧,仿佛所有原以为安全的秘密顷刻间变成了无可估量的危险……

"我们必须停止。我不能解释,但必须停止!"他挂了电话。

斯特劳喝了两杯浓咖啡才得以静下来看牛曼的建议书。建议书描述了阅脑器的引入将如何铲除欺骗,使社会没有邪恶、相互信任、高度效率和真正自由。虽然惊讶,他不得不承认这是个经过周密思考的计划。而且自己刚才所经历的也说明这字字句句绝不是空话!建议书已说得很清楚:他们不做任何商业交易,也不会让阅脑器成为任何人的特权,而是要成就一场革命。

斯特劳苦苦思索阅脑器对于他意味着什么:是灾祸还是机会?自己刚才被撕得粉碎,这机器的厉害自不必说。但若能为自己所用,岂不是像获得通灵宝器那样无往不胜?谁还能斗得过?但这可能吗?他发现在自己面前有三种选择:

选择一:设法制服他们而获得机器。自己的工作有百分之九十是心理战,若能独占这个武器,别说是副相,就是首相的位子也指日可待。问题是能搞得过他们吗?他们无疑绝顶聪明又有机器在手,谁知道布了什么阵在等我?就算我有手段,同他们斗可能吗?他们可以看见我的思想,任何用心都会不打自招……不行、不行,这条路肯定是凶多吉少,连想都不该想的!

选择二：设法收买他们而为我所用。能这样当然也好，但可行吗？这家伙开宗明义不要任何利益，钱只是他的经费。还有什么东西能收买他？女人？最漂亮的就在他身边！有那鬼机器守着，别人连想一下都不成，这家伙简直是一个神的存在，世界都像是为他准备的！

选择三：承认斗不过他们，那就只好加入他们。这个发明的确是人能想得到的东西中最为先进的。不论文明的发展多么了不起——从18世纪的工业革命到20世纪的信息革命，从蒸汽机、计算机到太空航行、基因工程——有哪样能和阅脑器相比？它能把人变好！相形之下，什么登月呀、上火星呀，不都像儿童游戏一样不在话下？就是把所有的诺贝尔奖都加起来也够不上奖他的吧？他不是比牛顿还牛顿、比爱因斯坦还爱因斯坦吗？……我的雄心也好野心也罢，再大能大得过这样的事业？是天意让我碰上了，就算为其所用也不算委屈的，不下于做个副相或首相什么的。一个首相只不过是英伦岛上风光几年的过客，而这发明将重塑人类！这样的机会肯定是绝无仅有，怎能不用双手抓住不放？

斯特劳越想越觉得这是一条应该走的路，越想越为它的意义振奋不已。唯一担心的是自己脑子里那些见不得人的东西怎么办，一见面就会暴露。他想：能不能只用电话联系呢？好像不行。牛曼说了，以后阅脑器就像现在的手机一样，谁都能看谁的思想。不过，现在他们需要我的支持——这是为什么他们来找我——能不能让他们同意暂时不对我使用机器？虽然他们占上风，我这下风也还是有个价钱的。要是他们能给我这个优惠，也就值得我诚意投入……

主意拿定后，斯特劳等不及到下周，决定明天就见他们。

当牛曼和安到达科技部大楼入口时，一个年轻的门卫把他们拦住，说是根据新的规定，他们必须交出随身携带的电子用品，由保安代管。

牛曼要求与斯特劳通话。

"大臣先生，你约我们来进行'坦诚和实质性的交谈'，当然知道这对我们来说意味什么。"

"希望你能理解，教授先生……"斯特劳讨价还价的声调。

"我不会让步。"

"这……"斯特劳顿了顿说，"好吧，我来解决。"

稍后他们被准予通过了。那年轻的门卫笑着耸耸肩说"对不起"，意思是这不必要的耽搁与他无关。事实上他已从中得益不小：在此期间他的眼睛不断地左右巡视，每次都把安包括在扫射范围内。

"对不起，教授。"斯特劳迎接他们时道了歉，但含义模糊，说明还不死心，"我已拜读了你的建议书，它的确令人振奋，这的确是一场革命！若能为之效力，我不胜荣幸……"

"好的。"牛曼知道有"但是"要来。

"不过，我有一个小条件请教授考虑。我身为国家大臣，有许多机密在身，若泄漏出去恐怕职位也难保，更不用说支持你们了。你能否……暂时……不对我使用阅脑器？"

牛曼笑道："大臣先生位高权重，所以我们来找你。就合作而言我们需要坦诚，而以我对人性的了解，唯有阅脑器能确保这一点。"

"可是……据我理解，先生的'公平原则'意味着阅脑器的共同使用，对我先用的话公平吗？"

牛曼想说科技发明从科技大臣身上用起不算不公平，但话到嘴边止住了。心想，既然这家伙承认公平原则，顺此理说下去或许更能接受，便说："大臣先生，公平原则的意思是'使用者被使用'。譬如，我们会谈时你也可以看我们的思想。"说着就递上阅脑器，"当然，暂时还不能把这机器留给你。"

斯特劳有些哆嗦地接过来，紧张得像接受一颗核弹头。犹豫了片刻，还是把它交还了牛曼。他的确很想看他们的思想，这至少会使他感到平衡些，不再是人被神摆弄的滋味；但他仍不能确定，是否值得以暴露自己的秘密为代价来得到别人的秘密?

"教授,你肯定知道——政治上是不能什么都直说的,我们已经习惯于……"

"我知道,但习惯也是可以改变的。我相信今天你就比上次诚实得多,因为你意识到阅脑器的存在。"说着,牛曼给安使了个眼色。

安打印出一张阅脑记录。

"不错,百分之六十。"她笑着递给斯特劳。

斯特劳发现自己的诚实度居然大幅度提高,颇受鼓舞。既然瞒也无用,就决定索性把真实思想告诉他们。他说了自己关于此事的思考历程,即如何从消灭、收买、合作这三个方案中选择了第三方案。说完后朝安看看,示意她可以用机器核实其真实性,颇有一个守法公民在过安检时襟怀坦白、主动开包待检的样子。

安也不客气,公事公办地进行了核实。

"百分之九十!"她不禁叫道。

斯特劳略带羞涩地笑了,像个淘气的学生第一次受到老师的表扬。

他们开始商讨合作事宜。斯特劳谈了一些建设性的意见后提到:为了向内阁报告,最好能让他先参观一下牛曼的实验室。

"当然,如果不方便的话,也是可以理解的。"他察言观色地补充道。

牛曼和安交换了个眼色,说:"没问题,你要是愿意,我们可以马上就去。"斯特劳希望以自己的坦诚来鼓励斯特劳。

"不过,仅限于你本人,大臣先生。"安说。

这正是斯特劳所巴不得的。他知道牛曼和安是坐火车来伦敦的,便建议自己开车送他们回牛津,不带随从。牛津是他二十年前就读的地方,驾轻就熟。至于他想看看牛曼的实验室,当然不是出于麦加朝圣的虔诚,而有其一箭双雕的用意。一来可以眼见为实,确认自己没有受骗上当;二来可以居高临下,以求自己的地位有所恢复。他斯特劳可不是那种一旦处于防守状态就忘了进攻的人。既然他们要在法律范围内从事,他就要尽可能提醒他们他的大臣身份。

可是,快要上路的时候斯特劳又后悔起来。未来这一个多小时的行程陪伴自己的不只是两个人,还有阅脑器!难怪他们乐意。但此时已难以反悔,只好祈求上帝保佑自己在路上别胡思乱想。像往常一样,他戴上自己开车外出时的装备:一顶棒球帽和一副墨镜,那是为了不使许多人认出他。此时想来又起了一种无奈的感觉:以后这些伪装也都没有意义了。要是人们能看到你的思想,认不认识你这个人又有什么关系?

到上车时,斯特劳特意安排牛曼坐在前排自己边上,而请安入座后排。这是一个预防自己的措施:以免无意中看到美腿之类而引起不雅的念头。事实上,自上次见面时丢人的曝光后他一直心有余悸,连安的脸都不大敢正眼看的。

牛曼看出斯特劳的惶惶不安,不免对其安全驾驶有所担心。他在安的耳边轻声咕哝了几句,然后对斯特劳说:"大臣先生请放心开车。考虑到安全驾驶,我们把阅脑器关了。"

"谢谢、谢谢!"斯特劳由衷地连声道谢,顾不上掩饰不打自招的狼狈相。

"我估计每个人一开始都会害怕它,但后来会习惯的。"牛曼微笑道。

"也许吧,不过开始是太难了,太丢人……"

"你也可以看我的呀。也未必都那么好看的,所以我要发明它。"牛曼自我解嘲地笑道。

安没有笑。她知道斯特劳所担心的问题正是引入阅脑器的最大障碍。阅脑器可以使人变好,但人们又害怕被它暴露而难堪,所以不会接受它。这个鸡和蛋谁优先的困境如何能解决?

她当然不会想到,正是这次旅行将带来一个解决方案。

斯特劳的"捷豹"刚驶出伦敦,在近郊的一条干道上向西快速行驶。

虽然两边仍有些商铺,但车道中间已有树篱分隔而允许较高车速。突然,前方数十码处从天而降般地出现一个人——肯定是越过树篱而横穿马路的!斯特劳大惊失色,用尽全身力气猛踩刹车。被突然制动的车轮拖着车身的动量暴力地滑行,伴随撕裂空气的尖啸;柏油混凝土强行消耗着橡胶轮胎,骤然一股黑烟冲天而起……车子停住时几乎已经触到这个人!

斯特劳吓得面如土色、浑身冷汗,不过身体无恙。

但过大的制动加速度造成牛曼颈椎受伤。那是一种局部运动受阻的状态,使人意识到脖子并非总有万向轴承般的灵活性。

坐在后排的安也被颠得晕头转向,所幸未伤筋骨。

三人从车里观望那肇事者,无话可说。这中年男子蓬头垢面,头发和胡子连成一片,手里握着的酒瓶说明了一切。他一点儿也不紧张,还咧嘴笑着向他们挥手,好像什么都没发生而他们是赶到这里来向他致意的。他还咕哝了几句什么,大概是"你好"或"上帝保佑"之类,接着便晃晃悠悠地继续他的行程。

法律禁止酒后开车但不禁止酒后行走,其实后者在道路上的危险不亚于前者。三人顾不上谴责他,谴责也无用,只庆幸没伤着他。待缓过神来,他们驱车到附近的一家医院给牛曼的颈伤做检查。

在医院的候诊室等候,斯特劳仍不断向牛曼道歉。他对牛曼的伤势特别紧张以致神经质起来:要是伤得严重或者万一……人家会不会怀疑他搞名堂?动机似乎很显然,不论是为了得到机器还是为了得到……或说是两者兼得!那时怎么说得清楚?大概只有这机器可以证明他的清白,但他们会用它来为他开脱吗?

牛曼叫他别道歉了。"你干得不错,大臣先生。"他开玩笑地安慰道,尽管说话时不得不把头和身体一道转动,"为救车外的性命而让车里的受点伤,这是合理合法的。你听说过一个妇女控告公交车司机的故事吗?"

斯特劳木讷地摇摇头。

"那个司机也是为了不伤着行人而紧急制动,造成车内一个女乘客受伤。女乘客就举报司机'歧视'。她说乘客也是人,不比行人低一等。你知道司机在法庭上怎么辩护?"

斯特劳又摇摇头。

"他说汽车行驶在路上就是一个法人单位,车内的问题是自身协调问题,就好像一个人吃饭时咬了自己的舌头,他不能上法院告自己的牙齿吧?法官认为他言之有理,判他无罪。"

"这下没事了!"安也笑着给斯特劳鼓气。斯特劳苦笑一下,像个破轮胎难以鼓起气来。

一个护士来领牛曼去诊断室检查。安欲陪他去,牛曼示意她留下来陪伴斯特劳,因为大臣的脸色看上去比受了伤的人更糟。

斯特劳仍不断擦着前额,尽管不再有汗。他脸色苍白、目光呆滞,也无心关注身旁的佳丽。安为他倒了杯茶,想找个话题聊聊使他轻松些。忽然想到一个问题:这个显然十分精明自私的人怎么会如此担心一个陌生人的安危?要是用机器看看他的思想过程倒很有趣。可他们已经承诺在路上不使用的……不过现在是中途暂停,严格说来也可以不算在"路上"。她的手指已触到机器的开关,但看到斯特劳还在一个劲擦额头的样子,就不忍心了,还是就聊天吧。

"能冒昧问你一个问题吗,大臣先生?"她问。

"当……然。"斯特劳竭力显得镇静。

"你刚才显然吓得很厉害,你的脸色仍然……"

"是的,是很可怕。"

"你能回想一下为什么那么害怕吗?"

"为什么?"这是什么问题呀,你来试试看!

"我是说,你是因为担心那个人的性命还是害怕对后果负责?"

"嗯……可能兼而有之吧。"

"你说一个人对一个陌生人的性命会有多少关心?"

"嗯?"

"这个世界上天天死人,有时还很多。人们常在电视里看这样的新闻,不过是叹息一声而已,接着便忙自己的事去了,为足球赛喝彩或为轻喜剧捧腹,像什么都没发生一样。甚至还有喜欢看杀头的,从前我们英国人也是如此?"

"这……不假。"

"所以,是不是可以说人们对于陌生人的性命并不是那么关心的?"

"严格地说也许是这样,可是看新闻和自己开车撞人到底是两码事。"

"那当然,可刚才你简直像是自己被车撞了一样呢。"

"是吗?这……大概就是人类的同情心吧。"斯特劳也不相信自己会为一个陌生人的安危而魂飞魄散,但被这么一问倒有些吃不准起来。会不会是自己没有意识到自己其实也是一个十分富有同情心的人?人并不总是完全了解自己的,这一点也可以由他的性经验证明:和一个新的性伴侣做爱时,往往会发现自己的身体存在某些自己从来不知其存在的地方。

"这样说吧。"安继续她的剖析,"如果开车撞人是没有法律后果的,你还会那么害怕吗?"

"嗯……也许不会像现在这样。"

"所以可不可以说:你所真正害怕的是自己会受到惩罚?"

"这……也许吧。"他意识到自己被绕进了一个不雅的结论,"不过,真正回想起来,当时似乎什么也没想——没有时间想。"

"可你果断地行动了。"

"你是说踩刹车?那更像是对紧急状态的本能反应,就像跌跤的时候会用手去撑地一样,发生得自然而然,不是什么理性的决定。"

"你说那是自保反应?"安显得很感兴趣。

"我想是吧,心理学不是这么叫的吗?"

"可是,自保反应是指主体受到危险时的反应,而当时你并没有遇到危险呀?"

"嗯,没有直接遇到,但关于驾驶的法律责任使人感到危险,或许这已经成为下意识了。"

"下意识?"安兴奋起来,"你是说法律责任的观念已经融入下意识,那么踩刹车就是条件反射了?"

"好像是这么回事。"

"这……说明什么?"安睁大的双目闪烁着。

"什么'什么'?"斯特劳茫然不得要领。

"要是'不撞人'可以通过训练而成为下意识,那么'不说谎'也可以,说谎就可以被条件反射所制止!"她跳起来几乎要拥抱他,幸亏斯特劳的惊惶表情使她意识到这不是她的梦里。这友好的态势让斯特劳受宠若惊,只是不知道自己被动迟钝的回答何以有如此效果。

安解释道:"你看,按照巴甫洛夫的条件反射原理我们可以制作一种特殊的阅脑器,让它在人们将要说谎时发出警告。"

"发出警告?"

"对,因为它可以监测到说谎的前奏。你一定知道说谎的结构咯!"她几乎在称他为说谎专家,"就是先真后假的顺序。"

"那是的!"斯特劳当然不陌生。谎言总是关于某个事实的,就像化妆得在一个基础上进行。

"每当脑中出现这个样式,机器就会测到它,并发出危险警报来阻止,就像你踩刹车一样。"

"踩刹车?"斯特劳的右脚脚趾抽动一下,理解了自己的贡献。

"如果说谎的动机不断被警告所中止,根据斯金纳的行为强化原理,说谎的习惯就会被逐步克服掉。"

"哦,我以为行为只是在生理上的。"

"思维就是大脑的行为,而停止某个行为本身也是一个行为。"她有把握地说,这是她的领域。

"我听说过斯金纳理论,但不是很清楚。"

"那是斯金纳在 20 世纪 30 年代提出的。他用老鼠试验发掘条件反射原理,发现动物的行为由效果来强化。老鼠'按杆子'的行为通过'得食'的效果来加强,而网球运动员的技术通过成功的击球来提高。动物可以通过训练来改变行为,而克服一个习惯就是形成一个反习惯,他称为'免除训练'……"

斯特劳听得十分认真,茅塞顿开。其后他也为自己感到吃惊:居然能如此全神贯注地听讲,完全没有注意到讲课者是天下最美的女人。

就在牛曼就诊的时候,安运用条件反射原理和行为强化理论得出了戒谎训练的机制。牛曼得知后大喜,发现很容易在现有阅脑器的基础上设计一种自用式的"戒谎器"。为了承认安的贡献,他建议命其名为"阿姆斯特朗戒谎器"。

安不大乐意,虽说是荣誉,毕竟要和"谎"字搞在一起。就说:"严格说来,应该叫'斯特劳戒谎器'才对。"

斯特劳说:"那更严格说来,应该用那个过路酒鬼的名字来命名才对。"

牛曼笑道:"可惜我们找不到他了,还是让安担待了吧!"

这天的牛津之行,开始出师不利但后来收获不小。不但安意外地发现了戒谎机制,斯特劳对牛曼实验室的视察也很成功。以他自己的科学研究经验,他确定牛曼奇迹般的发明不是奇迹,而是在简陋条件下取得的真实成果。当了解到这个项目始于监狱牢房里,他更敬意倍增,不禁感叹历史的幽默感:一定要通过最大的压迫来实现最大的解放!于是以大臣的身份信誓旦旦地表示:"我将尽我的一切所能支持你们的事业!"

不料,安一听这话就迅速接球:"这太好了,大臣先生!你若能在戒谎试验中带个头,将会是极大的帮助。"她正在计划她的戒谎训练试验,这显然是请斯特劳给她做试验品!

"嗯……"斯特劳一时语塞,要是知道她会如此不客气地接受人家的客气,他就会比较留有余地了,可现在已骑虎难下。不知是不愿让自己失信还是不愿让美人失望,总之这短兵相接使他来不及找一个合适的借口拒绝,结果一咬牙点了头。

牛曼忍不住扭头去笑,堂堂国家大臣竟被一个姑娘牵着鼻子走了。不过他承认安的主意不错,符合尽量减少介入人数的原则。安当然更高兴,若戒谎训练能在这个一流的说谎者身上奏效,其他人自然不在话下。

"太……太谢谢你了,大臣先生!"她脸上笑成一朵花。

不久,戒谎器造出来了。

如所承诺的,斯特劳开始按照安设计的程序进行戒谎训练。每当他要说谎时,机器就发出"嗡嗡……"的警告,正好制止住。开始时他被弄得焦头烂额,差不多几分钟就听到一次警告,甚至有一分钟几次的,搞得他头痛难忍,得用阿司匹林维持。但他坚持下来,看能不能有成效。

果然有了!一周后,警告的频率显著下降。两周后,"嗡嗡"声只是偶尔有之了。但新的问题出现了,他发现难以对付日常工作。以往可以轻而易举搪塞过去的事情现在不知如何应答了。周围的人也注意到"快手斯特劳"不知怎变慢了。这种情形很快发展到了危险的地步,有一次他几乎暴露了自己。

那是由于改变一个太空项目的拨款计划引起的。原计划是先前在部长办公会上确定的。当他下令暂停执行时,分管部长便打电话来询问原因。真实的原因是他要把钱挪给阅脑器联网技术。这当然不能说,正要找个借口搪塞,戒谎器"嗡嗡"响起来。虽然他停顿片刻没把真话吐出来,那下属已觉察到他的尴尬。不过下属聪明,没有追问,而是找了个借口来结束谈话。斯特劳意识到自己被"照顾",更感到问题的严重。堂堂大臣怎么能靠下属的施舍过日子?谁知那人心里会怎么想?要不是因为款项巨大,甚至可能被怀疑有不轨行为。再说,要是电话那一头不是下属而是首相呢?这种状况不能发展下去。

斯特劳向牛曼和安报告了。

收到斯特劳的报告,安很高兴,这证明戒谎训练卓有成效。但牛曼叫她马上停止训练:"我们需要一个能帮助阅脑的科技大臣,不是第一个诚实的人。"

安理解这里的难处,但不无沮丧:"要是诚实意味无能,我们能走多远?……好吧,我来做第一个吃螃蟹的人,阅脑总得有先行者!"

"那更不行!"牛曼说,"你我也许应该是最后失去这种功能的人。这不是什么以身作则问题,而是如何于阅脑有益。警车要追赶无法无天的犯罪车辆,自己就不能循规蹈矩。"这倒是不假,安记起那些警匪追逃的画面:警笛呼啸、警灯闪烁的警车发疯似的逆向奔驰……

斯特劳得到暂停试验的通知松了口气。他很感激牛曼的通情达理,也对安的还算有怜悯之心感到欣慰。这增强了他对合作的决心。当他们再次商讨关于阅脑革命的战略时,他建议尽早取得首相的支持。

"你不是说要向内阁汇报的吗?"牛曼问。

"噢,那是官话!"斯特劳玩世不恭地笑道,"那时我们刚认识,只能给你打些官腔。你们是不知道内阁的复杂呀。这件事一定要先报告首相,而且是绝密的。由他来决定告诉谁不告诉谁、什么时候告诉、告诉多少。"

"嗯……"牛曼看出斯特劳已经考虑到内阁的沟沟坎坎,"能得到首相的支持当然好,不过我们的机器不是礼物,也不卖的,我们有原则。"

"我知道,这里有个平衡问题:你的需要和他的需要,这正是我反复考虑的。要是你同意,我会拟一个报告:既确保让他接纳,又按照你的条件。"

所谓"报告",在科学家的辞典里和在政治家的辞典里含义不尽相同。对科学家来说主要意味着告诉别人发生了什么,对政治家来说则更意味着想让什么发生。牛曼不得不承认斯特劳比自己懂得如何与首相打交道。

除了牛曼能理解的这层意思，斯特劳还有另一层考虑：搞得好的话，这个报告会马上提高他在副相竞争战中的地位。首相的疑人之心已经达到了神经质的地步，阅脑器正可以帮上大忙，所以多半会求之不得。若这个报告对他是喜从天降的宝贝，那自己就是献宝的功臣。人们常感叹那些倒霉的信使因为报告了坏消息而无辜被谴责，殊不知一个善于报告好消息的信使也可以无功受禄的！

第五章

伴"虎"如伴"君"

当贝尔首相仍在为揣摩他的大臣们发愁时,他接到科技大臣的一份绝密报告。斯特劳报告了阅脑器的发明,并以三点理由建议他支持牛曼的项目:

第一,阅脑器威力无比,有之将无敌于天下,不论于内政还是外交;

第二,阅脑革命势在必行,而先行者将得以控制局面;

第三,牛曼是通情达理的科学天才,政府的支持将确保其依法行事。

首相将报告连读三遍,兴奋得坐立不安:居然有这等事吗?那该是天意了!近来他正为大选前景忧心忡忡,也越来越优柔寡断。不论是副相人选的难以决定还是内阁洗牌方案的难以定夺,都难在人心太难捉摸。若有了这件宝器,那就什么都一目了然……他欣喜无比,仿佛正在危险的黑暗中苦苦摸索时突然天赐明灯,让他看到一切——不,比一切还多!至于阅脑器革不革命,只要大权在握就不怕它。于是立即召斯特劳来见。

斯特劳描述了阅脑器如何工作,以及自己如何试用的情况,只是略去了被试用的部分。

"看思想就像看报纸一样清楚,百分之百地可靠。"他结论道。

首相睁眼竖耳地听着,恨不能马上拿到内阁会议上把大臣们的脑子一个个地看一遍,当场识别忠奸,除却几个月来睡不好觉的心头之患。

"若果真如此,何不请这位神仙来展示一下?"首相已表示得很明白:根本不存在欢迎不欢迎的问题,只恨没有来得早一点儿!

"我也是这么想的。不过,他对阅脑器的使用设了个条件。"

"什么意思?"

"他有一条原则叫公平原则,就是'阅人者必被阅'。"

"是这样……"首相皱了眉。

这个说法似曾相识，一时记不起在哪里见过……对了，那是关于防止核扩散的一个口头禅。一些有核国家冠冕堂皇地承诺"在任何时候、任何情况下都不对无核国家使用核武器"。那不过是哄人家别搞核武器的好话罢了，该用的时候找个借口还不是照用？但这个联想使他感到了阅脑器的分量。这内爆式武器的威力也许真不比原子弹来得小。只要想想自己脑子里有多少见不得人的东西，方方面面不计其数！经济上，主管曼城地区开发时收受贿赂、盗用公款；政治上，对同僚甚至朋友耍的阴谋、捅的刀子；私生活更不必提，那一长串情妇，连名字都记不清了，最年轻的甚至比孙女还小……不过，要是和挂在墙上的乔治勋章相比，这一切又都显得微不足道。在那个考究的上等乌檀木镜框里，一枚金光闪闪的功勋章正在注视着他，那是六十六条伊拉克人的性命……

那是在伊拉克南部的一个战役，贝尔上校的部队俘获了六十六名敌军，其中一大半是伤员。要把他们千里迢迢地带回巴斯拉可想而知多么麻烦，兵士们心里的不愿意更不必说。鉴于前不久美军羞辱战俘的丑闻，司令部又三令五申所有部队严格执行《日内瓦公约》。那《日内瓦公约》他没有细读过，听说有清规戒律一百四十多条。此刻他倒想研究一下，看看有什么空子可钻。譬如，把那些伤兵留在荒野里算不算"遗弃"？那地方当然没有印度虎或美洲狮出没，至少他没听说过。至于有可能遭遇当地的野兽或恶劣天气，谁能责怪英国军队不干涉"内政"呢？不幸的是他的那本英文版《日内瓦公约》已在厕所公务中用完了。虽说还有一本阿拉伯语的保存完好，裹着几层塑料袋藏在贴身的口袋里，那是替伊拉克人保存的——万一自己被俘就拿出来教育他们文明行事。现在当然用不上，阿拉伯文他一字不识。于是就上网查看英文版的《日内瓦公约》。查是查到了，那些条条款款看得他心烦。正在心不在焉地浏览，突然一首关于《日内瓦公约》的诗跳出来引起他的注意。那是卡尔·卡尔就美军羞辱战俘事件写的：

关于《日内瓦公约》

羞辱战俘的照片,让文明羞愧不已,
于是去日内瓦,寻找尊严。
一查方知,该把战斗延长片刻。
战俘是人,敌人不是;
战场上不必介意。
子弹切入的部位、皮肉绽开的形状,
金属和速度,只对物理学负责。

日内瓦的人道,何如动物保护主义——
捕杀讲究逐鹿程序,吃肉注意咀嚼方式。
而战争是——
时间外的时间、空间外的空间。
被子弹清点过的剩物,还指望什么?
只要战争是人权,死才是生的尊严!

对啊,战争就是时间以外的时间、空间以外的空间,常规管不了的!他感到大受启发,仿佛想找一个可钻过的空子却发现一扇可通行的大门!他马上召集军官们秘密开会磋商。在指挥营帐那昏暗的灯光中,他低声而激动地把《日内瓦公约》批了一通:

"你们不觉得这东西不公平吗?刚刚他们还在杀我们的人,现在我们抓了他们俘虏,就要把他们像祖宗似的供起来,不许这样、不许那样,一百四十三条啊!要是这几张纸要管人的事,为什么不早点管?为什么不禁止战争?因为它管不了!只能事后装模作样。不过,也是我们自己不好。要是我们多打几分钟,消灭干净,不是还提高战绩吗?我们也太好心了!不过上帝保佑,我们还是可以控制一下我们的时间的;只要把它拨回去那么一点点……"他停了停,用眼睛扫了部下一圈,像是在估摸他们的智力水平够不够听懂他的话,或是听懂了而赞成不赞成。估计他们的理解水平参差不齐,他忍不住道破:"就这么说吧,为了避免将来虐待俘虏的错误,我们改正先前接受俘虏的错误!"

意思已经再清楚不过。他的这个逻辑对于刚刚浴血奋战过的军官们来说是强有力的;他们有的正在受伤痛的折磨,有的正在为失去战友而悲痛。处于这种状态的人的思维,和那些西装革履地坐在日内瓦湖畔呷着啤酒、高谈阔论人道主义的绅士们的思维大不相同。和他们讨论什么《日内瓦公约》就像同饥不择食的人讨论什么用餐礼仪、同衣不遮体的人讨论什么裤缝艺术。贝尔上校才不愧为体恤将士的指挥官,把话说到他们心里去了。于是马上做出安排。半夜里,他们告诉部队说战俘正在组织暴动,必须马上镇压,于是用机枪扫射战俘歇息的帐篷。这种目标大、阻力小的"战斗"当然再容易不过。战俘们还在睡梦中,大都连喊叫一声都来不及就到了另一个世界。在有的文化中,死于梦中被认为是最倒霉的事,因为到了阴曹地府也只能说梦话。当然,也有现代派视之为安乐死的一种形式,可跻身于当下西方的热门话题。不论如何,贝尔上校的问题解决了——不到两分钟。

贝尔获得了表彰勇敢精神的最高勋章,也是后来进入政坛的垫脚石。他由此意识到:功和罪具有绝对的可互换性,像阿拉伯数字的6和9一样取决于观察角度。他当然理解卡尔的逻辑:如果虐待战俘是不人道的,那么战争就更不人道。可那是和平主义者的胡话!柏拉图已经说透了:只有死人能见到战争的终结。你想阻止不可能阻止的东西不是犯傻是什么?而他的"勇敢精神"正是敢于把卡尔的逻辑反过来用:既然战争是允许的,何不干脆做到彻底?平心而论,这种逆向逻辑也并非他的发明。

当然,要踏上政治的最高地位,只会创造性地读诗或处置战俘还不够。于是贝尔把马基雅维利主义上升到科学高度：不仅"为达目的而不择手段"，而且把伦理学物理化。根据"作用力等于反作用力"原理，我打你就是你打我。根据"能量转换"原理，空投粮食和空投炸弹都是提供能量，只是单位时间的流量不同，后者不够耐心而已。在这样的科学解释下，有什么是不能干的？

当然，所有这些都是可以想、可以做，但不可以说的，如同维多利亚时代的性事。六十六条人命，这在任何法律体系中都难以赔偿，把英国的累计刑和美国的死刑加在一起也不够用。这要是暴露出来还了得？难怪说阅脑器是革命……无论如何，这个公平原则是不能接受的，首相心里盘算。

首相对斯特劳说："告诉他，我很想支持他的发明，但国家机密不能受损，所以公平原则得有例外。其他方面的要求都可以满足。经费方面，需要的话还可以更充足些，更充足些嘛。"

要是这么容易的话，我自己就办了！斯特劳心里说，但嘴上答应道："好的，我去试试。"这是他对待首相的办法。明知这要求会被拒绝，他得让牛曼去拒绝。斯特劳能够仕途顺利的原因之一就是对细节考虑周到。这习惯是早年学化学时养成的。他记住了老师的教导：在化学反应中许多不起眼的小因素——诸如光线、湿度、微小振动等——都可能影响结果。他有时显得吹毛求疵，连扔一张废纸都有固定程序：先对半折，再对半折，然后依次在两个方向上各撕一次，然后投入废纸篓。打扫屋子的清洁工很吃惊，说他的废纸像是生产出来的！但正是这种谨小慎微有时会在重大问题上起意想不到的作用，尤其是在侍奉首相方面。首相对下属的忠诚度极为敏感，以至在乎他们的一些细微表示。譬如，他的地位高而个子不高，且很知道高矮是在对比中显示的，所以不喜欢高个子在身边把这一点反衬出来。不得已时，最好他们能稍事弯曲，这样就既表示尊重又减少反差。但这话是说不出口的，要靠下属们自己领会。斯特劳到任不久就觉察到这个无声的要求，他注意到首相有意无意地嘉奖那些较为显现奴才相的人。但他也知道卑躬屈膝有损自己的形象。于是就从两方面着手：一方面穿较薄底的鞋子，另一方面对脖子的伸度稍加控制。如此双向努力，综合效果然好过那些仅从单方面努力或不做努力的人。他喜欢中国名言"伴君如伴虎"，但又刻意把它改成"伴'虎'如伴'君'"为自己所专用。这中间的区别听上去微不足道，而在他看来，能够体会的人和不能体会的人处于不同的智慧等级。当年马丁·路德搞宗教改革，为什么坚持说自己不是"改变"基督教而是"复归"基督教？就是看到二者的区别非同小可——事关占领正统要地。

此刻斯特劳对自己成为中间人的地位感到满意：可以利用双方的兴趣来控制局面。首相对公平原则的顾虑使他心生一计。细细想过，觉得虽大胆但可行，于是决定请牛曼和安次日到丽兹饭店吃饭。

丽兹饭店的贵宾间灯光幽雅柔和，轻音乐恰到好处地点缀着华丽的气氛。

"还是1978的勃艮第吗，先生？"穿着讲究的服务生显然知道斯特劳的喜好。

"嗯。"斯特劳漫不经心地点点头。

他还在斟酌如何向牛曼献计以及如何回答他们的问题。但忽然醒悟到：对他们只能说实话，任何计谋都不但多余而且危险。即便牛曼可能看在近来合作的分上给他留点面子——不当面查看阅脑记录，安的手提包里的机器是肯定不会闲着的。

待牛曼和安坐定后，斯特劳概述了首相对其报告的基本反应：对机器的极大兴趣和对公平原则的严重担心。

"概括起来一句话，他很想用机器，但又不想让机器用于他。所以希望公平原则对他例外，也就是说请你……让一步。"他呷一口酒，注视牛曼的反应。

"我想'原则'就是不让步的意思，不是吗？"牛曼说。

"正是！"斯特劳说，"我不是劝你让步，而是……不让步。"

"嗯？"牛曼和安颇感意外，他们毕竟还不是阅脑器。

"这是个问题，但正因为如此，它可能是一个机会。"斯特劳缓缓道来，"阅脑革命将彻底改变社会，肯定会有巨大的阻力，所以需要最强的政治支持。我这个科技大臣有些分量，但还不够。分量最大的当然是首相。现在他一方面非常想用机器，特别是帮助他解决大选前的种种问题；另一方面又非常怕你把机器用到他身上……"

"谁不怕？"牛曼笑道。

"是啊，这就创造了你们的机会，也许可以让你进入最高层而直接影响局面。"

"哦？"牛曼有些吃惊，安也是。

"要是你坚持你的公平原则不让步，我就以此为理由向他建议一个解决方案。就是由他任命你为他的'高级私人顾问'，专管对阅脑器的使用。"

"你是说……"

"是的，他通过你来间接使用机器，这样他就可以不算使用，因而也不必被使用了。他的间接使用由你控制，你可以决定是否用、如何用。当然，你要保证不对他使用。"斯特劳停下来，等待回答。

牛曼领会了，这是个专门用来绕过公平原则的花招：首相通过他来对别人阅脑从而避免被阅脑，好不滑头！有斯特劳这样的军师，恐怕"万有引力"也绕得过去。不过，这安排对阅脑的好处倒也显而易见，没有比这个位子更接近最高权力的了。他看了安一眼征询她的意见。此事是如此出乎意料，在突发事件面前他有时不如安的反应快。

"你已经向首相建议了吗？"安问斯特劳。

"还没有，我想先和你们商量。说实在的，我现在更多地为你们——或者说是我们——着想。"他依次看着二人，看自己的靠拢态度是否被接受。

"你认为他会同意吗?"安更关注首相的态度。

"我相信这机器对他的吸引力很大。你不能想象人是多么希望钻到别人脑子里去,又多么害怕被别人钻进来,何况他!"斯特劳以知情者的口气深有体会地说。

"要是遇到我们不同意他使用机器的情况怎么办?"安问道。

"那他就不能使用。当然,合作是相互的。你们都需要对方的帮助,所以不会必要地为难对方。记住了这一点,他就会尽量避免提出不合理的要求,而你们也会尽量满足他的合理要求。要是他的连任有助于你们的事业,你们会不这么做吗?"

"嗯。"牛曼点头,但仍然犹豫。他不大喜欢首相,也不大喜欢交易。

斯特劳感觉到了,劝道:"你想进行阅脑革命,就需要政府合作,不是这个政府就是下一个政府。但这个政府可以马上开始,而且我可以……帮助。我知道我不是多么理想的帮手,但别人也未必就好很多。而合作一旦开始了,你当然希望连续性。他的大选胜利和你的阅脑革命是相得益彰的。"

牛曼不得不承认斯特劳言之有理。的确,不论是当下的开发联网技术还是将来的议会立法,政府的支持都极为重要。要是自己能在最高层面上直接影响进程,还有什么比这更理想的?当然要付出一定的代价,但如斯特劳所说的,稍有不公平也是为了和平,大概这就是需要两条原则的道理……

"如果你们感兴趣,我就向他提出来。"斯特劳说,"若他同意了,我就起草一个合作协议让你们双方确认。"

"明白了……"牛曼再次和安交换了眼色。

安转而看看斯特劳,没有说话。

斯特劳马上领会了,抱歉似的说要去洗手间,便退出来。他从走廊的边门进入饭店的大花园,趁机散散步呼吸些新鲜空气。曲折的石径沐浴在柔和的橙光中,那是皎洁的月色和星星点点的路灯灯光的交融,很难说二者哪个贡献得更多。他边享受这宁静的夜色,边想象自己的思想如何正在被他们阅读。他确信他们会相信他,从而听从他的建议——那是个"几"全齐美的绝妙之策!于是开始盘算下一步:如何向首相报告。他也会接受的,他想。只要举措得当,就可以让两边按自己的调子探戈,像这月光和灯光一样一道为自己所用!

斯特劳在花园里待了一刻多钟,给他们足够的时间做决定。

当他回到席上,牛曼告诉他原则上同意这个方案,当然还得看具体协议。

"很好。"斯特劳说,像一个媒人落实了一头而对另一头也十拿九稳。

一送走牛曼和安,他就打给正在等消息的首相。他说牛曼态度强硬,对公平原则不肯让步。

"该死,那怎么办?"首相焦虑地问。

"办法倒有一个。"斯特劳端出了如何让牛曼出任首相的高级私人顾问的方案,指出这个安排的关键所在,"由他为你操作阅脑器,你不直接看,所以就不必被人看。"

"嗯,有点儿意思……不,很有意思,他同意吗?"

"他已原则上同意,要看协议如何写。"

"那好、那好!"首相转忧为喜,"你马上起草!"

次日早晨,斯特劳把草拟的合作协议分别电邮给双方,约法三章:

第一,首相任命牛曼为高级私人顾问,掌握机器(的使用)以助大选;

第二,首相将支持联网技术的开发,并在大选后促成议会立法;

第三,牛曼保证在任何情况下不对首相使用机器、不干涉政府事务。

在发给双方的文稿中,对高级私人顾问的职责界定有一词之差。对牛曼是说"掌握机器",而对首相是说"掌握机器的使用"。这当然不是疏忽。

不一会儿牛曼打来电话,问他怎么把原来说的"掌握机器的使用"变成"掌握机器"了。他答说首相认为这样更合适。牛曼拒绝接受:"我不是他的一个开关!"他就答应说"再去试试"。

刚放下电话,首相的电话到了,问他怎么把原来说的"掌握机器"变成"掌握机器的使用"了。他答说牛曼认为这样更合适。首相拒绝接受:"核武器的使用权都是我的!"他就答应说"再去试试"。

十分钟后,他分别告诉双方:经过反复劝说,对方已同意采用一个中性措辞:"负责使用机器。"双方都感到对方已让了步,便接受了。协议达成。

其实斯特劳一开始就料到双方在掌控问题上会有分歧,于是采用了拿手的三步迂回术:

第一,当把主意推荐给双方时,给各方一个较有利的用语,以利形成意向;

第二,当起草协议时,给各方一个较不利的用语,以形成可能的回旋空间;

第三,最后以一个中性词来妥协,双方都感到已经得利,便易接受。

这心理博弈术屡用屡胜。不过,有了阅脑器,这高明方法的效用也来日无多了,想到此不禁神伤。

次日上午,首相在唐宁街官邸召见牛曼和安。

一经亲自试用机器,首相佩服得五体投地。急不可待地进入正题:"我对你们的项目感兴趣,很感兴趣,不过得非常小心地计划和行事。当务之急是大选,我们要共同努力——我们坐稳了才能支持你们嘛。"他微笑着扫视他们,"对了,明天我要就大选策略和大臣们个别谈话,希望你们协助进行。"

牛曼想,果然不出斯特劳所料,这家伙开门见山不客气,马上就要用阅脑器窥视他的大臣们。斯特劳已劝说过牛曼要配合,理由有二:第一,大臣们是为首相工作的,首相有权知道他们的真实想法;第二,根据"合作协议",牛曼有义务帮助首相赢取大选。

牛曼虽不很情愿,但已无话可说。

下午,首相在内阁会议上介绍了牛曼和安:"诸位,我先通报一件事。为了提高效率以赢取大选,我已经任命牛曼教授为我的高级私人顾问。他会在必要的时候参加我的一些活动,也包括他的助手阿姆斯特朗小姐。今后他们会出入10号,但不参与政府事务,只对我本人负责。希望大家配合。"

大臣们面面相觑,觉得有些神秘。首相显然没有说清楚如此安排的真正理由,为什么一个教授可以提高大选效率?难道发明了什么节能政治?但他们知道首相是精明人,绝不会漏掉他该说的话。既然他不愿进一步说明,这就是足够的理由让他们不要再问。

次日,大臣们一个一个被召到首相办公室面谈,说是交换对大选的想法。他们像往常一样各显神通,夸夸其谈。哪里想到这次所处的环境已完全不同:首相办公桌上的阅脑器正在阅读他们的思想,并即刻与他们的言谈相对照而得出诚实度指标。

每一次谈话结束后,首相就急不可待地查看阅脑记录,比女人想看到自己整容手术后的新面貌还迫不及待。拿着刚刚打印出的带着微热的报告纸,他的手颤抖不已,仿佛握着一颗颗跳动的心脏。那简直是五花八门的灵魂跃然纸上:有口蜜腹剑者的野心勃勃,有貌似谦和者的狂妄不羁,更有对他的秽言相讥、恣意谩骂,可恶可恨之极!也有另一个极端,就是一些昏庸之徒的心不在焉:口言国事还心想着牌局或女人,鬼知道这些浑浑噩噩之辈比起那些狼子野心之流来算是较好还是更糟!虽然也有几个相对诚实的,但属凤毛麟角。总体说来,他发现自己以往阅人的水平不敢恭维;看准的少之又少,而相差十万八千里的大有人在。

但不论如何,首相最关心的两个副相候选人算是决定性地拉开了距离。

内务大臣霍姆的诚实度为百分之六十，大大高于平均值。即使如此，他的思想也比言辞激烈得多，连平日已经不足的尊重都荡然无存。

	阅脑记录
姓名	霍姆
思想	这老家伙，连这一点都看不清？……你要是执迷不悟就别怪我不客气！支持我上的人也不少，只是我没有举旗子罢了。到时候别说我不忠诚、不念你的提携。要是你把大选搞败了，对失败者有什么好忠诚的？
言语	我还是相信改进公共服务比小幅减税更能赢得选票。我相信在你的领导下我们能打赢，但希望我们的战略要搞对……
诚实度	百分之六十

首相被这无声的思想骂得脸上火辣辣的，像被印度小尖椒腌过一回。他恨不能抓起电话用更恶毒的语言骂回去，那些话已成串地挤到了嘴边，总算还是控制住了。一方面是因为机器不能泄露，以后还有许多内幕可看。另一方面，他还不得不承认，比较起来的话这家伙毕竟不算坏的。相反，还得算很不错的！看看外交大臣泰勒，永远是满脸笑容，好像都快忘了如何可以不笑，但却是彻底的口是心非，你得用反义词辞典来理解他的每一句话！农业大臣涛尔斯就更可怕：他表面上点头哈腰像个维多利亚时代的门差，衣衫永远是前襟比后襟长两寸，但心里在虎视眈眈最高权力，准备不惜一切代价弄到手。正如俗话所说，你嫌某东西不好是因为还没有遇上更糟的！

糟虽然糟，毕竟还有一个人让他欣慰，这就是曾令他越欣赏就越怀疑的科技大臣斯特劳！阅脑记录表明只有此人在想他所想、急他所急。一面替政府运作总体筹划，一面为赢取大选具体盘算，既忠心耿耿又足智多谋，叫他如何不欢喜？他于是马上决定了副相的任命。

斯特劳本人完全没想到他的阅脑记录会如此之好。正相反，谈话结束后他狠狠地为自己捏了把汗。是的，他比别人有备而来，不仅因为他知道会有阅脑器监视，而且因为先前的戒谎训练已使他的诚实度好过一般人。但谈话中间出了一个突然变故，使他的相对优势突变成绝对劣势。当他正在滔滔不绝地阐述大选策略时，忽然看见首相办公桌上的镜框照片：阿曼妲·贝尔正对他媚笑！这种办公桌上的镜框照是绅士们用以取悦太太的传统摆设——向偶尔到访的太太证明她们时刻在自己心上。那照片本该是朝里对着首相的，为何现在大半朝外对着他呢？肯定是首相发现了他们的问题而来试探的！他赶紧把眼睛避开，但思想已无法回避。马上又想到这个念头也已被阅脑器记录了，更加忐忑不安。他知道这机器是如何工作的：你越不安记下的就越多。可如此心怀鬼胎的事又怎能控制得住？有生以来第一次意识到有知比无知糟糕，糟糕一万倍不止！……虽然强作镇定地完成了面谈，他离开首相办公室时已全身湿透，感到大祸即将临头。

果然，首相又通知他去见面。"完了！"他后悔聪明反被聪明误，就是把阅脑器介绍给天下所有人也不该介绍给首相呀！紧急考虑如何对付即将到来的审问，但越想越慌乱，以往的机灵劲儿全不管用。他在走廊上放慢脚步磨蹭，以求多一点儿时间思考。但想不出办法，小偷被当场捉住了还有什么办法可想？经过洗手间时甚至想进去假装拉肚子，可就是最严重的腹泻又能泻多久？他也想到过逃跑，但一看四周，人们的表情似乎已有异样，一定是已被通知来监视自己却装得若无其事；要是被大门口的门卫扣下就更糟……不论如何已经太晚，他已经来到了首相办公室门口——连平日总嫌太长的走廊似乎也缩短了一半！没有办法，只好硬着头皮进去自首……又紧急考虑如何做法：要不要下跪？若下跪，是单腿还是双腿？单腿有点儿像求婚，而双腿又太像祈祷，关键是不知首相倾向于哪一种。

可是完全出乎预料，首相笑容满面地起身，前所未有地绕过他的大办公桌来迎他。一边热情地握住他的手像个多年不见的老朋友,一边欢叫:"我的副相、我的副相!"

斯特劳不敢相信这是真的,但对方的手握得很紧实又笑得很开心,确实不像暗藏杀机。于是不得不信,一定是上帝保佑了!缓口气,迅速调整面部肌肉,把恐慌的神情就近转移到受宠若惊的样子。

首相是如此兴奋,以至怀疑的本能也暂停了。他拍着斯特劳的肩说:"有了你,有了阅脑器,我就有了左膀和右臂、左膀和右臂啊!"

斯特劳再次从首相办公室出来时几乎要跳起来。他重重地掐了自己的大腿一把,看看是不是在做梦。看来极危险的那一段根本没有被记录下来,可这怎么可能呢?从以往的经验看,阅脑器从来不会漏掉一个字。就算有人能幸运到步步走在雨缝里而不被淋湿,哪有照相机拍照能正好把脸上的麻子、雀斑都避开的?正当他百思不得其解时,忽然看见安从首相办公室的边门出来,微笑地冲他眨眨眼睛。他立刻明白了。

首相完成了对大臣们的甄别后,又马不停蹄地挑选一批有希望取而代之的议员。挑选人在先前是件头痛的事,现在成为一种享受。不再像在菜场买鸡蛋那样吃不准里边是好是坏,倒像是在书店买书可以先翻看再决定。如此进行,他很快宣布了内阁洗牌的名单。二十五个大臣中二十个被更换了,幅度之大为内阁洗牌史上前所未有。国人无不惊讶:这位以优柔寡断出名的首相怎么突然变得如此果断?吃了什么灵丹妙药还是豹子胆?

高层圈内已有人猜测这与他的神秘顾问有关。首相不是暗示过这个教授是来"提高效率"的吗?大臣们在 10 号碰到牛曼时都只敢点头致意而不敢轻易搭讪,他们知道首相任命此人为"高级私人顾问"就意味着资源不分享。

首相自己当然得意:谁说我不果断的?搞了几十年政治,手是不软的,只是人心吃不准罢了。现在吃准了,看我出手不出手!

完成内阁洗牌后,首相马上投入保卫联经会席位的"外交战",这也是迫在眉睫的急案。日本要求取代英国成为常任理事国的议案已经成熟,可能在今秋的联大上表决。不过,根据规则,现任的五个常任理事国要先投票决定是否将这一问题列入今秋的议程。五国的立场分歧,取决于对英、日之争站在哪一边。

各国博弈的结果,出现了奇妙的二比二的形势。

如此二比二的形势下,美国的一票就成为关键。美国在这个问题上曾一直挺英,但今年情况不同。英美贸易额还不到日美贸易额的一半,日本又额外承诺五百亿美元的贸易优惠来换取美国支持。经济利益不能不胜过所谓大西洋两岸的"特殊关系",白宫已向唐宁街示意:今年压力太大,抵挡不住了。

政治分析家告知首相:此事对即将到来的大选会有相当影响。所以首相要求斯特劳想尽办法也要让美国再支持一年。

斯特劳用尽心思还是想不出好办法,他又拿不出五百个亿和日本人抗衡。但他知道有一个人掌握着此事的钥匙:美国总统。要是他能帮忙,或能被迫使帮忙,那就……阅脑器能不能对此起作用呢?于是他去牛津见牛曼和安。

斯特劳问安:"我记得你好像说过,只要有一丝线索你就能把任何问题搞清楚,为什么?"

安说:"这很简单,只要带上机器向当事人一问。他也许不愿说,但他不会不去想,于是……"

"于是就记录下来了,太好啦!"斯特劳有了主意,"我让英情六局看看总统阁下有什么有趣的线索,肯定有!然后我们去拜访他一次,提起那个线索。等记录到手了,我们关于联经会的话就会有分量得多,多得多!"他感到柳暗花明。

牛曼对把阅脑器用于要挟颇感不舒服。斯特劳劝他说这是帮助大选的必要步骤,有利于大选的事也就有利于阅脑革命。牛曼知道被绑在大选的战车上不得不有所妥协,问题是到何种程度。他看看安,征询她的意见。他知道安在道德考虑上比自己敏感,她的态度可以帮助自己下决心。要是安介意的话,他就对斯特劳说不;要是安不介意的话,他答应斯特劳也就不那么愧疚了。

有趣的是,安对斯特劳的讹诈计划倒没什么顾虑。像很多英国年轻人一样,她对美国对待英国的态度早已心存不满。山姆大叔用得到人的时候就满嘴"特殊关系",用不到的时候就不把人家当回事儿。它在战后拒绝丘吉尔的 SOS 的故事似陈酒溢香被念念不忘,成了两国关系的永恒脚注。所以安很愿意看到英国人有机会出出气。她理解牛曼是嫌据脏要挟的行径卑鄙,可是它山姆大叔对人家玩了多少阴谋诡计?对别人算卑鄙的行径对它就未必能算。再说,此举将把机器直接用于美国总统,诱惑力无与伦比。

于是一个秘密行动计划拟订了,代号 ODS——只有几个人知道它是"保席行动"的缩写(Operation Defending Seat)。斯特劳向首相报告了这一计划。

首相批准,责成英情六局全面配合。

次日,英情六局北美部主任向斯特劳报告他的发现。关于总统阁下的有兴趣的资料共计有一百多条,从政治舞弊、经济犯罪到性丑闻一应俱全。其中可能构成罪行的有十一条;这其中最具爆炸力的是一起与性丑闻关联的谋杀案。今年年初,得克萨斯州有一名妇女及其两岁的女儿失踪。此人曾与总统有染,后又有要挟总统的迹象。之后有一系列与之有关的不能解释的事故发生,而中情局有封锁消息的举动。此情报系英情六局某高级间谍在与中情局执行中东联合项目时秘密获悉,并得到两个独立情报源的证实。

"很好!"斯特劳说。

两周后,副首相斯特劳出访华盛顿,由特别助理安·阿姆斯特朗小姐陪同。这本是一次秘密访问,可是越秘密的事情泄露得越快,大家都知道这是英国为保住联经会席位做最后努力。各报议论纷纷,但都很悲观:

《泰晤士报》说"亡羊补牢,为时太晚"。

《每日电讯》指责山姆大叔"不会拉兄弟一把"。

《卫报》则认为英国应该自重,"君子认输好于垂死挣扎"。

哼,你们懂什么!斯特劳心里笑道。

总统阁下在白宫椭圆形办公室会见他们。规格不低,看得出是以虚抵实。

"很高兴见到你啊,再次祝贺荣升副相!"总统阁下热情友好。

"谢谢总统阁下,贝尔首相让我转达敬意。"

"谢谢,也请转达我对首相阁下的敬意。"

斯特劳开门见山道:"首相还要我转达,关于联经会席位一事我们十分感谢总统阁下的一贯支持。我们也知道你们在这方面有困难,所以更要感谢。这个问题将直接影响英国明年的大选,首相寄望于我们的特殊关系,哪怕再坚持一年也好。"

总统的回绝也很干脆:"理解、理解,但恐怕你还得向首相阁下转达我的歉意。如你所知,我对英美特殊关系十分重视——非常重视,但今年的情况已不可能。我们的贸易赤字达到了灾难性的地步,参、众两院联手向我施压,实在是爱莫能助,十分抱歉!"

借口,斯特劳心里说,谁不知道你有否决权?嘴上却说:"可以理解,总统阁下。既已如此也只能如此了,让我们谈些愉快的话题吧……"他通情达理地切换了议题。

会谈在"诚挚友好的气氛"中进行并达成几项共识。到快结束时,斯特劳从上衣口袋里掏出一封信说:"对了,首相还有一封私信要我交给总统阁下亲收,并说如有回复也让我带回。"

"是吗?谢谢!"总统稍有意外,接过信就拆开来看。往下读时开始神色紧张,不自主地手抖指颤……忽然意识到自己在客人面前很失态,他赶紧控制住。干咳两声后道:"嗯,好的。请向首相阁下转达谢意,也请他继续与我交流。"

"我一定转达,总统阁下!"

斯特劳当然知道总统阁下在说什么,那封信是他亲拟的。信上说关于得克萨斯妇女及其女儿失踪一事有泄露等。结尾是一个承诺和叮咛:

……我已责成英情六局追踪泄露源,会及时向阁下通报。但请务必小心!

车一出白宫,安就兴奋难耐地想拿出阅脑器看记录,但被斯特劳的手势紧急制止。她这才想起斯特劳关照过的:车上不得做任何事,谨防窃听窃视。斯特劳在早餐桌上对她强调再三,当时她不以为然地说:"担心美国人窃听我们,是不是有点神经过敏?"

"一点都不,我们也这么做。"斯特劳告诉她一个故事,"当年我们窃听联合国秘书长的事被曝光了,秘书长大人显得很恼火的样子,但并没有深究。我们这方面也表示了遗憾,当然主要是遗憾被捉住了。后来记者采访秘书长大人,问他是否以为自己的办公室是不被窃听的。他回答说:'不被窃听?你一定是开玩笑!'此话后来成了外交界引述最多的名言。他的继任者还索性把它写成条幅挂在办公室的门头上,既纪念前任又提醒自己。"

"乖乖!"安听得瞠目结舌。

"夫妻之间尚有秘密,何况国家之间?再说,我们来这里是做什么的?"斯特劳笑道。

安不得不承认自己的想法荒唐。她有什么理由以为美国人不该窃听她的车子,她自己不是来偷看人家总统的脑子的吗?难怪说这世界是个魔鬼谴责魔鬼的地方。

就是回到了大使馆内，斯特劳还不忘架起他的全屏蔽保密帐篷——英情六局最先进的隔离设备。安跟进其中，直感到比007还要007。

他们取出总统阁下的阅脑记录来看。总统阁下读信时，所经历的有关事情便浮现在脑海里：

	阅脑记录
姓名	美国总统
思想	……福克斯那天晚上来报，无其他人。我嘱他解决……次日他来电说顺利进行，未留痕迹，执行者亦已车祸。万无一失的，怎么会走漏……
言语	无
诚实度	无

"中了！"斯特劳低声大喜道。

五天后，总统阁下收到首相阁下的"继续交流"，还附了一份英情六局的绝密情报，详细描述了总统与福克斯谈话等过程。如此详细精确，总统感到像是他自己在回放当时情景的纪录片。信末除了再次嘱咐总统阁下"小心"外，还加了一句意味深长的"承诺"：

只要英情六局在我的控制之下，这一头就是安全的。

总统阁下心慌意乱、半夜未眠。他苦思冥想两个问题：事情怎么会泄露的？首相的关照是什么意思？

泄露是不能查的，一查更加泄露，就像偷来的东西被人偷了是不敢报警的。而首相的不断关照肯定不会没有来意。他说只要英情六局在他的控制之下那头的事情就是安全的，这是什么意思？就是说，如果英情六局不在他的控制之下的话，那头的事情就不安全了。而斯特劳不是明确指出保席问题会直接关系到他们大选的成败吗？也就是说，如果美国不支持英国保席,首相就可能下台;如果他下台了,那英情六局当然就不在他的控制之下了,于是那头的事情也就不安全了,这不是清清楚楚的逻辑吗?好毒啊!他知道我不傻,会看懂的,所以就假装好人。对了,要是我也装傻呢?大智若愚、不予理睬呢?不行、不行,我不敢啊!他知道得这么清楚、这么准确,简直像有摄像机在当场拍摄的一样,他手里一定有证据。我怎么敢冒这个险呢?两条人命啊,不,三条!可不是什么通常的性丑闻可以出出洋相算数的,在得克萨斯是要杀头的!真的要做第一个被处极刑的美国总统吗?

想到此他不寒而栗,仿佛已经坐在死刑执行室那冰冷的黑皮椅上……他恨得咬牙切齿。

但他知道自己别无选择,只能设法满足那要求。虽然耻辱,但办法还是有的。先要找到一个不支持日本的理由,也就是找碴儿,政治的、经济的都行。哼,你晾我的脏衣服,我也可以晒日本人的臭袜子!——他善于学习,且不怕向敌人学习。等把那碴儿摆弄得足够大,就建议在联经会问题上改变政策。国会山那头不免有一仗,可我是总统,最不济也可以使用否决权。那当然不是轻易使用的权力,可谁说这是轻易?不错,国家要损失五百个亿,可一个美国总统是什么价钱?一个人只顾得了那么多。以身殉国的时代已经过去,以国殉身的时代就该到来!

总统打电话把中情局局长招来。局长报告说:"反对日本人的把柄有的是。特别是近来,英情六局的朋友交流过来不少这方面的情报。"局长说得一副心存感激的样子。

"当然!"总统咬咬牙,心里不停地骂着,他连下一步怎么走都给我预备好了,套餐服务呀!这是他有生以来受到过的最恶毒的要挟,也只有英国人能干得这么斯斯文文、有条有理,还打着什么"英美特殊关系"的旗号!但气归气,还是不得不按照给他指定的方向走下去。

总统亲自过目了那些可供选择的情报。最后选定政治上最敏感的一条：日本军国主义复燃活动。随着第二次世界大战的百年大祭在即，这个题目容易煽起反对旧敌的爱国主义，只有这种强大的历史情结才可能战胜经济利益的现实考虑。近年来，日本女首相藤田原子以其女性和平的面貌给世界良好印象。她抵制右翼压力，决不参拜靖国神社，而且远比其前任慷慨和富有爱心。前任首相们只知斤斤计较，对战争受害者的第二代、第三代的索赔要求能推则推、能赖则赖，常常陷于诉讼纠纷而狼狈不堪。她则不然，不等人家开口就主动提出对第四代、第五代的高额赔偿，简直有观世音转世普度众生的态势。不过，凡事都有两面。从生物学角度看，她不可能不具有复活军国主义的倾向，因为她血液中有太多的仇要报。她的曾祖父辈大都死于太平洋战争的对美作战。祖父母辈有两人被原子弹炸成孤儿，父母也炸成残废。所以她被起名"原子"；后又给两个儿子起名"广岛"和"长崎"——1945年遭美国原子弹轰炸的两个城市，他俩现在都是自卫队高级将领，一个在陆上自卫队，一个在海上自卫队。据传，最近日本有人把中国名言"君子报仇十年不晚"篡改成日本名言"女子报仇百年不迟"。这当然是针对百年大祭说的。当美国人纪念战争胜利的时候，像她这样的人怎能不以另一种方式来纪念呢？虽然那毛骨悚然的话不是她说的，但她是一国首相，不该为国民的言论负责吗？

总统指示中情局，把这些情报"加工处理"后捅给媒体。

中情局擅长此术。美国人喜欢听惊险故事，且见风便是雨。当年就是凭着几张谁也看不清的卫星照片而相信伊拉克有"大规模杀伤性武器"，大动干戈打了十几年仗。中情局一定也从教会学到了这一手：要想让人相信什么，就把它搞到天上去，越高越远越看不清就越容易相信。

果然，随着日本军国主义复燃的新闻占据头版一个星期，反日情绪在全美高涨起来，并开始影响国会的气氛。虽然务实派觉察此风刮得蹊跷，估计有政治背景，但一时找不到风源。当国会开始展开辩论时，总统表示了对爱国主义的支持。他在华盛顿的群众集会上发表充满激情的讲话，缅怀自己最敬爱的继曾祖叔父如何在太平洋战争中死于非命。说得声泪俱下,仿佛对前辈的伤痛感同身受……总统的眼泪自是不同于寻常人的,次日务实派让步,国会批准了政府的建议:就日本军国主义复燃问题成立专门委员会做出调查,在调查期间暂不支持联经会讨论日本成为常任理事国的申请。

很快,总统阁下接到英国首相的感谢信,热情洋溢地祝贺他具有远见卓识的正确决定,说这将有助于世界和平和大西洋两岸的特殊关系。对总统阁下来说,此信不在于说了什么而在于没说什么:没有再叮嘱"小心"。

几乎就在同时,日本女首相的抗议信也到了。字里行间的愤怒声震耳欲聋:"难以置信21世纪的美国还会如此狭隘记仇,因为一些不着边际的谣言而公然背弃国家间的承诺。如此偏护大西洋而歧视太平洋的地缘政治非常危险,说不定会促成非二氧化碳的气候变化——把不是军国主义的人逼成军国主义……"看来她已不再担心被认为有复燃倾向,而更希望亲手把广岛的原子弹扔回去。

总统阁下概不回信,心里说:什么大西洋、太平洋的,是倒霉的得克萨斯!

英国举国欢庆。伦敦大大小小的酒吧挂出星条旗与大洋彼岸的表兄弟眉来眼去。大小报纸把这类旗帜飘扬的照片登在头版彰显爱国主义,好像不知道那不过是酒吧老板的"政治经济学"。酒吧永远庆祝世界杯赛,谁进球都一样。

但世界看不懂为什么美国突然转向,连最老资格的战略家也莫名其妙。日本军国主义的问题像太爷爷的烟斗一般古老,为何白宫忽然如此重视起来,不惜付出几百亿的代价来较真?分析家们纷纷猜测英国到底以什么使华府改变政策:从把苏格兰作为星球大战基地,到总统阁下某公子与王室某公主定亲都猜到了,应有尽有。

星期三,BBC的议会节目照例转播每周一次的"首相答问",国人拭目以待。反对党领袖考林·豪沃发问,把那富有挑战性的声调又提高两度:"议长先生,我首先祝贺首相保住了我们在联经会的席位。但首相能否告诉本议会,政府是否为此有所交易?如果有,请问是什么交易?"

"是啊,什么交易?""又出兵吗?哪个国家呀?"反对党议员们附和地嚷嚷。

"秩序、秩序!"老态龙钟的派克议长声音微颤地喊着,带有一种附加在年纪上的软权威。"首相阁下!"他请首相回答。

"谢谢议长先生!"首相神情得意地站到讲席上,"交易?什么交易?那是我们共同的胜利!我想请本议会和我一道向美国总统阁下致敬,谢谢美国人民再次支持了我们的特殊关系,特殊关系呀!"

"同意……"工党议员们起着哄。

"我们没有让国人失望!"首相继续道,"但很遗憾,我们不得不让反对派先生们失望了。他们是多么想玩这张牌啊:不惜让英国下台来让自己上台,这才是最可耻的交易!可惜落空了,下次最好把自己也搭进去增加些分量,多卖几个钱,多卖几个钱!"

"同意、同意……"工党方面一片赞成的笑声。

"嘘、嘘……"保守党方面一片不以为然。

"秩序、秩序!"老议长机械地重复着,像只老母鸡无奈地阻止一群乱哄哄的小鸡,"考林·豪沃先生!"

"谢谢议长先生!首相一如既往,总是说得很动听却不回答我的问题。每个人都知道是我们使美国改变了立场,本议会有权知道我们是怎么做的!"考林·豪沃揪住不放。

"议长先生!"首相答道,"要是你尝了个鸡蛋觉得味道还不错,为什么一定要审问那只母鸡是怎么把它下出来的呢?(众人大笑。)重要的是我们已经扭转了局面。我知道我的尊贵的反对党朋友有些气急败坏,可他总不能要我损害我们国家的安全,包括英美特殊关系,来解决他气急败坏的问题吧?"

"同意……"工党方面又哄笑着帮首相过关。其实,他们自己也很好奇:他究竟是怎么做成的?

……………

这天晚上,夜幕即将吞噬牛津城时,四辆黑色"捷豹"组成一列的车队悄然而至,停在牛曼的实验室外。从首尾两辆车中出来六个身着黑色制服的大汉,迅速在院墙外散开,稍加巡视后各守一方。

然后出来的是斯特劳,最后是首相。斯特劳带路、按门铃。

牛曼和安吃了一惊。他们只知道斯特劳会来,没想到还有……

首相呈现表彰的微笑,没有解释自己的不期而至,只把一瓶法国酩悦香槟递给牛曼道:"我是来为你们开这瓶香槟的。"

第六章

阴谋不等式

其实首相是在去英格兰中部的路上经过牛津。鉴于阅脑器为大选扫除障碍功劳不小,顺道来表示一下谢意。但他毕竟太忙,与牛曼握手时就表明这一握是两用的:既是问候也是道别。

"我相信我们携手合作将无敌于天下。"他在说"我们"二字时加大握手的力度。牛曼感觉到了他的信号,不仅因为这是"多媒体"传递,也因为这是首相第二次暗送秋波。上一次是在唐宁街10号。他暗示牛曼的是放弃现有的合作协议而代之以一种更为互利的交易。就是说,若牛曼答应把阅脑器归他,他可以答应牛曼的任何要求。可是他未敢直截了当地明说,这种事如果说了而遭到拒绝的话那就太丢脸了——他毕竟是首相。于是用了些模棱两可的隐语来表达意思,有点儿像暗娼把卖淫叫做"服务"或"工作"。但这模糊性又造成了复杂性:它允许牛曼装作没听懂而不予回答。正因为没得到回答,首相又心存一线希望,所以今天趁机再试一次,但还是用隐语暗示。

牛曼当然是能听懂的,不论是第一次还是第二次都懂。他感到首相的小动作既有些无耻又有些无聊,有点儿像当年虎太太对自己调情的举动:二者都出于对自身诱惑力的过分自信而敢于试探一个不熟悉的人。虽然首相骨感尖锐的男手和虎太太弹性柔软的女胸质感完全不同,但二者的异曲同工依稀可见。想到自己曾对虎太太说的那句至理名言——"结了婚的人就是结了婚的人"——他也想对首相说一句"协议就是协议",但没说出口,因为还记得斯特劳的提醒:别忘了为什么和首相打交道。无论如何,人家是来表示谢意的,至少应以礼相待。

于是牛曼回答道:"谢谢!我们会按照协议合作好的。"

这答复在首相听来还是模棱两可。"合作"——是不是只和我?"按照协议"——是按原来的安排还是新的安排?这种模糊性很伤脑筋,就像开车在路上听到有人按喇叭,也不知是在向你致意还是在抗议你做错了什么,或者根本就和你无关。但首相未感到有希望,因为手上没有得到反应。手是个高度灵敏的传感器,大概只有肢体接触的连续受力才能传达心理状况的无级变化,所以在口头致意之外还要握手。首相肯定牛曼已经感觉到他的手的示意;既然不予回应,就说明所谓"按照协议合作"只是重申老协议的外交辞令……见鬼!他不能再自作多情而陷入更狼狈的境地,于是转向斯特劳说:"是的,我们要按协议办。你的'实施方案'搞出来后及时报我。当然——"他转向牛曼,"要绝对保密,教授,为安全计!"这个警告是这番对话中意思最清楚的部分。既然未能买通,以关怀的口吻传达一点儿威胁将有利于控制。

所谓"实施方案"就是关于引入阅脑器的两个计划:硬件准备和软件准备。名义上是由副首相负责起草,实际上是由牛曼执笔。

硬件准备是建立一个研发基地,在那里对阅脑网络的模型进行试验和展示,目的是在议会立法辩论时让议员们实地观看它如何工作。斯特劳建议利用位于英吉利海峡的 S—岛。那里原是个太空通信基地,基础设施完备,又有海军保护。牛曼已去岛上视察过,也认为很理想。不过,实施这一建设还得经首相批准。

软件准备就是可行性研究:就阅脑器的引入对政治、经济、文化诸方面的影响做出评估。它必然引起巨大争议,其程度不亚于动员人类移居火星,所以必须有充分的理由。可行性研究要直面三大问题:

第一,证明世界无它的弊端;

第二,阐明引入它后的好处;

第三,回答人们担心的变化。

几天后,斯特劳到首相办公室呈上"实施方案"。不料,首相看都没看就撂到一边。"你要搞一个我们的方案！两点：第一，先满足他们的要求来稳住他们，大选之前当然还用得上；第二，设法把技术拿到手。大选之后，他们要是不听话就只能……以国家利益为重了。"他做了一个掸灰的动作。

"就是说……"

"当然！我怎么能允许这样呢？正因为思维不可见，政治才有搞头。它就是要把真真假假的东西搞得虚实得当，让老百姓相信你在代表他们的利益。这当然只能是弱者的幻觉，人怎么可能不代表自己的利益而代表人家的利益呢？商人说什么'客户至上'，那他的第一客户就是他自己！感谢上帝，思维不可见，所以人人都可以这么声称。还要感谢上帝，有那么多人相信这鬼话！要是大脑都被看到了，谁还会在乎你说的是什么？你是做领导的，应该让不在乎你的人在乎你，让已经在乎你的人更加在乎你！"首相像在教训一个接受能力很差的学生，有点儿埋怨他的副手需要他明言这些不言而喻的道理。

斯特劳赶紧表示领会了。

从首相办公室出来，斯特劳咀嚼那些话感到不寒而栗。素来知道这家伙的厉害，但没想到这么厉害，比马基雅维利还马基雅维利！牛曼刚刚为他立下汗马功劳，帮他在内外两条战线摆平问题、转危为安；就是再忘恩负义的人也得想一想吧？好家伙，一过河马上拆桥，还要置于死地……他打了个寒战，不得不考虑在两个主子交恶时何去何从。若与这个痞子同流，是继承他的位子的可能性大还是被他搞掉的可能性大？这家伙是牛曼的对手吗？牛曼是君子，恪守不对他使用机器的承诺；现在看来这是有点儿太书呆子气了，可他随时都可以不那么书呆子气的呀，那时又会怎样？你首相能搞得过机器？没门儿！要是没有中间道路可走，我这个中间人只能选择站在机器这一边。首相看似强大，一路上凶险不会少，有些还可能成为我的机会，而站在机器这一边就增加了这种概率。虽然现在还不到时候，地位还有待巩固，但待到大选之后……

按此思路,他决定把所发生的都告诉牛曼并马上行动。这些想法留在自己脑子里不会产生利息,而采取主动则会赢得更多信任,比等他们来问你或被他们看穿时再做解释要好得多——别忘了他们有机器!于是,尽管与牛曼有约在下周见面,他还是连夜驱车赶往牛津。

听到斯特劳的报告,牛曼和安难以置信。斯特劳请他们用阅脑器鉴定他所言的真实性。这回牛曼也顾不上客气,当面做了核实。

阅脑记录确认斯特劳说的是实话。两人对首相的行径气得说不出话来,欲骂无词、欲悲无泪、心寒无比。不论如何,斯特劳选择站在他们一边是一个安慰。面临与首相的恶战,他们更需要这个盟友。在政治方面斯特劳显然比他们内行,于是牛曼向他请教如何应对。

斯特劳有备而来道:"他想稳住你们,你们就做出被他稳住的样子,这样才能稳住他。"

"嗯?"

"就是装作不知道他的用心,继续按原计划做你的可行性研究。只要他不怀疑你们知道他的用心,就是他在明处而你们在暗处。让他相信他在利用你们,你们就可以利用大选之前这段时间把软件准备好。"

"他赢了大选后对我们下手怎么办?"安问。

"这是要防范的。"斯特劳说,"不过政治上变数很多,相信我们会有机会做在他前头。"

"什么机会?"

"这……"斯特劳对安的幼稚有点儿意外,"我不能具体预测有什么机会,但我知道肯定会有,就像每天肯定会有交通事故一样。总体而言,阅脑器可以让美国总统听话就可以让英国首相就范,我会留意时机的。"他显得胸有成竹。

在返回伦敦的路上斯特劳品味着取得的进展,感到满意。他把首相的恶意变成了自己的贡献,增强了牛曼和安的信任。而双方的敌意意味着他们都更需要他,由此而有更多的主动权。如果说一个好的中介是会满足客户的需求,一个天才的中介就是会创造客户的需求。

牛曼的可行性研究进展到了考察世界效率问题:阅脑器将会如何克服世界的低效率。这天他把自己的想法和安讨论。

"好大的题目,你从何下手?"安问。

"欺骗和欺骗的可能性让世界处于防范状态,这是低效率的原因。"

"在什么层次上的高低?"

"逻辑层次,就是负大于正的问题。只要一个坏元件,就可以让一千个好元件构成的机器不工作;只要一句假话,就可以让一千句真话构成的证言失去意义。同样,因为可能有一个恐怖分子,所有的乘客都要接受安全检查。"

"这不是波普尔的证伪主义吗? 看见一千只白天鹅也不证明'天鹅皆白',而看见一只黑天鹅就把这个命题否认了。"

"是的,他确立了证实与证伪的逻辑不对称。对付欺骗,就是在一个可能有假的世界里求真,这对运行效率而言是巨大的负担。"

"我懂了,但运行效率该怎么定量?"

"当然也是计算投入和产出。第一是算出全部安全系统所投入的资源,包括所有的防范系统、监视系统、执行系统。从公安司法、边防海关、税收商检等到每个机构的每个安全设施、每道安全程序,都要算进去。"

"还有每一个建筑物里的每一扇门,每一扇门上的每一把锁。"安笑道,"第二呢?"

"第二是计算这些安全系统的产出能力,如破案率、定罪率、威慑率等。"

"看来你已经有一个构架了。"

"等我们取得各个领域的统计数,世界的低效率问题就清楚了。这个问题只有引入阅脑器才能解决。"

他们做了分工，设法取得各方面的数据。

牛曼工作到半夜，临睡前打开电视看看新闻。不料屏幕上出现了一张他熟悉的面孔，那不是当年审判过自己的赫顿法官吗？虽然戴着大法官的发套并显得老相些，但那威风凛凛的表情和一丝不苟的妆容都没变。没想到这个牛津地方法院的小法官已经升为高等法院的大法官了。这种升迁速度意味着业绩卓著，想必也包括判处自己三年监禁那一桩吧。他有一种说不出的滋味。不能说是怀恨在心，但那个字字句句唯恐他不痛的判决词是难以忘记的。

那电视新闻是关于赫顿法官正在审理的一起轰动的案件：十八岁的女演员丽萨·斯通小姐指控奥斯卡奖导演奥卡先生强暴。名人的性丑闻加暴力，自然被媒体炒得热闹非凡。牛曼也有所闻，只是刚刚知道主审法官竟是赫顿，于是好像与自己也有点儿关系了似的。

据斯通小姐叙说，奥卡以大片《玫瑰正红》的女主角地位相诱惑将她骗到家里，软硬兼施逼她就范，未遂后便恼羞成怒地施暴。她在法庭上悲愤交集、泣不成声，几次几乎昏倒，令人不能不相信和同情。

但大导演方面的故事也很经听。他说斯通小姐自己以身相许，主动得令他都吃惊。但在自己近至高潮之际，她突然提出担任女主角的要求，显然是作为继续下去的条件。自己的身体在尽兴但脑子还清醒，她虽然漂亮但演技还不行，这是部耗资五千万的大片，自己不能为一时之欢而砸了招牌，一时之欢何处没有？于是诉诸君子风度——毅然放弃高潮而撤出。这导致女演员怒不可遏，一边套上那细得几乎看不见的带式内裤，一边气急败坏地发誓报复……

双方都有声有色，不愧是演艺界同人；加上各有一个每小时上千镑的大律师助阵，能把死的说成活的。还有传媒起哄、加油添醋——从奥卡导演长长的情人名单和照片到斯通小姐失贞的日期和地点，无不调查得一清二楚——这戏当然很有看头。

但舆论已倾向年轻的女演员。十八岁毕竟是令人相信的年龄,更有娇小柔弱的容貌招人怜爱。她那眼泪汪汪的特写镜头特别具有感染力,顷刻间湿润了成百万双本不相干的眼睛。导演利用权势占女演员的便宜是这个行业的经典故事,这常识酝酿出一种不是也是的味道。更何况像奥卡这样的大牌人物,当然不乏愿意看他出丑的人——不论是没有他那样的条件拥有她的男士们,还是没有她那样的机会沾上他的女士们。

次日早上,牛曼和安说起此事。不料安说:"这么巧呀,昨天卡尔也说到这事。他认识奥卡多年了。"

"真的?他怎么说的?"

"他说奥卡是个才子,生性挺温和的。虽然喜欢女人,但不可能有那样的暴力行为。他家的猫上了餐桌他都不愿赶的,会跟它商量半天,商量不通就和它一道用餐。现在舆论好像被误导了。"

"原来如此。"牛曼知道卡尔从不轻易下判断;若他这样认为,不会没有道理。又联想到自己的冤狱:当初的陪审团不也是从常识出发而信了谎言的?他人倾向于按常识思考,尽管科学一再证明那靠不住。有什么比"太阳绕着地球转"更符合常识的?哥白尼证明它是错误的。有什么比"重物比轻物下落得快"更符合常识的?伽利略证明它是错误的。当然,类比不是证明,奥卡也不是牛曼……他忽然想到,自己现在是可以获取真相的:用阅脑器进行一次采访不就搞清楚了?法院方面可以请斯特劳做个安排,也算是可行性研究中考察司法效率的案例,岂不是一举两得?于是就和安商量,问她愿不愿意去做个采访。

愿不愿意?这对安就像猫接到捉鼠令一般。她最喜欢的事莫过于拿阅脑器去观察人,为此还多次违反牛曼的禁令。有时她忍不住把偷看到的东西告诉牛曼——往往是因为太兴奋而说漏了嘴。当牛曼发火时,要把机器锁起来,她就往他怀里一窝,做一番自己都知道靠不住的"保证"。牛曼被她一吻就把火给忘了。有几次她还一个人独自去坐吧台,观察那些来和她攀谈的男人的心理。聊了一会儿就躲进盥洗室去看阅脑器对他们的记录。她发现,不论他们是谈酒、谈天气还是谈新闻,无不图谋不轨。有的在考虑如何引诱她,有的甚至想象她在床上的样子……初次看到自己在男人的性幻想中的样子不免震惊——羞辱、刺激、荒诞、愤慨、懊丧无所不及,要不是她的心理学底子厚实大概早已崩溃了。但看过几次后就觉得没什么意思了。这些家伙的想象力太差,就是送到好莱坞培训一百年也当不成导演的。语言粗俗不堪,除了下流乏味的脏话还是下流乏味的脏话,真正不思进取。脏话也是可以创新的嘛,何必老那么重复!她不再去了,当然也是怕被牛曼发现,但这并不意味她戒了"窥视癖"。有几次她甚至想拿阅脑器去会会从前的男友,倒不是为了报复,而是想"核实"一下对他们的看法,看看自己的那些眼泪值不值。不过访问前男友是个危险的忌讳,可能会说不清,所以还未轻举妄动……今天这个机会当然不同,是牛曼下达的官方任务,无需再鬼鬼祟祟。她连说了五个"是"。

牛曼和斯特劳通了消息。斯特劳办公室给高等法院打了招呼,说是本室的一项政策研究需要协助,拟在此案宣判之日派一位高级研究员前来对有关各方做一次采访,希望配合为谢。

不出所料,奥卡被判有罪。一时间法庭沸腾,媒体大爆,这是有史以来第一个奥斯卡获奖导演被判定犯强奸罪。人们到处街谈巷议,"哎呀呀,你听说了没有……"不过,那兴致勃勃的样子并不像道德谴责,倒像听说某远房亲戚的媳妇生了个五胞胎。老于世故的人则不以为然地说:"哼,奥斯卡奖的导演还用得着强奸吗?"

要是人们对此很吃惊的话,那对安将要发现的东西又该做何反应?那天她分别采访了斯通小姐、奥卡导演、赫顿法官。三个阅脑记录一个比一个惊人。

当问到斯通小姐如何看待今天的裁决,她振振有词道:"事实终归是事实。这个裁决不仅为我伸张了正义,而且为我们女人伸张了正义。我们不是任男人——任何男人——欺侮的二等性别……"

但斯通小姐的思维记录显示她如何在心里笑话奥卡：

	阅脑记录
姓名	斯通小姐
思想	……哼,我的演技不行吗？人家是信你还是信我？看你还跟不跟你老娘耍……
言语	事实终归是事实。这个裁决不仅为我伸张了正义,而且为我们女人伸张了正义。我们不是任男人——任何男人——欺侮的二等性别……
诚实度	零

与此同时,屏幕上出现了她向奥卡进攻的景象：扭摆着身子一件件脱光,搔首弄姿地逼近他,然后肆无忌惮地扑将上去,淫荡得能让太上老君窒息……要是她能算"被迫",那天下就没有不被迫的了。可这世界上还就是有黄鼠狼喜欢把小鸡告上法庭的。不论怎么说,她的胜诉证明她的演技确实不错。

对奥卡导演的采访要简短得多,因为他拒绝回答任何问题。但他的思想在反复地骂着：

	阅脑记录
姓名	奥卡导演
思想	……这婊子、婊子、婊子！她还真能演哪,真是太能演啦……
言语	无
诚实度	无

有的人就是这样,不管多么委屈、多想骂人,也还是骂不出口。但他脑子里出现的景象和斯通小姐的回忆完全吻合,像是两部摄影机从不同角

度拍摄的同一场景。

最令人难以置信的还是对赫顿法官的采访结果。当被问到对判决的看法时,赫顿法官的回答是一如既往的严词厉句:"本案调查彻底、审理严密。我必须说,陪审团十分认真负责、客观公正,可谓洞察秋毫、明辨是非。我对这一裁决有充分的信心……"

但赫顿大法官的思维记录显示的是另一回事。他也嘲笑奥卡,但还辅以一段自身经历的回忆与之对比!

	阅脑记录
姓名	赫顿大法官
思想	……这个傻瓜,要做就要一不做二不休!像我那样干净彻底,二十年了也照样神不知鬼不觉……
言语	本案调查彻底、审理严密。我必须说,陪审团十分认真负责、客观公正,可谓洞察秋毫、明辨是非;我对这一裁决有充分的信心……
诚实度	百分之五

此时屏幕上出现了赫顿记忆中的场景:在一条风浪颠簸的帆船上,年轻的他在强奸一个褐发少女,兽性大发……少女在拼命挣扎、呼喊……他全力镇压、亢奋无比……他用力捂着少女的嘴,掐住脖子……少女的四肢在最后抽搐……少女那失去表情的脸孔、死鱼般突出的眼睛……他用绳子将尸体绑在大石头上,投入大海……汹涌翻滚的波涛吞噬了一切……

完全跟好莱坞的电影一样,但不是电影。

牛曼和安惊呆了,这是什么呀?所谓由高等法院审定的"强奸罪"是女演员编造出来的子虚乌有,而在公堂上正襟危坐、形同正义化身的法官大人倒是一个强奸杀人犯,满手鲜血淋淋!

然而这一切还不能公开。世界还得按自以为是的逻辑行进一阵子。

不日,赫顿大法官宣布以强奸罪判处奥卡有期徒刑五年:"你,作为一个享誉国际的著名导演,竟然利用自己的地位粗暴地侵犯一个柔弱少女。这种野兽行径无耻之极、凶残之极、十恶不赦……"

"他倒不吝啬,不留两个严词厉句给自己用!"牛曼摇头叹道。

"大概是深刻忏悔者的心理代孕法,以骂替身来骂自己。"安不得不把她的专业知识超常发挥。

不日,影片《玫瑰正红》的制片商在电视上宣布:"鉴于众所周知的原因,奥卡先生不再适宜担任本片导演,本公司已与其中止合同。现在我们荣幸地宣布新任导演为……"与此同时,斯通小姐名声大振,不仅拍片的邀请纷至沓来,更有报纸、杂志蜂拥上门争购独家专访。其中《月亮报》和《天天报》的竞争最为激烈:你五十万,我六十万;你八十万,我一百万……斯通小姐很沉得住气,保持着蒙娜丽莎般的微笑既不点头也不摇头,静观出价一路飙升。最后与财大气粗的《月亮报》成交。不用说,独家专访绘声绘色、无微不至,只是一个从垂直到水平的动作就写了两版,只差没有细数汗毛了。如此连载数周,销量大增。现如今有什么比明星丑闻和传媒炒作的联营体更赚钱的?

过了没几天,又是一个头条新闻配以大幅照片:斯通小姐挎着新任导演的臂膀媚笑可人。新任导演已经改正了前任不聘斯通小姐出演女主角的错误。没有获得独家专访权的《天天报》,不失时机地点评两人的肢体语言道:"不知前导演未到达的高潮是否也由继承人替他完成了?"斯通小姐如此名利双收的"遭遇"实在可观可叹,眼红死了那些未能有此"不幸"的女演员们。

牛曼似乎能听见斯通小姐心里龌龊的笑声,还有奥卡导演心里悲愤的喊冤声,当然更清晰而沉重的是那位葬身海底的少女的遥远的呼救声……但眼前他能做的只有一件事,他抓起电话拨通卡尔:"有可能的话请转告奥卡导演,让他挺住,他是被冤枉的。"

"什么?你知道?"

"有证据可以证明,不过这证据目前还不能用。"

"什么时候能用?"

"大概……要到明年夏天以后吧。"

"天哪,这可不是收割小麦。你知道冤狱的滋味……"

"你不用提醒我,要是能做我会不做吗?代表这个世界向他道个歉吧,叫他相信你的话就像你相信我的话一样。"

"可是……"

"他至少不用在监狱里忏悔,或许可以写一两部好电影,不论得不得奥斯卡奖。"牛曼挂了电话,他不大舒服听到自己的口气好像比卡尔还要豁达。

"看来这里的问题比想象的还要糟。"安给牛曼递上一杯咖啡。

"根本问题是人造的系统搞不过人的说谎功能。一个十八岁的女孩就把高等法院给耍了,轻而易举!"

"照理说陪审团是很客观的,怎么也分辨不了真假?"

"因为人说谎的本领太大。现代的发展就更不得了,每个人都从视频里学了许多表演技巧。视频时代人人都是演员——都有比从前的专业演员多得多的观摩训练。"

"这倒是的。说谎就是表演,也可以评奥斯卡奖。"安笑道。

"有的谎话听起来比真话还真。"牛曼想起那个"宝马"司机如何在法庭上沉着应对,简直令人羡慕。

"这就是司法效率低的原因吗?"安问。

"这还是次要方面,主要的问题在法庭之外。"

"之外?"

"你看法庭审案的条件多么优越:在那么威严的场所,案子经双方律师调查取证,摆在一个独立的法官和十二个随机找来的陪审员面前,对证据做公开的询问和辩论,再由陪审团集体评议裁决。"

"嗯,好像分辨真伪的一切武艺都用上了。"

"就是在这样的条件下做出的判断也还有错,可见欺骗之厉害。那么再想想案件开始的一头,要抓获一个犯罪行为又是处于怎样的条件?"

"条件?"安没有完全理解。

"犯罪是不是通常在暗中进行?作案者是不是逃之夭夭?那么破案的机会有多大?我指现实中,不是电影里。"

"当然很小。"安说,"常常听说谁谁谁的家被盗了、车被偷了,但十有八九谁也没抓到。"

"人们以为是有的抓到了,有的没抓到,其实绝大多数都没抓到。"

"噢,你是说,如果抓都没抓到,还谈什么司法公正?"安恍然大悟。

"如果破案率很低,堂堂法律体制不就是摆摆样子而已?"

"我听说破案率有将近百分之三十。"安没有把握地说。

"那样的数字也是虚的,十个盗贼能抓到三个吗?警察的破案率是基于立案数得出的,而许多犯罪根本未被发现或报告,当然谈不上立案了。"

"那是的,人们对破案没信心也就不报案了。可是,真实的破案率可能获得吗?"

"可能的,我已经设计了一个获取真实破案率的实验。"

"实验?"

"不过得由现役犯人来协助。比如,要获得对入户盗窃的破案率,可以放出一批在押的入户盗窃犯,让他们戴上跟踪器从事他们的专业活动。这样就既知道一共做了多少,又知道抓到了多少,从而得出实际破案率。"

"天哪,这能行?"

"当然要说好奖励条件,比如给有功者减刑一半什么的,使他们像为自己干那样拿出水平来干。当然,他们要记录好作案地点。"

"为什么?"

"因为不论是否被抓到,事后都要物归原主的。"

"嘀,多好的主意啊,也只有你这种前囚犯能想得出!"安笑道。

"我是学卡尔的非常规思维,人家可是良民。"

"哦,对了,他的全球生存实验!"安恍悟道,"他敢让全世界冬眠来证明全球变暖,你就敢释放在押犯来获得实际破案率,一对活宝!"

斯特劳听了牛曼的计划哭笑不得,但只好同意。随即和伦敦警察总长联系,做了安排。

代号为50B的"放偷实验",由伦敦警署的一个特别行动组秘密执行。

不日,各警局接到通知:凡抓获戴有50B记号跟踪器的盗窃嫌疑人,概不审讯,立即连同赃物一道送总署处置。

这些警察抓小偷的本领不怎样,放小偷的本领还是不差的。趁着月黑风高,五十名专业盗贼奉命出狱,悄然消失在大都市没有准备的夜色中。

放偷实验在一个月内顺利进行。结果是:五十名盗窃犯共作案三百件次,但只有六人被抓,实际破案率为百分之二。出乎意料的是伦敦街头却有不少对警察的赞誉,因为许多被盗的物件很快被送到失主手里,令他们惊喜不已。

"真是奇迹!"一个失主写信向警察总长致敬,"在你的卓越领导下,你的队伍的能力今非昔比,使我对未来的安全充满信心。"

总长苦笑着想:要是入室盗窃都能这样有组织地进行就好了。

牛曼打电话向斯特劳报告了放偷实验的结果,也提醒他别忘了对"英雄们"论功行赏的承诺,包括提前释放。

"你倒不怕街上的罪犯更多?"斯特劳没好气地说。

牛曼笑道:"你也看见了,罪犯本来就差不多都在街上,再多几个也无碍大局。"

"唉,要是你们科学家执政,还不把治安系统取消了?不过,是没想到实际破案率会这么低,这简直像在开玩笑。"

"是啊,就像在没有墙的地方把一扇门漆得很讲究。"

牛曼还用类似的方法获取了其他犯罪类型的破案率，诸如商店偷窃、走私贩毒、伪劣产品等。一个重要的发现是：凡此种种的破案率都远低于百分之十。他在可行性报告中得出结论：

> 各类安全系统的破案率都远低于百分之十。这个事实表明：这些系统的功能与人的欺骗功能不在同一个数量级上，一如机器与大脑的能力不在同一数量级上。

由此牛曼把世界的低效率问题归结为一个公式：阴谋不等式。英国人是个喜欢讲"阴谋论"的多疑民族，从哲学上的大怀疑家休谟到文学上的大侦探家福尔摩斯都可见一斑。这种怀疑传统延续至今，甚至对许多早有定论的大事件——如美国人登月、戴安娜车祸、9·11事件等——都还时有各种"阴谋论"挑战官方版本。不断有各种调查，关于调查的调查，甚至关于调查的调查的调查……牛曼发现，如果把"阴谋"概括为三类——想象的阴谋、存在的阴谋、识破的阴谋——那么它们之间的数量关系就可以表达世界的效率。一方面，欺骗的可能性迫使人们想象大量阴谋的存在，这导致对安全系统的巨大投入。另一方面，安全系统的能力远不及人的欺骗能力，只可能有极低的破案率。阴谋不等式是说：想象的阴谋数大大地多于存在的阴谋数，存在的阴谋数又大大地多于识破的阴谋数：

$$想象的阴谋数 \gg 存在的阴谋数 \gg 识破的阴谋数$$

这两个数量级差距的叠加数学地决定了世界低效率的绝对性。它不可能靠什么人为的改进措施来解决，除非能消灭欺骗。

第七章

安全套哲学

新年前夕,斯特劳专程来了牛津一趟,代表首相向牛曼致谢。

首相的礼物又是一瓶法国酪悦香槟,瓶上挂的小贺卡写着"战无不胜"。这也算由衷的,就阅脑器对他的内政外交的非凡帮助而言。

牛曼接过来看了看,哼了一声连瓶带贺卡扔进纸篓里。

斯特劳吃了一惊,但马上反应过来说:"太对了!"

安笑道:"他要想拿甜头稳住我们就该送些巧克力来。"

牛曼说:"他更希望我们喝醉了才更好收拾。"

他们另外开了一瓶香槟庆祝新年。又谈起50B实验的收获。安把失主向警察总长致谢的话、总长叹息的话——"要是盗窃都这样有组织就好了!"等——又学说一遍,他们都大笑不止。

还把斯通小姐、奥卡导演、赫顿大法官的阅脑记录拿来再评论一番。

斯特劳说:"简直像看到人的骷髅!"

斯特劳走后,两人和往常一样查看他的阅脑记录,发现他的话都很诚实,感到很欣慰。

"我们的副相现在挺诚实的嘛。"牛曼说。

"我也正想说呢——"安说,"跟初次见面时判若两人。"

"对了,他对你好像也不再垂涎三尺了?"牛曼把安搂到怀里笑道。

"怎么,你不放心呀?"安想侦察到忌妒。

"漂亮可怕呀!"他抱紧她,欣赏她的眉眼。

"他知道本人受阅脑器保护,看都不大敢看一眼,好像我会吃了他似的。看来机器也可以改变性心理。"

"嗯,这也是可行性研究的一个题目:它会怎样改变人的情感生活?

我看至少有两点。"牛曼显然已经考虑过,"第一是世界会比现在浪漫,因为爱情总量会增加。第二是普遍存在多元关系,贞节观将由层次性取代。"

"够可以的,先说总量增加吧。"

"你看,在没有阅脑器的时候人们往往不敢表达感情,怕被对方拒绝,所以许多机会错过了。有了机器就不会错过,所以爱情总量大幅度增加。"

"那肯定会导致多元关系。"

"难以避免的!"牛曼说,"问题是如何处理。现在思维不可见,三角恋、婚外情等还可以保密,到那时候……"

"通通在光天化日之下,受得了吗?"

"传统的贞节观得放弃。目不斜视本来就不存在,性吸引是自然现象,不限于特定的对象,也不因为爱了一个人就不对其他人感兴趣了。"

"麻烦就在这里。"

"传统道德宣称的绝对贞节当然是虚伪,随便看看满大街都能见到的'夫妇现象'就知道了。"牛曼笑道。

"什么'夫妇现象'?"

"一对夫妇走在街上,看到一个漂亮女人走过,会发生什么?"

"先生装作没看见呗。"安笑道。

"嗯,然后呢?他会滞后太太一点儿,再扭头去补上一眼,哪怕只看个后脑勺也是好的。"

"真窝囊!"安咯咯直笑,"其实太太也懂,一回头就正好逮住!"

"性的不贞是普遍现象,可以划分为四种情况:第一,完全不想;第二,想而未做;第三,做而未被捉住;第四,做而被捉住了。"

"嗯,说全了。"

"第一种情况大概绝无仅有。第二种和第三种是普遍存在,但由于思维不可见,许多人就装作是第一种,这是伪贞节。第四种情况其实是第二种和第三种的暴露,但受到谴责。"

"第二种和第三种之间还是有区别的吧?"安说,"法律不承认思想罪,想而不做也算不贞吗?"

"当然算,大脑恐怕是最主要的性器官,大多数性活动是用思想进行的。你听没听过一个笑话,叫你猜世界上什么东西既最重又最轻。"

"嗯……"安转动着眼睛,"噩梦?"

"猜得好,但不对。"

"嗯……忧愁?"

"也不对,是男性生殖器。不想的时候万吨起重机也不能让它站起来,而想的时候一个念头就够了。"

"真黄!"安大笑着捶打牛曼。

牛曼招架着说:"它说明性活动主要是脑活动,从文学艺术到商业广告都在利用它,不论你叫它'美学刺激'还是'脑的性活动'。"

"好吧,有了阅脑器就虚伪不成了,那会怎样?"

"人们就得承认性欲是像食欲一样天然而普遍的,不要求目不斜视。"

"那么爱情呢?"

"这里就有层次问题。虽然你对不止一个异性有兴趣,但意义可以不同,从审美鉴赏到生理反应,再到情感交融,再到心灵相通,可以有许多层次。"

"那是的。"安想起牛曼对那个性感封面女郎的心理反应。

"比如说你……"他止住了。

"我怎么?"她追问。

"你是我心目中第一位的,为你我可以……可以……"他不想说出那个太重的字眼,"虽然我也会被别的女人吸引,但我知道谁也达不到这个层次。我想,对于一个理解人性的人来说这应该够了,不是吗?"

"我是没有问题。"安摆出一副超出对手一大截而无所谓的样子,"可那个女人——假如有的话——也会看到你的思想;她为什么愿意被放在一个较低的层次呢?"

"她是可能不愿意,但她是自由的。她可以选择不与我交往,也可以把我放在她的情感生活的较低层次,这没有不公平。"

"人会不忌妒吗?"

"恐怕不行,载舟之水就是覆舟之水,忌妒根本就是爱的一部分。但排他性不是不可以调节的,兄弟姐妹现象就可以证明这一点。"

"哦?"

"兄弟姐妹之间也有忌妒。老大可以质问父母为何要生出弟弟妹妹来分享本来只属于他的爱。这种忌妒也可以很强烈,具有类似性爱的竞争性质。"

"是差不多。"

牛曼指出:"如果人类社会确立了独生子女的制度,也可以形成类似于性贞节的道德准则,例如把生二胎看作是'不专一'而加以谴责,就像谴责婚外情。"

"那就太可怕了。可是,为什么多子女制度不成问题呢?"

"因为孩子没有选择,只能接受既成事实。他们必须和兄弟姐妹和睦相处,谴责父母'不守节'是徒劳的。"

"懂了,你是说当思维可见了,性的多元关系也成为既成事实了?"

"是的。没有阅脑器的时候可以假装,现在看到脑子里的性本来就是不专一的,不接受也得接受。"

"嗯,无情的事实!要是像你说的,爱有不同层次,那性又该怎么对待?"

"我不担心人类有智慧来建立相应的层次。比如'吻'就有好些级别吧?不够的话还可以发明一些,接吻总比做爱的级别低些。就是做爱,戴不戴安全套也不同哩。"

"胡扯!"她笑着叫道。

"真的。有一个男人和一个女人睡了觉但否认有性关系。他对法官说他用了安全套,所以主要是与橡皮的关系,和生物学定义的'性交'有质的不同。法官接受了他的辩护。"

安大笑不止:"嗬,他大概受了卡尔的安全套哲学的启发吧!"

"嗯,也可能是卡尔受了他的启发,卡尔说安全套是性对命的妥协。"

"好像是的,我来看看。"安打开电脑找出卡尔的诗:

安全套哲学

安全套有两个功能:
如果控制生育是人的自觉解放,
那么防止艾滋是性对命的妥协。
用绝缘的性器官做爱,
是裹着舌头品食、堵着喉咙喝水,
改变了整个事情的性质——
变生物运动为机械运动,
变化学为物理学,
变生活为表演,
变人与人的关系为人与橡皮的关系,
剩下一点儿虚张声势的心理学……
没有什么动物会如此委曲求全,
唯有人知道,"存在先于本质"。

"多深刻的安全套啊!"牛曼笑道。

"玩世不恭! 不过,我要有他那么尖锐就好了。"安说。

"女人太尖锐不好,还是曲线比较好。"他知道这个挑衅会被反击,边说边举手防范。安果然捶打他的双肩。他把她抱回她的卧室,嘱咐她把机器对爱情的影响问题总结一下:"这一部分由你负责。"

安难以入眠。这无拘无束的讨论很开心,像一场暴雨冲洗了性爱观念的神秘,也使她想起深藏心底的一个秘密——父亲的一次外遇。那个只有她和父亲知道的秘密,是她自童年以来就承受的内心折磨。现在她想,按照公开心理学对性爱的理解,自己所承受的那一切是必要的吗?

那时她家住在爱丁堡的西郊。爸爸在大学教书,妈妈在图书馆工作,在她小女孩的眼里他们是非常恩爱的。她常常看见爸爸把装着鸡蛋、土司和奶茶的早餐盘,端到妈妈的床头;她甚至还见过他把她抱进卧室去的情形……妈妈显然很享受苏格兰绅士的温情,尽管这和她熟悉的东方传统截然不同——在那里只有妻子为丈夫准备早点的。爸爸在她眼里是英雄,高大英俊又和蔼可亲,智慧就更不用说了。她是他的掌上明珠。不过,他的教育学关于不宠惯孩子的原则,也使他具有严厉的一面。她提出的各种要求,他通常只满足大部分而非全部,现在想来大概有百分之七十。不过不要紧,妈妈会设法变通地满足其余部分。但她至少懂得:一个公主也不是想要什么就可以都得到的。

她具备一切条件步妈妈的后尘成为一个芭蕾舞演员,但妈妈不愿让她受自己受过的那种艰苦训练。于是教她学钢琴来发展音乐天赋,希望有一天能考进皇家音乐学院深造。十二岁那年,妈妈替她找了位钢琴教师,叫凯蒂。那约克郡姑娘又漂亮又活泼,长睫毛下那对水汪汪的大眼睛笑起来像月牙般的迷人。她不但琴弹得好,还会唱歌,圆润的女中音柔和动听,都快接近专业水平了。加上她热情而勤快,一见面就很合得来。全家都喜欢她,很快就处得像家里人似的。

有一天下午,钢琴课正在进行中,妈妈突然回来打断了她们。妈妈刚替她约好去见一位皇家音乐学院的"重要老师"。那是妈妈同事的一个亲戚来爱丁堡出差,当晚就要飞回伦敦的。妈妈请他帮忙鉴定一下她的钢琴水平,看看明年考少年班的机会如何。她在妈妈的催促下匆匆向爸爸和凯蒂说再见,连衣服也来不及换就上了车。车刚驶出院门,她发现自己忘了带演奏用的《天鹅湖》乐谱。妈妈皱起眉头催她快回去拿。她一阵风似的跑回家。推开客厅门时她惊呆了:爸爸和凯蒂搂在一起接吻……

他们慌乱地分开了,不知所措。

她怔在那儿有几秒钟,也不知所措。但她反应得比他们快,扭头便跑。

不过爸爸的腿长,在过道里赶上了她。他红着脸沉默了一会儿,像是在观察她,或许还抱有一丝希望——希望她还不完全懂那回事或者并没有完全看清楚。若是那样,就还有可能用一个什么故事来掩饰……那一刻,他甚至前所未有地希望女儿不是那样聪颖伶俐才好。但她的表情打消了他的奢望,她显然看得很清而且完全懂!于是他开始解释,语无伦次地说那是个错误、是偶然的、是偶然的错误,以后不会再发生了,等等。他甚至结巴了,真丢人!这是她的爸爸吗?……最后是——如她所预料的那一套——求她别对妈妈说,完全像电影里演的那样!

爸爸那央求的眼神是她从未见过的,也是她永远忘不了的。那带着悔恨的惊慌完全吞噬了原本闪烁着智慧的自信。这使她更加悲哀和愤怒,好像他把她最喜欢的东西无情地偷走了……他还说什么不是故意的,哼,当然是的!他能说那不是他做的吗?那些被捉住的人都这么说,好像生活是演戏,演砸了可以说声对不起而重来一遍……不过她也知道事情的严重性。爸爸不爱妈妈对于孩子是一个地震般的灾难,可要是妈妈知道了,那已经震裂的房子就会彻底坍塌……这也是爸爸的央求所在,而她的害怕绝不亚于他。她不得不做出幼稚的生活之旅中第一个超过她的承受力的选择,不情愿地点了点头,没说一句话,转身回到客厅去拿乐谱。

凯蒂见她进来,赶紧把正在整理头发的手放下,但不知该往哪里放,似乎往哪里放都不对劲,只红着脸避开她的目光。她什么也没说,抓起那本《天鹅湖》就跑出去。

那天她在重要老师面前弹得不好,很熟的曲子也出了好几次错。虽然老师还是夸奖了她的潜力,出门后妈妈便不留情地问:"今天是怎么搞的?"

"我……不知道。"她低头看着地上。

妈妈知道她只有在十分懊悔做错了什么的时候才这样。想到今天的应试是毫无准备的突然袭击,对十二岁的孩子不该太苛求了,于是把她搂在怀里说:"算了,不要紧的,这不是正式考试。"

两天后凯蒂借故辞职了。妈妈竭力挽留,包括提出给她加薪,但也没有成功。妈妈感到有些奇怪,直到告别时还不甘心地说:"万一你改了主意,随时都可以回来的。"

凯蒂走后妈妈又找过几个钢琴教师,但都不满意。有的没有凯蒂那么勤快,有的没有凯蒂那么耐心,还有的是既不勤快又不耐心。妈妈总是叹气说:"唉,谁也不如凯蒂。"凡是在这样的时候,她不说话,爸爸则装作没有听见。

更糟的是,她发现爸爸不再正眼看自己了。这使她很不舒服,又不知该怎么办。她看他时也变得紧张,总好像怕吓到一只已经惊慌失措的小兔子。另一个变化是爸爸严厉的一面不见了,变得百分之百地满足她的任何要求。但她没有因此而开心,相反感到更不舒服,好像是自己在用什么东西讹诈他。

妈妈也注意到爸爸的变化。"哟,怎么变得这么好说话了?"她带着赞扬的口气问。

"嗯……孩子大了,应该多尊重她的想法。"爸爸很不错地搪塞了过去,所以她还是得一个人承担那秘密。为了避免讹诈的嫌疑,她很少再提什么要求,这当然不好受。而这个变化在妈妈看来倒是符合爸爸关于"孩子长大了"的说法的。

随着时间逝去,她已经相信爸爸说的话:那只是一个偶然的错误,不会再发生了。既然这样,为什么要让这件事改变她和爸爸的关系呢?让爸爸害怕自己是一件万分难受的事。爸爸比她高大强壮得多,更不用说智慧老练得多,她需要的是他的保护而不是害怕——那会使她在世界面前弱小无助。她在心里说了好多遍:爸爸,我懂事的,我已经原谅你了,我不会告诉任何人的。你能不能忘了它,就像没发生过一样?求求你了!可是爸爸不能听到她心里的话,她也不知道怎样让他听到。她感到不论以什么形式提起这件事就势必触及那个伤口而使他难堪。逻辑上也的确如此,只要她一提起,就等于告诉他她并没有忘掉。所以时间过去越久就越不能提起。就这样,他们共享的这个秘密成了他们之间一堵无形的墙,使他们的关系再也回不到从前那样。

  以后她交了男朋友,知道这种事情在两性交往中是经常发生的,其严重性也确实是不能低估的。尽管她在爸爸面前装出早已忘掉了的样子,她不是演员,生活也不是戏,那个阴影总在不时地起作用。在与男友交往中出现问题的时候,她真想请教爸爸,问问他关于男人的心理。但话到嘴边又咽了下去,因为怕触动那根不能触动的神经。而爸爸的影响实际上又是巨大的:有一次当她发现男友也发生了类似情况,竟不得不以爸爸为例而原谅他一回。

  家里好像有条不成文的规矩:从不提任何关于婚外情一类的事,或可能联想到这类事的事情。可怜的妈妈从来也没怀疑过什么,反而被无辜地卷进了一个"文化反省"的麻烦。有一次他们在餐桌上议论一个电视节目,妈妈无意中触及了这个话题,遭到的反应是骤然鸦雀无声。她不知发生了什么,猜想一定是西方人忌讳在家里谈论这类问题,就像中国人的宴席上不提死人或德国人的餐桌上不提战争。她觉得自己的话令人难堪了,赶紧道歉地打住,露出尴尬的笑容。

  十多年过去了,谁也没有再提起过那件事。她有时也感到庆幸。看到社会上许多夫妻离异而自己的父母还是恩爱如初的样子,就感到自己做了件负责任的事。如果不是她坚守秘密,谁知道会发生什么。然而,每当见到爸爸时她仍会从他眼中看到那个秘密的影子。那一丝残留的愧疚和感激的混合物还在,好像随着他变老了一些但依然条件反射般地自动呈现,就像一个太习惯的早餐程序或问候礼节。它是如此之隐淡,除了她肯定谁也看不到,但又沉重得让她悲哀。唉,为什么她偏偏要看到那不该看到的一幕,让可怜的爸爸在女儿面前一辈子抬不起头来呢?

今天牛曼关于四种情形的总结好像很到位。爸爸本来也许是第二种情况,想而不做。后来因一时激情而变成第三种情况,做而未被发现。是她,或者说是那本倒霉的《天鹅湖》乐谱,把他变成了第四种情况,被发现了。而道德谴责主要是他自己给的……但不管怎样,事实无法否认。既然父亲是那样,前任男友也是那样,这种东西对男人的普遍性还有什么可怀疑的?怎么可能只是一小部分人花心而正好都让她撞上了?到了阅脑时代,所有第二、第三种情况都将成为第四种情况,也就是既成事实,那就只能靠人类理解来解决问题。她想象:要是把牛曼的理论告诉爸爸又会怎样,会使那几十年的包袱卸下来还是变得更沉重?

....

唐宁街又需要一些帮助。牛曼正忙于S—岛基地的设计,便安排安去伦敦协助斯特劳工作几天。

这天下班时,斯特劳对安说自己可以捎她回酒店。

"不必了,你太太一定在家等你吃晚饭吧?"安说。

"今天不会,她带孩子去卡迪夫参加叔叔的生日聚会了。"

"是吗?那你可以请我吃晚饭哦?"安半开玩笑地说。

"那当然好,要是你愿意的话。"斯特劳有点紧张。

"为什么不?正想和你聊聊呢。"安接受了牛曼的理论,男人的性兴趣不是应受谴责的东西,那和他们对食物或对音乐的兴趣也差不多。鉴于父亲的遭遇,她感到让斯特劳为初次见面那件事总抬不起头来不大好,自己又不是专门到这个世界上来吓唬男人的。于是想和他开诚布公地谈谈。

安喜欢法国菜,斯特劳就带她上瑞金斯公园边上的小巴黎饭店。

接待他们的法籍服务生满脸笑容。他大概天生就比英国人多一倍的殷勤,看见这么漂亮的女客人又陡然增加一倍,上上下下蹦跶个不停;还用法国口音很重的英语讲些过分恭维的话,逗得安直笑。笑容让丑人都变得好看,让美人更绚丽夺目。这于斯特劳又是麻烦,越想看她反而越不敢正眼看。

"我们前几天说到你了。"安直视斯特劳说。

"我?"斯特劳很紧张。

"说你现在诚实多了,和初次见面时完全不同。"

"和你们打交道……能不诚实吗?"斯特劳苦笑道。

"我很高兴我们成为朋友。"

"我也是……"

"诺埃还说你也比较……尊重我了。"安微笑道。

斯特劳吓了一跳,完全理解这话的背景。"我……很惭愧。"他的脸通红。

安是想让他不紧张的,不料适得其反,便换个话题道:"你能谈谈你的生活吗?"

"生活?"

"是呀,比如有过多少个……女朋友。"安就是安。

"你问……数目?嗯……我没统计过。"

"不计其数呀!"安笑道,"是不是看见漂亮的女人就想呢?"

"也不尽然,可能性是个诱发因素。你认识一个医生会想到咨询健康问题,认识一个银行家会想到请教投资问题,那么认识一个漂亮女人会怎么想呢?"

"物尽其用,合乎逻辑。"安笑道。

"我知道不合道德,但思想大概难免是伪善的。都说一个不公开的政府必然腐败,其实隐蔽的思想也是如此。"

"必然?"

"很大可能吧。人脑是一部利益最大化的机器,遵循……安全套原则。"

"什么安全套原则?"

"满足欲望,避免后果嘛。"

又是安全套!安不免惊讶:短短的一段时间里竟听到三个有智慧的男人提起这玩意儿,可见它对男性心理的影响之大。看来弗洛伊德还是有他的道理的。她说:"这总结很精辟,你是一开始就看得这么透吗?"

"那倒不是。年轻的时候也追求过爱情,但有了一两次背叛和被背叛的经历就懂得这世界是怎么回事了。我在大学的时候就知道,许多男人希望成功的目的是享受漂亮女人。当时的一个电视主持人,叫迈克·坦纳,给我印象很深。"

"他怎么了?"

"他的节目叫《你的生活》,专门采访名人,总结他们的生活经历并说长道短。那节目很受欢迎,持续了许多年,但最后他拍了一部关于他自己的私生活的纪录片,叫《我的谎言和性》,是关于他有二十多个私生子的故事。"

"二十多个?"

"那是他在四十几年主持人生涯中,和众多情人的秘密产物。孩子那么多,情人就更不用说了。他风度翩翩、能说会道,在电视上更显得呼风唤雨,深得女士们青睐。许多人不但委身于他,而且怀孕生育后也不求名分,替他保密。她们把孩子养大成人了都不向他们透露父亲是谁,真是难得。直到最后一个情人起来造反……"

"这才是个'难得'的!"安忍不住插了一句。

"她是美国的一个当红明星,坦纳喜欢得不行以至破天荒地承诺和她结婚,但后来冷静下来还是反悔了。女明星感到受了侮辱,就决心报复,筹划着通过传媒来捅这个马蜂窝。面对即将曝光的形势,坦纳决定破釜沉舟,说与其让人家来讲他的故事还不如由他自己来讲,所以拍了那部纪录片。他把那些私生子儿女们都请来和他相认,也是让他们相互认识。"

"他们都来了吗?"

"大多数来了。那场面真是热闹,有的叫他'爹',有的叫他'畜生',一片哭声、骂声、谴责声、感叹声,应有尽有。"

"他向他们道歉了吗?"

"当然道了,一次又一次,但妙就妙在这里。很多人被那忏悔片感动,好像他公布自己的丑事就是真心忏悔了。我看不见得——一个坦白了的骗子就不是骗子了?其实很难说他是在忏悔还是在炫耀。"

"炫耀?"

"也可能是让世人看看他有多成功,能在一夫一妻制的时代拥有这么多的情人和后代。"

"你是这么看的?"

"不光是我,有头脑的人都会看到这种可能性。有的人抱怨现代社会违背进化论,因为强者反而繁殖得少了。而他想说明,真正的强者是根本不必受社会制度约束的。"

"有意思。你当然也在强者之列啦?"安笑道。

"我?我的天资大概不比他差;他不见得能做到副首相,而我要是想做个电视主持人的话大概不成问题。"

"那你在女人方面也应该超过他啦?"

"这个,我没比过……"斯特劳吃不准这是恭维还是讽刺,"不过我没有那么一大群私生子。"

"也许是你的安全套用得好吧!"安笑道,"一个私生子都没有吗?"

"差点儿有一个,正因为这个我结婚了。那是个意外事故:安全套破了,而她不愿做人流。"

"天哪!"安没想到还真和安全套的质量有关。

"当时我正在作为部长候选人,形象问题可能把前途毁了,只好答应娶她。"

"结婚以后你还没收敛?"

"怎么说呢,本性难移。"

"包括阿曼达?"

"嗯?"他紧张地朝四周看看,惊讶这个深度秘密怎么会被如此若无其事地提到。但马上想起来了:安是知道一切的知情者,上次正是她在危险关头救了自己一命!他用近乎哀求的目光求她别再说了,把声音压到最低道:"谢谢上次……我们已经停止了,太危险。"

"放心吧!"安笑着轻声道,"你觉得她很漂亮?"

"她? 不算最漂亮的那种,只是很……"

"那谁是最漂亮的那种?"

"说实话,见到你之前有两个人……"

"我知道——苔丝·约翰逊和艾娃·麦隆。"安替他说了。

"咦,你怎么知道?"斯特劳又大吃一惊。

"你忘了? 第一次见面你就把我和她们从头到脚比了一遍。"

"对了、对了,真不好意思! 实在对不起……"斯特劳显得无地自容。他自认为的秘密完全在安的掌握之中,好像他要是不记得什么的话随时可以到她那里调档案!

"你不必道歉,拿我和那样的明星比也算是抬举我,只要今天言无不尽就好。"安给他斟了些酒壮胆。

"好吧,我言无不尽!"斯特劳呈豁出去状,准备坦诚他是如何实践安全套原理的,"说了你也许不信,有一天晚上我和她们两个……"

"真的?"安瞪大眼睛不敢相信。

"当然不是同时。"他赶忙补充道。

"哦。"安咽了口口水。

"和苔丝认识是在那年的伦敦国际时装节,当时我陪同日本通产相观看表演。表演结束后我们上台和模特们握手祝贺,她的手非常柔软,我有点儿舍不得放下……"斯特劳禁不住看看安的手。

安感到自己的手被那目光触摸了似的,脸上有些热。

"她也感觉到了我的感觉,就和我说话。正巧,通产相在前面不远的地方停住了。他对一个特高个的模特说了句什么笑话,但没人能听懂他的日本英文,他自己倒笑得喘不过气来。边上的人就七嘴八舌地猜他的意思。他一个劲儿地摇头,他们就拼命猜,好像猜不出来就会影响两国关系似的。这就把注意力都吸引了过去,给了我和苔丝谈话的机会。"

"多亏交通堵塞。"

"是的。我问她在伦敦待几天,她说三天。我说希望再看到她演出。她说要是我打电话给她就可以告诉我时间,说着就往我手里塞了张小纸片。是电话号码,她对这种意外结交不是没有准备的。我们就这样认识了……"

"可怎么又出了艾娃·麦隆呢?"安急于知道高潮。

"大概两个月后,有一天苔丝打来电话,说她被《美女》杂志评为最性感的'十大女星'之一,下周在悉尼领奖并走秀一周。我心血来潮地想见到她,就让办公室查一下最近在澳大利亚有没有和英国有关的贸易活动。办公室说没什么大活动,只有下周在墨尔本有一个小规模的国际啤酒节。我就打电话给我们驻澳使馆的一个朋友,让他和主办单位联系,表示我的兴趣。主办单位听说有英国大臣愿意出席他们小小的啤酒节,非常高兴,还邀请我在开幕式上讲话和剪彩。我对啤酒毫无研究,连生啤和熟啤都分不清。不过不要紧,上网找到两篇关于英国啤酒传统的文章,摘了几段凑成一个讲话。现在都不记得了，只记得结尾用了一句中国的俗语'醉翁之意不在酒'，大概因为那对我来说太真实了。准备好后我就上了飞机。"

"难怪你们有那么多的'外事活动'。"安笑道。

"这不算什么，我好歹还为英国啤酒做点儿广告。比起有的议员拿人家的钱到议会提议案，或有的部长批军火生意给禁运国而从中获利，我只是略行方便而已。"

"别辩解了，后来呢？"

"我讲话后，主持人大大称赞了一番我对啤酒文化的渊博造诣，还说那句结束语像英格兰苦啤一样令他回味无穷。"

安大笑。

"我应酬了几句，剪了彩。你还别说，澳大利亚的剪子真好使，锋利带劲；不像上次在威尔士剪彩，那里的彩带很硬而剪子太钝，急出我一身汗来……"

"好了、好了，后来呢？"

"后来我就借口胃不舒服，推却了各种宴请，啤酒一口未尝。回酒店后就直奔机场，连夜飞悉尼。"

"真是千山万水会佳人，苔丝一定好感动。"

"还没有到这一层呢。我到她住的酒店时她还没有回来，我便在大堂咖啡厅找了个僻静的角落坐下，要了杯咖啡就低头看报，希望不被人认出。但偏偏不到五分钟就被认出了，一个法国口音的女人招呼我大臣先生。她是《费加罗邮报》的一个记者，缠着要问我几个问题。我没有兴趣接受采访，但也不想得罪法国女记者；考虑到过分躲避反而会引起疑心，就敷衍她几句。她喜欢说话，一边为自己的顺手牵羊向我道歉，一边照牵不误，好像道歉了就使她获得了牵的权利。她说她是来采访艾娃·麦隆的，麦隆还没到，天意让她碰到了我，但希望我千万不要以为她把我当作副产品。我说不会的，尽管明显就是那么回事。她说麦隆正在此地拍一个大广告，全世界最贵的。又说这明星是最难采访到的,架子比埃菲尔铁塔还大,总编亲自打电话求她才答应给十五分钟时间,而现在约定的时间已经过了二十分钟还不见影子……我问她为什么不打电话上去催,她说采访前惹恼明星是不明智的,通常不超过半小时她不会打电话,即使过了半小时也还要判断对象的接受度而决定打不打电话;对付傲慢的办法是容忍和耐心……我想难怪法国是艺术之乡,连受气都讲艺术。正在这时,她突然变抱怨的神情为满脸笑容,快得好像没有任何过渡阶段,一阵风似的起身迎向什么。我这才看到一个戴太阳镜的女人飘然而至;她穿着随便但很得体,身材高挑出众,的确很漂亮,比电影里看到的更……更……"

"更性感。"安帮他说了,"我也很喜欢她。"

"是的、是的。那记者把我介绍给艾娃。这本来不必要,无非是想让艾娃知道她在和一个英国的内阁大臣交谈,由此提高艾娃对她的重视。不料这有副作用:艾娃对我表现出比对她更大的兴趣。她摘了墨镜,仿佛是到了出示那对不轻易出示的眼睛的时候。她也说在电视里见过我,能在此遇见十分荣幸。又说下个月将去伦敦,正准备在肯辛顿买一套公寓,但又在坎特看中一栋别墅,拿不定主意,问我能不能为她参谋、参谋。我说可以,我对伦敦房地产市场有一定的知识。于是她感兴趣地问这问那,把那记者晾在一边,也不知道她那十五分钟起算没有。虽然我也挺喜欢和她闲聊,但觉得有点儿对不住那个记者,就找机会打住了。艾娃则意犹未尽,还说她住十楼某某号房间,欢迎我去坐坐。又说明天一早就飞东京的,这样就把时间、地点都交代了。"

"那苔丝怎么办?"安好像为前一位着急,抑或对这种不按次序的行为不满。

"这也是我要考虑的问题。我离开她们后另外找了个地方坐下来考虑。我当然想见苔丝,我是从伦敦飞来和她幽会的。不过她已经是情人,就不急了。而艾娃是一种新的可能性,以后可能就没有这样的机会了。这诱惑无法抗拒,所以我就……"

"去提供房地产知识了!"安笑道。

"不是马上。我先打电话给苔丝,告诉她我有公务应酬,得晚些才能到。然后就买了束鲜花上了十楼……"

"上床了?"

"嗯,她很大胆——也不知是把生活电影化了还是把电影生活化了——把我搞得也感到有点儿不像自己,倒像她的片子里的那个男主角儿,叫什么来着?"

"杰得·克劳斯。"

"对了,很刺激。不过,最那个的还是……她居然提到苔丝·约翰逊,说是昨天看见她也在这酒店里!"

"你怎么说?"

"我说:'哪个约翰逊?'她说:'还有哪个?'我说:'哦,那个模特,我不熟悉。'"

"哈哈,后来呢?"

"后来……后来我离开了,已经过了午夜。我们约定她来伦敦时给我打电话。"

"后来呢?"

"后来我就去了苔丝的房间,就在九楼。"

"好方便!她没有怀疑?"

"谁?苔丝吗?一点儿没有。她知道我是为她而来的,我的解释也很周到。"

"当然。"

"可是天下的事就有这么巧,她告诉我她在这里看见艾娃·麦隆了!"

"两个大明星相互注意到是很正常的,你当然又'不熟悉'了?"安笑道。

"你一定认为我很坏吧?"

"你很聪明。"

"这些在当时看来都符合逻辑。我如果不抓住机会,可能就再没有这样的机会。我是说谎了,但那些不过是逢场作戏;要是把游戏的某一部分搞得太认真,也不见得就好。"

"你把性完全看作游戏?"

"大多数是,社会的约束不符合幸福原则。就像谁说的:人系万物之王,却不如猪狗能尽兴。安全套解决了一部分问题,其余就看各人了。"

"你利用你的地位得到她们,不是吗?"

"她们也利用她们的一些东西得到我。如果她们并不是真喜欢我,那就是想在其他方面利用我,所以我不必更愧疚。"

"问题就在这里。没有机器的时候,各种可能的目的是混淆的。爱情、游戏、冲动、利用,甚至阴谋诡计都混在一起。你可以谎报自己的目的,也可以怀疑别人的真感情。"

"是这样,自己说谎越多就越不相信人家。说谎对我来说不算什么,有些小差错也都应付得过去。"

"训练有素。"

"有了阅脑器就完全不同了,你不能不坦诚……"

服务生出现了几次,问还需要什么。可能也是暗示他们已经很晚了。

"谢谢你的坦诚,我很荣幸听到这么多。"安由衷地说。

"这是我愿意的。早晚都要暴露,还不如告诉我所爱的……"他意识到自己过于坦诚,忙打住。

"只是有一点——"安说,"你对坦纳的看法可能太尖刻了。要是他是真的忏悔呢?我要是那么尖刻的话,也可以怀疑你告诉我这一切是炫耀,或者是想让我忌妒什么的。"

"是有这种可能,但你可以用机器看呀。"

"是啊,这世界充满怀疑。你看,那服务生一定也怀疑我们是情人吧,尽管我们不是的。"

"当然……"斯特劳感到心虚,安毕竟太美了。

安感觉到他的难堪,有些懊悔这么说了。虽说这是个事实,可天下有那么多事实,何必专捡这个来说呢?你的爱自然要排除许多人,但也不必到一个个的面前宣布我不爱你吧?她想做点儿补救,伸手在斯特劳的手背上拍了两下说:"但我们是好朋友了。"

斯特劳的心一阵颤抖,仿佛温度骤升了多少摄氏度。他知道那只是安想弥补刚才说的不必要说的话,但又禁不住从这接触中体会更多的东西。说时迟那时快,他抓起她的手来吻……

安被这突然的举动怔住了,像一个想救火的人引火上了身。但她没有挣脱被抓住的手,或许是因为自己触碰在先而需要保持某种连贯性,或许是因为他推心置腹的交谈已带来某种亲近而不宜生硬回绝。不管是出于逻辑还是礼貌,那片刻的迟疑已让斯特劳的激情升华,像一颗火星得到氧气的批准而燃烧起来。他的眼睛里充满崇拜和渴望,仿佛会不顾一切地扑上去……但他没有,而是一面握着她的手不放,一面欠身以单腿跪到她脚下,像一头雄狮由衷地被征服。就在安不知所措的片刻犹疑之际,他起身凑近她的唇……

安的心狂跳。激情的威力在于感染,就像观看拳击比赛会热血沸腾。他急欲吻她的激动神情带来一种身体的响应——一种以特殊情况为由来接受性爱的失控状态。可是,这荷尔蒙充斥的情势使她想到了父亲和凯蒂的那一幕:他的惶恐的眼神、羞愧的面容、结巴的声调……这一切又好像突然切换成她面对她的梦里醒的画面……斯特劳不顾一切的渴望神情——那种真切的性感所表达出的性感的真切——的确是极富磁性的。然而,那不是在许多漂亮女人面前都展现过的吗?虽然根据人家刚刚好心讲述的故事来拒绝人家有点儿不厚道,但跻身到他那长长的情人名单中去——好让他向下一个情人多证明一次他的魅力——就明智吗?她用那只还自由的手挡住了他充满欲望的唇,仿佛把性与理性隔开。

"别……"她轻声地像恳求自己,"别让我觉得自己太狠心好吗?"

"我只要……"他克制的声音从她的指缝挤出,传达一种弱者的坚持。

安得以进一步恢复,但仍不想过于简单地拒绝。根据她对男性心理的了解,男人对这种拒绝的反应可以很不相同。有的会无所谓,就像用一串钥匙去试一把锁,早有打不开的准备。有的认真得不行,听到个"不"字就像天塌下来似的。斯特劳未必是后一种人,但以他的优越地位来说也不会是太习惯被拒绝的那种。重要的是他是同盟军……

"我们做个约定好不好?"她用妥协的声调,但没有减小自卫的力度。

"什……么?"斯特劳只准备得到同意或拒绝,而不是两者之间的东西。但他紧张得不敢把问题问完,生怕这宝贵机会被不当的表述断送掉。

"你尽全力支持阅脑革命。"安温柔地建议,"等到成功的那一天,我让他允许我们接个吻好不好?我相信你会发现和别的女人的没什么不同,但我答应你。"

"这……这……"斯特劳说不出话。他只知道政治经济学,这话倒有点儿"政治接吻学"的味道。但安已把交换条件说得很清楚,不像会进一步妥协。看来这是当前情况下可能指望的最好结果,不得不考虑接受。

"成交?"安略带撒娇地施压。

"那……他会批准吗?"这显然合理的问题,既然谈交易当然要把可能的漏洞堵上。但他马上为自己的用词追悔莫及,"批准"?听起来不是军事用语也是官僚用词,连罗曼蒂克的边都不沾!唉,都是受她引导!她的建议把气氛一下子改变了,抒情曲突变到进行曲。自己只好跟进,不然连这点儿希望都不保……

"我想他会的。"安顾不上计较他的用词,抓紧时间敲定,并趁势把他的手推回去——好像立马启用了"协议"赋予她的权力。接着又把他整个地推回到他的座位上。回到自己座位上她松了口气,庆幸这个软着陆兼顾了大局和小局。就大局而言,这个安排能确保斯特劳的支持,自己甚至有了某种程度的掌控。就小局而言,虽然牛曼的性爱层次理论还有待制定细则,接一个吻大概在可接受的范围内吧。

　　要是不行的话,我也准许他吻一个漂亮姑娘行不行?她想。

第八章

无赖经济学

自有阅脑器的帮助以来,首相已为大选备战:内阁的洗牌、联经会的保席。但大选的形势依然严峻,因为经济不景气,这使财相难以给出一个像样的选前预算方案。

近年来经济增长缓慢,财政捉襟见肘。为了大选而采取的减税方案使之更糟。保守党还趁机做文章,一反常态地批评公用事业投资不足,甚至借斯堪的纳维亚的数字来煽动公众的期望值。老百姓看到连保守党都抱怨公共设施不足了,相信情况一定很糟。民调显示:若不把公共支出提高百分之五以上,公众肯定不会满意。这就是首相要求财相格瑞格·浩尔在预算中达到的目标。

若真能既减少税收又增加公共投资,那岂不美哉?浩尔财相知道这是一厢情愿的幻想。他给首相引用了一句中国人的俗语:巧妇难为无米之炊。

浩尔财相虽然又矮又胖,却是经济学巨人,曾以著名的"经济模式转型理论"获得过诺贝尔奖。这个理论的核心是把不同经济模式间的不可比性加以量化,从而调节经济管理因素的优先顺序。他对自己的理论坚信不疑,以至八年前离开伦敦政经学院而从政,希望把理论付诸实践。这举动本身就有点儿书呆子气,好像是爱因斯坦要造一艘光子火箭来证明相对论。但一个诺贝尔奖得主要竞选个议员不是难事。对选民来说,他们本来就是选自己不认识的人,所以还不如选个名人。名人就是相对的熟人,且说话有分量,何乐而不为?不过,这个大经济学家并不是政治家的材料。他说话欠流利,又不善于周旋。被记者问得答不上来时还会口吃,总是从裤兜里拉出那两尺长的脏手帕来抹汗,把自己的狼狈相放到最大。然而凡事都有利有弊,首相恰恰就看中他的招牌大而政治不强的特点。对首相来说,自己的财相最好是名气大、看似独立而实际易于掌控的那种。浩尔就像是定制的一样再理想不过。

然而,这次首相要求他既减税又增加公共投资,他只能说不可能。所以首相请他星期天到切卡斯——首相的度假庄园——喝下午茶。显然首相是要说服他,于是他带了一箱的数据资料准备据理力争。他知道首相是个不达目的誓不罢休的人,可是,你就是再霸道,世界上的事情总有可能与不可能之分吧?

茶上来了。但首相不要看浩尔带来的数字,而径自谈起经济学史来。他问浩尔:"从古到今的经济学家,你最佩服哪一位?"

这是什么问题?浩尔吃不准。

但不等他回答,首相自己回答起来:"我最佩服的既不是亚当·斯密,也不是约翰·凯恩斯,而是一个没有钱也能吃饭的无赖。"

"哦?"浩尔把茶端到嘴边又止住了。经济学史他不可谓不熟,他是新编《经济学百科全书》的名誉主编,可他还没听说过有什么"无赖经济学家"。

首相继续道:"他走进麦当劳吃汉堡包,那里的牛肉汉堡和鱼汉堡都是五镑一个。他先要了个牛肉汉堡,然后说改了主意,要换成鱼汉堡。服务生就给他换了。不料他拿了就走人。服务生叫住他:先生,你还没付钱呢。他说:付什么钱?服务生说:你买了鱼汉堡呀。他说:这不是牛肉汉堡换的吗?服务生说:可你也没付牛肉汉堡的钱呀。他说:牛肉汉堡你不是拿回去了吗?还付什么钱?服务生想了想,可不是吗?就赶快道歉让他走了。"

浩尔忍不住大笑,差点儿把未及咽下去的茶喷到了首相身上。首相毫不介意,反而为这效果得意。

"这笑话是不错。"浩尔已感觉到首相有参照行事的意思,就说,"要是我们的反对党都像服务生那么傻就好了。"

"在诺贝尔奖得主面前,他们也不应该比服务生聪明多少。反过来说,要是你不能把他们搞得像服务生那样晕头转向,你这个诺贝尔奖的水平就不怎么样,不怎么样啊!"

浩尔虽然反应慢,但也听出了这恭维话的意思。他还没开口,首相又继续他的授课,好像他才是诺贝尔奖得主似的:"你看,经济学有一半是心理学。若人们相信房价要涨,就抢着去买房子,结果房价就真的涨了。你的模型转换理论开头把我看得晕头转向,这很好——让人晕头转向是你的本事!总算看明白了,不管对不对吧。但你应该好好利用它,创造性地利用,不是在书架上束之高阁。比如现在就是机会,可以显显身手了,显显身手啦"

"你是说……"

"嗯,你还要我教你?"首相像开导班上最迟钝的学生似的,"先用一个拿得出手的模型去赢取大选,当然也准备好一个实际的,待大选之后来他个模型转换。模型一变就没有可比性了,这不是你的基本思想吗?那就是政治上因时制宜,而数字上抓不住把柄,抓不住把柄啊!"

浩尔没想到首相对自己的模型转换理论这么熟悉,好像比自己还精通——竟能有如此"妙用"。看来他是要自己先做假账,然后赖账。他不敢相信这是堂堂首相会有的打算。会不会是首相误解了模型转换理论,从前不也有傻瓜把相对论误解为偷天换日术吗?作为理论的作者,他感到有责任解释:"首相先生,经济模型和预算是两码事。公式是抽象的,而数字是具体的。你可以有 $a=b$,但绝不会有 $1=2$。要是我在大选前承诺增加教育、医疗、公交等部门的预算,大选后他们都会伸手来要钱的。"

"他们?谁是他们?只要大选赢了,所有的部门还不都是我的?他们伸不伸手、怎样伸手,都得由我定,由我定!"

"这……"

"只要我们能掌权,连数学都得听我们的!"言下之意是:何况经济学呢!

这话很彻底,浩尔也完全听明白了。不是首相懂不懂模型转换理论的问题,而是他要借用这个形式来掩盖造假,就像那个偷汉堡包的无赖歪曲形式逻辑来掩盖强盗行为一样。两者的区别在于:那无赖没有要求亚里士多德替他偷汉堡包,而首相却要他浩尔——堂堂诺贝尔经济学奖得主本人——亲自下手造假! 天哪,一国财相在国家预算上做手脚的话,岂不等于教皇在圣殿上偷梁换柱? 但这正是首相要他做的。

首相见浩尔犹豫盘算的样子,又加了一把火:"你看,我再干五年就退了。跟我把这五年干好,到时候接手。20 世纪英国出了个诺贝尔奖首相,21 世纪也应该出他一个,出他一个!"

首相心里的接班人是斯特劳,但这种许愿的牌多出几次无妨。浩尔知道自己不是当首相的料,更不用说和空前绝后的丘吉尔相提并论了。然而一块诺贝尔奖金字招牌已使他不知不觉地在政界扶摇直上,升到财相地位;现在一个大选预算又造成首相亲口许诺接班的局面。看来运气这东西没有什么定律,来的时候你想躲都躲不掉,又怎能不引发当仁不让的勇气!野心是人的内在本性,平时你也许意识不到它的存在,到机会降临了就知道其实你一直在等待。把尼尔·阿姆斯特朗的登月名言套用到唐宁街的世界就是:从 11 号到 10 号——从财政部到首相府——是物理上的一小步,却是心理上的一大步!

"请首相指示!"他说。

首相面授了如何"一钱两用"的机宜。要义是"左手向右手借钱",比如教育跟卫生借、卫生跟环保借、环保跟交通借,借他个天昏地暗,越乱越好。内部拆借可以不列入财政借贷,这样在账面上可以支配的钱就多起来。这不是政府设立许多部门的好处之一吗? 如此高明的理财术至今没写进 MBA 教科书完全是渎职!

这个招数和模型转换理论毫不相干,而确实和那不花钱吃汉堡包的"无赖经济学"如出一辙。浩尔想想又迟疑了:"可是……财政研究所要是兜底算怎么办?"他担心地问,像一个刚培训好的小偷即将失去道德贞操前的最后踌躇。

"别担心,我会摆平席宾博士的。"首相信心十足地说,像一个老门卫对自己手上的一串钥匙心中有数,知道哪一把是开哪一把锁的。席宾博士是财政研究所所长,被认为是独立评价国家财经决策的首席发言人。"他不是对英格兰银行行长的位子感兴趣吗?那就会对我感兴趣,对我的话感兴趣!"

"这……"浩尔还想说什么,但首相让他回去再想。"对得起你的诺贝尔奖吧!"他拍着财相的肩送行。

如果百分之三百的利润可以让一个人去抢银行,那么最高职位的诱惑就可以让一个财相去欺骗国家。不久,一个精心策划的假预算出台了,几乎有诺贝尔奖的水平。

这个预算果然大得人心,让喜欢减税的人和喜欢增加公共投资的人都拍手。虽然有人怀疑甘蔗不会两头甜,浩尔利用内部借贷和还款之间的不明确性,把数字之争变成"观点"之争。敢向诺贝尔奖得主挑战的人本来就不多,而财政预算又是天文数字,公众看不懂就只好听专家评论。像往常一样,财政所席宾博士的分析最具权威。尽管他在心里笑话这预算是自欺欺人的"政治手段",鉴于首相的清楚的暗示,他对外发布的结论是:

如果所述条件得到满足,那么这个预算是可行的。

这是个巧妙的陈述,对政府和对席宾博士本人都恰到好处。很少有人注意天气预报和气象知识之间的范畴区别。"明天有雨"是作为天气预报的实言判断;而"如果刮东风就有雨"则是作为气象知识的假言判断——它不告诉你明天是否下雨,当然也不帮你决定要不要带伞。席宾博士玩弄公众的技巧就是混淆这两类命题。他的结论好像肯定了政府的预算，其实什么也没有肯定而只是保护了他自己。将来预算未能实现当然是因为"所述条件"没有满足，怪不得他。

"学者玩起政治来比政客还厉害。"首相心里笑道。

得助于这个皆大欢喜的预算，首相扫除了大选的最后障碍。

不久，工党以微弱优势获胜，继续执政。

但就在工党庆祝胜利的时候，假账预算败露了，败露在过度紧张的浩尔财相自己手上。自从虚假的预算承诺增加公共开支百分之五以后，浩尔两个月没睡好觉。见政府的各部门正照此准备各自的预算，他更感到暴露日益逼近，像一个不守节的妇人见自己的肚子一天天大起来而焦虑不堪。一旦各部门的预算公布了他就难以掉头了。大选刚过，他马上下了一道修改预算的密令。但现如今越是秘密就走漏得越快，密令很快被一个支持保守党的文员披露到网上。舆论哗然，犹如婚庆宴上突然冒出个私生子管新郎叫爹！刚刚败北的保守党闻到血腥，回师大举攻讦，要求进行独立调查。如果政府被证明是用假预算误导了民众，不但财相和首相要下台，大选的合法性都成问题。

问题虽然严重，首相尚未到山穷水尽的地步。财政预算的版权归财相所有；如果财相肯承担"技术错误"而引咎辞职，多半能保首相过关。首相已示意浩尔：留得青山在，不愁没柴烧。青山当然是他首相，等事情平息后他还是可以关照浩尔的。虽然接班人的事可能不会实现，其他可以考虑的位子还有不少。即便没有国内的位子，也还有驻外的或联合国的。

但浩尔毕竟不是小孩。他知道，要是在这件事上做了替罪羊自己就完了：不仅在政治上身败名裂，而且学术地位也将不保。虽然历史上还没有把诺贝尔奖收回的先例，但谁还会再信他的模型转换理论？他自己把它弄得这么脏，跳进泰晤士河也洗不清！而一个本来就复杂难懂的理论一旦被认为是谎言诈骗，恐怕连个辩解的讲台都没人愿意提供。给你贴上"骗子"的标签，就意味着不愿再听你解释了。

但若不从首相,把他逼急了,后果似乎更不堪设想,甚至被出什么"意外"都是可能的。政治上什么事做不出来?当年希特勒逼他的"战神"隆美尔服毒自杀,对外却说成是"伤重去世",还又是唁电夫人沉痛致悼,又是授勋加誉国葬,什么演不出来?想到此,他感到自己好像也走到了那一步……不,更惨,连那种假荣耀都没有份。事到如今,要是有那般风景倒也不失为一种死法……

人啊,什么不能羡慕!

浩尔想到过自杀,但死的决心也不是好下的。除了生的本能难以抗拒,许多事情太难割舍:家人、朋友、模型转换理论……此外,做第一个自杀的诺贝尔奖得主也得有特殊的勇气……

正在极端痛苦之际,首相又来电话请他喝茶。时间还是周末,地点还是切卡斯,像是故意刺激他已经快要崩溃的神经。他知道首相是要逼他就范,因为下周一他就要到议会的特别听证会做交代。他只有两个选择:要么自己把事情兜下来,要么说出真相。后者会显著减轻自己的罪责,但会把首相拉下台。

浩尔想不到的是:这次首相还要动用阅脑器对付他。首相知道这是生死攸关的时刻,必须彻底搞清浩尔的思想而采取相应对策。他打电话给斯特劳:"星期天让牛曼来切卡斯一趟,我要用机器。"

"对?"

"财相。"

"哦?"

"有问题吗?大选还没结束呢!"首相提醒他牛曼有帮忙的义务。

"当然,我来安排。"斯特劳不敢显得犹豫。

斯特劳对首相和财相暗箱操作的大选预算早有怀疑。但因首相嘱咐了内阁成员"不要干预财相工作",大臣们只好不问。现在事情败露,议会在进行调查,首相和财相之间有账要算是不奇怪的。斯特劳已闻到交恶的气氛,于是考虑自己应如何做。这是不是一个取而代之的机会?他驱车赶到牛津同牛曼和安商量。

斯特劳介绍了背景情况后说:"我估计现在是首相要浩尔做替罪羊,承认技术错误而引咎辞职。但浩尔可能不甘心,他手里可能有首相应该负责的证据。我不相信浩尔会是主谋,他没这么大的胆。不过……"

"这好办!"安说,"我们把他们两个都读一读就明白了。"

牛曼不想介入政治斗争:"我遵守不对他使用机器的承诺,但也不想帮他祸害人。我们已经履行了合作协议不是吗?"

斯特劳说:"他说大选还没结束,就目前情况看这也有道理。在这个节骨眼儿上你不让他用机器,他可能会采取极端手段。相反,要是我们顺着他的话,对我们倒可能是个机会。"

"机会?"

"对,看到浩尔的思想也就可以知道首相应负的责任。这个内幕很有分量,说不定可以迫使他跟我们合作,或者把他……"他给牛曼一个意味深长的眼色,"而且,这也不违背你的君子承诺。"他把"君子"二字说得重重的,撇嘴微笑。

牛曼和安都记起斯特劳先前关于政治机会的"预见"——那种像交通事故一样不可避免的东西,果然他在似乎是问题的地方发现了一个。他们不得不承认他的思路比他们开阔,于是都点头赞同。

不料斯特劳又提出一个担心:"可能还有一种危险要考虑。我想到的他大概也会想到;要是他怕这个内幕被暴露,用机器对付了财相后就可能来对付你们……"

牛曼和安互看了一眼,空气顿时紧张。

"不过这也是可以对付的。"斯特劳问牛曼,"阅脑记录可以无线发送吗?"

"可以。"牛曼说。

"那就好。如果你跟我去操作机器,安留下,到时候你把记录发给她。如果首相有什么动作,安就把记录发回给他作为警告:要是他敢胡来,信息就将被公布。"

"嗯,有道理。"牛曼点头称是,他对斯特劳的讹诈技术有信心。

"不行!"安突然一冲而起,仿佛要挡住牛曼的去路,"你留下,我去。"

牛曼一怔,理解了她的意思,不由一阵心酸把她拉到怀里:"别说傻话,他不敢把我怎样的。"

安从来喜欢被他搂着的感觉,此刻却奋力挣脱像挣脱一个阴谋:"怎么是傻话?他要对付的是你,这是逻辑!"

"什么逻辑?胡扯!"牛曼近乎粗暴地嚷道,并且没有道歉的意思。他似乎感到男性本能的反应是可理解的,而不反应倒是不能原谅的。

"你……"安还未见他发过这么大的脾气,忍着泪转过头去不吱声。通常在大事情上她会听他的,像个忠实的粉丝。但这次不同,她断定:他越不容商量就说明危险越大。不过现在争执也无济于事,得另想办法。

牛曼以为压住了安,掉头对斯特劳斩钉截铁地道:"明天我去。"

斯特劳没想到自己的一点儿补充考虑会造成一场生离死别般的争执。他的感受也有点儿复杂,不知是感动还是醋意。自己的太太或情人会这样来保护自己吗?他感到两人简直不是在他面前争吵而是在做爱——这争相面对危险的激动,仿佛比高潮时还惊心动魄……"好了,你们也不用太担心,"他故作镇定地裁判道,"目前他轻举妄动的可能性还不大,我只是提醒你们所有可能的风险而已。"他自知在这对激动的情人面前自己已显得多余,便知趣地撤离了。

斯特劳一走,牛曼就把安紧紧搂到怀里作为休战。

安含着泪水不说话。当然也说不出——他那不由分说的长吻已让她喘不过气来。她既不抵抗也不迎合,由他恣意地吮吸,不管是表达歉意、爱意还是性。

牛曼感到沿着面颊淌下的泪水的速度，仿佛来自至深爱情和历史责任的双重分量。他曾经说过可以为她去死之类的话，但一说出口就不大舒服，感到太陈词滥调，太像那些疯狂的情人们在奋争高潮时的胡言乱语。那种场合的疯话与其说是爱，还不如说是刺激自己的征服欲或煽动对方的瓦解感。老实说，要是让那些情侣在只能一生一死的情况下做选择，怎么选择恐怕还两说呢。他曾试图把自己的情感和那种疯话区别开来，可又怎么区别得了？自己不也是个疯狂的情人吗？不也在奋争高潮吗？为什么自己说的就不是胡说八道的陈词滥调？……而现在在这种危险情况下，自己怎么做倒可以说明一点儿问题，尽管不是为她去死而是不让她为自己去冒险……

正巧彼得和琼去利物浦看女儿了，安自己准备晚餐。她做了牛曼喜欢的蒜蓉汁三文鱼，配上他收藏的老窖红酒。她没有说话，但一种给壮士饯行的气氛已不言而喻。

牛曼知道她仍然担心，就说其实风险是很小的、微乎其微的，几乎没有的。还说那不过是斯特劳那种咨询顾问的职业病：他们为了给自己免责而向雇主说明哪怕最微小的风险，把微不足道的东西都道足了、道过了。

安只静静地点点头，不知是表示听到了还是同意了。其实，她岂是那么好哄的？牛曼不知道此刻被哄的已经是他自己——他的思想正在被机器阅读！

晚餐后，安躲进浴室。

阅脑记录表明：牛曼心里估计的风险大约在百分之三十。虽不算太危险，但比向她承认的要大得多。不仅如此，他还认为这是个机会，可以证明他对她的爱不是空话。最不可容忍的是：他虽然有些懊悔对她发火，却也为那一吼把她镇住了而有所得意，好像尝到了大丈夫权威在身的滋味……

安又好气又好笑又感动，只是什么也不能说。她知道，不论牛曼脑子里想的是什么——哪怕是想活活掐死她——她也不敢去质问的！自己是在利用他的机器来滥用他的信任，这肯定是最缺德的行径。不过她已经有了计划。

洗完澡，安披上他喜欢的墨丝睡衣，让缎子般的长发散落下来。她知道怎么让他发疯，像计算机程序一样准确。

牛曼果然发疯……很快就呼呼入睡。

早晨牛曼醒来，见到枕边一张条子。没有字，只有一串吻。

牛曼意识到上当了，极度懊悔昨晚贪杯。急忙拨打安的手机。

"你……你不听话！"他气急败坏地说。

"我爱你！"那深情的一句让他战栗，但紧接着是一声极轻的关机声。那声音似乎轻得可以忽略不计却坚定无比，于他像是重量级拳击手的一击。赶紧再打过去，却只能听到网络的标准提示音："对不起，你拨打的电话已关机，请稍后再拨……"再不再拨不干你的事！他恨不得质问那声音为何要如此标准和重复！现代通信就是这样，可以从千里之外突然到来，又可以一瞬间消失得无影无踪。

斯特劳和安来到切卡斯，首相问牛曼怎么没来。斯特劳低声告诉他这是自己安排的，因为这种情况下牛曼不来更方便些。

"嗯。"首相想到教授的固执劲儿，觉得斯特劳考虑得周到。他嘱咐斯特劳亲自看安操作，并说："完了后不必打印，给我 U 盘就行。"

这显然是为了防止被别人看到记录。这倒使斯特劳放心了些：若首相在采取防范措施，就说明他还没有想用极端手段。

浩尔到了。首相关上门，没有上茶，似乎已不必要。

"现在是我们两个要牺牲一个，牺牲一个啊！"首相对表情麻木的财相直截了当道。

浩尔猜到下文将是什么。这让他想起当年在斯德哥尔摩听诺贝尔评委会宣读获奖名单的情形；快要念到他的名字的那一刻他也猜到了下文将是什么。那是怎样的心情啊……此一时彼一时也,他不说话。

"我们是唇齿相依啊,唇齿相依啊。"首相说。

浩尔仍不语。

"但唇与齿是不对称的。你承担下来,我可以再扶你起来;我要是下去了,工党得下台,我们都完蛋!"

"可我……起先是……不赞成的。"浩尔终于说了一句,像个便秘患者酝酿许久才出来一点点。

"赞成不赞成,那是个讨论的过程,结果你做了不是? 承担责任好像是有点儿委屈你,但这也只是个过程,而结果将是你少受些委屈不是?"

浩尔又不语。

"搞政治要有远见。丘吉尔说政治比战争更带劲,因为在战争中你只能死一次;而在政治中你可以死很多次,很多次啊!"

又是丘吉尔! 上次他提到丘吉尔是说 21 世纪再出一个获诺贝尔奖的首相,而现在……丘吉尔以后的首相们大都喜欢拿他说事,但应用得这么得心应手的绝无仅有。浩尔仍不语。他感到好像是他的医生在劝他贡献出某个重要器官来救医生的性命,理由是他需要医生多于医生需要他! 对这样的逻辑他能说什么呢?

"你再考虑一下,我去一下洗手间。"首相感到这单向的交谈没什么意思,还不如让机器观察浩尔的思想来得有效率些。

浩尔感到首相的退席有点儿怪。他环顾四周,猜想会不会有什么摄像头在工作。怀疑被监视是一种不舒服的感觉,会把一个诚实人都搞得像做贼似的。他尽量保持不动,但脑子里还是骂开了:你这无耻之徒! 哼,可以死很多次,你怎么不肯死一次? 流氓! 两个月前也是在这里,他……

这样骂着浩尔把第二人称的"你"变成了第三人称的"他",大概觉得对这种人骂也无用,还是向别人告状可以求得些公道:他兜售什么"无赖经济学"——什么"不花钱吃汉堡包"、什么"一钱两用"。我说不行他硬说行,说只要大权在握连数学都得听他的。现在怎么样了？还好意思说什么"过程""结果"的，脸都不红！唉，谁会想到我这个大经济学家会给这魔鬼骗住？也怪自己贪图许诺。经济当然是科学，怎么可以不相信自己的理智而相信他的鬼话呀！悔之晚矣！……现在怎么办呢？引咎辞职，回大学教书去？不行，谁都不会再看得起我。到听证会上说实话呢？他们会信吗？很难说。要是把日记拿去作为证据呢？对了，一本三十年不中断的日记总有点儿分量吧？只是，鱼死网破的后果是不是就好些？会不会殃及家人？就算别人信了那是他的主意，我这个执行者也还是罪责难逃……既然如此，何必冒险去拼？也许与其带着耻辱苦熬余生，还不如一了百了。这辈子拿过诺贝尔奖了，和别人比起来也算没白活……不管怎样，现在和他没什么可说的。是生是死，过了听证会再说……

　　首相回来后也没有什么交谈的兴趣。他更想早点读阅脑记录，便对浩尔说："我该说的也说了，你回去再考虑一下。"

　　浩尔不知他在搞什么鬼：把人家从那么远的地方招来，自己去洗了半天手又让人家回去……他心里七上八下地离开了。

　　浩尔一走，首相急忙取来阅脑记录。读得他脸上火辣辣的，由红到紫到青。不只是因为那肆无忌惮的咒骂，更是因为所骂的还都属实。但看了一遍才发现浩尔还没有决定怎么做——这家伙一贯拿不定主意，到最后时刻还是这样！他后悔自己太性急了，怎么也该等他把决定做了再走的。现在怎么办？他皱眉思忖想不出好办法，只好叫斯特劳来商量对策。他对副相越来越倚重。过去几个月里，副相帮他解决了几乎所有的难题；唯一没有让他介入的事就闯了大祸，搞到如此狼狈的地步。

　　尽管依赖副相，首相还是不告诉斯特劳事情的原委，也没有给他看浩尔的阅脑记录。只告诉他浩尔的三种可能选择："一是引咎辞职；二是拉我垫背；三是自……"他做了个手势代替那个忌讳的字眼。

　　"啊！"斯特劳显出惊讶的样子。其实他已看过记录，但此刻必须做惊讶状。

"现在的问题是他最可能做哪种选择?"首相看着斯特劳,既像征询又像试探。

"最好当然选第一,不过……"

"要是他选第三呢?"

"第三?"斯特劳一阵战栗,感到首相似乎在暗示希望他如此选择,或考虑"帮助"他如此选择。他控制住不让自己显得太紧张。他必须显得这种事对于他是可以想象的,不然首相就不会谈下去。"要是那样,就可能立案调查。不知有没有不利的证据?"

"他有一本日记……"

"日记? 这很麻烦,得请教一下专家。"

"司高特一会儿就到……"首相打住没说下去。

萨腾·司高特是首相在英情五局的亲信,反间谍处处长。首相懊悔自己说漏了嘴,因为他不想让任何人知道司高特的介入。于是回到原来的话题:

"还有其他解决办法吗?"

"办法……也许还有一个,不过……"

"说、说。"

"我想,预算问题主要还是钱的问题——我们不能兑现大选承诺,是吗?"

"嗯,症结是在这里。"

"如果我们可以大量减少财政开支,就可能解决问题。"

"嗯?"

"我知道……你不赞成引入阅脑器。但现在大敌当前,要是引入它能渡过这一关,是不是可以考虑一下?"

"能节省多少开支?"

"根据牛曼的计算,光安全法务方面的支出就可以节省百分之八十,因为思维可见了就没有犯罪了。"

"嗯,恐怕也没有自由了。"

"好吧,把他的计划再给我看看。"首相的口气缓和了些。

"这儿……就有一份。"斯特劳怕失去机会,壮胆从手提箱里取出一份递上。

首相不大情愿地接过来,像不得不收回一双已经扔掉的破皮鞋:"不过,你还是去拜访财相一趟,看他是否能……识大体。尽快报告我,我再酌情考虑。"

首相知道,动用司高特是不得已的下策。若斯特劳能说服浩尔配合自己,那当然还是首选,于是说:"不管怎样,劳你去拜访财相一趟,看他是否能……识大体。搞清他的打算马上报告我。"

第九章

原谅人民

首相手里拿着牛曼的计划，心里想着财相家中某个地方的那本日记，像是要在两颗炸弹之间做出选择。阅脑器诚然神通广大，自己已获益匪浅。但往这条路走下去就是把一切暴露无遗，真正地暴露无遗！这危险使他更感到思维不可见的重要性。没有它，一切政治权术都没得可玩，那还做什么首相？至于目前的危机，当然该由浩尔来担当。哼，他以为这没写在他的"任命书"上还是怎么的？谁不知道财相对预算负责，就像母鸡对下蛋负责一样还用写吗？我只不过是信任了我的——经济学家财相，何罪之有？你们若要株连——要让首相也负责的话，那是不是还要让诺贝尔也负责？然后呢？诺贝尔的娘吗？

其实，当初他对浩尔面授机宜时就尽量避免留有痕迹。他安排这类敏感事务的做法一贯是口授而不留字迹，以防万一。现在果然有麻烦了，不正该是这种谨慎策略得到回报的时候？讨厌的是那胖子该死的日记。可不可以说那是伪造的？不行，凭现在的技术，墨水上纸的时间都可以鉴定出来，一查验就会证明是真的。技术也是不帮忙！最好当然是人和日记一道那个……

斯特劳遵命去拜访财相，正要上车时看到司高特到了。他们相互远远地点了点头算打招呼。

司高特出身间谍世家。他父亲——著名的老司高特，三十年前也曾是英情五局反间谍处的处长；后因侍奉当时的首相得力——在一个重大丑闻的调查中为首相开脱过关——而被一举提拔为局长。小司高特从长相到作风都与其父一脉相承：精明沉稳、藏而不露。若一定要说有什么不同，那就是青出于蓝胜于蓝——那些特点有比例适中的"后代膨胀"。他那对深邃的小眼睛锐利无比,像是显微镜和望远镜的结合,连睡觉时也在观察。他从不介入党派政治,像接种过非意识形态疫苗似的具有免疫能力;但对错综复杂的人际政治地图了如指掌,仿佛一个酿酒专家滴酒不沾,比谁都清醒。虽然他只是反间谍处的处长,高层圈中都知道他与首相的关系却非同一般。

斯特劳虽然只和司高特点了个头,但已经感到问题的分量。从首相对日记的担心和动用司高特的行动来看,他很可能在策划向财相下手。如果是这样,自己当然不应介入。自己和浩尔虽无深交,但作为首相的两员贴身大将——人称内阁的"快手斯特劳"和"慢手浩尔"——他们比较能理解对方的难处。此外,这"一快一慢"都喜欢下棋,棋逢对手也不失为一种友谊。

浩尔接到斯特劳的电话说要来下棋,就"嗯嗯"地直迟疑,想为不答应找个理由,这种时候哪有心思下什么棋?但不等他说出那个"不"字,副相已抢先替他答应道 OK,就是说,不论愿不愿意这棋非下不可。

副相的到来使忧心忡忡的浩尔更加心神不宁。他知道精明能干的斯特劳是首相的新宠,很可能是首相派来摸底的。不过,正因为斯特劳在核心圈内,对首相的强势和自己的弱势都比较了解,也就一定看得出这桩祸案真正的责任在谁。这人主不主持公道是一回事,但他是个知道公道何在的人。

"奉命而来的吧?"浩尔说,一边心不在焉地摆棋。

"这个,你酌情认定吧。来,下棋!"

"劝我引咎辞职?"

"还是说'顾全大局'吧,但我不做说客。"

"要是你……在我的位子上呢?"

"那只能是'双不'政策:既不推卸责任,也不代人受过。"

"代不代人受过恐怕身不由己,这棋盘上的兵士就得替国王去死,不是吗?"

"是倒是,但下棋者不是棋子。若人家把你当棋子下,你也可以把他当棋子下。在人生的棋盘上,做兵士还是做国王是事在人为的。"

"但……"

"你是大经济学家。且不谈亚里士多德的'吾爱吾师,更爱真理',从经济学上看,替自己说话至少比替别人说话更经济吧?"

"可是有的事情说不清呀!"浩尔道。

"是啊,所以我记日记。"斯特劳说。

"日记?"浩尔像被针扎了似的,只差跳起来。

"日记这东西好哇。每天随手写来,不花什么力气,又及时可靠。何时、何地、谁说了什么,都清清楚楚。"

"嗯……"

"那也不是事后可以编造的。20世纪80年代有人编造过一本希特勒日记,很像真的,骗过许多人,但结果还是被技术识破了。技术不是吃素的。"

"当然不是。"

"我写日记是准备将来写回忆录用的。但也有保护作用,出了什么事经得起调查。而且,在法庭上不出示日记要算隐瞒证据的,是犯法的。"

…………

浩尔听出斯特劳话外有音,心想:看来他知道我有日记,是来摸底的。可他怎么会知道的？我从没对任何人说过。要是他是替首相来打探的,为什么又暗示我用日记保护自己？不论他意欲何为,既然外界知道我有日记,在听证会上就必须拿出来。否则要算隐瞒证据,他不是这么说的吗？要是不出示日记既代人受过又罪加一等,我何不干脆和盘托出？我该挨的打我挨,不该挨的也不白替人家挨！那家伙坑了我不算,现在又拿我做挡箭牌、替死鬼。他不管我的死活,我给他留什么情面？我当然有错,但受命于人毕竟不同于阴谋策划。谁不知道这是个屁股指挥脑袋的地方——在其位不得不谋其政。那日记可以证明当时我和他争辩过,不能算完全没有原则吧?有几个人敢违拗首相的旨意?让他们试试看……

浩尔越想越觉得应该照实说。神情有所振奋,合上眼仿佛已看到公众原谅自己的温和目光。

"好了,你心不在焉!"斯特劳说,"我还是走吧。"

"去报告?"浩尔的胆子大了不少。

"他好像很担心,我从切卡斯出来时看到司高特也到了。"

"你是说……"

"我什么也没说。对了,刚才进来时看到你门外已有不少记者恭候。麻烦,不过也不失为一种保护。"

"保护?"

"也算吧。我要是碰到这种情况,就换个清净的地方待几天。当然要带好要紧的东西。"

…………

浩尔使劲揣摩斯特劳有点儿前言不搭后语的话,显然不是这人平时那种清楚明白的风格……终于,诺贝尔奖得主品出了他话中有话:这棋盘对手是在鼓励自己行动,不要坐以待毙!这么一想,先前的疑点就像纷乱的七巧板各就其位了。他知道司高特的出现意味着什么。斯特劳提到"保护",当然首先是需要保护。试想,如果天黑后司高特的人来这里搜查日记,谁还能帮他?所以那些讨厌的记者才构成一种保护!所谓"带好要紧的东西",那只能是指日记;而"换个清净地方",当然就是转移掉……确定了斯特劳的立场,他感到一股力量,也像是回光返照使他想再搏一搏。于是对斯特劳的暗语给了个半暗语的接应:"现在走大概太晚了。不知你能不能帮我……保管些东西?"他盯着斯特劳的眼睛。

"这没问题,只要不是炸弹。"斯特劳保持轻松地说。

浩尔走进书房。一会儿拿出一个带密码锁的黑皮包，略微颤抖地递过来："要是我们明天在议会见面，你就还给我。要是不见面……你就决定如何处置吧。"

斯特劳接过来，不问是什么就把它放进自己的手提箱，好像放一个面包那么不经意。然后和浩尔握手道别："明天议会见！"

浩尔感觉到那手的力量，那不可能是别的而只能是人类情感。

斯特劳在车上接通首相热线："看来他还清醒。我们下了棋，他理解……国王和兵士的关系。"

"你肯定吗？"首相问。

"这当然只可意会，但我……有把握。"

"嗯……那你等一等。"

斯特劳可以想见，首相一定是用手捂住话筒去与身旁的司高特紧急磋商。他用最大力气把手机紧按在耳朵上，屏息去听，可还是什么也听不到。肯定是那一头把话筒捂得更紧。电话里沙沙的电流声在告诉他：线路畅通而秘密不容知道。过了几分钟才又传来首相的声音："好吧，那就……这样吧。"话音里带一丝不想让人觉察的犹豫。

首相和司高特的商议虽然短促，却是决定性的。

"你看斯特劳的判断靠得住吗？"他问司高特。

"如果……你判断他靠得住的话，就应该靠得住。"

"你是说……"

"是的，现在是非常时期，忠诚和野心都是会变的。"

"我知道你的意思：副相可能想趁机……但这次我不怀疑他，因为他知道这次危机是和大选相联系的，弄不好就是工党下台。那就不是他取代我，而是保守党取代我们。"

"既然这样，就好。"

"你是说不做什么了？"

"现在'做'可能已经晚了。如果他们想搞鬼,那就已经把日记转移了。而如果他们不想搞鬼,我们采取行动反而会坏事——导致新一轮的调查。调查会改变事情的。"

"那……好吧。"

司高特庆幸首相没有看透他的"分析",其实这是一个两面光的托词。他已经嗅出此时介入进去的危险。他知道斯特劳极能干,在当前情况下可以视为事情发展的晴雨表。无非有两种可能:斯特劳没有背叛首相或已经背叛了。如果没有背叛,那么他的判断就应是可信的。如果已经背叛了,那就更说明形势异常危险。在议会听证会的前夜派人去搜寻财相的日记,那风险非同小可。不说别的,光是财相家外面的记者们的长镜头就难以对付。就算得手,肯定会有调查,那自己就陷入什么"日记门"再难脱身。一旦形势吃紧,难保首相不把自己给卖了。他连财相都卖,何况自己这种地位低得多的人?所以,趁现在尚未卷入,金蝉脱壳是上策。当年父亲舍身救首相是因为当年的首相有救,而一个没有救的首相有什么好救的?

历史学家们往往喜欢讲阴谋故事而使历史有趣,但在更多的情况下,英国的政治命运其实取决于许多互不相干的计算。

次日上午,议会听证会座无虚席。

主席刚刚读完长长的听证程序,财相浩尔就在众目睽睽之下拉响了他的政治炸弹。他在他的声明中承认了两件事:第一,财政预算中关于公共开支的承诺是假账;第二,他是根据首相的指示这么做的。

"你是说这是首相指示的?"主席问。

"是的。起先我反对了,但他坚持要这么做。"

听证会哗然。主席用了大力气恢复秩序,然后问:"你有关于这些谈话的证据吗?"

"我有一本日记。"

"在哪里?"

浩尔把一本 A4 大小的蓝皮日记递上。

按照一个棕色书签的引导，主席马上看到一段致命的文字：

……他要我做假增加公共开支，称为模型转换，实际上是通过内部互借达到一钱二用。我说大选后各部都会来要钱的。他说只要他在台上，部长都听他的，连数学也得听。他让我帮他干五年，就让 21 世纪也出一个诺贝尔奖首相。他主意已定，我不冒险也是冒险，或许更大。说不定是天意要我一搏！

顷刻间舆论哗然，所有的电台、电视台都中断常规节目来报道这一新闻。各家晚报也都改换了原定的头版安排而专题报道：

财相的日记"炸弹"，首相授意假账取胜

有的媒体还配上他们的大幅照片。空前的政治大地震把英国人心灵的上层建筑狠命摇撼，至少在里氏七级以上。

首相回天乏力，当晚宣布引咎辞职。他在唐宁街 10 号外发表简短的告别讲话，像一个不甘失败的预言家让结束语意味深长："一个政治家就是再想服务也得服从民主的不对称：人民可以不原谅他而他不得不原谅人民，原谅人民啊！"

天晓得有多少人听得懂他所抱怨的不公平，说白了就是无法把人民赶下台！这也是船对水的古老抱怨。早在两千多年前，中国人还没听说过"民主"这个词的时候，就已经用一个常识警告他们的帝王了："水可载舟，亦可覆舟。"

根据规则，首相辞职后由副相为代首相，直到执政党选出新的领袖。斯特劳从贝尔手里接过唐宁街 10 号的钥匙时，本想说几句表示遗憾的话，但不知说什么好,因为感觉太复杂。回想起来,自己走到今天这个地步只能说是明智和运气的结合。在二虎相争的局面中自己选择站在阅脑器一边,这是明智也是不得已,不这样行吗?而首相没有把他卷进假预算的阴谋则属运气,要是卷入了,此刻就是另一番景象了……至于自己半明半暗地给浩尔打气、替他保存一晚日记,那是出于人道主义,更像援救一个快淹死的人而非政治图谋。总之,这些都只能算随机应变而非阴谋篡权,所以不必有多少愧疚。老实说,凭首相的歹毒无耻,现在就是幸灾乐祸一回也不算过分。当然,这不妥,好歹毕竟有些提携之恩。值此落难之际,自己就是装也该装出些同情来吧……可惜他在这方面的技艺还不到家,不能像贝尔当初那样能在上台的喜悦中挣出几滴眼泪来给前任送行。临了他只好握着贝尔的手说:"我很遗憾……"

"不必了,我是过来人,过来人啊!"贝尔苦笑道。有的话虽然只有自己能懂,但也还是忍不住要说出来才好受些。

斯特劳坐在首相办公椅上品味自己的新地位。忽然看到电话机座上的一个小贴签,上面有几个重要的热线号码。其中一个名字特别引起他的兴趣,就忍不住拨打过去。电话马上通了:"萨腾·司高特,首相阁下。"

"啊,是我——三谬·斯特劳。"

"啊,副……哦,代首相阁下,你好、你好!"

"是的。没什么事,只是看看这号码管不管用。"斯特劳说。

"当然,任何时候都可以,阁下!"

"这就好。对了,顺便问一下,财相听证会的前一天,首相似乎想找到那本日记,结果你怎么没有行动?"

"这个……"

"哦,要是不便说的话也没关系。"

"不、不,当然可以说。是的,我们是商量了怎么处理,我……建议他相信你的判断。"

"是吗？谢谢你！"

"我不是决策者，尽职而已。"

"这很好，再见！"

"再见，代首相阁下！"

斯特劳放下电话，感到有所收获但又没有完全吃准对方。这家伙值得用阅脑器谈一次，他想。

代首相的位子也不是好坐的。工党的假账取胜使大选的合法性成为问题。虽然首相和财相已经引咎辞职，保守党仍威胁向法院起诉大选舞弊。

斯特劳向法务大臣夫克伦咨询政府所处的法律地位。夫克伦告诉他：如果政府能证明自己可以履行大选承诺，那么其合法性还可以维持；如果不能，选举结果就会受到挑战。这挑战无疑是严峻的。果真重新举行大选，一个刚刚因作弊而失去信誉的党几乎必败无疑。

"如果我们可以履行大选承诺，但采取的途径不在大选纲领中，又会如何？"斯特劳问。

"那要看这个途径是否正当，能不能被议会接受。"夫克伦说。

"我们有多少时间？"

"六十天。"

斯特劳与牛曼紧急商议。权衡机会和风险，决定采取一箭双雕的战略：借助斯特劳新获得的权力马上启动阅脑革命，再用阅脑器带来的高效率解决预算危机。于是着手做了两件事：一是秘密通报内阁，二是秘密启动"T—R工程"。

斯特劳向内阁秘密报告了阅脑器的存在，当然是巨大震惊。但他指出：引入机器可以极大地提高经济效益，从而使政府能够实现大选承诺而继续执政。内阁大臣们知道别无选择，一致通过了支持的方案。

所谓"T—R工程"就是在S—岛建立阅脑器实验基地。目的是在议会进行立法辩论前建成而供议员们实地考察。当他们亲眼看到机器如何能带来巨大效率，就会认可政府具有履行大选承诺的能力。

斯特劳亲自向海军上将泰瑞·乃生——一个顶级军事工程专家——下达任务。他要求乃生的工程部队听从牛曼教授的指挥，全力以赴完成基地建设。但他没有告诉上将工程的用途，只说是用于"特殊通信设施"，并命令他不要打听。

"遵命，代首相阁下！"和接受任何命令一样，乃生上将总是"啪"的一个礼，脚后跟的相击声清脆悦耳。

海军最精锐的工程部队开始了S—岛基地的建设。

一架契尔诺直升机把牛曼的实验室一举搬到S—岛上。

安没有想到，一夜之间她已经在自己的办公桌前看到波涛万顷的大海，简直像做梦一样。彼得更未想到他突然变成了海军"T—R工程"的总工程师，负责领导三十名技术军官实施基地建设。他花了大半天时间试图记住这些军官的名字和军衔，但还是搞不清谁是谁。他们统一的制服和帽子好像把个体的识别符减少了一半，看起来都相差无几。他发现管理工作太头痛，就问牛曼能不能让他和哪一位高级军官互换个位子。但牛曼断然拒绝，因为所有的军官都不能知道彼得所知道的"T—R工程"的含义。彼得只好硬着头皮去把名单和人物——对照记忆。

除了搬来牛曼的实验室，基地还买下了那家元件供应商的整套设备。那个大胖子供应商已为牛曼定制各种元件多年，却从不知道它们的实际用途。这次见客户急于要买下全套设备，就黑心开了个天价试试运气。没想到牛曼马上回复说答应了，连谈判都不用！供应商对这个突然变得异常大方的神秘客户刮目相看，谢了又谢。牛曼嘴里说"不必客气"，心里也清楚让这家伙捡了个大便宜，只是他不能为这点费用耽搁时间。他不禁感叹：一旦国家决定做某件事，就可以不惜代价；比起自己搞项目时的精打细算，何止天壤之别？现在他指挥的是最精良的工程部队，简直想要什么就有什么——好像他若想要天上的月亮乃生上将也会当晚给他摘来,既不用签合同也不必打收条!他觉得自己有点像古代的君王在权力顶端发号施令,工匠们也许连自己建造的是什么都不知道。对那些难以置信的古代工程,人们常常惊叹那时的技术是多么了不起,其实真正应该惊叹的是当时的社会规模——国家能调动巨大的力量来弥补技术的不足,完成难以想象的建造。

所有的海军工程师都不知道"T—R 工程"的含义,当然都极想从自己的上级那里听到。上级们通常不说自己也不知道,而说那是"机密"。事实上,连他们的总指挥乃生上将都不知道。乃生是出身行伍之家的标准军人,作为英国反核扩散委员会(BNNC)的委员,他享有最高的机密审核级别。但当代首相命令他不许打听"T—R 工程"的目的时,他也只能立正敬礼,无条件服从。不过,动作像机器并不等于就是机器,一个将军对自己的项目的好奇心不亚于一个孩子对圣诞老人的礼物袋的好奇心。有一天晚上,他因帮牛曼解决问题而干了个通宵。牛曼很感激,握着他的手直道谢。这时他忍不住苦笑道:"我要是知道自己在干什么就好了。"

这是何等起码的要求?牛曼看着上将熬了一夜而布满血丝的双眼,忍不住想告诉他。但正要张口,听见安的咳嗽声。这是他们约好的暗号,相互提醒斯特劳关于"绝对保密"的命令。

"……对不起,上将!"牛曼艰难地措辞,"我想,这大概可以说是……世界上的最后的一个秘密吧。"他希望这个说法足以让上将破译——还有什么是能够结束一切秘密的秘密呢?

不料上将又是"啪"的一个立正敬礼道:"请原谅,教授!我是不该问的,我……"他显然没有理解这个暗示,而以为教授在重申保密原则!

"啊呀,你又何必道歉呢?"牛曼有些恼了,主要是恼自己暗示得不得法。

不料上将又"啪"的一个立正道:"因为我曾斥责部下不懂军规,但我自食其言,惭愧之至。"

"不要这么说了!"牛曼发现非下命令不能阻止这家伙的不断道歉,"你应该知道的,我这就……"

可安又咳嗽起来,牛曼不得不停下。

上将关切地问牛曼:"阿姆斯特朗小姐是不是被海风吹感冒了,要不要请医生?"

牛曼没好气地说:"不用,她总是这样!"

与此同时,工党开始了竞选新领袖的程序。虽然斯特劳得到内阁的支持,党内还是有几个雄心勃勃的候选人与之竞争。不过,在如何填补政府的大选承诺造成的财政缺口这个关键问题上,只有他敢拍胸脯。在工党议员的内部竞选会上,主席乔治·甘地——著名的莫罕达斯·甘地的一个曾孙辈人物——追问斯特劳:"三谬,你将如何解决这个问题呀?"

"我有一个可行的方案。"斯特劳说,"不过暂时还需要保密,六周以后会向议会报告。"

"这么说,你是让我们没见佛就烧香啰?"主席用了个他喜欢的东方比喻。

斯特劳不熟悉这个比喻,但估计了个大概,就装作很懂的样子说:"你看,主席先生!你们可以选择烧香或不烧香,但他们没有佛而我有。"

甘地主席感到满意,包括他的东方比喻被理解得很到位。斯特劳的方案虽然有些神秘但他的口气坚定,给了工党同人保住权力的希望。在绝望和希望之间选择,他们选举了他为新领袖。

六个星期过去了。周一早上,议长办公室发布通知:本周末议会将就一个重大问题举行秘密会议,全体议员——除非身体条件实在不允许的——务必参加。会议要求高度保密,不允许任何形式的转播、采访、对外联系。

民主和公开性也都有例外的时候。

周五下午,西敏寺议会大厦被严密封锁。由装备了最先进监控设备的特种保安部队严密把守,连一只老鼠也进出不得。已进入者的手机等电子工具也被统统收缴暂存,达到不亚于真空的屏蔽状态。

会议厅内议员们在等待开场。他们通常对议会辩论很随意,凡事进行得太多了都会使人麻木。但今天不同,从保安的情况来看就知道非同小可。议员们前后左右地议论着,猜测有什么大戏要上演。

"就算代首相要全盘否定前任,也用不着这么神秘吧?"

"嗯,恐怕不止于此。"

…………

"秩序、秩序!"派克议长显示权威地喊道。会议厅静了下来,他说道:"特殊辩论会现在开始。先由代首相先生做说明。"

"谢谢你,议长先生!"斯特劳站起来道,"如本议会已经知道的,今天我们要进行的是秘密辩论。事实上,它的保密要求是如此之高,以至不能在西敏寺举行,而要搬到海军的S—岛去……"

"啊……"会场一片骚动。

"秩序、秩序!"议长叫着。

"我知道尊贵的朋友们很惊讶。"斯特劳道,"但是,议长先生,这是我们民主的代价。一方面,这件事必须由议会来讨论决定,因为它关系到英国乃至世界的命运。另一方面,在议会做出决定之前它绝对不能泄露,不然后果不堪设想。现在海军的直升机已经在外面恭候,希望尊敬的议员女士们和先生们都听从议会保安人员的指挥。"

议员们紧张得直起鸡皮疙瘩,又产生了连自己都不敢相信的种种猜测。是要动核武器了?但近来并没有听说什么严重冲突。遭到外星人入侵了?似乎也没有这方面的传闻。多少世纪以来英国议会从未离开过西敏寺,就是"二战"轰炸时期也是如此。但特殊的气氛把他们镇住了,没人吱声或提问。连平日最厉害的反对党领袖考林·豪沃也没有提出质疑,这是默认问题的严重性已超过党派间的吵吵闹闹。当人群开始挪动起来,他也跟随着动作。

西敏寺的大草坪上,六架直升机都发动了。机器轰鸣、各色指示灯闪烁,把夏日的沉闷空气搅得颤颤巍巍。

尽管准备得很周全,还是有没想到的麻烦。伦敦消防署的监视系统以为西敏寺出事了,值班人员马上打电话到议会紧急事务部询问。紧急事务经理塔通先生是个自负好胜的人物,尤其是为自己的工作自豪。他经常告诫手下,他保卫议会的责任不下于国防大臣保卫国家的责任。他很不乐意接到这类询问安全情况的电话,好像是在影射他不尽责似的,于是竭尽所能地讥讽道:"亲爱的,你记得哪一回紧急情况不是我先打电话给你们的?"

"可是……"

"可是什么,有什么比直升机从西敏寺起飞更正常的?"

一架架直升机等间隔地升空,显现四维时空秩序井然。

英国议会越过伦敦上空朝英吉利海峡飞去,史无前例。

第十章

道德成本能

二十分钟后,直升机队降落在S—岛停机坪上。

议员们发现自己置身在一个宽阔的广场,面对的是一座硕大工事般的梯形结构。微带腥咸的海风、不远处旋转的雷达天线、灯光闪烁的地空设备等表明这是一个海军基地。

进入梯形建筑内,才知这是一个现代化的大会议厅。台上有数字化讲演设备,台下的座位也是多功能配备的,比西敏寺的议会厅现代化得多——那里还保持着传统会议模式,连显示屏都没有。

议员们入场后,厅门自动关闭,遮光帘自动落下。

乃生上将对准备工作做了最后的检查,然后向牛曼行礼报告,准备退出。他还有维持安全的职责,但只能在场外进行,因为只有议员有权出席秘密辩论会。

牛曼看得出上将脸上的遗憾表情,有点儿像一个女人在产后不能见到自己的宝宝。他让上将稍候片刻,待他去找斯特劳说话。

斯特劳正在和几个大臣说事。牛曼把他叫到一边问:"反正马上就要公布了,能不能让乃生上将留在会议厅内?"

斯特劳刚想说应照章办事,但一看到牛曼沉下脸来,马上想到主角的情绪要紧,便哄孩子似的说:"好吧、好吧,就依你的。"

牛曼果然笑了,一大半是笑斯特劳的乖巧实惠诚如自己所料。

"秩序、秩序!"老议长挪动几下身体来适应新座椅的弹性,宣布开会。"尽管我也不清楚身在何处,反正是在我们应该在的地方。我们抓紧时间开始吧,代首相先生!"他请斯特劳说话。

"谢谢,议长先生!也谢谢尊敬的诸位的配合!现在我要宣布一个重要的发明,我相信这是人类文明迄今为止最为重要的发明。"斯特劳说着举起一个苹果平板电脑般的装置,"这个机器叫阅脑器,它可以一字不差地阅读我们的思想。"

斯特劳打住了,让人有时间理解他的意思。

会场一片惊讶声,然后议论纷纷。

"秩序、秩序!"议长的声音也有些异样,不如先前那么有信心。

"议长先生,这里我不解释这个装置的技术和它的社会影响,这些等一会儿由它的发明者诺埃·牛曼教授,给大家说明。我谨以代首相的身份——也就是说不是一个骗子或魔术师——来演示一下这个机器,确认它不是一个骗局。"

众人木然。代首相是说:他手上的东西是如此难以置信,一定要由现有的最高权威来使他们相信其真实性!

"现在,议长先生!我请在座的诸位合作。请他们思想十秒钟,可以想任何东西,而我保证各位的思想将出现在他们自己座位的屏幕上。"

会议厅鸦雀无声。议员们都听懂了他说的,但难以置信。

开始计算时间了,和其他的十秒钟并无不同,但许多人在思想的同时屏住呼吸,仿佛大难临头。

几乎是同时,他们果然看到了自己的思想——在自己的屏幕上一字不差!这叫他们如何不目瞪口呆?以往的潇洒、傲慢、玩世不恭的劲儿都荡然无存。

"议长先生!"斯特劳说,"如果哪位发现所记录的与他们的思想不符,请举手告诉我。"

议长木讷地点头同意。议员们的眼睛随着他巡视大厅,但没有看到一个人举手。

"议长先生,我们可以认为阅脑器的真实性被确认了吗?"斯特劳问。

议长还没完全从惊讶中缓过气来,只是连连点头,平时那种泰然自若的太上皇劲儿荡然无存。

"不过……议长先生！"保守党领袖考林·豪沃插话道，"能不能请代首相先生再演示一遍？"他也不像往日挑战时那么咄咄逼人，倒像是初次品尝一道外国大菜后吃不准是喜欢还是不喜欢，想再尝尝。

"嗯？"议长征询地看看斯特劳。

"当然可以，议长先生！"斯特劳早有准备，于是又进行一遍。

照样是百分之百的准确率。这消除了对机器的怀疑，但也确定了议员们的恐惧。有的不由自主地用手捂住脑袋作为一种保护，尽管知道这和鸵鸟把头埋在沙子里一样无用。

考林·毫沃以反对党领袖的身份提出："议长先生，鉴于这机器的确有……阅脑……方面的功能，我必须要求：从现在起未经许可不能用于本议会议员，这关系到我们的合法权利……"

"同意、同意！"许多人呼应，像一个濒临灭绝的物种突然意识到了自己的危险处境，于是竭力支持一项保护措施。

"秩序、秩序！"议长看看斯特劳说，"这显然是大多数人的意见，我准了。"

"这正是我们要立法的问题，议长先生！"斯特劳道，"阅脑器将影响到所有的人。政府已经做出可行性报告来评估其社会影响，在此基础上提出了引入阅脑器的议案。"说到此，议案出现在大屏幕上：

> 本议会批准政府关于在大不列颠及北爱尔兰联合王国引入阅脑器的建议。

议员们至少读了两遍，既紧张又期待。似有一种来到过去和未来的谈判桌旁的感觉，分不清是对创造历史的兴奋还是对世界末日的恐惧。

"议长先生！"斯特劳继续道，"在牛曼教授向本会做可行性报告之前，我想先为牛曼教授做两点声明。第一,这个技术没有申请专利,也没有任何商业企图。牛曼教授希望它成为人类的共同工具而不是任何人的特权。第二,阅脑器的引入将是惊天动地的大事,而他要申请一场和平的革命。就是说,这个机器带来了改变世界的可能性,但我们是否走这一步将由公民来决定。通过辩论,本会可以批准也可以拒绝议案,我想没有什么比这更公平了。"

"同意、同意!"议员们为自己有发言权而欢呼。

"诺埃·牛曼教授!"议长邀请牛曼发言。

牛曼起身走向中央讲台。全场目光紧随,像关注一个高级文明派来的大使。屏幕上映出:

关于引入阅脑器的可行性报告

"谢谢,议长先生!"牛曼开始道,"阅脑器是阅读人类思想的装置。从技术上说,它的无限有机芯片会把人思想时的微脑电波转换成文字形式呈现出来。未来我们可以通过网络远距离阅读人的思想,就像手机通信一样方便。"

台下鸦雀无声。谁都不懂这场革命,但都明白其后果:有了它就不再有任何秘密!

"这个机器将打破人的内外界线,所以肯定会引起许多顾虑和反对。问题是:人类有没有必要迈这一步?在回答这个问题之前,我要先指出一个简单的事实:人类文明几千年的道德努力——宗教、教育、法治——都没有使人摆脱恶。"

罕见的观点,但议员们发现难以反驳。谁能说今人比古人好些?不说是更糟就不错了。

"议长先生,思想史上就'恶'的根源问题给出各种解释,诸如人的本性、人的无知、人的自由意志,等等,但各种道德方案都没有根本解决问题。我在阅脑器的研究中发现:真正有可能解决的是恶的可能性问题,它来自思维可见,也就是阅脑。"

"哦……"有人惊叫。

"议长先生,我们都知道人的本能是趋利而避害。根据这个本能,人是否可能产生损人的恶念就取决于思维可见不可见。

"——如果思维不可见,恶念就未必害己,本能允许其产生。

"——如果思维可见,恶念就必然害己,本能不允许其产生。

"——这就是说,如果使思维可见,就消除了产生恶的可能性。

"——正是这个彻底根除恶的前景,值得我们认真考虑。"

"同意、同意!"有人情不自禁地叫道,因为这个论证逻辑清楚而结论重要。但多数人没有出声,因为感到分量太重。他们的沉默又好像是指责那些欢呼者过于轻率——你们知不知道自己在欢迎什么东西呀?

"议长先生!"牛曼继续道,"现在我来具体说明阅脑器的四个社会功能。"这时屏幕上出现一张讲解要点:

第一,使道德成为本能;

第二,让人际关系真诚;

第三,将世界效率最大化;

第四,把自由解放出来。

议员们意识到这是这场"阅脑"的提货清单。他们将被引导着理解这四大功能,从而判断这个取消隐私的革命是否值得。

"议长先生,阅脑器的第一功能就是使'不损人'这个基本道德要求成为人的本能。当思维可见时,人本能地不产生恶念,这就相当于道德成为本能。你不损害他人不是因为你懂得是非,而是因为本能不让你损害自己。"他在屏幕上显示了这个推理:

思维不可见 ＝ 恶的可能性

思维可见 ＝ 恶的不可能性

思维成为可见 ＝ 道德成为本能

议员们都理解这个逻辑推理,但仍惊讶不已。难道"恶"的有无真的就取决于思维是否不可见这道阀门?难道关于善恶的那些浩如烟海的论述都会因为这个小小的公式而失去意义?

牛曼继续道:"如我们看见的,阅脑器的作用不同于传统的道德努力。宗教、教育、法治都试图阻止人的利己本能,但完全阻止不了,因为人不能不是人。阅脑器则不同,它改变了本能起作用的条件而使'不损人'成了本能自身的要求。"

"这听起来很有道理,真的能实现吗?"一个议员忍不住问。

"实验证明是可能的。当然,从当前的思维不可见状态过渡到思维可见状态需要克服一些习惯。主要是说谎的习惯,它是在思维不可见的条件下形成的。我们可以用阅脑器进行戒谎训练来克服它。"牛曼举起一个装置,只见它红灯闪烁、嗡嗡作响。

台下顿时紧张,如临大敌。

"别担心,议长先生!这个机器叫戒谎器,是训练自己戒谎的自用型阅脑器。我们知道说谎是一个三步程序:先有真实思想,然后有谎言思想,再后才有谎言表达。戒谎器就是利用这个程序,在第二步时触发危险警报而中断过程,就像看见了红灯而踩刹车一样。通过反复地被警告,这种危险信号会入住人们的下意识,于是会本能地避免说谎,就像躲避火焰或其他已知的危险。"

"这要训练多久呢?"一个议员问,担心会不会要花半辈子时间。

"大多数人可以在四周到八周内完成,这取决于不同情况。"牛曼答道。

"这么快呀?"有人叫道,难以相信一个和人类历史一样长久的习惯可以如此快地摆脱掉。

"是的,就像我们学开车用不了多少时间一样。"牛曼笑道。

议员们也笑了,一个众所周知的常识使难以置信的事情易于理解了。

"当然,这种训练只是对这一代人类才需要。"牛曼继续道,"未来的人类从一开始就知道思维是可见的。对于他们来说,说真话将像呼吸空气一样自然而然,而说谎倒是像自我伤害——需要有某些精神方面的问题。"

许多人发出会心的笑声,有的开始为这前景感到振奋。

牛曼停下来,征询议长要不要休息一下再讲第二个问题。

议长环顾一下会场,发现人们毫无要休息的意思,好像它已使别的需要不重要了,便说:"看来大家急于想听下去呢,教授先生!"

"同意、同意……"台下一片呼应。

"谢谢,议长先生!"牛曼继续道,"阅脑器的第二功能是使人类交往达到真诚。我们知道,虽然技术的发展克服了通信上的无数障碍,但始终没有解决人类交往的根本问题:信任问题。由于人会说谎,我们互不信任、充满猜忌。一句简单的'我爱你'也要分析是什么意思:是爱人还是爱钱?"

议员们笑起来,不乏无奈的悲哀。

"互不信任是如此普遍,发明出许多赌咒发誓的话来让人相信还是不行,什么'恨不得把心掏给你看'呀,'我对我娘的坟头发誓'呀……"

"为什么一定要'娘'的坟头呀?"有人打趣地问,引起笑声。

"这个问题我也研究过。为什么世界上不论哪国的语言都用'娘的'来骂人?因为气愤太大的时候,仅把矛头指向对象本人已经不够,就得指向其来源。"

"哈哈……"人们大笑。

"对人的意图的怀疑,会引起对意思的误解——"牛曼继续道,"直至冲突,包括政治的、宗教的、种族的,还有朋友之间的和家庭内部的等。当思维可以被看见了,情况就完全不同:没有欺骗和怀疑,只有真诚交往。"

"这样推理是不是太理想化了?"一个保守党议员插话道,"我也可以设想,有些现在可以避免的冲突那时倒无法避免了。比如看见个大胖子,我心里会想'这家伙胖得像头猪'。这在现在不是问题,只要我不说出来。到那时候还不要打架吗?"

"是啊!"议员们哄堂大笑。

牛曼也忍俊不禁,他何尝没有考虑过?他答道:"议长先生!这关系到我们对公开心理学环境的意识。你当然有审美判断的权利,问题是该不该伸展为不尊重他人?思维不可见时,正因为你知道这种侮辱人的念头不说出来就没事,所以你会那么去想。当思维可见了,你就本能地不会那么去想了,因为你知道思想也会被'听见'的。"

"同意、同意!"许多人笑了。

"可是,你还是会认为那人很丑,不是吗?"那议员争辩道。

"这就把我们带到公开心理学的另一方面。"牛曼道,"我们会更宽容别人的观点。你知道人们对你有各种看法,不论他们说还是不说。如果他们觉得你胖,那他们就是这么觉得的。你可以不理会,也可以去减肥,但去打架是没有道理的,就像把镜子砸了一样无济于事。"

大家又笑了。

"有道理!"大胖子议员克拉克由衷地叫道。他长得像个大海绵球,脸上的肉已把眼睛挤成一条缝,三层下巴丰盈,说起话来像运输途中的果冻振荡不已。不过他倒是以犀利著称的。就他的胖而言,他当然恨那些笑话他的人,但他更恨那些不笑话他的人,因为他们更坏——背地里笑够了还在他面前装好人!这个观察不可谓不深刻,但在思维不可见的时代又毕竟太前卫,致使周围的人无所适从:笑也不是,不笑也不是。

牛曼总结道:"在公开心理学时代,人们既会自觉地与人为善,又会自然地相互宽容。用一句俗话说就是'彼此彼此'。"

"那不同宗教信仰的人之间呢?"议会的宗教事务委员会主任关切地问。他长年累月地被各种冲突搞得头昏脑胀。

牛曼说明了阅脑器如何能让不同信仰的人看到对方的"信仰决策"而相互理解。这时斯特劳插话,讲了不久前他和牛曼秘密帮助基督教会大主教和穆斯林协会大伊玛目和解的故事。冲突起于修改中学教学大纲。教会要求把《圣经》作为"宗教教育"外的单列课程,穆斯林抗议这将降低《古兰经》的地位。双方因此而对抗之际,斯特劳安排两个首领开会协商,并让牛曼参加。牛曼暗中用阅脑器读得两人的思想;先让各自确认,然后相互交流。他们无比惊奇牛曼的神功,而怀疑他是先知;更惊奇对方思想的来龙去脉,竟和自己的决策过程如出一辙!他们听从了牛曼的建议,结果从理解达成和解,还交了朋友……议员们听得肃然起敬,原来那是阅脑器的作用!看来这机器的好处的确不是说说而已的。

讲完第二个问题,牛曼再次看看议长,征询要不要休息。

议长环顾会场,仍然没见要求休息的迹象。他意识到了这些人生理需要的相对性:他们平日嚷嚷着要休息都是因为讨论的问题不够重要。他让牛曼继续。

"议长先生,阅脑器的第三功能是把世界的运行效率最大化。如我们所知,欺骗及其可能性让社会处于防御状态,这决定了世界的低效率。研究表明,我们用于各种安全系统的开支占到 GDP 的百分之二十五以上,而各种犯罪造成的损失又占到 GDP 的百分之二十五以上。"

议员们十分吃惊,就是说安全问题耗费掉一半 GDP。

"我们对安全系统付出巨大投资,但效率极低。以对付犯罪为例,我们有一种幻觉,好像情况是有的犯罪捉到了,有的没有捉到。其实,这两者根本不在同一个数量级上。就说对入室盗窃案的侦破率,实验表明只达到百分之二。"

这么低?议员们感到难以相信,追问这是由什么实验得出的。斯特劳再次插话，介绍了在伦敦地区进行的"放偷实验"：如何把五十名在押的入室盗窃犯放出去作案，共作案三百起而只抓获六起。议员们恍然大悟。他们还记得有一个时期伦敦警察突然在追回赃物方面出现奇迹，原来那是个设计好的实验！他们不得不承认牛曼的方法是科学的。

牛曼进一步报告了在其他领域的侦破率：

缉毒：百分之一点五；

走私：百分之零点四；

商店行窃：百分之二点二；

假冒产品：百分之零点五。

…………

议员们听得目瞪口呆，像一个自以为了不起的国王忽然被告知他的城堡其实是纸糊的。尽管投入大量的人力物力来建设安全系统，实际上只有小百分之几的罪犯受到制裁。立法者们如何不汗颜？"皇帝的新衣"被指出来了。

"议长先生！"牛曼说，"安全系统的低效率并不是某个人或某个政府的无能，而在于这个系统与它要解决的问题不在同一数量级上。安全系统的能力与人的欺骗能力相比，就像机器与大脑不可同日而语。大家都知道那个著名的哈罗德·希普曼医生杀人案吧？他利用行医之便先后杀死了二百五十个病人，在二十多年时间里一个一个地进行而不被发现！可见，不论是堂堂英国医学会自以为严密的监管制度，还是著名的苏格兰场自认为高明的侦破技术，其实都有限得可怜。一个存心作恶的医生可以一百次、两百次地战胜它们，这当然不是例外而是必然。"他顿了顿，像是等人来反驳这个尖锐的结论，但台下没有声音。于是他展示了表达世界低效的公式：

想象的阴谋数≫存在的阴谋数≫识破的阴谋数

"这个双重不等式叫'阴谋不等式',是说,一方面我们不得不想象比实际存在的多得多的阴谋,另一方面我们又只能识破比实际存在的少得多的阴谋。这两方面的差别都是数量级的差别,它们的叠加就数学地决定了世界运行效率的绝对低下。"

"阴谋不等式"引起广泛的兴趣。议员们惊讶似乎庞大复杂的世界效率问题竟可以如此简明地概括。那感觉有点儿像初次在显微镜下看到感冒病毒的模样——没想到常打交道的"老朋友"竟有这等面目!

牛曼回答了议员们的各种问题后总结道:"只要存在欺骗,世界的低效率问题就无法解决。只有思维可见能摆脱欺骗,从而使社会摆脱防范状态而把效率最大化。如果说当年引入蒸汽机和引入计算机曾经几倍、十几倍地提高了生产力,那么今天引入阅脑器将几十倍地提高这个世界的运行效率。"

几十倍地提高?议员们设法想象那有多大,但难以想象。

斯特劳朝他的工党同僚们望去,点点头且心照不宣地微笑。甘地主席等人立即领会了:这就是他在竞选工党领袖时欠他们的那个解释!当时他敢于对巨大的财政缺口拍胸脯,让他们未见佛就烧香,就是仗着阅脑器可以提高几十倍效率的功能。果真如此的话,那省下的钱当然不得了,不论多大的缺口都可以填上!

虽已过了晚饭时间,议员们仍无去意,一个个像注射了咖啡因一样兴奋。牛曼就想趁热打铁把第四功能一并讲了。不料,反对党领袖豪沃抢先说话:"议长先生,牛曼教授的发明的确惊天动地。不过,可行性报告内容广博、挑战神经,不是一下子可以吸收的。今天已晚,我建议我们暂停,明天再继续吧。"

这话提醒了议员们,纷纷想起自己是来干什么的。这不是在听什么惊险故事,而是一个有巨大后果的历史性挑战!他们当然得好好想想到底发生了什么、将会发生什么……

"同意、同意!"许多人呼应豪沃的建议。

议长宣布休会,明早继续。

第十一章

解放"自由"

考林·豪沃的"今天已晚"是假,寻求对策是真。一回到议员们下榻的海军招待所——一栋紧邻会议厅的三层楼公寓式建筑——他立即召集影子内阁会议。虽然还没想好如何去反对议案,但肯定要反对,这是保守党的利益决定的。工党靠舞弊赢了大选,要是不能兑现其预算承诺就应该下台。现在半路杀出个阅脑器看样子要救驾,说是能提高效率几十倍!不论是真是假,牛曼的可行性报告像是头头是道,外加实物演示,三下五除二就掌握了局面。连我的人都给他叫好,他愤愤地想。这些笨蛋,被人家卖了还帮着数钱!那个还没来得及说的第四功能更不知是什么怪胎;失去隐私已经够可怕的了,怎么还能"解放自由"?自由还要解放什么?真是怪中有怪。幸亏我当机立断叫停,缓兵之计至少容我的智囊做一计议,不然让他一搦到底还不知是怎么回事。

可是,豪沃的足智多谋的影子内阁也不知如何应对这个挑战,而是迅速分裂。有的视阅脑器为洪水猛兽,发誓决一死战;有的则为戒谎除恶的前景激动不已,甚至老泪纵横。但大多数是失魂落魄,拿不定主意。当赞成的和反对的各执一端,那会便开不下去了。

这种情况在其他各党也同样发生,于是有些人打破政党界限走串起来。和这个问题相比,通常的政见之别显得不那么重要了。这种"立场重组"有点儿像电脑文件改变排列方式,比如从按时间排列改为按主题排列,但利益的计算要复杂得多。当晚最重要的重组是没有人料想到的:保守党领袖考林·豪沃和自民党领袖皮尔斯·鲍林结成联合反对派!这个联合阵线横跨左右两翼,阵容强大且扩展迅速。许多害怕阅脑器的人也纷纷集结门下;当然不说是害怕,而是挥动反对的旗号像一帮勇敢的斗士。

鲍林和豪沃联手的确像猫鼠结盟一样难以想象。鲍林是哲学家出身的左翼自由派，一向激烈抨击保守党。此人的面孔本来就长得比较矩形，再配一副方形镜框的眼镜，更显得棱角分明。保守党们害怕这个"哲学佐罗"的唇枪舌剑，他那副宽边眼镜后的双眼犹如双筒枪管对准了他们，他们的一言一行都在射程之内。幸亏他的党比较小，在议会中势力有限。不过，今天豪沃有完全不同的考虑：大敌当前，他必须联合这个哲学家来对付牛曼。虽说自己也是律师出身、巧舌如簧，但这个题目太大、太新、太复杂，从生理到心理、从道德到效率，实在超出自己那点儿政治智慧。牛曼显然是有备而来，既有家伙又有哲学。相比之下，自己就像是坐在跷跷板一端的小毛孩儿眼看一个重量级的大相扑士正在抵达另一端——谁知那一屁股坐下去会把自己弹到哪里去！他得知鲍林也持反对意见，立刻感谢老天保佑。这家伙是自由问题专家，写过厚厚的专著《保卫自由》。虽然自己还没想好从什么角度去反击阅脑器，但底线一定是自由问题。那机器不是二十四小时连转的思想监视器吗？做梦都逃不脱！辩论这样的题目，还有什么比这自由派哲学家更好的武器？还是全自动的！

可这里有一个困难。豪沃和鲍林是宿敌不说，近来冲突尤其多。最激烈的一次就在上周的医疗改革辩论中。当时鲍林攻击他的方案是"无耻的虚伪"，他就狠狠地挖苦鲍林党小无权："是呀，那些永远负不到责任的人，当然可以不负责任地高谈阔论啦！"当时赢得一片笑声，鲍林的脸红得好像一个非法移民被问到了身份问题。但说话和吃东西一样，太满了是要噎着的。如此恶语相向的话音刚落，现在怎么好意思去找人家合作？岂不是拿刚刚打过人家耳光的手去跟人家握手言欢，有多少可能被接受？去了而被拒绝当然是够丢人的。派个中间人去捎话如何？不行不行，此事太重要，不宜请第三者。再说，谁也不比自己更胜任这样的高级斡旋……自己亲自去虽然显得丢脸，但丢丢脸也不一定是坏事。这个哲学家好胜，看到反对党领袖不顾脸面亲自来求救觉得有面子了，那不是提高成功概率吗？

当然要脸皮厚,那有什么。完了事我还是做我的反对党领袖,说不定还……

豪沃调整好心态,打了个措辞得当的腹稿,便前往自民党营帐。

到了鲍林处,也不顾哲学家的冷面孔有多冷,竭尽谦卑道:"你看,天下事大局为重。我建议我们捐弃前嫌,组成联合反对派,由你领衔担任主辩如何?"

鲍林本已被牛曼的报告激发起来,豪沃来不来请,他都是要发起进攻的。他对豪沃的建议虽然吃惊,但也马上看到一个好处:作为联合反对派的主辩,自己就可以有更多的发言时间。在议会辩论中,他作为第三大党的领袖的发言时间比两个大党的领袖要少得多。每周三电视直播的首相问答会上,主要反对党的领袖可以提六个问题,而他只能提两个,算是和政党的规模成正比。这很不是滋味,往往言不尽意、意不尽兴;他感到自己像电影界那种无名气的二流演员——名字只配用小号字挤在片尾的长名单中一晃而过,连自己都来不及看清楚!要是发言时间是按水平高低来分配的话,他该分得的时间比他们谁不多?奈何民主就是多数压迫少数,公开地不讲理!这次辩论的意义重大,他有许多话要说;豪沃请他出任主辩就等于把发言时间送给他,这正中下怀。此外,见豪沃这样低三下四来求也不失为一种享受。哼,我是永远负不到责任的人吗?他真想把那些羞辱话奉还几句,但还是顾全大局地忍住了。他只稍卖关子道:"我看还是各人说各人的吧。"当豪沃更谦卑地恳求时,他就当仁不让地接受了。

豪沃咽下羞辱,也暗中高兴达到目的。

理发的看头、卖鞋的看脚,鲍林作为自由主义哲学家以赛亚·伯林曾经的弟子,对阅脑器的第一反应当然是自由问题。洛克和穆勒的传统自由主义把自由理解为个体与社会之间的关系,即不受外部干涉。伯林谓之"消极自由",与那种把自由理解为随心所欲的"积极自由"相区别。他认为消极自由才体现自由的本质,因此还提出"最起码自由"的概念:

> 应该有一个最起码的个人自由的领域,它在任何情况下都不应受到侵犯。因为如果被侵犯,就会阻碍个体的自然官能的起码的发展而无以追求善、正义和神圣的目标。(以赛亚·伯林:《两种自由概念》)

鲍林对其导师的理论十分精通,运用起来像在自己家乡开车一般驾轻就熟。他一眼断定阅脑器属于外部干涉,因此可以从三个方面驳倒它。

第一,干涉思想是侵犯自由。有什么比思想自由更起码的自由、比机器干涉更粗暴的干涉?

第二,超越善恶是放弃人性。道德感是人之为人的根本,只有在可选择的情况下听从良心才为道德人性。

第三,取消隐私是背离人权。人有保持内心安宁和与外界隔离的精神需要,这是现时代体现人格的权利。

鲍林感到稳操胜券,像一个医生确诊了患者的肺炎而又有足够的青霉素在手头上。想着即将来临的战斗,兴奋得难以入眠。十多年前他写《保卫自由》一书,虽然奠定了作为伯林继承人的地位但影响有限。由于伯林的思想已被学界广泛接受,他的"保卫"有点儿马后炮的味道,销量还不到柏林经典著作的零头。内心深处他自认为贡献不比老师的小,奈何社会就是不公平和凭运气的。这年头什么都凭名气。图书封面上作家的名字比作品的名字大几倍,不是公然宣布"谁说的"比"说什么"重要?当代作家休想超过莎翁,当代作曲家休想超过巴翁,这种"不可超越性"还不是无客观量度领域的人为设定?在有客观量度的领域——不论是革命还是运动——不都是一代比一代强吗?哲学大概是处在有量度和无量度之间的什么地方……不过,看来历史还是有公平性的,阅脑器以如此的规模挑战自由,岂不正是自己冥冥之中期待的大显身手的时刻?"也许这就是我的布伦海姆和特拉法加(Blenheim 和 Trafalgar 是英国在 17 世纪和 19 世纪大败法国的两个著名战役)!"他想着笑了。这也是自己从政的好处,可以直接保卫自由,不像那些教授同事只能在刊物上发些没人看的文章。

S—岛经过了一个不眠之夜。

"秩序、秩序!"早晨辩论一开始,议长就宣布,"反对党领袖豪沃先生通知我,他已和自民党的鲍林先生组成联合反对派,并由鲍林先生担当主辩。如诸位所知道的,鲍林先生是哲学家。鉴于这场辩论的深刻性,我准许了。"

会场起了一片议论。处于劣势的反对派特别受到鼓舞,好像装备精良的援军开到了。

"秩序、秩序!"议长继续道,"在牛曼教授继续他的可行性报告之前,联合反对派发言人鲍林先生想先说几句,我准许了。鲍林先生!"

"谢谢,议长先生!"鲍林的男高音信心十足,"牛曼先生的发明固然非同小可,但阅脑器对于人类究竟是美梦成真还是噩梦临头?这个问题要从人类价值说起。我这个人不喜欢引经据典,但在这里必须引两句熟悉的话来确认我们的价值。一句是《世界人权宣言》的第一条:人人生而自由;一句是帕特里克·亨利的不朽名言:不自由,毋宁死。这两句合在一起就是说,一个人从生到死的理由都在于自由,自由定义了人!"

"同意、同意!"许多人叫道。

"个体自由当然是有限度的:你挥动手臂的自由到碰到我的鼻尖之前为止。我们在车站排队候车、在机场接受安检、在电影院里不说话影响别人,等等,都是为了不妨碍他人的自由而限制自己的自由。但自由主义原则是把这种限制降低到最小。思维的内在性决定了它绝不会妨碍他人自由,所以绝对没有必要被限制。思想自由不是可有可无的华丽假日,而是人发展的必须。没有它,人既不能发展智慧也不能追求德行,因为德行是在自由状态下选择善。"

"同意、同意⋯⋯"更多人叫好。

"思想自由的前提就是不受外界的干扰。"他继续道,"阅脑器会带来什么呢? 思维可见,就是说我们的思想将无时无刻不在外界的监督之下,因此再没有独立思考。"

"同意、同意……"当常识遭到挑战时,人群会本能地抗拒。如果这时候有人为他们提供一个有说服力的回应,他们便极愿认同。谁都不愿意发现自己一贯以来都是错的。

鲍林继续道:"议长先生,欺骗固然是人类的恶疾,但对付它也正是生活的艺术、智慧的天职。为了防止欺骗而放弃自由,就像是为了不生病而放弃生命,这是放弃人的根本!这就谈到阅脑器的要害了,要害是放弃人性。人区别于动物的根本特征就是有关于善恶的道德感,就是有良心。牛曼教授说了阅脑器的许多功能,戒谎呀、除恶呀、信任呀、效率呀,似乎功德无量。但如果人不再是人了——变种了,这一切又有何用? 这是我们人类愿意的吗?"

"同意、同意……"一片更广泛的呼应。从这呼应的强度鲍林知道自己已经扭转了形势,便不赘言。一个有经验的议会演说家知道如何根据会场的反应把握进退,而在高峰处打住往往给人大获全胜的印象。

议长请牛曼回答。

牛曼也读过伯林,当然也思考过阅脑器对个体自由的影响。卡尔认为他的观点"合理、深刻"。

"议长先生!"他开始道,"我谢谢鲍林先生引进了自由问题。这正是关系到阅脑器的第四个功能。自由的确是人类最重要的价值,但我的研究表明思维可见不是干涉自由,而是把自由从欺骗的压迫下解放出来。"

"哦……"议员们意识到自己正被带入一场哲学战役。通常情况下他们不会对空中楼阁的理论感兴趣,但这一回不同,关乎他们要生活其中的气候。哥伦布时代的大多数人也不必管大地是平的还是球形的,但在他的圣玛利亚探险船上的人就不得不管了。

牛曼继续道:"正如鲍林先生说的,自由意味着摆脱外部干涉。但我们在社会生活中广泛遭受的欺骗——人际的、市场的、社会交往各方面的——是不是外部干涉呢?比如你要买一张球票看世界杯赛,售票员告诉你售完了,其实他把票留给票贩子了,你的生活自由是不是被干涉了?又比如你希望对事情做自己的选择,但商业广告以虚假信息来蛊惑你,你的选择自由是不是被干涉了?不久之前,这个议会投票批准了一场战争,但后来发现被告知的信息根本就是不真实的,你的表决自由是不是被干涉了?"

"同意、同意!"有人叫道。

"议长先生,在民主时代,自由所受的干涉主要来自欺骗。这种干涉是如此普遍、频繁,以至我们习以为常了。我们以为享有的自由其实是一种幻觉,而不自由的痛苦才是我们应该感觉到的!专制也许强迫你做你不愿做的事,而欺骗还使你以为那就是你愿意做的,所以我们更痛恨欺骗。只有根除欺骗,才能把自由解放出来,实现真正的自由。"

议员们惊讶。从来都以为"自由"的敌人是专制压迫,但谁能否认它到处被欺骗所阻碍这个事实?谁能否认摆脱欺骗对于实现自由的必要性?他们把目光投向鲍林,但鲍林没有接话。

"议长先生!"牛曼继续道,"思维可见将取消恶的可能性,因而使'不损人'这个基本道德要求成为本能。这是不是如鲍林先生所指责的'放弃人性'或'改变人种'呢?当然不是——除非哪一位的人性里只有邪恶。传统哲学用性善、性恶的概念来定义人性,但争论了几千年也说不清善恶的来龙去脉。阅脑器的机制说明:恶的可能性就是趋利避害的本能在思维不可见条件下呈现的态势,思维一旦可见就消除了这种态势。"

"同意、同意。"一些听懂了的人兴奋地叫道。

"消除了恶的可能性当然就进入超越善恶的后道德时代,这有何妨?为什么要担心道德感无事可干或随之消失呢?肿瘤医院是为了对付癌症的，如果有朝一日有了一种根除癌症的灵丹妙药，我们有必要担心肿瘤医院无事可干吗？从法的角度看，各位作为立法者为什么要维护法被违背的可能性——担心法的自动实现呢？那不是跟自己过不去吗？"

"同意、同意！"听懂了的人都笑起来。似懂非懂的人又把目光投向鲍林，这样的论点只有专家能对付。

鲍林当然完全懂，只是没想到会得出这样的结论。他原以为"自由"这把尚方宝剑是紧握在自己手里的，不料牛曼把它夺了过去还反劈过来：把阅脑器展示成对自由的"解放"！他不得不承认：欺骗的确属于对自由的"外部干涉"，而消除恶的可能性也并非放弃人性或改变人种。自己过去经常提醒学生要避免把经典概念用于非经典现象，今天却恰恰没有从"欺骗压迫自由"这个非经典角度考虑问题，致使马失前蹄……不过，他的哲学底子厚，要想抵挡一阵还是有办法的。牛曼的论证虽然有力，但还限于道德层面，这就给心理层面的迂回留下空间。他回答道："议长先生，牛曼教授奢谈道德，那么请问，隐私权有什么不道德吗？我要求我的私人空间不受干涉总可以吧？没有损害谁吧？"

"同意、同意！"一些被牛曼的雄辩压得喘不过气来的人又看到了希望。

"隐私权是人格权。"鲍林继续道，"人有保持内心安宁而与外界隔离的精神需要。如伯林所指出的，私生活不受干扰的意识对于个体和社会两方面都是高等文明的标志。所以20世纪以来有的国家逐步把隐私权列入人权范围加以法律保护。若把失去私有空间叫做'自由'，岂不是倒退？岂不是像把'无'定义为'有'那样的自欺欺人吗？"

"同意、同意……"又有一片呼应支持。

鲍林停下来，似乎这两板斧的效果已令人满意。

牛曼心里暗笑，此人明明在撤退却还虚张声势。虽然是第一次迎战这个政治家兼哲学家的双料大将，但道理这东西就像数学公式一样可靠——只要你抓牢它，它就不辜负你。那些和卡尔的彻夜讨论使他胸有成竹,一个个准备好的论据像餐桌上排列整齐的刀叉般唾手可得。

"议长先生,阅脑器当然会取消隐私。"他回答道,"问题是这个改变值不值得?隐私权有两个方面:一是作为保护机制,二是作为心理习惯。我们为什么要对某些信息保密?因为它们的公开可能会损害我们的利益。例如:

"——有的经济信息需要保密,富的怕被打劫、穷的怕被人看不起;

"——有的私人关系需要保密,暴露了可能被损害或利用;

"——有的个人心理需要保密:自卑、忌妒、性兴趣等心理容易受到攻击;厌恶、藐视、憎恨等情绪可能遭到敌意。

"可是,我们的正当权益不是该由法律来保护吗?是欺骗的存在使法律不能充分保护,才需要用保密来补充保护。这补充保护的作用其实很有限。你对自己的经济状况的保密也许能阻止穷亲戚向你借钱,却不能阻止苛捐杂税掠夺你、虚假广告诱骗你。随着社会传媒的发展,隐私的有效性更日益减弱,往往越想保密的东西泄露得越快。而思维可见将带来一个无恶的世界,在那里没有人会试图伤害你。这两个世界的区别可以这样来概括——"他显示了一张字幕:

思维不可见——欺骗和恶的世界——需用隐私权补充保护
思维可见——诚实和善的世界——无需用隐私权补充保护

"这两个世界哪一个更自由呢?这就像在棉袄和夏天之间做选择。如果你想要温暖,你是愿意在冬天里裹着棉袄呢,还是愿意到根本用不着棉袄的夏天里去?"

"同意、同意!"人们感到这比喻一语中的。鲍林打了个寒战,不知是对冬天的过敏还是被这道理击中。

牛曼接着道:"当然,穿惯棉袄的人也许不想脱掉它,但那只是一种心理习惯,既非神圣也非不可改变。通常认为欺骗是邪恶而保密是权利,其实这只是人为的划分,本质上它们是同一部队的进攻和防守。隐蔽真相也是制造假象,所以保密就是消极的欺骗,没什么神圣的。"

人们惊讶,但无法否认这个法庭上使用的逻辑。法庭做证的起誓不但要求你说出"事实",而且是"全部事实",否则就属于"做伪证"。只有在言而无信的政坛上,由于需求量太大的缘故才允许较宽容的理解,例如把隐瞒真相美其名曰为"节约事实"(economical with the truth)。

"议长先生!"牛曼又道,"隐私作为一种心理习惯不是不可改变的。我们可以设想一下,假如人类原来是生理上的盲人,那么我们就与生俱来地习惯于'不被看见'。虽然那有许多不方便,诸如跌跌撞撞、鼻青脸肿,但也有不少自由的地方,诸如不用每天洗脸、不用担心被人评头论足等。"

人们大笑。

"如果后来医学发达了,使我们可以睁开眼睛相互看见了,那我们会不会抗议被剥夺了'隐蔽权'呢?或抗议不洗脸的自由受到侵犯呢?我们会宁可不睁开眼睛——不要看到自然的壮丽、女人的美丽(当然还有男人的)、孩子的可爱吗?去问问那些受着失明之苦的人吧!顺便说一下,把'被看见'视为被侵犯在逻辑上也是荒唐的。从亚分子层面上说,'我看见你'是因为从你那里发出的光子击中了我的眼睛,怎么倒说是我侵犯你呢?只有最胡说八道的庸医才说吃猪肉就会变成猪。"

台下大笑。

"议长先生!"牛曼保持着严肃道,"就人类共存而言,思维不可见其实是人的重大生理缺陷。我们好像能看见和听见,但我们是思维上的盲人和聋人。我们饱受谎言压迫之苦、互不信任之苦、表里不一和人格分裂之苦,这个世界还不够悲惨吗?所以我们渴望真实,不惜代价地追求真实。现在,阅脑器让我们可以打开思维的'眼睛'而尽享真实了,我们倒要诚惶诚恐、对自己想要的东西怕得要死吗?摆脱痼习固然不易,但人类第一次有权做出这个根本选择了：是留在黑暗中看不见别人也不被别人看见，还是到光明中去看见别人而也被别人看见？是要一个欺骗和邪恶的世界，还是要一个诚实和善良的世界？"

"同意、同意！"议员们意识到这是他们面对的哈姆雷特问题(To be, or not to be)。

议长再次把目光投向鲍林，但看不到再战的信号。

这时早已过了午饭时间，他听到自己饥肠辘辘，便宣布休会：

"我们下午再听反对派的答辩吧。希望诸位午餐愉快！当然，我不会问你们味道如何，那是不公平的。"

第十二章

政治欧姆定律

如果说议员们被牛曼的论证所震撼,最受震撼的还是鲍林。没有人比他更深刻地思考过自由的问题,且自认为穷尽了一切可能的考虑,可就是没想到真正的自由有赖于思维可见!没有阅脑器谁会这么去想?在一个没有雨水的星球上,不知科幻小说能不能想象出一把雨伞。

不论多么不愿意,鲍林不得不承认自己被驳倒了,此刻他作为政治家的自尊心正在受他作为哲学家的理性的折磨。昨晚他还自信满满,想象将在历史上获得一席之地;可今天逻辑无情,像齿轮箱里的齿条逐一咬合导出一个完全没想到的结论。别人也许还认为那只是辩论的一时长短,而他知道自己的失败是根本性的。因为,除了牛曼给出的理由,阅脑器还满足他自己的"政治欧姆定律"。那是他在《保卫自由》中得出的一个公式——借鉴电学中电流与电阻的反比关系($V=IR$)把民主表达为自由与平等的反比关系:

$$民主 = 自由 \cdot 平等$$

自由、平等、民主是对应于个体、社会、国家的三个政治价值。民主体制以一人一票的方式来平衡自由与平等:确保追求自由的方案必须具有足够的平等因素才能通过。鲍林像个哲学警察,经常提着这根警棍挑战那些顾此失彼的政策方案。最典型的是税收政策:税收太高会妨碍自由,而太低又会损害平等,故常常通不过他的计算检验。但出乎意料,计算显示阅脑器的引入将同时提高二者。思维可见,既因摆脱虚假信息而大大增加自由,又因消除各种歧视而大大加强平等,这就是说阅脑时代既更自由又更平等!

这是鲍林自己的计算,基于他自己的标准,还有什么可说? 当然,若硬要诡辩,总还可以找到遁词。比如,他可以说思维可见将有损人类智力发展,因为没有谎言的磨砺人脑会变得简单迟钝,云云。这个说法将一时难以证实也难以否认,所以再好不过。可是他感到强词夺理太低级趣味,有点儿像见之于19世纪的"绅士小人":眼看决斗要输的时候就使眼色让仆人到对手的背后捅一刀……

正在这时,电话铃响了。鲍林希望不是考林·豪沃追来。可一拿起电话,偏偏就是豪沃。豪沃虽然请鲍林当主辩,也不乏严密注视。开始时见哲学家振振有词、颇得人心,他庆幸自己忍辱负重得来的武器价有所值。但后来见牛曼步步为营而鲍林渐渐式微,就担心他顶不住。他打电话是要确定鲍林没有垮。他知道这哲学家自负,就想请将不如激将:"我想你没有被打败吧,哲学家?"

"是……打败了。"鲍林本来还犹豫要不要认输,豪沃的挑战使他别无选择。宁可输给牛曼也不愿输给这个人。

"你,认……输了?"豪沃气得有些哆嗦,好像猛击一掌的皮球不但没有弹起来反而消失到地底下去了! 他用重音强调认输的"认"字,表明最不能容忍的是这种失败主义态度。

"事实如此。"

"事实? 未必吧。你没注意到有多少人支持你吗?"

"从前支持希特勒的人也很多。"

"你……"豪沃知道自己已失去这个武器。停了几秒钟,转变了声调道:"好吧、好吧,不争了。不管怎样我们是联合反对派,嗯……就说你身体不适吧?"他仿佛在为鲍林的安全撤出着想。

"我身体很好,我会给一个交代的。"

"但你……不代表我们。"

"我代表我自己。午安！"鲍林挂了电话。他很清楚豪沃的意思，那种无论如何不认输的政客思路此刻比平时更令他反感，越发想与之区别开来。他还是喜欢把自己看作学者：在政治功利心之外还不失求真的本性。随着牛曼报告的进展，他越来越觉得有道理，甚至有一种曙光在前的感觉。人类获得了如此不敢梦求的宝贝，能使道德成为本能，这是怎样的历史性进步啊！他一个自由派哲学家，怎么能为一点儿虚荣而做绊脚石？如此猥琐还奢谈什么哲学王，岂不羞死柏拉图……

不过，要在议会辩论中认输也的确不是件容易事。只这一想，似已听到那些狂野不羁的嘲笑声。讽刺挖苦是议员们的拿手好戏，认输者当然是最好的靶子。所以，政坛的开山规矩就是死不认错。不仅不认，还要摆出一副比对还对的样子。当年铁娘子有个政策失误，反对党逼她转向（U-turn），她趾高气扬地说："要转你转，老娘不是让转的！"（"You turn; the lady is not for turning!"）这不但赢得掌声雷动，而且成为其说一不二的霸气的特写镜头深深烙在民族的心理上，致使她的敌人都不得不敬重三分。而那些认了错的政治家们不是被挖苦得体无完肤就是被罚下场去永无翻身。鲍林记得卡尔·卡尔曾写诗讽刺民主政治的非理性：

为什么死不认错？

为什么死不认错？
因为人民不会把他们放过。
我们对孩子说"认错是美德"，
但我们把认错的政治家赶下台。
于是他们像职业小偷一样，
把"过错"定义为"被捉"。

民主是一块杂乱而诚实的土地,
它收获耕耘的东西,
虽说没有不骂政治的人民,
也没有不被人民骂的政治。
但在民主时代里,
骂政治是骂自己!

鲍林想,要是议会同僚们都能这么明事理,他当然就去认输。但他马上笑自己白日做梦,好像一个败军之将要求他的战胜者先背诵出《日内瓦公约》他才投降!认输肯定要被耻笑,他对别人也很少心慈手软过。然而,和这个空前绝后的事件相比,被耻笑一下又怎样?他想起自己是怎样向学生证明"服理即尊严"的道理:谁会尊重一个不讲理的人呢?他似乎还能依稀看见那些年轻而信赖的眼睛,能认出谁是谁的……这是教师的一种职业病:不大敢和自己教过的东西不一致,因为把过去变成谎言比当下说谎更糟——即使想承认也没有机会了。

他别无选择。

与此同时,考林·豪沃正在紧急思考如何应对他失控的武器。鲍林的投降会大大动摇军心,他必须先下手为强把这个主辩撤了,否则就会被动得像自己被他撤了似的!于是打电话给派克老议长。

"阁下,看来我们联合反对派的情况得有变化。"

"哦?"老议长稍有意外。

"由于一些原因,我得接管鲍林先生的主辩位子。"

"是这样?我好像记得你说过'政治需要哲学'……"

"是的,不过有时候哲学又需要政治,所以我……"

"你需要你自己了!"议长笑道,"解铃系铃当然由你决定,但最好还是让鲍林把他的答辩说完吧。"

"这……有必要吗?"

"你看,我知道你要换马,但也得做得绅士点才好嘛。况且他有话总是要说的,是不是?"

"当然,当然!"豪沃心里在骂"老家伙!"但知道不便硬顶。他很清楚,如果连这老家伙也糊弄不过去,往后的凶险更可观,一定要另想个办法……

下午复会后,议长看着鲍林说:"我要是没理解错的话,联合反对派方面好像有些变化?"

"是的,议长先生!"鲍林站起来道,"尊敬的豪沃先生已经把我这个主辩撤了,因为我认输了。"

"啊……"一片哗然。谁想得到堂堂哲学家鲍林会公然认输?但议员们并没有发出通常那种讥讽的嘘声,大概因为这情形太出乎意料而使人不知从何开始了。

牛曼也很吃惊,他是准备好与鲍林接着辩的。

"不过,议长先生,我想用几分钟时间把认输的道理说一下。"鲍林说。台下又是惊讶,议长点头应准。

"是的,认输也有认输的道理。"鲍林道,"阅脑器对于人类文明是全新的突破,我还不能完全确定它的影响。但我接受牛曼教授的一个主要论点:欺骗使一切价值都落空了,当然也包括自由。不说别的,就看我们这个议会,这个有四百年历史的民主基地,我们成功了吗?好像成功了而其实没有。只要看看我们不久前在全世界面前出的那个丑就知道了……"

"伊拉克!"有人叫道。

"对,伊拉克。我们都记得那个故事:

"——首相夸大所谓大规模杀伤性武器的情报,误导议会。

"——政府不顾民众反对,把国家拖入战争。

"——透露实情的武器专家被逼死,揭露真相的传媒遭惩治。

"——自欺欺人的所谓'调查'像是尼克松调查'水门事件'。

"——公然否认事实的伎俩像是……砸碎温度计来否认地球变暖!"

鲍林声音有些颤抖:"看看那算怎么回事?是恶人先告状还是强盗抓警察?那不是发生在别的国家,而是在我们英国,堂堂现代民主的故乡!我们的政客先生们和女士们就是有如此的脸皮和胆量,敢于集体说谎、指黑为白、战胜事实!"

"同意、同意!"许多议员由衷地叫道。鲍林如数家珍的一幕幕往事也浮现在他们眼前,像发生在昨天一样。

牛曼也为之感慨,记得卡尔曾称那一页为"英国政治的日全食"。

鲍林继续道:"议长先生,我们引以为豪的民主似乎是阳光明媚的,但它也可以如此黑暗,伸手不见五指!"他举起左手呈五指分开状,然后边说边用右手指将它们一个个扳倒:"民主不见、自由不见、平等不见、正义不见,最根本的是事实不见。为什么?就是因为欺骗是可能的,因为思维不可见!"

"同意、同意!"不少人深有同感地呼应。

鲍林接着阐述了阅脑器如何符合政治欧姆定律,将使社会更自由和更平等。他结论道:"真实性是一切价值的基础。而谎言的破坏性是如此的基本、广泛、彻底,以至什么价值都行不通。在一个充满欺骗的环境里谈自由和善只能是伪自由和伪善,像是在泥水里洗澡。我不是信徒,但我喜欢《圣经》的那句老话:'真实让你自由'(The truth will set you free)。阅脑器代表真实,所以代表自由。"

"同意、同意!"一片由衷的叫好声。

"说得好,说得好!"斯特劳禁不住起立鼓掌。许多议员也随之站起来,迅速发展为全场起立鼓掌。这是议会辩论中罕见的。议员们通常只起哄般地表示同意或反对,而鼓掌致意之类是留给年度政党大会那种自我庆贺的场合的。但鲍林的认输太不寻常,与他咄咄逼人的形象大相径庭,更与这个强词夺理的政坛形成太大的反差。议员们找不到一种方式来表达他们的共同激动——那种涌动在内心深处的对真实性的降服之情,只有通过这种半疯狂的反常来宣泄,让自己感到自己还有希望。

这局面让考林·豪沃很难堪。他不想随众人起立,又感到压力太大,好像那气氛在把他的身体往上拔。他欲起又坐、欲坐又起,上上下下好几次,仿佛屁股下面有那种新加坡禁止的口香糖粘着,其拉力与离开座位的距离成正比……终于还是站了起来,脸上的笑容不敢恭维。

"秩序、秩序!"议长等会场大致静下来后叫道。

斯特劳说:"议长先生,我想诸位不光是为鲍林先生的话鼓掌,而且是为鲍林先生的人鼓掌。苏格拉底说哲学家是眼睛盯住真理的人,我想我们虽然不如他们,但向他们看齐总是可以的吧!"

"同意、同意!"

鲍林心里有种说不出的滋味。他本已做了最坏的打算:一说完要说的——如果他们容他说完的话——就闭上眼睛任他们挖苦,就好像自杀爆炸者做最后的动作……可是大出意料,受到的不是挖苦而是全场起立致敬!虽说难免有点儿复杂的"降将情结",此刻压倒优势的是一种既做了对事又交了好运的双重快感,近似第二次世界大战时意大利人废了墨索里尼倒戈成功。

议长准许反对党领袖发言。

考林·豪沃的秃顶锃亮,因反射灯光而成为一个焦点。也正因为会场上支持意见渐成主流,他的魁梧身材给人一种中流砥柱的感觉:

"谢谢,议长先生!当然我也谢谢诸位给我们的主辩的隆重待遇。"

议员们大笑,豪沃就是豪沃!劫持一个赞扬当然不犯法,而这小幽默也恰到好处地化解了他的难堪。

"在向我们的哲学家的不寻常勇气致敬后,我也不得不表示我这个非哲学家的寻常固执。我不是自由问题专家,也不会像云彩一样飘来飘去。

我们保守党人碰巧知道人类有自己的本性和历史。一切试图用技术来改变人的乌托邦都是违背人性的,注定不会成功。"

"同意、同意!"不少保守党议员呼应。

"政治乌托邦不行,技术乌托邦就好些了?"他继续道,"我们都读过《美丽新世界》吧?那里是理想的人享受理想的世界,还有快乐丸把痛苦的感觉都取消了,可结果呢?具有一点点个性的人就自杀了!现实当然不完美,但这正说明完美的东西是不现实的。美丽新世界的乌托邦不行,阅脑器的乌托邦就行了?不说别的,思维共同体使知识共享,那还有竞争吗?不竞争人怎么进步?不进步符合进化论吗?"

"同意、同意!"一些议员叫好。

"我们应该记住人是什么样的动物,议长先生!"他继续道,"我永远不会忘记21世纪初那对伊朗的连头姐妹的形象。她们的头颅连在一起生活了三十年,完全懂得做分离手术有九死一生的风险,幸存的概率还不到百分之十。但她们毅然决然地请医生下手开刀,结果双双身亡。追求个体独立是人的本性,人会以死相求。而阅脑器是反其道而行之,要把我们本来独立的头脑连成一片!"

"同意、同意!"更多的人响应,他说了他们想说的话。

豪沃是一流演说家。他懂得,一个人们熟悉的故事往往比长篇大论更有说服力。他知道牛曼已经占领了道德制高点,有什么东西能敌得过真实性?只有打出反乌托邦的大旗才能以高治高。赫胥黎构想的"新世界"在英国家喻户晓。在那里婴儿是在瓶子里科学培植的,人被定制得与社会完全适应,代价就是没有个性。一提这部小说,他要说的许多话就由赫胥黎替他说了,正如一提伊朗的连头姐妹,他要证明的观点也被那些栩栩如生的形象证明了。

牛曼对乌托邦的帽子早有准备。阅脑器要改变的是本能的工作条件而不是本能,所排除的是恶的可能性而不是个性。他正准备应战,不料豪沃抢先做了个惊人的声明：

"议长先生，作为反对党的领袖，我想提醒注意一条规则。根据《议会章程》第二十五条第三十八款，任何专家的做证发言累计不得超过二十分钟。我相信牛曼教授已经大大超过了这个限度。我们已经宽容到现在，而规则毕竟是规则，不论多么了不起的发明也不能凌驾于民主之上吧？"

"同意、同意！"一些保守党议员呼应。这一招不同寻常，虽然欠光彩但有根据，力度不下于据脏要挟的"脏"。

"反对、反对！"另一些议员感到愤怒，"辩不过就不让人家说话，真有出息呀！""知不知羞耻呀？"

双方吵成一片。议长连喊"秩序、秩序……"但无人理会。

牛曼也怔住了。用程序压观点，在政治上叫"公开的暗杀"，让你有苦说不出。从前有个美国总统特别擅长此术，每年都利用国会的夏季长假，借口"紧急情况"走私一批任命——不然在国会通不过的。人称"紧急情况总统"。这种伎俩在政坛上虽不少见，但对牛曼来说还够新鲜。眼前的情形使牛曼意识到：这种手段对于尊贵的议员阁下们是好使的。看来只要文化发展得足够长久，凡是人可能想到的计谋都会被想到，不论在哪个地方、用什么语言。但豪沃不是临时发挥，而是精心谋算的。鲍林的认输使他意识到这场战争的不对称：他们既有机器又有哲学，还有政府实力；而我们是被迫应战——突然被直升机送到这不知天南地北的地方，和绑架也差不多，再和这闻所未闻的怪物较量，这完全是陷阱！就算我急中生智找了个哲学家组成联合阵线，毕竟是临时抱佛脚匆匆上阵，难怪他开始自信满满转而举手投降，逼我亲自出马……要是哲学家辩不过他，我又何德何能？我能想到的，恐怕他已准备了十倍不止；而他的论点我连门都不摸，更别说哲学了。唉，要是能掐住他的脖子就好了。

掐住脖子？对了！豪沃隐约记得《议会章程》中有关于证人做证发言的时间限制。上网一搜，果然找到了。议会是议员们相互厮杀的地方，不是专家炫耀本领的场所。但多数听证会都在各专业委员会进行，这条大会规则几乎从未用过。没有用过不等于不能用，现在不用更待何时？他知道此刻搬出它来阻止牛曼显得很不绅士，像是用手掐住人家喉咙不让说话。可是，若不厚厚脸皮下手，仗打输了再像绅士又有什么用？做个失败的绅士当然不如做个胜利的痞子，让他们骂去好了——骂不择手段也好，骂规章恐怖主义也好，爱骂什么骂什么，只要能把他封杀住就值！黄鼠狼放臭屁来保性命是天经地义，谁能怪它不雅或不文明？管你是环保主义还是环卫主义！

果然，议长只得应准这个要求，他就是坐在这个位子上维持规矩的。他为难地瞅瞅牛曼，好像是在家门口不好意思地阻拦一位自己请来的客人——因为内人不欢迎。那眼神是希望牛曼理解他的难处，不要让他说出难为情的话。英国是案例法国度，这样的事在司法上时有发生。有时候一条几百年前的案例突然被某律师挖出来辩论一个官司，法官被搞得目瞪口呆，又不得不像迎接祖先归来一样恭敬伺候。

当人们对这宪政危机不知所措之际，斯特劳和牛曼耳语了几句，然后请求发言。议长把头点得像饿了三天的小鸡啄米，任何解决方案都是为他解围。

"议长先生！"斯特劳说，"我首先祝贺尊敬的反对派领袖先生，他对民主制度的奋勇保护成绩卓著——一天干掉两个主辩！"

议员们哄堂大笑。豪沃也撇撇嘴，不知是忍俊不禁还是自鸣得意。

"不过——"斯特劳道，"要是靠不让人家说话来赢一场辩论的话，那是不是已经输了？议长先生，有问必答也是我们的规矩。鉴于牛曼教授在我们这个民主中的时间不幸用完了，我已征得他的同意，代表他来回答尊敬的反对派领袖先生的问题。我这个代首相总还有一点儿时间的吧？"他不仅不掩饰傲慢，反而故意渲染。

"当然有的，代首相先生！"议长笑道。

"同意、同意!"人们为欺负人的人受到欺负而喝彩。热闹的时候政治家和街上打群架的孩子们相差无几。

在可行性研究过程中斯特劳和牛曼交流不少,对他的思路已很清楚:

"议长先生,尊敬的反对派领袖先生好像说阅脑器是不现实的,可它不是在我手里握着吗?事实是我们已经面对一个可能的新世界,那里将更自由、更信任、更有效,特别是不再有恶。问题是我们想不想试试。"

"同意、同意!"

"我听下来,尊敬的反对派领袖先生对阅脑器担心两件事:一是担心它取消竞争而阻碍进化,二是担心它妨碍独立思考。这都是误解。思维可见并不改变人追求自我利益的本性,所以竞争依然存在。所不同的是人会自动地遵循规则,因为欺骗不再可能。我记得牛曼教授把这种状况叫做'生意体育化''政治学术化'。"

"要么当运动员,要么当教授?"有人打趣道。

"就是这个意思。现在做生意的办法是'干'加'骗'。商人们鼓吹自己的产品是天下第一、十全十美,其实他们知道那不是真的。在阅脑器时代就只能依靠干好取胜,因为无法骗人了。商人会承认他的产品的短处,因为凡是他知道的别人也都知道。生意的竞争像体育竞赛一样实打实。"

"同意、同意!"人们还是大体承认体育竞赛的真实性,尽管兴奋剂丑闻已使其名誉大损。

"那么政治的学术化呢?"一个议员迫不及待地问。

"我知道这是更关注的问题。"斯特劳笑道,"我们都知道政治是以不诚实著称的。一旦思维可见了,我们就必须承认错误而不是文过饰非,必须回答问题而不是回避问题。再不能靠什么'重要的问题在于……'(What is important is...)之类的回避术来转移话题了。在诚实的政治中,不同党派仍为各自的利益集团而战,但得说实话,像不同学术派别的据理而争。"

"同意、同意!"没有谁比这批人更理解这些。政治家多是回避问题的专家,而"重要的问题在于……"这个著名转折语是他们施展回避术的"常规核武器"。它被用得如此之多、如此之可预料,又如此之有效!以至使人一听到就心里发毛,就像一个家长深知自己的儿子往地上一躺,便是大耍无赖的前奏。有人甚至暗中祈祷,宁可政治家们说骂娘的脏话也别说这个经典表达!说来也怪,一代代的政客们反复使用它乐此不疲,竟没有人创造一个新鲜点儿的说法来避免这令人作呕的不打自招。从结构上的分析可知,它得以成为无法替代的永恒格式是因为它的强大转换功能——让胆怯的回避听起来像勇敢的进军。在一次 BBC 的电视采访中,厉害的主持人追逼一位大臣回答一个问题,答案只可能是"是"或"不是"。但那大臣死不肯作答,不断用"重要的问题在于……"来转移话题。主持人坚持不懈地问了二十多遍"是还是不是?"像小和尚念经一样都快把自己念睡着了。大臣脸上的笑容也越来越难看,连起初大笑不止的观众都开始不安起来,担心他会不会突然奔到窗口跳下去……主持人也不得不有此顾虑,终于出于人道主义而放了他。楼当然没有跳。后来有朋友问他是否受得了,他笑道:"其实没啥。他想让我难堪,我就故意显得难堪来调动观众的同情心,果然调动起来了。"这样的操控游戏谁知是在第 N 次方!

斯特劳接着说:"至于阅脑器会不会妨碍我们独立思考,牛曼教授认为不会的。思想不是把东西搬到脑子里来,不是像把书放到书架上或把水倒进瓶子里;而是意识对信息的加工。阅脑其实就是阅读人家不断出版的书。如果你的脑子管用的话,读书就不是洗脑。是否读、怎么读、信不信都是自己决定的。"

台下大笑。

"不过,议长先生!"斯特劳继续道,"和尊敬的反对派领袖先生一样,我也曾担心过版权问题。要是大家都盯着爱因斯坦的脑子看怎么办?牛曼教授叫我别杞人忧天。首先,阅脑器上有计时器,专利局一查就知道发明权归谁。其次,偷窃人家成果是损人利己,阅脑器时代的人连想都不会这么去想的。"

"是啊!"人们记起那个已经建立起来的逻辑。一旦不损人的基本道德成为本能,许多传统社会担心的问题都将不复存在。

…………

经过一下午的辩论,各种反对意见得到了回答,支持派显然占了上风。大多数议员在道理上似乎服了,但真正的胜负将取决于最后的战役:投票。没有人敢断言这个六百多议员、十多个党派组成的议会最终如何决议。议长说明了明天的表决程序后宣布休会,把晚上的时间留给各政党为投票做准备。

安为辩论会的成功兴奋不已。不仅牛曼的报告势如破竹,导致反对派主将鲍林倒戈,而且斯特劳的代言也相当给力,击败了豪沃的规矩恐怖主义,可谓大获全胜。她提议回去与彼得夫妇一起搞个晚餐聚会庆祝一下。

牛曼也很高兴,让她别忘了邀请乃生上将参加。

乃生上将当然乐意。他知道了自己几个月来所干的是什么,更有许多问题想问。"是,谢谢!"又是一个立正,脚后跟敲得更响。

斯特劳过来送他们出门。安夸他这个帮凶做得不错,也邀请他参加晚餐聚会。斯特劳想了想说:"你们先回去,我得和大党鞭商量明天投票的事。要是顺利的话我就来助兴。"

牛曼和安正要出门,一个身材魁梧的中年议员赶过来和他们打招呼,很兴奋的样子。牛曼吃惊地发现,此人长得酷像保守党领袖考林·豪沃:骨感的脸型、浓眉大眼,只是头上的秃顶没有那么厉害。

"詹姆斯·豪沃——伦敦绿野区议员。"他和牛曼握手时自我介绍,充满敬意地微笑。

斯特劳见牛曼诧异就过来解释:"这位是反对党领袖先生的弟弟。他们是下议院唯一的一对兄弟,国宝啊,可惜是保守党!"

"不过我是支持阅脑器的。"詹姆斯·豪沃紧握着牛曼的手说,"教授,我必须为我们的丢人行为向你道歉。"

"没什么,谢谢你!"牛曼微微一震,还从未受过这么大力气的握手。

"应该是我们谢谢你,世界要谢谢你!"詹姆斯说,"这是要改天换地的事政治也要脱胎换骨!我一定要找个时间向你请教政治学术化的问题,太有意思了。"

"的确是个挑战。"牛曼道。

"在这方面我是不保守的。"詹姆斯声明。

"阅脑器无党无派,我也是。"牛曼笑道。他看出詹姆斯和他哥哥很不同,只是从那握手的劲头就知道他是由衷支持的。这说明来自相似背景的人可以对阅脑器有完全不同的反应。

在出会议厅前,牛曼注意到斯特劳在墙角边和大党鞭低语,眉头微锁。大概是明天投票的事有什么麻烦。牛曼感到没有必要担心,辩论已明显获胜,一个知道自己交了正确答卷的学生担心什么成绩?

议案虽然在辩论中得势,但牛曼低估了议会政治的复杂性。议会投票通常是以党派划线的公开程序。在西敏寺议会大厦里,议员们从议会厅外的长廊排队进入两头的投票厅,一头是赞成厅,另一头是反对厅。执行纪律的党鞭会站在门口代表该党的立场,并对进入者做记录。党鞭们为赢一场投票战会不惜代价。有一次,预计和对方的票数非常接近,大党鞭就把一个重病在医院里接氧输液的老议员动员起来,用救护车发出急救警报拉到议会来投票。但还未到达,老议员就心脏病发作猝死了。大党鞭还不甘心,一下车就飞奔投票厅坚持算上老议员的一票,说是根据只有他听到了的口头遗嘱。人们不大好意思和死人较劲也就认了,这是一个真实的故事。议员们通常按所在党的要求投票,不管有没有参加辩论。从投票铃响到投票大厅关门有六分钟的间隔,足以让他们从西敏寺的任何一个地方赶到。有时候有的议员会和所在党的立场相左。凡有这类造反迹象,党鞭就软硬兼施地劝服,甚至以开除党籍相威胁。加入政党就意味放弃一定的个人自由,政客们通常是准备做些违心之事来服从的。政党内部的控制和反控制也是西敏寺很有看头的戏。此刻的斯特劳知道,虽然阅脑器议案在辩论中得势,议会的格局意味着投票形势依然严峻。保守党持反对立场,而工党在议会只有微弱多数,党内还会有反对的,这就意味着自民党的支持至关重要。鲍林虽然倒戈,不等于他的人都可入账。当务之急是两件事:让大党鞭全力以赴把党内造反人数控制在最小范围;而自己出面和鲍林联系,设法把自民党的支持率最大化。

不用说,类似的计算也在其他各党的营帐中进行。晚餐时分,议员们下榻的三层楼招待所灯火通明、人头攒动。投票前哨战已经打响。

第十三章

哥伦布竖蛋

牛曼的居所里是一番胜利景象。餐桌已摆设停当,共设六个位子,包括给代首相预留的一席,虽然斯特劳不一定来。

人们在客厅里交谈,彼得太太琼在厨房里做菜,姜蒜辣味羊肉搞得满屋的香气。她把厨房门打开,便于一边照看锅里的羊肉一边来来回回参加谈话。有时她问了个问题后让人家等会儿回答,她好先去关照一下她的羊肉。

乃生上将身姿笔挺地端坐着和牛曼交谈,把憋在心里的许多问题拿出来问,像一个长期遭到物资禁运的不良国家刚刚被解禁。牛曼也迫不及待地回答他,像偿还一笔久违的债务。他为自己长久地对上将保密深感愧疚,不仅因为上将为这项目贡献了那么多,而且因为这段合作已使他们成为好朋友。朋友之间保密是件最麻烦的事。要是他不知道你对他保密,那还比较好办;要是他知道了而你还不知道他已经知道,那也还过得去;最难办的就是他知道了,你也知道他已经知道了,却还要装作没事一样。不仅如此,牛曼的负疚心理还有更深的一层。他记得自己在第一次和安见面时就几乎向她泄露了机密,当时她只承诺借给他一本书而已。相比之下,上将做出了如此大的贡献却被自己长时间蒙在鼓里,最客气地说也该算性别歧视了吧。

不料他们的谈话又被安打断了。这次不是被她的"及时咳嗽",而是她的仿声表演正引得彼得夫妇大笑不止。牛曼和上将不得不加入进来。

安学着口技演员的样子,把假嗓门调节在男中音和男低音之间模仿议会辩论的众生腔,从议长、斯特劳、鲍林,到考林·豪沃一个个地学给大家听,居然还很像。考林·豪沃不许牛曼发言的那段最是活灵活现:

"议长先生,我作为反对党的领袖想请你注意本会的一条会规。根据《议会章程》第二十五条第六款,任何专家的作证发言累计不得超过二十分钟。我相信牛曼教授已经大大超过这个限度,我们已经宽容到现在。但规则总是规则,不论多么了不起的发明也不能凌驾于民主之上吧?"

大家笑得不行。

彼得说:"情有可原呀。脑子里的一切都被看见了,叫谁不怕?议会没被你们吓得全体精神失常已是大幸了。"

安对乃生说:"上将,你怕不怕?"

"我?"上将没有准备这个,像一条鱼被突然问起怕不怕上岸似的,"军人不言怕,不过……"

"你想试试吗?"安诱惑地问。

"可……可以吗?"这次像是鱼被邀请上岸了。

"不行、不行!"牛曼制止道,"现在机器的使用权已归议会,在通过立法之前任何人不得使用。上将,你看今天的辩论如何?"

"很有意思,阴谋不等式最开眼界。"

"哦?"

"一点不错,用安全系统对付欺骗就像用机器对付大脑。"上将说,"只要看看那些新闻就知道了:今天有人化装潜入王宫禁地、明天有记者携假炸弹登上航班。每次都轰动不已,又是追究责任又是采取措施,好像可以从此不再发生了。但有什么用?过不了多久就又发生了,又是来那么一套。其实就像你说的,再好的安全措施也不能让有鬼的世界不闹鬼。"

"就是的。"彼得说,"人太聪明。你们听说没有,前不久公路署竟被搞得怀疑起数学来了!"他忍不住自己先笑起来。

"怎么回事?"琼问。

"算算看,在限速七十英里高速公路上开车,沿途有摄像头把关,开一百四十英里的路程要多久?"

"两小时呀!"琼说。

"错,一个半小时!"

"那是怎么开的?"

彼得在纸上画了条曲线:"这是从空中拍下的许多车辆的车速曲线。"

牛曼一看就懂了:"还不是老鼠对付猫的把戏:有摄像头的地方开七十,一过了就开九十。"

"看看,人就是这样对付法律的!"上将说。

"这曲线倒是一目了然。"安说。这让她联想起那个爱用曲线说事的前男友。她打了个寒战,像从一场车祸中幸存下来似的。看看身边的牛曼,禁不住把手伸到他背上取些温暖。

她开始用餐了。琼的羊肉烧过了头有些焦味,她担心人们会如何评价。她又犹豫,是告诉他们在先好呢,还是等他们提出来后再解释好?

不料他们都称赞好吃,直到彼得忍不住道:"我不信就只有我吃得出这羊肉有焦煳味。"

牛曼笑道:"要是我们用机器看看,情况也许不尽然。"

大家都笑了。

"好了、好了,一餐羊肉而已,不比你们说的跟法律过不去那么严重吧。"琼索性用刚才的话题为自己辩护,"你们说法律真是那么不管用吗?"

"只要有欺骗,法的效用就很有限。"彼得说,"上将,你刚才说到机场安检,你有没有听说安检人员自己弄虚作假呢?"

"不会吧?"琼很吃惊。

"有个记者在希斯罗偷拍了安检人员抽查行李的情况。按规定要对百分之二的旅客抽查,但实际上抽查的还不到百分之一。但记录上倒是百分之二。"

"那一半的记录是从哪里来的?"琼问。

"胡诌的呗!"牛曼笑道。

"就是这样,录像都播出来了。"

"天哪!"

"不过也情有可原。天天查那查不到的东西,谁不烦死了?"彼得喜欢将心比心。

"这不算什么,要是和机场当局利用反恐来赚钱相比,是小巫见大巫。"上将说。

"这又是怎么回事?"琼更吃惊。

"你知道机场有许多商店吧?那里的营业额当然和旅客候机时间有关。由于要反恐,专家设计了新的安检程序,需要旅客比先前提前一个小时到达。但机场当局一研究,乘机把它变成两个小时,说是为了更安全起见。"

"人们在那里只好逛商店,被关在里面逛!"彼得笑道。

"所以营业额大增五成。"上将道。当然,发这财的也不只是机场当局,许多部门都乘机增设机构、增加预算。

"这不会是你嫉妒人家发财,而编造出来的吧?"安笑道。

"说到嫉妒,那不也要被阅脑器看到的?"上将问。

"是啊,这种心理反应恐怕也是难以避免的吧?"彼得说。

"难以避免的就是可以理解的,就像我们不能禁止人打喷嚏或打呵欠一样。"牛曼说。

"在许多场合下人们是装作不嫉妒,还谴责那些没装好的人。"上将笑道。

"是这样。"牛曼说,"当人可以装的时候,会要求装的质量,好像要尽责。一旦不能装,也就没有那种要求了。"

"那么性格内向的人怎么办?"彼得问。

"那时就不会有内向的人了。"安说,"因为不再有内向的条件。"

"真的?那瑞秋怎么办?"琼不安地看看彼得。瑞秋是他们的女儿,性格特别内向。三十岁出头了也已结婚生子,但见人还是脸红。她的目光好像老是在征询别人她可不可以不说话。

"没关系的。"安说,"许多心理习惯都是思维不可见造成的。一旦思维可见了,它们也会消失。"

"哎,真难想象将来的人会那么不一样。"上将感慨道。

"他们大概也很难想象我们。"牛曼说,"观念基于经验。我估计,要是未来的人从一个老电影里看见有人说谎,说不定会把它当作科学幻想。"

"他可能还会问,他们为什么说谎呀?"安用一种模拟未来人的声调说。

大家都笑了。

晚餐后又聊了一阵才散。牛曼的心情依然好,而且安还暗示了进一步的庆祝。他洗毕便和衣靠在床头,翻看着报纸等她。唯一有点儿不放心的是斯特劳今晚没来,想必还是为明天投票的事。其实不必担心的,斯特劳有时有点儿神经过敏……

安从浴室出来,轻纱微裹,在暗橙色的灯光下如芙蓉出水,楚楚动人。牛曼一跃而起抱住她……正在这时门铃响了。牛曼无奈,腾出一只手打开门视器看是何人。是斯特劳。

"这么是时候呀。"安轻声埋怨。

"他一定有急事,我去看看。"牛曼把安放到床上,亲了几下算道歉,然后裹着睡衣去开门。他们哪里知道,当他们举杯庆祝的时候形势已急转直下,代首相此刻夜访已是迫不得已。

那是在晚饭时分。斯特劳先和大党鞭商定了党内可能持异见者的名单,确定了相应的劝说方案;然后给鲍林打电话,商谈自民党的支持问题。

"哲学家,再次谢谢你!"斯特劳热情地说。

"不必客气。"鲍林答道,但温度不高。

"关于明天的投票……"

"我不知道别人怎么投,但我……弃权。"

"弃权？"斯特劳不敢相信自己的耳朵，"你不是赞成……"

"那不等于赞成现在就引进。"这是个勉强的辩护，但不失为辩护。

"这……"斯特劳一时说不出话来，好像一个援救他的人救到半空中说要放手，还不予解释。

"对不起，晚安！"鲍林径自挂了电话。

"晚……安。"斯特劳机械地重复，已然是对自己说。

鲍林的突变，别说对斯特劳是当头一棒，在半小时前是连鲍林自己也不会想到的。议会辩论结束时，这个哲学家已然沉浸在革命的激动中。他想到从此人类将大不相同。那政坛游戏的种种言不由衷，常常使他看不起自己；每当被伽师——他的十八岁的儿子——质问起来就更糟。小家伙虽然刚进哲学系念书，说话已咄咄逼人。那些硬邦邦的问题加上挖苦的口气，越来越具有攻击性，好像是幼稚却又有一股慑人的力量。谁都知道真话不是都能说的，但说假话又毕竟心虚。被这小子逼到张口结舌的地步时最不是个滋味。他从不因为你是老子而手下留情，反倒像是下手更狠的理由……

想到伽师，鲍林忽然愣住了：我在做什么呀？他发现自己在做一桩极其危险的事，不，简直是自杀性的，就像朝着可以让你粉身碎骨的悬崖挥鞭疾驰！引入阅脑器将对他的生活意味着什么？意味着伽师的秘密全部暴露，意味着他可能失去儿子、失去珍妮、失去这个家……他居然忘了自己是个身怀最大秘密的人！

二十年前，他和好朋友维克特成为情敌：争夺美貌出众的才女珍妮。鲍林是如此崇拜珍妮，她那高贵的矜持和灼人的微笑常常使这个自命不凡的哲学家感到自卑得不行，恨不得一辈子匍匐在她脚下。但对手维克特的攻势也异常猛烈。维克特才华不如鲍林但长得比他帅气得多，肩宽体壮、浓眉大眼，活像美式足球队员的身材配一副好莱坞明星的面孔。鲍林与之一比就可怜了：个子矮两英寸不说，又被一副厚厚的近视眼镜煞了脸部的风景,把本来就不大的眼睛再缩小一成。如果那是动物界的求偶竞争,他肯定没戏。好在人类这物种还把智力当回事。他那行文漂亮而又富有哲理的情书似乎也带有男性荷尔蒙的魅力,使得珍妮在他们之间长时间摇摆不定。她难以抉择,困难得好像要对自己的左右手决定取舍。这犹豫使竞争达到残酷的状态,连她自己都近乎崩溃。于是她下令停火:双方停止一切追求活动一个月,容她在不受压力的情况下做出自己的决定。他们都从了,谁敢不从?可是,难熬的一个月过去了,她还是不能决定。于是延期一个月,又一个月……从白雪皑皑的冬天一直到郁郁葱葱的夏日,女神依然没有做出选择。这种事情是需要活两辈子才能决定的。于是战争恢复……最后,鲍林以拜伦式的决斗精神,当着珍妮的面咬破手指写了一页血书,这在墨写的书信都快绝迹了的电子邮件时代当然是无比震撼。维克特也被此举吓了一跳,不料那瞬间的惊恐状态正好落在珍妮眼里,与鲍林奋不顾身的形象形成巨大反差。看来体格强健不等于精神勇敢,于是她做出了智力高于体力的判断。不过,她还有更高的智力。她答应嫁给鲍林,但附带一个条件,要允许维克特作为他们生活中的"特殊朋友"。说白了就是准许一个后备役情人在一旁虎视眈眈地监视,任何差错都可能导致被取代。她说这是维克特同意放手的条件,其实这个有心计的姑娘何尝不懂:这张力会使鲍林加倍珍惜他的胜利!

鲍林胜得诚惶诚恐,当然只好同意,并发誓要让她幸福一生。可是命运似乎与他作对。珍妮喜欢孩子,婚后的第一愿望就是做母亲。但一段时间下来他们的努力没有取得成果。鲍林开始担心自己方面有问题,就私下做了个检查。正如他所害怕的:被诊断为精子缺陷,不能生育!他不敢告诉珍妮,赶紧和老朋友拜特医生秘密磋商。

拜特医生结过三次婚也离过三次婚,很难说这使他更有资格还是更没有资格作为一个婚姻问题顾问。但他是鲍林信任的朋友和医术不错的医生。他告诉鲍林:"女人对这种事情的反应很难预测。有的会十分强烈,因为生育是女人的天然功能，遇到这样的婚姻就相当于外部'致残'。就你的情况而言，本来就是艰难求婚而险胜，现在还有维克特张力，等等，都说明这条船经不起大的风浪，所以必须十分谨慎行事。"鲍林吓得直冒冷汗。经过商讨，他们决定严格保密并采取三步行动。首先让拜特向珍妮解释，说是受孕控制问题，可以通过人工授精来解决。然后赶紧找到一个与鲍林长相接近的精子提供者做出商务安排。最后由拜特亲自做手术，确保万无一失。

拜特向珍妮做的医学解释头头是道。他的成串的术语、严肃的表情，加上说话时特别坚定的手势使他的话听来比真的还真，珍妮毫不怀疑。鲍林坐在妻子边上握着她的手，好像也是第一次听到这坏消息，脸上倍显焦虑和沮丧。但心里却在佩服老朋友的功力不凡，也不禁为天下的病人悲哀：医生若要哄病人，肯定是一哄一个准，这大概就是医科要读八年才毕业的道理！拜特讲完后，鲍林对珍妮说了些安慰话，也接受了她的安慰。他们相互拥抱时，他特别体会到这种交流方式的优点在于不必相互看到面部表情。

但计划的第二步——找寻精子提供者——就不那么简单。鲍林的长相——方脸形、希腊鼻、铲形下巴等，都不是典型的英格兰相，要找到个相似率高于百分之六十的人谈何容易？但这是拜特医生要求达到的下限。当然，网络时代无所不能，他们终于在北富克郡的一个小镇上找到了一个。此人的长相和体态特征基本上满足要求，只是在其他方面不甚理想。他是个买卖二手家具的小贩，那言行举止的粗俗势利劲儿就不用说了，恐怕和任何的哲学都至少相差十万八千里。那要遗传下来还得了？虽然还没有哲学家因为后代的非哲学相而受谴责的，但遗传心理学的风险是明摆着的。可是，鉴于百分之六十以上的相似率太难找，拜特医生权衡下来还是劝鲍林顾全大局："你看，没有什么人是十全十美的，再了不起的人物例如阁下……或例如在下……"他知道失口，想用糟践自己来补救，但那没有全说出口的埋汰话显然已被听到——"人生都得为重要的事情做些忍受,你也应该对现代教育有信心。有二十年时间去塑造一个人,就是一件二手家具也足以彻底翻新了。"

迫于这些道理和情况的紧急,鲍林咬咬牙点了头。但到临签合同之际,那握笔的手在空中抖了足有三分钟就是落不下来。每次快触到纸时又神经质地提起来,每一次有每一次的原因。例如他会忽然发现这家伙的签名特别怪异,越看越像是英镑符号£和美元符号$的组合,于是又联想到那俗不可耐的劲头……这紧要关头的反复犹豫使高度紧张的气氛不断升温,连在边上等候的人都快喘不过气来。最后他还是扔下笔,说了声"对不起"就起身走人。那小贩赶在后面叫道:"便宜五百镑怎么样?"这当然更加快了他逃离的速度。

不过,拜特医生足智多谋,很快给他出了一个做梦都不敢想的新主意。

"你有哥哥吗?"拜特问。

"有呀,怎么?"

"这很好!"

"什么?"鲍林大惊。

"对,向哥取精。"

拜特向目瞪口呆的鲍林论证了这个方案如何有百利而无一害:"第一,精子质量完全有保证。第二,基因将完全可靠。第三,保密性有绝对保证,自己的亲哥哥毕竟比外人靠得住,打死也不会说出去。最根本的是这可以避免陌生提供者带来的一切风险,绝对没有二手家具之流。还不是最理想不过? 一定要说缺点的话,那就是需要对付一点点观念问题,但那是软件,微不足道。何况只有我们三个人知道。和你面临的实际问题比起来,这点儿观念问题是极次要的。你一定知道,从人类学上说,父亲的概念本来就不是不可或缺的。它原本都不存在,直到……"

"好了、好了!"鲍林知道人类学上有这一说:人类经历过无父的时代。

人类最早也像许多动物一样是泛交的,男人行完事不留下来和女人一起生活,当然就不知道孩子有父亲这回事,以为那只是母亲的产物。后来偶尔有留下一起生活的发现孩子和他们长得像,才意识到其中的联系。又因为有父亲保护的孩子成活率高,这符合进化论对强化后代的要求,所以社会就发展出婚姻制度来确定父亲。拜特医生的逻辑很清楚:既然整个人类可以在这个问题上糊里糊涂地过上多少万年,为什么你鲍林就不能装一回糊涂?这是为你好!鲍林也感到难以有充足的理由来反驳。可是,他想来想去觉得难以接受,况且,这对今后生活而言是太大的责任和太大的秘密。实在要这么做,还不如实话告诉了珍妮,那就至少是共同的决定。

但拜特医生坚决反对这么做:"那才是太危险呢,太愚蠢的危险!你想想,要是她不同意,你怎么办?而且不仅不同意,要是她再提出一个你不能接受的反建议你又怎么办?"

"什么反建议?我倒希望她拿个主意。"

"真的吗?要是她建议用维克特的呢?"

"闭嘴!你……"他不敢相信拜特竟会想得到这种噩梦般的可能性。可是,他又不得不承认那的确是可能的。根据维克特的优秀身体条件以及所居的特殊地位,这个解决方案就不但是可能的,简直可以说是合理的——既理想又现成。那时怎么办?真要那么办了,那就是一个名副其实的三位一体,而自己是局外人!绝对不行!就是用猩猩猴子的也不能用他的!如此一想,拜特的方案果然好一百倍不止。

于是,似乎不可想象的事情不仅想象,而且发生了。

光阴似箭,转眼十八年过去了。仍然只有三个男人知道这个秘密,而珍妮和其他人都没有起过任何疑心。此事还带给鲍林一个积极的副产品:他努力多年未成功的戒酒工程也因此成功了。因为这次的动力非同寻常——他绝对不能把这个顶级秘密给"酒后吐真言"了,所以背水一战,发愤图强地把酒戒了。总之一切顺利。诚如拜特所说的,唯一的问题是鲍林自己的观念方面。十八年来他每天要说服自己：这个伽师是自己的儿子、儿子、儿子……拜特医生几乎说对了一切，只是没想到软件也可以是很硬的。

说是说谁家的柜子里都有见不得人的事，但见不得人的事与见不得人的事不同。这件事若暴露出来当然不是闹着玩的，珍妮会怎么反应？她可以认为二十年的共同生活只是一场骗局。伽师的反应可能更可怕。虽然难以预测，但肯定不像十八年前的那个精子那样任人摆布了！这个学徒哲学家可能会从许多方面提出问题：生物学的、社会学的、生物社会学的、心理人类学的……天知道他会得出什么样的结论？要是他决定断绝关系呢？或者更可怕，比如去自杀，或者来杀我？这种可能性不大，但并非没有。这个家能经得起这些可怕的可能性吗？……阅脑器固然了不起，但值得我拿全部生活去冒险吗？可是我已经宣布了支持的立场，还让全场起立致敬了，那东西也不是可以退还的吧？在这么短的时间里再改变一次立场像话吗？

正在这时，鲍林的思索被电视里传出的阵阵笑声打断了。电视处在低音状态，但笑星密立根引起观众不可遏制的大笑提高了音量，富有诱惑力。鲍林也是密立根迷，因为这家伙的幽默笑话往往有出其不意的哲理，于是他把音量调大听听是怎么回事。原来是说一位苏格兰的老太太如何对付两家营养品公司的广告。老太太已高寿一百零八岁，还能自己打理花园、上街购物，并用自己的牙齿吃开心果。两家生产营养品的公司就争着拿她做广告，都说她是吃了他们公司生产的补药才这么硬朗的。各自还深入她的庞大的后代亲属团中去，从而援引某些人的某些话作为证据。于是BBC派了个记者登门采访老太太。

"老人家，你到底吃了哪一家的补药呢？"记者问。

"我还没决定呢。"老太太说。

"还没决定？"记者听不明白。

"我的律师在和两家谈判。"她放低了声音说。

"谈判？"

"就是看看哪家出的多。"

"哦……"

"我正在等他的电话，可你已经来了。"

鲍林笑得喷饭，但感到很受启发。人的本性呀！她可以老得搞不清时空逻辑而对利益逻辑依然清清楚楚。她大概哪家的补药也没吃，但既然他们利用她做广告，她为什么不让自己的回报最大化？再看看我的问题，即便对一个想穷究真理的哲学家来说，为一个理想而毁掉生活是明智的吗？再说，谁会没有秘密、不怕暴露？结果势必没有几个人会支持阅脑器，没有人愿意让革命革到自己头上来……

也就是在这时候，鲍林接到斯特劳的电话和他商量明天投票的事，所以就一口回绝了。

斯特劳在电话中被弹回后感到形势不妙。若不能说服鲍林，还指望多少自民党的支持？那样的话议案就没有希望通过。不行，得找这哲学家面谈。这家伙是块材料但太不稳定，一日几变。是什么使他又变卦的呢？既然他这么能变，若邀请他出任文化大臣，是不是再变得回来？

斯特劳敲响鲍林的门时，哲学家已换上睡衣准备就寝。他勉为其难地请代首相进来。"我知道你不会放过我。"他像准备好了斯特劳来找麻烦。

"你料事如神，可变化多端啊！"斯特劳和颜悦色道，"不过，我刚才打电话其实有两件事，你没听我说完就挂了。"

"哦？第二件是什么？"

"想请你出任文化大臣，如何？"斯特劳注视他的眼睛。

"公然行贿？"鲍林似乎不为所动，但不能不说有点儿高兴。

"谈不上，就算向哲学家行贿，也得用真理不是？这事我考虑很久了，和投票无关。"斯特劳诚恳地说,"内阁没有人及上你的渊博。共和国不需要学者,我们联合王国是需要的。"

鲍林会心地笑了,他当然知道斯特劳在借用法国大革命的一句名言。当时著名的化学家拉瓦锡——氧的发现者——因贪污罪被判了死刑,他向革命党的法官请求让他做完一个重要实验再杀。法官说:"共和国不需要学者。"就把他送上了断头台。鲍林很欣赏代首相此刻用这句话有一举数得的机智:既为请他出山提供理由,又提醒他"革命"的可爱和可怕。知识分子容易被较高的智慧打动,有点儿像思维的"性高潮"——一种与高智力嬉戏对决的快感。他感到盛情难却,至少应该提供些建议作为回报。他把眼镜在鼻梁上推了推说:"你要知道,其实,有没有我这一票,明天这议案都是通不过的。"

"为什么?从辩论来看已经很得人心了。"

"辩论归辩论,辩论结束以后呢?从那时到现在,从现在到睡觉的时候,再到明天早上,所有这些时间里人心都在变化,而变化都朝着一个方向:从积极到消极,再到更消极。"鲍林来回踱步,像在课堂上讲课。

"这么说根据何在?"

"普通心理学。看见一个孩子掉进河里,每个人都同意应该去救,也有许多人跑着叫着,但很少人跳进水里,有一两个就不错了。这就是革命的'瓶颈':不论起初人们多么兴奋,一旦意识到会对他们的生活带来危险就缩回去了。"

斯特劳很吃惊,但不得不觉得有道理,就请他继续说下去。

"大概没有什么革命比这一个更厉害,"瓶颈"当然也更厉害。每个人都有些秘密吧?只要其中有一个他认为绝对不能暴露,他就会投反对票。"

"可是,人们就不能为长远利益投票吗?"

"当未来还不确定的时候,人们宁可选择安全。你读过罗尔斯的《正义论》吗?"

"很多年前读过,不怎么记得了。"斯特劳不想显得太无知。

"但你一定记得他说人是怎样选择社会原则的。假如人们处在初始的无知状态,不知道自己和别人相比是较强还是较弱,而又必须就两类社会原则做出选择:一类是有利于强者的,另一类是有利于弱者的。他们会怎么选择?他证明他们会选择后者,因为万一自己不属于强者的话也还有基本的安全。"

"是的,人不拿基本安全去冒险。"斯特劳点头道。

"没人敢肯定阅脑器究竟会带来什么,但人们知道有些秘密的暴露可能毁了他们的生活。你见过谁没有秘密吗?所以大多数人不会赞成的。"

斯特劳沉默了。鲍林已经说得很清楚:"瓶颈"问题不是一个党派利益问题,而是每个人都害怕被暴露的个人利益问题。

"这么说,你也有'瓶颈'了?"他半开玩笑地问。

"我……当然也有。"鲍林不得不支持自己的理论。

"那就没办法了?"

"嗯……"鲍林欲言又止。他其实想过一个点子,但还在犹豫是否该指点斯特劳。自己既然不支持议案,指点他就等于是教对手如何接自己发的球。不过,斯特劳真诚期待的神情让他不得不说:"也许……有一个权宜之计。"

"嗯?"

"修改一下议案,承诺不对议员使用阅脑器。"

"什么?这是立法……"

"正因为是立法,你需要立法者同意,而他们不感到安全就不会同意。"

"这……"

"我知道这不公平,但政治就是现实大于公平的玩意儿。"

斯特劳完全懂鲍林的意思,而且知道这个貌似荒唐的建议不无道理。政治上的许多事就是明知不光彩也不能不做的,而政治家往往就是要不知耻地为之辩护。赌博显然有害,但国库需要钱而老百姓又不愿多交税,所以就办国民六合彩进行大规模赌博,还美其名曰是为了"文化建设"。天哪,有什么比培养成千上万个赌徒更破坏文化建设的?当文化大臣自豪地宣布某某大剧院、某某音乐厅由六合彩赞助建成时,她很清楚那不光彩的代价,那里的每一场演出——不论是莎士比亚的戏剧还是贝多芬的乐章——都是那些赌博成性者的人生悲剧,是他们被毁掉的家庭和生活!同样,吸烟显然有害,但烟草业的税收对国家财政非同小可,所以要变着法地保护它。国内的反对太厉害了就支持其出口,好像第三世界的肺都是防癌的。可以想见,这种时候贸易大臣具有的外贸心理一定和外交大臣鼓吹的民主理念相反——巴不得那些国家的民主越弱越好,弱到不足以阻止政府进口香烟。就连出售军火给非洲那些胡作非为的军阀也找得到理由:我们不卖人家也要卖的,还不如我们先赚些钱再拿出个百分点来援助非洲。的确,不论是对炸断的肢体做截除手术还是战后兴建墓地的工程都是慈善事业。凡此种种,不都是好政治吗?虽然立法而把立法者除外的事不多见,也不是绝无仅有。近期的英国议会也有类似做法,如议员们把自己划到了《信息自由法》的范围之外——以保护与选民的通信为由,议员可以不公布财务。有这些古今东西的先例,鲍林的献计当然不是不可以考虑的。阅脑器是如此改变世界的大革命,用什么手段能算过分?以斯特劳对政治的老到,他此刻担心的不是公平不公平的问题,而是如何绕过牛曼的"公平原则"。

"谢谢你的建议,让我考虑一下。"他和鲍林握手道别。

"没问题。"鲍林这句随口话使两人都笑了:此刻显然只有问题。

斯特劳在走廊上遇到行色匆匆的内务大臣霍姆。

"我正在找你呢。"霍姆忧心忡忡地说,"情况不好,大党鞭说后排(即未在政府任职的议员)很多人不确定,估计有二三成。"

"那么多?那前排呢?"

"也不乐观。"

"那你呢？"

"我？我……也还没决定。"霍姆脸红。

看得出他也有他的"瓶颈"。斯特劳不想让他难堪，苦笑着拍拍他的肩说："知道了。"让他通过。

斯特劳虽然猜到霍姆也有秘密，但要是知道他的最大秘密是什么，大概就不会去拍他的肩膀了。霍姆年过半百但还是只身一人，通常的看法是他对政治的全身心投入而顾不上私生活。人们哪里晓得，他和他那从不更换的司机保罗的私生活已有二十多年的历史。难怪那些漂亮秘书小姐们的搔首弄姿或暗送秋波全不管用。她们有的为他的岿然不动愤愤然，有的还悲剧性地怀疑起自己的吸引力来。这倒不是他存心害人，而是她们的想象力太狭隘，不敢往这方面去猜想一位重量级的政治家。虽然 20 世纪已为同性恋争得不少权利，社会的歧视仍若明若暗，以致多数人还是不敢公开。就保密而言，霍姆当然做得很到位。身处高位、备受媒体监视却仍能滴水不漏，大概也应用了守护顶级国家机密的技术，而大臣专用车的挡光玻璃当然把两者一并保护了。他深知现实无情——尽管人们嘴上说得好听，要是真的公开了，人们听到他的名字时的第一反应就不再是"内务大臣"，而是……

斯特劳回到房间，更为形势担忧，"瓶颈"理论好像正在他眼前展开为现实。他似乎看见人们在各自考虑自己最坏的秘密——政治的、经济的、私生活的，然后殊途同归地反对阅脑器。谁能怪他们？看来唯一的办法是采取鲍林的建议：以不平等立法让议员们放下心来。问题是如何说服牛曼。让此人妥协显然也不容易，据说当年他宁可多坐两年牢也不肯和检察官做个小小的交易，怎么肯大规模放弃公平原则？但必须让他妥协！若议案通不过，后果不堪设想。一旦那技术流入社会失去控制，谁知会发生什么？可怎么才能说服他……

正想着,一束汽车灯光扫过斯特劳的窗户。从窗子望下去,只见一辆军用吉普驶到营区门口停下,下来几个士兵,那是卫队换岗。这军事氛围使他想起了牛曼的"和平原则",顿时心生一计。考虑片刻后,决定马上去拜访牛曼。

斯特劳随牛曼进到客厅。正要说明情况,见安从卧室出来,也穿着睡衣。斯特劳还是第一次看见她的临睡状态,光泽的黑发把颈项衬得分外白润,令他心跳……赶紧把目光在他们之间平均分配以示公务:"真对不起,这么晚打搅你们。"

"要是来吃晚饭的话是太晚了。"安笑道。她把斯特劳让到靠窗的单人沙发上就座,自己挨着牛曼在长沙发上坐下。

"情况不好……"斯特劳声音沉重。

听了斯特劳的讲述——从鲍林的反复到他的"瓶颈"理论,再到大党鞭对投票形势的判断——牛曼意识到了情况严重。原以为一旦人们理解了阅脑器戒谎去恶的意义,大多数人都会欢迎革命。过去的一年虽有周折也还算顺利:凭一器在手过关斩将,他们进入了权力中心,还得以向议会做可行性报告。可是,要是立法不成的话,一切都将枉然。

"现在只有一个办法,虽也不理想,但……"斯特劳呈欲言又止状。

"什么办法?"牛曼没想到他还有第二方案。

"兵谏。"

"兵谏?"牛曼和安都不敢相信自己的耳朵。

"是的,要是我们联合国防大臣,挟持国王下令解散议会、强制推行革命……"斯特劳神情诡秘地压低声音,像个中世纪策划宫廷政变的老臣密授"挟天子以令诸侯"的机宜。

"这不成了恐怖主义?"安惊叫起来。

"嗯,革命恐怕总得要流些血的。"斯特劳说得像个搞革命的专家,"都说当年的'光荣革命'不流血,可要是没有威廉一世的战船和军队进逼伦敦,詹姆士二世能弃城逃到法国去吗?"

看到牛曼和安目瞪口呆的神情,他很满意,继续道:"比较起来,阅脑器革命的冲击更加厉害。那个革命是外部的,更换政权而已;而你这个是外部加内部的,既要改变社会又要改变人。让人敞开思想,这在许多人看来是比掉脑袋还严重的,我们以为可以一呼百应那是太天真了。"

斯特劳的战略是欲擒故纵。他知道,虽然牛曼对"和平"和"公平"这两条原则都高度重视,但此人毕竟是学者,会本能地更害怕暴力。如果先把这种害怕充分调动起来,那时再拿出鲍林的不公平立法方案,他就会两害相权取其轻了。对付一个不肯打开窗子的人,你得告诉他再不开窗就要掀屋顶了。他故意不打电话通知他们而突然袭击也是侧应此战略:一来显得事情严重,二来可以减少他们使用阅脑器的机会——虽然他相信牛曼会遵循议会关于暂停使用机器的规定。至于看到安的临睡状态,那倒是计划外的收获。

斯特劳见牛曼愣着不语,就说:"我们是君主立宪,王权就是被用来做各种事情的。可以用来帮助贸易和旅游,为什么不用来帮助变革?"

"解散议会,这算什么变革?说是倒退四百年帮助詹姆士二世搞复辟还差不多!"牛曼摇着头道,"我们说好是非暴力的,和平原则不能放弃。"

"我知道,但要是议案通不过,和平革命可能吗?"斯特劳见牛曼接近上钩,就顺势把钓饵再晃一下。

"我不信就没有别的办法。"牛曼有些气恼交集。

"说到别的办法……鲍林倒是提了一个,不过也好不到哪里去,说不定更糟。"斯特劳摆出一副不值一提的样子。

"什么办法?"安着急地问,难以想象还有比兵谏更糟的方案。

"他建议修改议案,就是规定……对议员不使用阅脑器。"

"什么?把立法者自己除外?"安叫道。

"是呀,荒唐不荒唐?我看还不如兵谏。"

"哼,强盗比窃贼好吗?"牛曼愤愤道。

"当然不见得,可是没有第三条路。"斯特劳很高兴牛曼把两种选择概括得这么简单明了:如果兵谏是强盗明抢,那么不公平立法就是窃贼暗偷,这正是自己绕了一大圈要引他们到达的三岔路口。我知道你既想要和平又想要公平,但现在你必须在暴力和不公平之间做选择!

牛曼不语,下意识地伸手到上衣口袋处摸索。没摸到笔,才意识到自己穿着睡衣。刚转向安,安已把纸和笔递过来了。

"谢谢。"他接过来便埋头在纸上写画起来。

斯特劳还想说什么,安用食指封嘴阻止了他,因为牛曼思考问题时喜欢安静。她挪身到斯特劳这边,轻声问他要不要喝点儿什么,有苏格兰威士忌。

斯特劳有点儿紧张,因为安的轻声问话好像有点儿耳语般的亲密。不论是他希望如此还是故意做此误解,他回答的声音更轻,得以加强气氛。当接过酒杯时,安的手带来的香气更令他心慌意乱,赶忙喝一口掩饰。不料喝得太急把嗓子辣了,咳嗽起来。不过倒也歪打正着,正好为他两颊的泛红提供了一个理由……

最近斯特劳不常见到安。除了因为出任代首相后公务更加繁忙,也有一层非公务的考虑。不见她,至少不必担心被阅脑。无论如何,一个吻已经预订好了,早晚的事。相比起来似乎晚些更好,就像盘子里最好的一块肉,吃了就没了,而留在那里慢慢地向往就享受得久些……

安装作没注意到,只递给他一张纸巾。心里暗笑:一个对女人有那么多经验的人还会像小男孩一样脸红。更奇怪的是:这么严重的情形都不能阻止他的性心理吗?会不会情形其实没有他说得那么严重?这家伙可是能演的……她原以为已经把斯特劳这本书读懂了,看来未必尽然。要不是"梦里醒"禁止使用阅脑器的话,她就……

"嗯,对了。"牛曼自言自语道,似乎有了发现,但还没停笔。这对斯特劳来说显然太快了点,安已顾不得他而回到牛曼身边去看究竟。

"放弃公平而求和平是不行的,反之也不行。"牛曼喃喃道,仍未抬头。安和斯特劳互望一眼,好像在等待大法官宣读判决却忽然听到他议论起天气来。

"违背公平原则就会引起冲突,也就违背了和平原则。它们你中有我,相互蕴含。"

"唉,我的教授,"斯特劳掩饰不住对这书呆子气的失望,"现在没有时间分析什么蕴含关系,我们需要解决办法。"

"分析就是办法。你看,兼顾和平与公平的条件是什么?"

"条件?"

"是自愿。如果有许多人不愿意,革命就不能一举进行,而得从志愿者开始。"

"不是要统一实行才确保公平吗?"安问。

"那是我考虑不周,太理想化了而没有考虑到"瓶颈"问题。其实,局部变革也可以相对公平的。当然不是给议员特权,而是划出一个试验区让志愿者参加。"

"试验区?"斯特劳听出了端倪。

"是的,我们可以提议建立'阅脑器试验区',让人们自愿加入。原来住在那里的人而不愿意参加的可以搬出来,原来不住在那里的人而愿意参加的可以搬进去。这样,不管是议员还是老百姓都不感到威胁了。"

"对,等试验区成功了,就可以推广开来。"安兴奋起来。

"嗯,有点儿意思。技术上可行吗?"斯特劳问。

"可行的。你看,阅脑通信有赖于阿尔法磁场,我们可以控制磁场半径而把试验区和外界隔离开来……"牛曼解释了技术考虑的要点。

斯特劳听得连连点头,最后佩服地叹道:"我怎么没有想到呢!"

"没什么,哥伦布竖蛋而已。"牛曼笑道,"这也是被你的'兵谏'逼出来的不是?"

斯特劳嘿嘿地笑,有点儿心虚,担心牛曼回味胜利会悟出他先前的诡计,这家伙比自己料想的还要聪明……所幸这时安打了个岔,问牛曼什么是哥伦布竖蛋。斯特劳赶忙以一种"何劳大师费神"的姿态替牛曼解释:"那是说哥伦布的故事。他发现新大陆后回到西班牙,国王举行了一个早餐会欢迎他。有个大臣不以为然地说:那大陆本来就在那里放着,任何人往西都会看到的,你把这也叫做'发现'?大臣们都笑起来。哥伦布顺手拿起一个熟鸡蛋,问谁能让它在桌上站住。大臣们试来试去谁也做不到。哥伦布把蛋往桌上一磕,鸡蛋就稳稳地站住了。"

"真棒,谁也没说不能破一点儿壳呀!"安说,马上恍然大悟道,"对了,谁也没说革命非得一举成功不可呀!"

"嗯,人就是会被一些不自觉的假设框住。"斯特劳对牛曼说,"你说思维不可见就像盲人看不见一样,盲人睁开眼睛当然也是不能太快的。"

这时已过午夜。斯特劳赶着起草了一个"修正案"。

凌晨,斯特劳召集紧急内阁会议商议。根据牛曼提出的技术要求,内阁研究了试验区的选址问题。最后选中了公爵领地威尔岛。那岛的大小和人口适中,地理位置适宜,也易于进行阿尔法磁场的切割。

"修正案"对建立试验区做了两个原则规定:

第一,威尔岛居民可自愿选择去留,岛外人员也可自愿选择进入。

第二,只有试验区内人员有权使用阅脑器,也须接受他人的使用。

早晨,议会复会后公布了"修正案"。

议员们大吃一惊,展开了热烈的讨论。许多原来坚决反对的人动摇了,因为机器不再是立马的威胁。从远处观察一头猛兽当然是另一回事,和看一场恐怖片差不多,于是好奇心占了上风。尽管还有反对的,这个局部变革的方案被大多数人认为可以接受。议会通过了"修正案"。

斯特劳趁热打铁,利用形势来巩固政府的地位。他拿出已准备好的一个"附加案",振振有词地论证道:"议长先生,刚刚通过的修正案承认了阅脑器的功能,也就是承认了它的效率潜能,当然也就间接承认了政府履行大选承诺的实际可能,不是吗?而对'修正案'的贯彻有赖于政府继续做大量工作,所以有必要对其法律地位加以确认,这才与'修正案'的精神相符合,不是吗?"

这个连环论证有些痞味,不说是讹诈也有点儿像买一搭一。好像一个家电供应商先鼓动顾客买他的电视机,成功后又说务必再买两台电扇给电视机降温,否则就看不成。不过,这个道理也不是那么好拒绝的。得助于刚刚占了上风的革命气氛顺水推舟,"附加案"也就勉强通过了。于是代首相抹去了他的"代"字而成为首相。

考林·豪沃眼睁睁看着形势急转直下,气得要死但无可奈何。不仅工党保住了权力,而且这试验区的安排对他个人来说是灾难性的。他们有那么多地方可以选择,却偏偏把他所居住的威尔岛选为试验区,这不是存心整他是什么?这一招特别毒,令他有苦说不出。作为反对党领袖,他提出的反对必须是关于政治的,或至少是关于意识形态的,而不能是关于个人利益的。现在他们把试验区选在他的家门口,他一张口反对,那就不是个人利益也是个人利益。人们会说:"他当然反对啦,那还用说?"他怀疑这是牛曼搞的鬼,报复自己在辩论会上掐他脖子的行径。唉,早知这样,当时是不该下手太狠的,可那也是没有办法呀!他更恨那些因"修正案"而改变立场的保守党同僚,这些家伙什么都能答应,只要不是放在自家的后花园就行!可是,人性如此又有什么办法?人喜欢看热闹,从看拳击比赛到看执行枪决,越血淋淋越好看,何况是看到人家脑子里去……

次日,英国政府向全世界公布了阅脑器的发明和威尔岛试验区的成立。

世界大惊。许多国家不敢相信,纷纷致电唐宁街或召见英国大使,询问是不是4月1日愚人节更换了日期。

有些国家异常紧张,甚至召集区域性紧急峰会,商讨联合应对。他们担心英国有了这个武器会成为"超超级大国",在国际舞台上开展不平等外交,甚至让大英帝国起死回生——盎格鲁－撒克逊的血脉里当然不乏殖民主义的DNA。

媒体更是铺天盖地、毁誉不一。有的说是"人类新生",有的说是"世界末日"。

一个评论员叫道:"哪怕能在这个新世界里活一天也是值得的!"

另一个则愤怒道:"要是知道会有今天,我宁可昨天就死掉!"

在法国有十多对夫妇给自己在这天出生的孩子取名"革命",重温祖先们两个半世纪前的暴力浪漫。

在德国则有三个保守党人往身上浇汽油自焚,宣布再无法与这个非人类的"机器类"为伍共存。

不管怎样,阅脑革命在英国进入一个公开、合法的新阶段。

第十四章

精神厕所

威尔岛是公爵领地，把它辟为试验区须经国王御准。但政府的报告送至白金汉宫已经十天有余，国王还没有批复。国王是个传统派，照其心愿最好过完20世纪以后便是19世纪。

按照君主立宪的规则，议会通过的议案都自动得到御准。只有一些属于王室特权的事项还需国王签署，那也只是个形式。偶尔会有这种情况：君主对某议案特别不喜欢，他会拖延几天。如果政府意识到了而又觉得可以稍做修正的，往往会做些修正后再呈送，以示尊重。但如果政府方面坚持，君主只好签字。除了18世纪女王安妮的一次例外，再没有君主拒绝过政府或议会的决定。把威尔岛辟为试验区的事没什么可修正的。斯特劳猜想是国王不愿意，就请牛曼来商量对策。现在牛曼有间办公室在隔壁，不必再跑去牛津了。

斯特劳告诉牛曼他准备去白金汉宫拜会国王，希望牛曼同去，以利劝说。

"去逼宫？"牛曼忍不住提起那旧事笑话他一下。

"逼不逼宫，他必须同意。"斯特劳说。

"你是说他必须装作同意？"

"差不多，这是君主立宪约定的。"

"这叫什么君主呀！"牛曼倒有些同情国王的处境，"等有了阅脑器，叫他还怎么装呢？"

"这是个问题。看来君主立宪也是有赖于思维不可见的。"

"这也是个信仰体系呢。"牛曼笑道，"既然到了这一步，我看你还不如建议他把那些御准形式都废除掉。那他就不必每次为难，也不必为威尔岛的事头痛了。"

"都废除掉?"斯特劳很吃惊,这意味着对王室特权进行改革。

"像每年的'国王讲话'之类,明明是你们政府的施政纲领,非要让他来念,也不管他赞成不赞成。就像卡尔的诗里说的:我不是我。"

"他的什么诗?"斯特劳常听牛曼提到卡尔·卡尔。

"《上帝如何救国王》呀,别告诉我你没读过?"牛曼摆出吃惊的样子,好像听到英国人不知道伦敦或法国人不知道巴黎。

"对不起,我只看传记,不读诗。"

"你要和国王打交道,这一首非读不可。"牛曼不由分说地找到那首诗,打印出来给斯特劳,叫他不得不读。

上帝如何救国王

一年一度的"国王讲话"
是政府准备的施政纲领,
但必须由国王来宣读,以示权威。
我常担心:要是他不赞成要他讲的话,
上帝如何能救他?

他不能改变讲话——那是干预政治。
他也不能不去念——君主立宪,有约在先。
唯一能够做的就是装作是自己所有,
把违心之言说得清楚、自然。
愿上帝帮助他表演成功!

然而,在那庄重典雅的字里行间

必有一个委屈的灵魂在痛苦分辨:
我的话不是我的话;
我的表情不是我的表情;
我不是我!

屈辱的大小在于对比。
不论是破产的百万富翁行乞街头,
还是被俘的败军之将受胯下之辱,
都比不过堂堂国王充当无脑工具,
证明辉煌王冠是草帽一顶。

尊严的炫耀是尊严的失去。
按照君主立宪的残酷数学,
他承受了天下最大的屈辱。
这是他得到最高尊重的原因,
也是他不交遗产税的理由。

"精彩、精彩!"斯特劳摇头叹服。

"文明的确可怕!"牛曼说,"有舞台上的表演看还不够,还要把人家的生活变成表演。我们讲言论自由,他连不言论的自由都没有。"

"是可怜,但这是等价交换。不过,你的改革王室特权的主意不无道理,让我考虑一下。"

送走牛曼,斯特劳又把卡尔的诗读了一遍,同时琢磨牛曼的建议。废除那些不必要的形式不但有好处而且正是时候。要是国王能接受这个改革,对解决眼前的问题和对今后行事都是便利。他是个聪明人,不会不懂,问题是愿不愿意放弃那些形式上的权力。我来给他写封信试试:告诉他阅脑器来了,世界得变他也得变,晚变不如早变。

斯特劳指示秘书海伦整理出王室特权下仍需御准的全部事项,列出一张表。自己则动手写信。

一小时后,"王室特权改革事项表"做成,有二十五项象征性的权力在列。斯特劳把写好的信交给海伦道:"把改革事项表和这首诗都附上。"

海伦看了卡尔的诗担心地问:"这个……他受得了吗?"

"你说呢?"斯特劳微笑着反问。

"我……吃不准。"

"我也吃不准,试试他的幽默感吧!"斯特劳笑道,不禁为自己的独特地位得意——可以和国王开玩笑而不感到害怕。他甚至想象他的前任们是否也有过这种戏谑心理,比如当他们给君主行鞠躬礼的时候会不会也在心里说:喂,我们谁是真家伙呀?

一小时后白金汉宫内,国王在其宽大的办公室里读首相的信:

至尊的国王陛下:

  如陛下所知,现行君主立宪制虽效益良多,但有些程式仍带来不便。对一些形式上仍须陛下签署的事项,指望陛下的意见和政府完全一致并不现实。多年来陛下忍辱负重协助从事,令人感佩,但随着阅脑器技术的到来这种做法恐难为继。为了陛下的至尊人格以及政务的便利,臣建议陛下就所附"王室特权改革事项表"所列二十五项御准事项授权政府处置,不再另行烦劳陛下签署。

  特此恳请御准!

国王陛下忠实的臣民和政府首相
三缪·斯特劳

又及:臣冒昧附上卡尔·卡尔教授的哲学诗一首,是它使臣领悟到陛下为国是所做的牺牲,臣若再视而不见就太麻木不仁了。

国王当然知道斯特劳这封信的来意。他欠斯特劳一个御准,虽然来信只字不提那事——就好像一张来自债主的生日贺卡只祝寿而不提债。国王不愿签署那议案是因为不愿和阁脑革命沾边。他知道自己阻止不了,但一个老子阻止不了儿子成为嬉皮士就一定要签字批准他胡来吗?然而他也不能无限期拖下去,所以一天比一天心烦。现在倒好,这个新首相不是逼自己签字而是建议搞王室特权改革,把那些形式上的权力一锅端,还冠冕堂皇地说是为了保护陛下的至尊!

好不聪明!国王想。但为什么不呢?这些权力本来就不是我的,没有的东西当然也无所谓失去,就像那些空头衔一样可以不花本钱地授予,还赚回不少感激——有的竟还淌眼泪,激动得像一只脚踏进了天堂似的!说是放弃二十五项权力,不也是减少二十五个麻烦吗?过去三百多年来哪个君主不放弃些东西?君主立宪的功能之一就是放弃东西——以逐步放弃来防止被革命洗劫一空。只要放弃得适时得法,就会被看作是明智之举。这个特权改革似乎有此功效,既可避免威尔岛问题的难堪又有今后的便利,何乐而不为?嗯,这个新首相看来有两下子,是敢想能为的那种……

可是,卡尔·卡尔的诗使他越读越生气,近乎怒不可遏。辉煌王冠是草帽一顶——吃不到葡萄说葡萄酸!他其实已经很习惯被讽刺家或漫画家们讽刺挖苦,但还从来没有被这么有条有理地羞辱过——太系统、歹毒!漫画家们画他的鼻子像大炮或鼻毛像大葱,那不过是开开玩笑而已,谁都知道他的鼻子不比他们的更能射击或耕耘。可这家伙的分析挖苦不同,像是一把小快刀顺着肌肉的纹路解剖下来,让你叫不出冤。他愤愤地把那页纸揉作一团;刚要狠狠扔掉,又觉得还不解恨,应该先撕碎了再扔。于是又把它展开来好撕掉。一经展开,又忍不住再看一眼,像要把仇人的面孔看清楚了再下手毁掉。不料,这一看使他的感觉有些不同。"我的话不是我的话",不正是如此吗?"尊严的炫耀是尊严的失去,"不就是这么回事吗? 不禁又念一遍,感觉更不同了。那讽刺仿佛是中肯,那辛辣仿佛是同情……特别是我不是我那一句,最击中要害,仿佛触到内心深处无比柔软的痛处。还有什么比这更能道出自己逢场作戏一辈子的辛酸人生呢?不错,一个象征性的国王其实就是一个演员,问题是他应该尽量多演一些还是少演一些呢? 他忍不住用红笔在这句下面重重地画了两杠。又试着用手掌把已揉皱的纸抹平,但已难以复原。于是把它压在办公桌的玻璃板下,这倒一举两得,正好也方便看到它……不过他还是不大愿意承认是喜欢它,好像主要是拯救一张被弄皱了的纸。

十分钟后,国王动手写回信。

斯特劳首相:

　　来函及附件收悉。所提王室特权改革的建议与朕的想法不谋而合,既能免除多余的形式也容朕摆脱不必要的麻烦。朕全部同意,着你立即实行,不得怠慢。
　　卡尔教授的哲学诗道朕苦衷,系人类同情心的肺腑之言。鉴于它对你我都是启发,建议将此番改革定名为"卡尔改革"。

CR

这就是"卡尔改革"的由来——君主立宪制三百多年来最重大的改革。

斯特劳高兴地把国王的回信给牛曼看。

牛曼也喜出望外:"没想到他这么通情达理,差不多可以把我变成保皇派了! 不过,为什么他说他也是这么想的呢?"

"哈哈,不懂了吧?"斯特劳玩世不恭地笑道,"这是个不明说的要求。"

"要求?"

"就是要我告诉公众:他是自愿的,不是被迫的。"

"原来如此!"牛曼笑了,"那么为什么还要'不得怠慢'呢?好像等不及了似的。"

"因为一办妥这事,就不用再提威尔岛的事了。"

"有道理。"牛曼不得不佩服斯特劳对政治语言的高度悟性,"我想你一定会满足国王陛下这个小小的愿望啰?"

"微臣岂能不尽这绵薄之力?"

牛曼一回自己的办公室就马上给卡尔打电话向他祝贺。

"我以为你们失踪了呢。"卡尔高兴地抱怨道。

"实在对不起,这里规矩太多,成吨的。就是现在,我的通信处还得保密。"牛曼说。

"知道、知道,我什么都不问,只要你记得我的就行。但希望你还没忘记欠我的那件事吧?"

"你是说……奥卡?"

"谢天谢地还有人记得这个倒霉鬼。他的情况很不好,严重忧郁、高血压,又拒绝吃药。说实在的,和杀人强奸犯关在一起,吃了大概也没什么用……"

"真对不起……"

"你说的那个证据现在可以出示了吗?"

"暂时还不行。你大概也猜到了,那是用阅脑器获得的,目前法庭还不能接受。"

"什么时候能接受呢?"

"大概……要到明年春天吧。"

"你能不能想想办法?或者把它给我,我去……"

"让我想想办法。"牛曼不忍心回绝卡尔,老朋友还从未这么请求过。

牛曼打电话请斯特劳帮忙。

斯特劳知道,首相介入司法是不明智的。但这是牛曼的请求,想了想后勉为其难地说:"这事不大好办,我至多只能给霍姆打个电话试试,看他能不能给监狱总长打个招呼,给他换一个好些的环境。我不能保证行,你知道霍姆不是好说话的人。"

"你尽力吧,卡尔在等我的消息。"牛曼不隐瞒自己的态度:宁可让斯特劳为难也不想让卡尔失望。

"首相介入了,为什么?"霍姆在电话里铁面无私的声音一开始就让斯特劳紧张。

"这人可能……被冤枉了,据说有证据。"斯特劳说。

"那为什么不上诉?"

"据说那证据暂时还不能用。他是牛曼教授的朋友……"

"原来是这样。"霍姆的口气总是最富有内务大臣的质地:严肃而多疑。要不是因为电话那头是新任首相,他一定已经开始教训起人来了,诸如"不管是谁的朋友,总不在法律之上吧"。即便是对首相,他也忍不住提醒道:"这样的名人媒体关注得很,弄不好要出大麻烦的,这个你懂的。"

斯特劳当然知道这句话的所指,政府高官干涉司法是一个最敏感的禁忌。当年有一个极能干的内务大臣,双目失明却无所不能,那非凡的智力和记忆力简直让人感到眼睛是多余的器官。他那条棕色导盲犬被特许随他出席议会,成为英国电视上的著名画面。但这个英国政治的传奇人物竟因为一件看似微不足道的小事被赶下了台。他的办公室关照了一下他的外籍保姆的签证速度,于是被指控渎职。媒体穷追猛打,首相拼命保也保不住。那种时候他的残疾身份也帮不了忙:英国人虽以同情弱者著称,但要是你的综合实力比他们强的话就另当别论。

"不是这样的……"斯特劳发现事情已经快被霍姆的问题和警告弄得说不清了,忙解释道:"他不是牛曼教授的朋友,而是牛曼教授的朋友卡尔教授的朋友。但牛曼教授有一个卡尔教授所没有的证据,所以卡尔教授请牛曼教授帮忙……"

"卡尔教授？你是说牛津的卡尔·卡尔?"霍姆的声音突然显得感兴趣起来。

"是的……"

"那个哲学诗人?"

"怎么,你也认识?"

"我？……我怎么会认识。"但霍姆的口气已经不一样,顿了顿说,"嗯……不过,既然有一个首相和两个教授求情,我想我可以给监狱总长打个电话试试,看他能否酌情调整一下。"

"那就劳驾了!"斯特劳放下电话松了口气,总算可以对牛曼有个交代。但心里对霍姆的突然改变态度感到蹊跷:这个一本正经的家伙怎么一听到卡尔的名字就急转直下,愿意"酌情调整"了呢？他酌的究竟是什么"情"？

都说无巧不成书,但这世界上的巧事比书上的更巧。斯特劳怎么能想到,对他的内务大臣起了作用的竟是卡尔·卡尔的一首小诗！……他清了清嗓子,接通了监狱总长的电话。

监狱总长接到顶头上司的电话很吃惊。他知道霍姆一贯廉洁奉公、铁面无私,就不得不假设这特殊干预是有正当理由的。于是说:"明白了,我来办。"他连是什么问题都没有问。

随后,监狱总长接通了奥卡所在监狱的监狱长的电话……

这种自上而下的干预有一条不成文的规则,就是要"逐级进行":既使你的下属感到受到信任,又使他有机会让他的下属也这么感到。在不到三十分钟的时间里,这场电话接力跑经过了六个环节:卡尔——牛曼——斯特劳——霍姆——监狱总长——奥卡所在监狱的监狱长。然后原路返回。最后是牛曼给了卡尔一个不算坏的交代:"两件事,都要保密。第一,他们会把他转到一个较好的环境单住,而且有不错的医疗条件。第二,告诉他坚持下去,法院可能从明年三月起受理阅脑器证据。"

287

"谢谢、谢谢!"卡尔由衷地说,做梦也想不到应该谢的是他自己的一首旧诗。

王室特权改革一生效,斯特劳马上签署了建立威尔岛试验区的法案。

根据计划,试验区的建设在半年内分两个阶段进行:前三个月为自由迁居期,后三个月为戒谎训练期。然后"试验区专门法"将正式实施。

当岛上的人们在考虑去留的时候,岛外也有人在考虑要不要加入试验区。这双向运动的结果和牛曼所估算的很接近:约有四万多人搬出,两万多人搬入。虽然怕的人多于敢的人,但敢的人也还不少,足以让试验区运行。在外来的志愿者中,最引人注目的一位是保守党议员詹姆斯·豪沃。他原来住在伦敦,结果和他哥哥考林·豪沃交换房子而搬上岛来。谁都看得出这是政治换房,当然不会没有故事。

豪沃兄弟俩相差四岁,但性格十分不同。大致说来考林随母亲多些,詹姆斯则更像他们的父亲——已故的麦克·豪沃。麦克是个勤勉、固执的实业家:一生兢兢业业,把一个继承下来的钢渣水泥厂扩展了十倍规模。他的脾气硬得像用他的水泥拌制的高强混凝土:一周工作六天,到八十岁都不肯退休。有一次他开着车心脏病发作了,就自己边开边打电话叫医院做好抢救准备,差点把医生吓出心脏病来。病重之际,他还要求把他的追悼会提到死前来开,他说人们总是对死人说许多好听的,自己听不见多么浪费。人们以为他糊涂了,告诉他凡事都有个时间顺序。他叫他们不要老眼光看事:"顺序是可以改的,你们没看到现如今许多孩子出席父母的婚礼吗?"他对两个儿子是严厉的慈父。当他不得不用他的小尺子管教他们的时候,他会先在自己的手心上打两下试试,既为掌握轻重程度又感觉他们的痛。这和他对基督教的态度一致。他认为不应该耶稣一个人在十字架上为人类赎罪而应该大家分担。他去世前把工厂卖了,给两个儿子留下充足的财富让他们可以从容地从政。

但就兄弟二人都成为有分量的政治家而言,母亲海苔·豪沃起的作用更大。四十年前,她自己就是保守党中最有才干的女议员之一。作为大名鼎鼎的"铁娘子"的竞争对手,被称"钢夫人"。虽然她政治上也是右翼,但比较稳健周到。当年的"铁娘子"一味崇尚哈耶克的自由市场理论而把个体主义推至极端,声称"根本不存在'社会'这种东西",好像恨不得把空气都私有化了。"钢夫人"则讲个体与社会的平衡,说"没有树木就没有森林,但树木得到森林的保护"。两人一度为入选保守党内阁而激烈竞争。开始时"钢夫人"占了上风,但正在关键时刻她怀孕了。为了确保孩子平安健康,她退出了角逐。"铁娘子"趁机进军方得以后来的登峰造极……所以人们感慨说,要不是因为这孩子,英国的历史也许大不相同呢。生下考林后,仍有许多人劝她重整旗鼓再上沙场:"有一个就行了,你可以赢她的。"她也想过复出,但她太爱那个充满灵气的孩子,舍不得放下他到议会去。只要有十分钟看不见他,她就魂不守舍,像个酒鬼手里没攥个瓶子那样难受。支持者们失望地说:"'钢夫人'的钢用完了!"其实不然,她是把钢用到另一个建筑上去了。她决心给这孩子创造最好的成长条件。听儿童学家说有兄弟姐妹会对孩子成长有利,她就决定再要一个,于是有了詹姆斯。为了一个的成长而去生另一个,这是否完全道德也许是可以商榷,但这毕竟是为母的"内政",谁能干涉? 不久,她怀着一个、抱着一个正式宣布退出政坛。"我的政治是未来!"她含着笑容和泪水说。那是只有母亲才有的信心和前瞻,仿佛已经看到四十年后儿子成为党的领袖走来拥抱妈妈的情形。

这样一个能统党治国的女人全身心地投入培养儿子的事业中,结果可想而知。考林从小就显示出政治天赋。他的善解人意几乎无师自通,不到三岁就有了随机应变的本领。要是两个大人一起问他喜欢他们哪一个,他会想一想说"都喜欢"而避免选择。弄得他们自我解嘲地大笑,甘拜下风。他时时得到大人们的夸奖,当然也是弟弟的榜样。

相比起来,詹姆斯似乎要慢半拍。经常被嘱咐向哥哥学习,他也的确试图效仿,但性格不是容易学的东西。他十二岁那年,兄弟俩都在伊顿上学。有一段时间考林为赢取学校的网球赛而苦练不止。詹姆斯为哥哥起劲,经常在训练场上跑来跑去拾球。但事与愿违,决赛中考林苦战未成,以接近的比分败给对手。詹姆斯难过得在妈妈怀里哭了。可是,当他抬起头时却吃惊地看到:考林正在满脸笑容地向对手祝贺,没有一点儿难过的样子!他难以理解,就问妈妈:"他怎么还高兴?"

"傻孩子,这是文明。"妈妈轻声道。

"你是说他在假笑?"

"当然不是真的高兴。他那么想赢却输了,能不伤心?"

"假笑不是虚伪吗?"

"这……"妈妈无从回答,虚伪与文明的界限一时如何说得清?"这是个好问题。"她摸摸詹姆斯的头说。她不是那种不懂装懂的母亲。

当胜利者向观众挥手和接受献花时,考林悄悄地撤出场子,独自朝更衣室方向跑去。只有詹姆斯注意到了。他从妈妈怀里挣脱,跑着跟过去。进到盥洗室,听到厕所隔间里传出考林的抽泣声。妈妈说得对,哥哥确实很伤心。真是难以想象,一个人能用那样的笑容来掩盖这样的心情!难怪有门学问叫"笑容学",以前他还以为是指不同文化中的笑容的不同含义,现在才知道远不止如此,它在同一个文化中也够复杂的。他想去安慰考林,但又怕阻碍他释放悲痛,便悄悄退出更衣室,等候在外面。过了一会儿,哥哥走出来了。见了他竟像没事一样,笑着给他一个拥抱,像往常一样在他肩上捶两下。考林的脸上丝毫看不出哭过的痕迹,连刚刚亲耳听见的詹姆斯都看不出来——以致他不知该怀疑自己此刻的眼睛还是刚才的耳朵!他不知说什么好;本来是准备安慰哥哥的,但面对一个显然很快活的人,那些安慰话似乎文不对题。

第二天早上,詹姆斯醒来时发现枕边有一封信,是妈妈写给他的。妈妈常郑重其事地给他们写信,还用传统方式装在信封里,上面写着某某先生收,只是没有贴邮票。詹姆斯喜欢收到它,这使他感到自己的重要。这一封是妈妈回答他昨天的那个"很好的问题"。

最亲爱的詹姆:

昨天我欠你一个回答:假笑是虚伪还是文明?现在是凌晨两点,我想试着回答你,不然难以入眠。

这个问题来自名词和形容词的含义混淆。"文明"是名词,它区别人与动物。一切人造的东西都属于文明,不论是诺贝尔奖、原子弹,还是假笑。"文明的"是形容词,它区别人的教养状态。见面打招呼是文明的,随地吐痰是不文明的。但形容词的褒义性带来了对名词的理解的狭义性,使一些人误以为属于"文明"的东西都是好的。这就是为什么我没能回答你的问题:虚伪明明不好,又确实属于文明。

文明意味着对某些自然状态的摆脱,摆脱不了的还需要掩饰,例如厕所。假笑当然是虚伪的,但有时需要用它掩饰某些破坏性的自然状态。如果输了球就哭的话,赛场的气氛就破坏了,所以要倡导笑对失败的文明态度。文明包含虚伪,一如城市包含噪声;虚伪是精神的厕所,一如厕所是砖瓦的文明。不堂皇的需要也是需要,人由此而区别于猴子。猴子不必笑不由衷,但社会没有装模作样不行。

这里有些意思你可能还看不懂,那就去问哥哥。

吻你!

妈妈

十二岁的詹姆斯的确似懂非懂,于是拿给哥哥看。

对十六岁的考林来说这是终生难忘的教诲,"精神的厕所"的概念大大深化了他对社会的理解。他知道妈妈的信其实是写给他的——让他给弟弟解释当然是要他自己先吃透。他读了几遍,然后给詹姆斯概括出两个简单的道理：

第一，要是世界上不存在其他人，你就不必天天洗脸、换衣服。

第二，人不能完全怎么想就怎么说，就像不能在大街上行方便。

随着年龄的增长，考林越来越学会适时应势、稳健周到，为进入政界打好了性格的基础。十年后，他果然成为保守党最年轻的议员。

保守党是由19世纪的托利党演变而来的，传统上代表不愿意社会变化的地主和商人的利益。现代保守党有两个意识形态来源：一是埃德蒙·柏克对法国大革命的批判和对私有制的维护，二是亚当·斯密的古典经济学和对自由市场的倡导。这个党参照达尔文主义认为：只有让个体在市场上自由竞争才能最好地发展经济，而失败者是经济繁荣之路所必需的铺路石子。它的支持强者的经济政策当然代表富人的利益。但民主时代的政党也需要穷人的选票，所以它开始避免用"铺路石子"的说法得罪穷人，而改用"水涨船高"的说法——强调市场发展了经济也是穷人的长远利益所在。同时，保守党的低税政策也吸引了一部分穷人，这些人喜欢少交税而看不到再分配对他们的较大利益。这就使得代表富人利益的保守党也有机会赢取大选。

在考林·豪沃出任领袖之前，这个党的境况很糟。它把"市场经济原则"外推到整个社会生活而成为"市场社会原则"，结果把自己搞得很臭。特别是动摇国民医疗服务（NHS）的做法很不得人心。随着人口寿命增长和社会老龄化，国民医疗的开支越来越大。保守党不想通过增加税收来解决，就设法把医疗服务商品化。这引起公愤，知识界群起而攻之。卡尔·卡尔的一首哲学诗尤为厉害：

如何证明"医生不如妓女"

如果同意两个似乎合理的前提，

就可证明医生的道德不如妓女。

第一个前提是：

商品社会的一切都是商品，

一切职业都是赚钱做生意。

第二个前提是：

赚痛苦者的钱与赚享乐者的钱不同，

趁火打劫的成分越高则道德水平越低，

由此可以推出：医生不如妓女。

因为当妓女说"不给钱就不睡觉"，

那是以物易物的天经地义。

而当医生说"不给钱就不看病"，

则是谋财于人的危机，

所以说白衣未必是天使、高楼更比青楼低。

奇怪吗？

这就是把一切都商品化后的新伦理。

喜剧演员密立根在电视里朗诵时还加了一句："以后骂谁不地道就说这家伙像医生一样。"国人捧腹。连大英医学会德高望重的老会长也警告政治家"不要逼良为娼"。保守党被称为"狠心党"，致使大选连连失利。

失败加剧了党内派系斗争，一派怨自己，一派怪公众。尽管几易领袖，均无起色。就在这个危急关头，年轻的考林·豪沃站了出来。他不仅以开明稳健和人缘好著称，而且懂得如何站在他母亲的肩上——继承她的智慧而又不乏自己的创造。

"钢夫人"有深厚的政治经济学功底，既精通亚当·斯密把握市场的那只"无形的手"，又熟悉马克思关于资本的那番"科学论断"。为了把两个儿子培养成21世纪的一流政治家，她潜心钻研了20世纪的资本主义和社会主义之争。

她还告诫儿子,你们要记住两句话:

如果我不为我自己,那么我是谁?
如果我只为我自己,那么我是什么?

那时考林正在竞选议员。他发现自己在牛津学的经典政治哲学,如约翰·罗尔斯论证公平是正义的《正义论》,这些对公众并没有多少吸引力,而母亲的简单比喻倒使自己受到极大震撼——它说了罗尔斯要说的话而又亲切易懂得多。表达是学问的一部分,一个确切的比喻可以比一部专著更有威力。于是他努力学习母亲那种平易近人的风格而使论证贴近生活。一次在酒吧里,他无意间听到几个喝酒的人在讲笑话,一个有关性的低俗笑话把他们笑得前仰后合。这使他联想到本性和良心的关系,不也可以用"性"和"爱"的关系来进一步阐释吗?他写了一篇短文发表在报纸上,果然引起了大众的兴趣——人毕竟是生物学的。人们感到他理解他们的需要也就是理解他们,所以投了他的票。庆祝胜利之际,当那些不如他成功的同僚向他讨教经验时,他送给他们一句爱因斯坦的名言:要是你的思想不能被一个送奶工理解,那不是送奶工的问题而是你的问题。

"钢夫人"的温和保守主义原来在党内不占上风,这个党的基因偏右。正当人们为其前途担忧、找寻出路之际,考林·豪沃在一次后排议员议事会——即保守党内有影响力的"1922委员会"——上做了个惊人的发言。他提出一个形左而实右的"新战略",一下子抓住了人们的神经。

"那是东方智慧,离我们太远了吧?"一个议员叫道。

"是啊!"另一个说。

"好吧,那我们就看近的。"豪沃说,"我们的工党老朋友总算近吧?他们和欧洲的社民党一样,早就接受了我们发明的资本主义吧?但他们引入福利国家制度,并挂在嘴上说个不停。选民们就感到他们的资本主义有良心而我们的没有。投票箱是对良心敏感的东西,就像女人都喜欢听男人说'我爱你'一样。"

这个诊断让保守党议员们汗颜。他们自视是比工党血统高贵的绅士,这一说倒好像成了不懂女士的老粗,只知道上床而不会买花、送卡,结果连原本属于自己的道路也让工党抢占了!那些家伙要的是同样的东西,只是更知道多说"我爱你"罢了!

至于怎样把这个新认识变成行动,豪沃引进了一个"负面表达术",那是从波普尔哲学里学来的方法。边沁的传统功利主义主张把幸福最大化,而波普尔主张"消极功利主义",即把苦难最小化。他说这两者是不对称的,前者不具有后者那样的道德感召力。你叫人送礼给国王增加他的幸福当然没有号召为灾民募捐来得有感召力。豪沃主张用"负面表达术"来陈述保守党的经济政策:"同样是倡导减税,我们不必说为了鼓励投资,而说为了减轻工人负担。同样是把医疗商品化,我们不必说为了提高效益,而说为了减少病人痛苦。这细微的语言区别具有重大心理作用。商店里为什么把十英镑的东西标价九点九九英镑,因为类的差别具有和量不成比例的心理冲击。"

豪沃说得头头是道。正在寻求出路的保守党议员们听得目瞪口呆,仿佛看到一条新的地平线升起。于是他们任命他为战略主管,负责实施他的新战略。

新战略果然给了保守党新形象,仿佛一个过时的明星经过拉皮整容而获得了第二春。民意支持率开始回升。正在这时,年迈的党领袖突发脑出血——为这个四分五裂的党操劳日久的结果。虽然经过抢救幸存了,但他躺在医院的病床上终于醒悟到生命有限,决定让自己少几年政治生命而多几年生物生命,于是宣布退休。考林·豪沃抓住机会竞选党的领袖。他的新战略刚刚被证明成功,地位显著高出对手,结果一举当选。

"钢夫人"看到自己的政治抱负终于在儿子身上实现,老泪纵横、浮想联翩。母亲的无私并不是她能忘掉自己,而是能感觉自己的生命在孩子身上延续。如果信仰是关于永生,那么为母是最好的宗教。

她收到许多贺信、贺卡。阅读品味它们当然是很大的享受,不过岁数不饶人,读着读着就靠在沙发上进入了梦乡。她梦见一张特殊的贺卡,上面未具名,只有短短的五个字:

后来者居上。

这明显出自一个老年人颤颤巍巍的手笔,她一下子就认出是谁的!她感到莫大欣慰——比所有其他的贺卡加起来还要令她兴奋。虽说人们对"铁娘子"和"钢夫人"的较量的津津乐道已成为过去,但两个老太太在暗中相互关注、较劲乃心照不宣。还有什么比老对手亲自发卡认输更让人舒心、舒肺的?"后来者居上",总结得精辟啊!儿子一辈当然是"后来";到达她曾达到的辉煌地位当然是"居上"。她一字一字地品着,就像品味战利品中一瓶最珍贵的宫廷藏酒——那是老对手封存多年的琼浆,非苦战胜利而不能得到的!酒的香醇和人的自豪相互加强、愈演愈烈。她甚至为老对手的诚挚之举感动:这近乎高尚的缴械投降和当年"铁娘子"说一不二的霸气何等的大相径庭!

哦,时间!她不禁感慨时间能改变一切——一切的人和事——只要你能活得足够长去看那一路变化的风景……可是,当她无意中把贺卡翻个身看背面时,突然发觉不对劲。只见那是一张两个男孩合影的照片:十岁左右,很精神地看着她。从那尖锐的轮廓和眉眼一下子就看得出是谁的后代,果然被下方的注释证实:"曾孙"!她赶紧撂下贺卡,像被它咬了一口似的。什么"贺卡"呀,是战书!较量还没有完呢……

好在这一吓把她吓醒了,原来是个梦!

第十五章

真理哄民主

考林·豪沃的新战略被党内党外许多人看好,但其弟詹姆斯不以为然。"挂羊头卖狗肉的事干得长吗?"詹姆斯问他。

"好好地挂、好好地卖,就干得长!"考林踌躇满志地回答。

要不是阅脑器的到来,事情大概会是如此。考林·豪沃成为领袖后,保守党的民意支持率继续攀升。上次大选,他为公共服务摇旗呐喊的战术也很成功。要不是工党靠做假账取胜,他也许已经入主唐宁街了。但谁会想到突然冒出个阅脑器来。这东西好像就是针对他的新策略来的,而且还直指他本人。他在议会辩论中阻止了它的引入,他们就把他的家乡变成试验区!

豪沃已在威尔岛住了二十多年,根深蒂固。太太阿丽嵩和他一样都酷爱航海,两人也因此结缘。父亲生前送给他们两件礼物:一幢能看见大海的别墅和一艘名为"海鸥"的帆船。外人多羡慕那观海别墅,而那艘四十英尺的高桅"威斯磊"才是他们的最爱。一休假就到海上去,通常是先航过海峡到法国,再沿海岸线北上到比利时、荷兰,甚至丹麦。一双儿女也都爱上了大海,航海成了刺激他们增进表现的动力。他们正在岛上的切齐威尔学校念书,那是英国最好的学校之一。这一切的一切说明把这个家搬出岛去是不能设想的事。

可又怎么能不搬?阅脑器就要来了,对谁都没得客气的——管你是保守党领袖还是清道夫!要说有区别,那就是一个政治家的思想更有看头。东西多的人自然就暴露得多,你说这是公平也好,不公平也好。

考林·豪沃被搬家问题折腾得几宿未睡好,还是没想出办法。星期六早上,他借口有工作而取消了原定的出海计划,让阿丽嵩带孩子们去海边划水。他的"工作"其实就是坐在书房里抓头皮。他肯定不能留在这里恭候阅脑器到来,问题是如何把家搬出去而不显得太狼狈。可现在搬家显然就是逃跑,逃跑还有不狼狈的?他叹了口气,环视书房熟悉的布置,想象这一切将一去不复返……这使他恍惚,好像是在预见将来可能进行的回顾,有类似于他父亲要求把追悼会放到生前来开的那种错位感。他看到墙上那张全家福的照片——父母亲和兄弟俩。突然,目光在弟弟詹姆斯那里停住,起了一个念头:

既然他支持机器,是不是可以假设他不害怕?要是他不害怕,是不是可以假设他很兴奋?要是他很兴奋,是不是还可以假设他愿意搬到岛上来——隔得那么远兴奋有什么意思?若真是这样,那么和他换房子就比较顺理成章。我作为反对党领袖,搬到伦敦去住是合情合理的。虽说在保守党总部自己有一套办公公寓,每周往返毕竟很不方便。现在提倡加强家庭观念,我不该做出榜样吗?要说房子的话,这两处的结构完全一样,是父亲当年请同一个建筑师设计的,大概有以示公平之意。换房对两个孩子也不是问题,他们平时周末去伦敦就住在叔叔家,很习惯的。詹姆斯和戴安娜没有孩子,这于事情就更简单。不仅如此,戴安娜来这里做客时不是总说好羡慕这海景房吗?那大概不只是客气话而是暗藏某种愿望……不论如何,这样的内部调整可以把外部影响减到最小,也是目前情况下可能指望的最好方案……可是,正因为是在目前的情况下,我怎么好提呢?要是没有阅脑器的威胁,那倒可以名正言顺地探讨一下。而现在实在是太明显,简直像是拍卖着了火的房子,或是被警察追着还嘴硬说是跑马拉松!除非由詹姆斯自己提出来,那就可以说成是帮忙成全他,而不是……

正在这时,手机响了。竟是母亲!他有一种预感,母亲总是知道他在犯什么愁。

"我在詹姆和戴安娜这里过周末呢。""钢夫人"说。

"哦,你们都好吧?"

"都很好,就是想和你商量个事。是这样,詹姆对试验区很感兴趣,我就想了,你们两个要是换个房子会不会方便些?"

"……"考林的心几乎跳出来。

"你看,你这个反对党领袖当然是住到伦敦比较好,住得那么远'反对',够都够不着。你应该考虑!"

"詹姆斯怎么想的?"

"是他让我问你的,你知道戴安娜也很喜欢海景房。你觉得呢?"

"我……可以考虑,但得和阿丽嵩商量一下。"

"那当然,不过她会支持你的,不是吗?"

"嗯……她也许会担心孩子们上学的问题。"

"我了解过了,这里不缺好学校,附近就有两所。要是她不想让他们学期中转学的话,也可以留在那里一段时间。你知道婶婶多疼他们俩。"

"那是的。"

"那我等你回音。"这是她结束讨论的风格:敲定下一步各做什么。

"我爱你,妈妈!"

"我也爱你!"

豪沃放下电话,心里涌起一阵激动。这当然不是母亲心血来潮偶然想到的。正如没人比母亲更了解他,他比谁都了解母亲。母亲的用心保护他的自尊是一以贯之的,可以追溯到童年时代。比如晚餐后她用手指指她自己的牙齿,考林就会去盥洗室照照镜子,发现牙上有残留的菜屑之类。他知道母亲为什么不像别的母亲那样直接指着孩子的牙齿说而要转这么个弯子。至于今天,他不难想象在詹姆斯那里发生的事情:一定是她想到我的处境困难而设法解救我。她得知詹姆斯对阅脑器的积极态度后,就试探地提出换房的想法。詹姆斯显然是同意了。至于其中有几分是他的主动,有几分是理解母亲为哥哥解难的意图,那就说不清了,恐怕连他们也没有挑明。"精神的厕所"记得吗?不论来龙去脉究竟如何,她显然已把方方面面都考虑到了,连孩子读书的安排也想到了。一看就知道是她的策划。凡是她想向你建议什么事的时候,总是把可能安排好的都安排好了,让你难以提出什么如果呀、但是呀。这就是妈妈,她额头上的那些皱纹如果有哪一条不是智慧的话就一定是爱……想到此考林忍不住走到那张全家福照片前,伸手抹去上面薄薄的灰尘,眼眶湿润了。

豪沃兄弟俩换了房子。其实质是一个躲避阅脑器而去,另一个追随阅脑器而来。传媒当然有各种报道评论,但这件事对英国政治的真正影响还没有人知道。

威尔岛的威尔山上,乃生上将的工程部队已经开始建造阅脑中心——未来阅脑网络的枢纽。

与此同时,用于戒谎训练的阅脑器——戒谎器——已经分发到威尔岛公民手里。这机器非常灵敏,持有者有任何说谎念头就会触发警告。两个交换了密码的人也可以相互阅脑,不过是近距离的。三个月后当网络中心开始工作,人们就能相互拨打 DNA 号而远距离阅读他人思想。

安应邀到威尔岛电视台做关于戒谎训练的指导。人们屏息聆听,比宇航员即将进入太空还紧张,"失内"比失重更富挑战性。安在说明了戒谎器的操作步骤之后强调了两点:"第一,实验证明戒谎器完全可靠。由于思维与谎言表达之间必然的时间差,机器一定会工作。一般人的说谎习惯将在六至八周内戒除,最严重的也不会超过十二周。(笑声——大概是估摸谁是需要十二周的人。)第二,要理解可能出现的'过度诚实'现象。戒除说谎习惯的同时也伴随思维方式的调节。这两者关联实现,就像聋哑人的聋和哑相关联。但实验表明:有些人的思维方式调节会稍微滞后,于是可能有过于直接的话语脱口而出,造成冒犯。这种'过度诚实'是正常的过渡现象,要相互谅解。"

这警告似乎不难理解,但只有到戒谎实践中才能真正领会其分量。

开始时,戒谎器频繁发出的蜂鸣把许多人搞得头昏脑胀,特别是那些平日擅长说谎、经常说谎、把说谎不当回事的人最是焦头烂额。他们自己都不敢相信自己原来那么不诚实,以至自己都不敢相信自己五分钟,更难以想象自己居然在堆积如山的谎言中生活了那么多年,就像看到了自己的骷髅架一样不知如何自处。

威尔岛的药房倒生意兴隆,阿司匹林销量大增。

随着戒谎训练的进展,有些人发现自己的反应速度下降,难以应对日常工作和生活。也有些人如安所警告的,发生了过度诚实现象而引起麻烦。一个素来恭恭敬敬的好女婿突然对他的丈母娘——那个成天搽脂抹粉和自己女儿较劲的老太太——说出了埋藏已久的心里话:"你就是抹一吨化妆品也不会有她一半漂亮的!"一个一贯唯唯诺诺的女秘书突然对她那趾高气扬的老板抗议道:"你能不能不要扇动你那对扇子式的猪耳朵——它们扇得我浑身发冷。"

后果可想而知。有的人终于受不了了,中止训练而撤出岛去。

《威尔岛报》的通栏标题还明知故问:说真话比说谎话是易还是难?

詹姆斯和戴安娜是特别亲密的一对。正是依靠相互没有秘密,他们敢于自投罗网到试验区来,并决心把训练进行到底。

模特出身的戴安娜是个高挑丽人,但又十分小鸟依人。她的政治家丈夫是她的一切,他的一切都令她崇拜不已。她对人们对政治家不以为然的态度不以为然,总是告诉他们她的詹姆斯是不同的,并有举不完的证据来说服他们——只要他们有耐心听她说下去。为了不分散爱情,她还决定尽生理的可能限度推迟生育。如果说詹姆斯的来岛兼有政治冲动和为兄解难两方面的因素,那么戴安娜的动力主要来自进一步独享丈夫的愿望。那面对大海的独立居所的浪漫诱惑势不可当,她相信依偎在他的怀里听大海的涛声时世界就不复存在……这不知是从哪本儿童读物中拾来的梦境,但对许多人来说,爱情的确意味着把二人世界与大社会尽量隔离开。

可是,不论多好的夫妻关系也不能让敏感的戒谎器不发出警告,有时是极微不足道的小事。当戴安娜问詹姆斯："饿了吗?"回答并不总是完全真实的。如果他正忙于工作而不愿中断,他就想说不饿。这时戒谎器就响了,于是他只好照实说:"饿。"有一次戴安娜买了件色彩鲜艳的内衣,期待他的赞赏。他觉得那颜色太刺眼,虽说这儿是海滨但也不是夏威夷呀。但见她的高兴劲儿,就想敷衍地说好看,于是戒谎器又响了,结果他说:"太刺眼,这里不是夏威夷。"戴安娜差点儿没哭出来。詹姆斯也被自己的话吓了一跳,想收回已来不及。不过戴安娜还是赶紧去换成素色的回来,他果然说好看。

"都老实死了!"她吻着他抱怨。

詹姆斯意识到自己可能是安说的那种会"过度诚实"的人,有冒犯人的危险,但还是决心走到底。

"真话也许难听但毕竟是真话。"他对戴安娜说。

"我懂,不过你可千万别对你妈说我比她漂亮!"戴安娜笑道。

笑归笑,他们都没想到有一天会双双后悔涉身这公开心理学的世界。

由于试验区的建立和人口的变动,威尔岛要选举新的市议会和市长。新的议会将负责关于阅脑器的立法,权力非同小可,所以各政党对竞选都非常重视。

詹姆斯·豪沃是保守党的市长候选人。他和他哥哥不仅性格迥异,政治理念也不尽相同。虽然他也相信市场的力量,但对保守党的老策略和新策略都不喜欢,像个对新、老教会都看不顺眼的疙瘩教徒,却又没有勇气拂袖而去。他知道考林的"形左实右"新策略比"水涨船高"的老策略更虚伪,可还就是有不少人吃这一套。前几天在母亲家里和山姆大叔的相遇给他印象很深。

山姆是为母亲收拾花园的老花匠,詹姆斯已有几年没见他了。那天是"钢夫人"过生日,兄弟俩前去祝寿。山姆正在后花园用电锯收拾灌木,詹姆斯过去和他握手。山姆有些犹豫,但还是把手伸过来了。天哪,这是手?詹姆斯感到像接触一块老榆树皮。这使他惶恐,不知自己的手会如何被对方感觉,或者毫无感觉?身体大概也有对平等的天然诉求:伸出去的手期待感受类似的质地。山姆比以前见老多了,因臀骨有病而跛着腿。但说话声音还是那么大,也还是喜欢评论政治。他说他很多年没投保守党的票但这次大选投了。詹姆斯问为什么,他说现在托利——即保守党,也为穷人着想了,他提到保守党的一些新口号。詹姆斯发现考林的新策略果然起作用。

"你不介意我们引进私营医疗吗?"詹姆斯看着他的跛腿问。

"不介意,不介意。"山姆微笑着说。

"有钱人可以不排队看病,还把国民医疗的钱拿到私营医院去用呀。"詹姆斯怕老花匠不懂将会发生什么。

"我知道,可人家要出差价的对不对?"山姆说,"他们不排队了,我们排队的时间就短了,对不对?这样我的左臀换骨手术就不用像右臀那样等上两年半了。"

詹姆斯没想到山姆不但懂,而且计算得很清楚。由于国民医疗资金不足,医院床位短缺,手术的等候时间很长。保守党提出"以私助公"的办法,允许病人把原本国民医疗的医药费拿到私营医院去看病,只要他们愿意出差价。这缓解了国民医疗眼前的压力,但从长远看就是用国民医疗的钱去发展私营医院。久而久之国民医疗就会萎缩,整个医疗体制就会市场化。当然,新策略并不提这些,而只强调眼前的缩短等候时间,这是山姆感恩的地方。

詹姆斯想向他解释新策略没有说出来的东西,可是未说两句,山姆就说他都知道,还反过来开导詹姆斯。

"有的事情的得和失不是一下子看得清的,对不对?"他指着不远处的一棵大栗树说,"你看见那棵栗树吗?"

"当然。"

"你也看到那树下的草吧?你说说看那里的草比别处的草长得怎么样——肥一些还是瘦一些?"

"这个……"詹姆斯吃不准,按想象应该是瘦些,但既然他这么问……

"你看,它上面被树叶遮了太阳对不对?下面被树根抢了肥料对不对?那还不应该瘦些吗?"山姆说,像个睿智的老师让学生走点儿弯路来学乖。

"嗯,我想也是。"詹姆斯试探地点点头。

"可是你走近些看看——"山姆得意地边说边把詹姆斯领到那树下,"你看,是不是更肥些?肥得多呢!"

"这倒是真的,可是为什么呢?"

"因为树上有鸟呀!鸟粪落下来当然就肥草了对不对?"山姆满足地笑道。

还有什么可说的?看着山姆饱经风霜的脸上那憨厚的满足,詹姆斯不由一阵心酸。他的党多说了几句好听的话就把这可怜的家伙哄得这么开心,还为做二等公民兴奋,等着鸟粪落下来……

"哦,看看都什么时候了!对不起,对不起。"山姆看了手表后抱歉地叫道,大概既为聊天的时间太长,也为不得不中断谈话。他跛着腿迅速回到修剪灌木的地方。看得出他的原则:拿了人家的钱的每一分钟都该干活,就是与东家的议员儿子说话也不能成为例外。

詹姆斯看着他那不无障碍却全力以赴地一连串动作,突然感到羞愧,感到自己虚伪得近乎残酷。自己怎么能笑话这么厚道的人?哄他的不就是自己的党吗?这个党的领袖——自己的兄长——不正坐在屋子里吗?自己难道不该去质问他而指望一个老花匠来挑战英国政治吗?

山姆已开始在那大栗树下打草。詹姆斯向他挥手再见:"祝你好运,当心鸟粪落下来!"

"你也一样。"山姆笑着回应,为教了詹姆斯一招而高兴。

几分钟后,豪沃兄弟俩在已故父亲的书房里展开一场争论。詹姆斯再次挑战新策略,说它是挂羊头卖狗肉的伪包装。

"你反对包装?"考林辩护道,"就经济而言,市场是真理。但许多人不喜欢,所以要包装。人不能赤身裸体,真理也不能。包装就是政治。"

"我们有权力哄公众吗?"詹姆斯道。

"那你怎么做?公众只顾眼前利益,而我们要推进社会发展。你说是'哄',也许就是哄。也许本来没有上帝,社会需要一个我们就造一个出来,犯法吗?"

"这是个问题。"

"什么问题?爹娘哄孩子是为了孩子好,公众就是孩子。"

"哦,我还以为他们是爹娘呢。让人家投票把自己变成铺路石子,怎么敢看着他们的眼睛说话?"

"这需要胆量,政治就是胆量。"

"问题是能面对自己吗?"

"怎么不能?事实就是富人代表社会进步,可是民主没有穷人不行,一人一票呀!"考林摇着头,好像是拿不争气的英国天气没办法。

"你大概希望最好富人有两票吧?"

"那倒可能离真理近些。一人一票不过是把自然单位神圣化而已。'一天睡一觉'也是天经地义,可要是地球自转一圈需四十八小时,那不就是两天一觉了?联合国的民主以国家为单位,十万人和十亿人都是一票,还不是人为的规定?"

"原则是多数统治。"

"数量比赛是没有办法的办法,谁多生孩子谁赢就公正吗?经济规律才是客观的,顺之者昌、逆之者亡。"

"公众也是客观的。"

"我们不是来跟随公众的,是来领导他们的!"

……詹姆斯没有再争下去。他知道考林的所谓"领导他们"只是哄骗公众的代名词。要是人家觉得这是"权力",那还有什么可说的?他们之间辩论的规矩是让哥哥说最后一句话,这表示,不论争论有多激烈,弟弟听从哥哥的传统不变。当然,从道理上说也很难判断谁是谁非。民主和真理并不总是在一起的,谁都知道真理有时在少数人一边。兄弟俩的分歧在于:考林认为,为了经济的真理就可以哄骗民主;而詹姆斯认为,民主是价值底线。

詹姆斯对保守党的立场本来就若即若离,阅脑器的出现使他感到冥冥之中期待的东西到来了。他之所以愿意上岛,既有为兄解困的因素,也有解放自己的考虑。在试验区里什么老策略、新策略都将行不通,选民们将直接看到你的思想!你想让他们做铺路石子他们就知道你想让他们做铺路石子,一点儿不多一点儿不少。所以保守党必须变。怎么个变法?他想起牛曼关于"政治学术化"的方案。对了,他们不就在岛上吗?何不邀请他们周末来家里聚聚?他和戴安娜商量了,然后就打电话给牛曼。

牛曼也听说了詹姆斯换房来岛的事,感到这位保守党政治家不同凡响,用安的话说是"大侠风度介于鲁滨孙和堂吉诃德之间"。牛曼已和他在S—岛有一面之交,于是欣然接受了邀请。

初秋的中午风和日丽,詹姆斯和戴安娜在看得见大海的花园里款待贵宾。初次见面,戴安娜大为安的美貌吃惊。她不相信詹姆斯没有事先通报这一点会是无意的疏忽,若不是疏忽,那就是……

老实说,詹姆斯上次和牛曼交谈时也的确注意到安的美貌——谁能不注意到呢?但正因为第一眼已让他过于吃惊,再未敢正眼看。在整个谈话过程中都专注于牛曼,目不斜视。结果对安就只保留了瞬间的印象,像后现代电影里的蒙太奇——导演要求一秒钟内闪过五个镜头,叫你不知算见过还是没见过。至于那瞬间印象是否对这次邀请有所影响,那只有天知道。糟糕的是,就是此刻也还不大敢正视。目光有所拘谨,拘谨就是不自然,这当然逃不过戴安娜的观察,她熟读丈夫身上哪怕最微小的信号。于是感到先前的怀疑有所证实,故而加倍提防。

两个男人很快进入了关于"政治学术化"的探讨,特别是即将到来的威尔岛选举。两个女人免不了对对方的美貌考察一番,像初次领略一个著名景点。

安既没有化妆也没有负打扮。凡陪同牛曼出行她都保持自然容貌,这是他喜欢的。牛曼毫不掩饰对安的美貌的自豪,也不嫌别人赞誉太多。有时他们还私下对那些溢美之词加以品评:谁的算有水平,谁的不怎么样,谁的狗屁不通。把她比作一朵玫瑰当然不如比作一首诗来得有味道,不过,评来评去还是他授予她的桂冠——负打扮——的水平最高。

牛曼甚至夸口说,如果谁的赞美能超过这个水平,他就承认谁更值得拥有她!

安笑道:"你耍赖,你知道我这个裁判不会让这种情况发生!"

戴安娜倒是精心打扮了一番的。头上盘旋的发型使精致的脸庞优美呈现,从各个角度都很诱人。开口较低但不过分的羊绒套衫勾画出柔和的曲线,婀娜而不失高雅。因为是招待大名鼎鼎的阅脑器发明人,她想为丈夫多争些面子。可是一见面就被安那措手不及的美貌杀了个下马威。心里直怨丈夫没有给自己一点儿警告,好像一个小地方的冠军突然被带到奥运金牌得主面前似的。不过,内心深处她也知道,就算警告了也无济于事。自己精心化了妆都不及人家不化妆的,这样的差距不是一时半刻的临时功课可以补上的。

"看看你,都可以参加十月的模特赛了。"戴安娜的目光和语调充满羡慕。她指的是即将在威尔岛举行的英国模特大赛。

"你还别说,我们刚和组委会见过面呢。"安神秘地笑道。

"真的?"戴安娜眼睛大睁不敢相信。

"不过不是参赛,是讨论'四围'标准的问题。"安看看戴安娜高耸的胸。

"四围?"戴安娜猜想一定是通常的三围再加一围,但不知加在哪里。

"这里。"安指指自己的脑袋,"既然那些模特来我们试验区,我们为什么不看看她们想些什么?"

"怎么看呀?"

"很容易。她们走T台的时候,把阅脑记录转放到大屏幕上就行了。"

"哟……她们能受得了?"

"要是她们声称内在美的话就得接受。"

"那些模特们还敢来吗?"

"对了,我正要问这事呢。"安转过身去朝正在苹果树下和詹姆斯交谈的牛曼喊道,"喂,打扰一下,'四围'选美的事罗杰先生怎么说的——还有多少人敢来?"罗杰先生是竞赛组委会的负责人。

两个男人意识到把女士们撇在一边欠礼貌,赶紧端着杯子过来加入她们的谈话。

"他说大约有一半选手撤了。"牛曼笑道,"不过不怕的也还不少。"

"我真想看看她们在T台上是怎么想的。"安馋馋地说。

"这个你可以问戴安娜——前模特。"詹姆斯不无自豪地搂一下妻子的肩。

"真的?"安吃惊地叫道,"难怪这么漂亮!"

"好多年前的事了,还提什么呀。"戴安娜有所得意又有所纠结,大概是遗憾没能成为那种不必介绍就知道的名模,而说得久远些能使她的不甚知名更情有可原。

"你在T台上都想些什么呢?"安言归正传。

"没想什么。挺胸、抬头、微笑,教练老是这些话,其实走路谁不会呀!"

"有没有想看到男人被征服,拜倒在你脚下?"安追问。

"那不用想,看都看到了……"她得意地看看丈夫,眼神是"举例来说"的意思。

"你就是被征服的呀?"安看着詹姆斯,注意到他富有男子气的脸形。

"我……不敢抵赖,"詹姆斯呈坦白状,"美这东西就是怪呀,没刀没枪就能征服人。"

"男人!"安不留情地纠正。

"哦……"詹姆斯被她看得心慌,转向牛曼问道,"教授,阅脑器会影响人的审美吗? 比如,要是看到一个美女的脑子里没什么东西就会觉得她不那么美了吗?"

"我想会有影响的。"牛曼道,"有的美女一开口就很打折扣。美导致快感和吸引,但真实性是审美预期的一个基础。化妆是对本色的说谎……"

"多可怕!"戴安娜抗议道。

"啊,对不起。"牛曼知道说过了头。

"这是卡尔·卡尔说的。"安为牛曼解围道,似乎引述别人的话可以罪轻一等,"他说'打扮是阳光下最公开的阴谋'。"

"好厉害,在哪里说的?"詹姆斯很感兴趣。他常笑话戴安娜花许多时间打扮,还说要是她把所花的时间都记录下来,到七十岁时看看总共有多少,就能把自己吓成八十岁。

"那是一首哲学诗,叫《关于打扮》。"牛曼说,"你要是不怕,我可以上网找给你们看。"

"我不怕,我去拿平板机来。"戴安娜说着便起身。

安注意到她走起路来轻盈优美的姿态,的确不是没受过训练的。她赶紧给牛曼丢了个眼色,希望他别错过。但看到牛曼已经注意到了,却又希望他最好没有注意到。

戴安娜拿来平板机。牛曼找到了那首诗,四个人凑在石桌前读起来:

关于打扮

打扮是女性文明的标志，
同一个多面体上的——
翻新设计，施工不止。
由于大部分地区难以更改，
对可调节部分就倍加整顿。
从头发肆无忌惮的宣言，
到指甲端部的抛物线；
眉目的圈点放大路人的瞳孔，
朱唇的色彩夺走言词的光辉；
衣服紧张地表达身体，
诉诸体形的狂风巨浪；
有人还嫌不够，
干脆恢复那五十万年前的时装，
终于完成了文明向源头的回归。

然而，打扮是女人对男人的理解啊——
每一笔都是一个雄性激素的分子式。
她们科学地、生理学和心理学地知道：
某一个颜色会怎样引导目光和幻想，
某一条曲线会怎样提高心跳和血压，
甚至某一种臀部的形状和尺寸，
会怎样改变对重大问题的回答；
以及自己命运的方程式，
在网络造就的过度审美的时代。

> 打扮是阳光下最公开的阴谋,
> 女人在性价值的通货膨胀中挣扎;
> 用所有对男人的理解去理解男人,
> 才终于遭到男人的"理解"!

"真损!不过是写得……不错。"戴安娜好像不得不向敌人致敬。

"妙、妙!我把它打印出来。"詹姆斯说。微型打印机嘀嘀嗒嗒地动作起来。

"就是太男子主义了……"安欲言而止,她不想在外人面前批评老师。

"其实他是骂男人没用。"牛曼说,"连公开的阴谋都对付不了。"

"还有什么名作吗?"戴安娜问。

安又找到几首,又凑在电脑前读诗。詹姆斯突然感觉几丝体香沁心,遂发现自己和安挨得那么近!心一慌,赶忙挪开些。虽是极小的动作,已被一级战备状态的戴安娜收在眼里。安原先丝毫未注意,但从戴安娜的眼神里觉察到有什么,目光一巡视便明白了。一个复杂的心理通过眼睛来反应的速度是超时空的——爱因斯坦要是懂得这一点的话就不敢妄言光速极限了。虽然谁也没说话,安已深感咄咄逼人,海空气再厚重的腥咸也盖不过女性心理的汹涌醋意……

幸好午餐丰盛。虽说有心理学时隐时现,毕竟不算主菜。气氛得以缓和的另一个原因是安的自我约束。她意识到自己是个潜在的危险源,所以尽力保持低调,只守在牛曼身边。

接近落日时分,詹姆斯以居所的保留剧目招待客人:带他们到屋后山丘的悬崖上看海上日落。戴安娜不怎么情愿,但一时没找到理由推辞,只好同行。

橙红的夕阳正在徐徐逼近波澜壮阔的海平线,海面一片金色,万道粼光闪烁,像是天堂的大门缓缓打开,美不胜收……安被这奇观吸引,兴奋地冲在前头,仿佛想化入其中。突然一阵海风吹来,肆无忌惮地把她的裙子高高掀起,一时间两条美腿暴露无遗……她奋力招架,但风势狂劲令她顾此失彼、顾彼失此,只恨没有多生两只手来帮忙镇压。

走在后面的三位被这动态的优美触目惊心,无不联想到玛丽莲·梦露那风飞裙舞的永恒镜头,在海天交接的背景下有过之而无不及……

戴安娜立即起了恐怖,敏感地看看詹姆斯。正好遭遇他刚从"现场"逃离的目光,含一种作案未遂的慌张。这本属正常反应,难道还盯着看不成?但那眼神的惊慌程度和直奔她而来的角度看得出一种不打自招的犯罪感,由此可以追溯到一瞬间之前的心理生理状态……她回应的目光已像是一张判决书落地,好像两人都知道某种奸情已经犯下,并被当场捉住。

后来的一段时间大家都装作没发生过什么,也确实难说有什么"发生"过。但刚一送走客人,戴安娜就直接向丈夫发问,无需任何引语前言:

"她的腿很美吧?"

詹姆斯想说"没有注意",但戒谎器响了,于是说"是的……"

"比我的……美吗?"

詹姆斯想说"哪能呢",但戒谎器又响了,于是说"是的……"

"你那个了?"

詹姆斯想说"当然没有",但戒谎器又响起来,于是说"有一点儿……"

"要是有机会你就会……"

詹姆斯急着想否定,可该死的戒谎器又响了,于是说"是"。他不敢相信自己会这么说,羞得转身逃进书房。

那一晚詹姆斯没敢回卧室,戴安娜也没来叫他回去。他睡在客房里,准确地说是待了一宿。他悔恨气恼,但不知该对谁:自己?戴安娜?安?那风?那腿?那戒谎器?……都是又都不是。最糟的是他不能说是被冤枉了——自己的那些承认是自己都听到的,还有什么可说?这戒谎器,天哪,连一点点不实的念头都要警告,他注定要遭到太太的不理解!

第二天戴安娜回伦敦父母家去了，说要独自清静一段时间。她留下一张有关家务事项的清单：干净的衣服、袜子等放在哪里，周几把分类的垃圾拿出去，各个花盆应浇水的量和时间，水、电、气等设施的紧急电话号码……有几处字迹模糊了，显然是滴下的泪水浸化的。他用力去辨认时仿佛看到了妻子悲伤的泪眼……这使他的眼睛也湿了，使得那些字加倍地难以辨认。他未能阻止她出走，也不能追随她去，因为威尔岛选举在即。无奈之下只好向母亲打电话，报告婚姻中的第一次危机。

"钢夫人"越听越为儿子着急生气，恨不能把手从电话里伸过来揪他一耳朵："你傻呀！你怎么能那么说呢？"

"我怎么能不说？"他提醒母亲戒谎器在工作。

"钢夫人"不得不承认这是个事实，但仍然觉得不可原谅："那你就不会问她一些问题？"

这倒把詹姆斯问住了，不是有"公平原则"吗？可是自顾不暇的时候哪还记得什么原则。的确，自己要是也向戴安娜提些类似的问题大概就不至于这么被动了。她要是看见那么美的东西就一点儿都无动于衷？要是问她对那个她喜欢的男星——叫什么杰得……对了，杰得·克劳斯——有什么感觉，她会怎么回答？她的戒谎器就不响吗？……他问母亲该怎么做。

"好了，先别轻举妄动，让我想想办法看。""钢夫人"命令道。

詹姆斯是来找老娘出主意的，但这让老娘多么着急是他想象不到的。正是她建议小儿子上岛为大儿子解难的，要是这导致詹姆的婚姻——被公认是天下最美满的结合——有个三长两短，自己岂不是十恶不赦？不论别人说不说，自己心里能没有愧疚？詹姆斯从小就憨厚耿直，她从来是格外当心不让他受伤害。虽说已经成长为一个政治家，性格还是没变。丈夫临走前还语重心长地嘱咐："一个好政治家就不是一个'好的'政治家。"自己也向他保证会尽力保护他们的詹姆斯，帮他避开政治陷阱。可这次恰恰是自己利用他的耿直把他推入陷阱,不,是雷区！不错,那是为了帮助考林,可这使得事情更糟。当年就是为了让考林有个弟弟才有了他的,严格说来那就是利用。詹姆斯虽然不知道那回事,但她自己心里清楚。现在有了机器,有一天他也会知道的。那时候他会不会把这些都联系起来,得出结论说妈妈总是为了考林而利用他？考林也确实争气,登上了高峰,许多人把这成就归功于母亲,这就更让阴谋理论有头有尾了,好像在尸首边上拾到了冒烟的枪。她的詹姆斯大概还不会这么想,但他是完全有权利这么想的呀！作为母亲,她比任何时候都感到公平比成功重要,重要得多,一个偏心的母亲已经失败了！

可我对他们确实是一样爱的呀——要是他们能看到我的心！她心里叫道。这不行,她决定出马干预,亲自和媳妇谈谈性心理问题。女人对女人,不管有没有阅脑器,他们看到我的心的话更好！真是乱套了,要是做妻子的都这样逼丈夫的话,不等到她出走,十个丈夫都先走掉了！

第十六章

煮豆燃豆萁

凡事有失必有得。这个事故使詹姆斯意识到：有时人们说谎是那么自然，连自己都不知道在说谎。人们知道在什么场合"应该"说什么话，所以就那么说了，像条件反射。例如，尝了太太做的菜你总是说："味道好极了！"哪怕那里面多放了三倍的盐。打开圣诞礼物你总是说："这正是我想要的！"哪怕心里在为如何处理它发愁。戒谎器真是敏感，连这些不由衷的话也都要发出警告，逼你非百分之百的诚实不可。这使他想到，保守党政策中有许多冠冕堂皇的套话都非真实想法，会不会也被阅脑器识别？为了检验，他让助手保尔·阮岸就保守党的政策问题向他提问。果然，每当他想按新策略的套话去回答时，就会触发戒谎器。

阮岸问："我们为什么要减税？"

他想说"为了减轻工人负担"，但戒谎器响了，于是说："为了促进投资。"

阮岸问："我们为什么要引入私营医疗？"

他想说"为了减少等候时间"，但戒谎器响了，于是说："为了实现竞争。"

阮岸问："什么是保守党的经济方针？"

这次他决定不按新策略而按自己的理解来回答："用竞争来发展经济，被淘汰的是铺路石子。"戒谎器没有响。

詹姆斯就威尔岛的竞选准备工作向总部提交了报告，他把保守党的形势归为三点：

第一，政策必须说实话——因为有阅脑器；

第二，但说了实话就得不到多数的支持；

第三，要想得到多数支持就得改变政策。

考林·豪沃在他的伦敦别墅里读了詹姆斯的报告，大不以为然。马上打电话去质问："改变？那我们还是不是保守党？"

"你知道我们的政策不是为多数人的，但号称是，这在这里行不通。"

"嗯……"考林想起他弟弟说话的地方不由打了个寒战，幸亏那机器还不能通过电话起什么作用，"那你打算怎么做？"

"牛曼教授建议成立一个新的党……"

"什么新的党？"考林像被蜜蜂蜇了一下。

"统计党，就是完全基于民意统计来制定政策。"

"荒唐，民意是不变的吗？"

"那我们就跟着变，变化的大多数。"

"我们？谁是我们？政治家还是数学家？"

"是得靠搞统计的和搞民意调查的专家帮忙，牛曼教授说要'政治学术化'。"

"嗯……"考林没有马上接话，约有十秒钟的沉默。声音回来时已不那么挑战性："看来你已经很'牛曼化'了。你在考虑成立这个党是吗？"

"我们在……商量。"詹姆斯有点儿紧张，准备迎接哥哥的震怒。

但考林没有发怒，而是善解人意地说："唉，你要是相信，就不妨试试。世事无常，我也不敢说一定会怎样发展。要是这个世界注定要被阅脑器统治，你先走一步也许不是坏事。"

詹姆斯很吃惊，但松了口气。看来考林已从一家人的角度全盘考虑形势的变化，就是让兄弟俩分别把守两种可能性。

"不过——"考林道，"你要赶快把工作移交给谢伯特，威尔岛这个基地我不能放弃。"谢伯特是考林在威尔岛的亲信，是接手詹姆斯的当然人选。

詹姆斯很感动。哥哥没有责怪自己不忠，反而从兄弟角度考虑答应了自己。这对一个"变节者"来说只能意味着一件事:在交接问题上不能再对不起哥哥。

"我一定做好移交。谢谢你!"

"不必谢,我们是兄弟。"

其实的确不必谢。考林的思路很清楚:既然詹姆斯已三心二意,就该让他尽快离开!所以他顺水推舟,连假装挽留都不想做,而是想出个"兄弟分工"的美谈促他快走。詹姆斯的内疚和感激又正好确保顺利移交。至于什么统计党,那没啥好担心的。一个新建立的小党能在英国政治中有什么分量?每年来来去去的恐怕几十个不止,一个能举足轻重的政党要花上百年的工夫打造。

由詹姆斯·豪沃牵头的"英国统计党"在威尔岛诞生了。它宣称没有意识形态,只遵循民意统计。这种政党只有在网络时代才成为可能。

网络时代的许多事情出乎意料,谁也没想到这个古怪的小党会迅猛地发展起来。除了其他的因素之外,詹姆斯的助手阮岸发明的网络统计技术也起了重要作用。阮岸是个电脑工程师出身的统计专家。他把网络统计技术用于提高政治敏感度,开发了一个功能强大的民意调查软件(OPP)。这个系统能及时从民调中发现有意义的问题而自行反馈,做出深层调查,从而把民调变成和公众的连续对话。他由此发现了传统政党忽视的一些重要政策问题,并把它们作为统计党的切入点。其中"司法改革"一项最为成功,成为统计党一鸣惊人的转折点。

事情起因于一轮民意调查,有两个选民鸣冤,对司法制度表示严重失望。先是一位工程师,他遭到一个开发商的掠夺却不敢打官司,因为与实力雄厚的对手较量经济风险太大。后是一位女教师,她明明受到房东的伤害却输了官司,因为她请不起有能力的律师。阮岸认为,一个人在民调问卷上喊冤多半是有冤无处喊,于是亲自上门调查。在此基础上就司法公正问题发出新一轮问卷。公众的强烈反应证实了他的判断:昂贵的司法费用已使许多人要么不敢打官司,要么打输了该赢的官司。这当然是个严重问题。20世纪的社会进步主要在于确立平等人权,这体现在共享必要的公共服务,如义务教育、国民医疗等。可是,直接关系社会正义的司法服务没有纳入其中,律师服务是只有少数人买得起的商品。"法律面前人人平等"的原则其实只剩下语义学的正确性,因为不能平等到达法律面前的人不在其列。于是统计党提出建立和国民医疗服务同样性质的"国民司法服务"。这得到广泛赞同,都说贝弗里奇的福利国家制度缺失的一块要补上。

统计党的只听民意的立场使传统政党相形见绌。加上牛曼为它助威,这个小党在威尔岛的民意支持迅速攀升,很快就与两个大党旗鼓相当了。威尔岛竞选呈现三足鼎立局面,保守党和工党都感到了威胁。

工党方面,斯特劳发现自己一度太轻敌了。他本以为自己大权在握,又和牛曼交情不一般,可以稳操胜券。现在看来形势不容乐观,就赶紧打电话给牛曼:"教授,你怎么老给统计党出谋划策而不管我们呢?"

"我有我的战略——"牛曼不理会他的撒娇口气,"'政治学术化'势在必行,但你们大党的历史包袱重,船大难掉头。统计党小而新,没有包袱,宜先行一步。"

哼,牛曼倒会计算,斯特劳心里说,但没敢争辩。他知道牛曼的目标是革命,不论是往日的交情还是当下的地位都影响不了这家伙多少。自己只有表示理解,方能保持交情。于是说:"理解、理解。不论哪家赢了选举,政府都会支持试验区的。"

"这就对啦!"牛曼笑道。

保守党方面,考林·豪沃虽然和詹姆斯是兄弟,他对统计党的担心有过之而无不及。他答应詹姆斯去搞新党只是把他支开而已,像把一个爱吵闹的孩子支到门外玩耍别碍大人的事。没想到这小子发展得这么快,见鬼的因特网!要是统计党赢了选举而控制了阅脑器的立法,那就更不得了,谁知会成多大的气候?本来自己距唐宁街只有一步之遥了,弄不好会栽在这个三分傻气的弟弟手上。就竞争而言,同陌生人争和同自家兄弟争很难说哪个更激烈,但后者更有切肤之痛——那似乎是一场从儿时就开始的比赛,输赢是一生的结论。不过,现在要阻止詹姆斯已经不容易,除非能找到某种机会……

不久,机会来了。正当统计党节节胜利的时候,詹姆斯又给自己惹了个大麻烦。比上一次气跑太太更严重,他的得力助手阮岸在选举的关键时刻愤然离去!事情又是戒谎器引起的。詹姆斯深知自己有阮岸作为助手是大幸,这年轻人不但才干超群而且非常忠实勤奋。选举前的两周,各党都在为关键性的电视辩论做准备,那将是候选人陈述施政方针的最后机会。每人十分钟的开场演说至关重要,既要货真价实又要鼓舞人心。统计党方面,詹姆斯委托阮岸全权负责撰写演说稿。阮岸精心准备了数日,反复修改完善。这天早上,詹姆斯按计划召集竞选班子开会,要通过对最后一轮民调的分析来定稿。人们聚集在会议室等候主角阮岸,但不知何故他迟迟未到。就像电影剧组等不来导演,都又着急又无所适从。詹姆斯叫大家耐心,他不想打电话去催,平时这家伙总是比谁都早到晚归。

"再等等,他一定被什么事绊住了。"正在这时电话响了。是阮岸的声音,但异常低沉:"对不起……"

"你怎么了?"詹姆斯问。

"我母亲……去世了。我得……"阮岸哽咽了。他当然知道现在是竞选准备的关键时刻,且自己有难以替代的关键作用。但他是一个孝子,必须亲自料理后事,而且只有把重要的事情搁下才真正体现这后事的重要。为老母亲治丧这种事对有的人说来只是一种形式,像谢幕礼一样表达一下。但对他来说不然,那是送别自己的创造者的一种绝对责任——仿佛这是在自己出生的那一刻就向她承诺了的,不去履行也就像是她在那一刻就抛弃了他一样不可思议。若不予圆满完成,他作为一个人的存在就是不完整的,所以没有任何事情可以高于这个生命的契约。

"啊……"在电话这一头,詹姆斯皱起眉头心里叫苦:怎么会偏偏在这个时候……他正要照例说些表示同情的话,可是戒谎器响了,于是他说:"怎么会偏偏在这个时候……"

"你……"阮岸气得说不出话来,撂下电话像撂一块烧红的砖头。

詹姆斯自己也不相信自己会说出这样的话来,脸红得像小猴子的屁股。语言啊,几个字可以翻天覆地!他赶紧拨打过去。当然太迟了,对方哪里还肯接?五分钟后,一纸辞呈传真过来,简单而坚决。

詹姆斯懊悔不迭:自己是多么不近人情!以前靠那些虚假的习惯表达遮盖着,现在戒谎了——没有了"精神的厕所",那自然状态能好看吗?伤害了阮岸这么好的助手和朋友,我干了些什么呀!他狠狠地打了自己一巴掌。他不停地打电话想道歉,但阮岸一见是他的号码就挂断,比昔日的情人对负心郎更恨之入骨。他又借别人的手机来打,可阮岸一听到他的声音就挂断,好像他是最严重的禽流感病毒,在电话里都会传染似的。他设法让人快递了吊唁卡和花篮过去。但也很快退了回来,上面写着"查无此人",而明明是阮岸的笔迹。他看着这行字发愣,就像看着自己的死亡证书。唉,要是能挽回,我就是输掉十次竞选也愿意!……走投无路之际,他突然想到了哥哥考林。阮岸曾是考林的旧部。考林擅长人际关系,想必也包括对关系的修复。要是他能转达我的歉意总比说不上话强吧?于是给哥哥打电话紧急求助。

詹姆斯告诉考林戒谎训练比想象的艰苦,已经接连闯下大祸:先是触犯戴安娜致使她离家出走,现在又因为电视辩论会的事造成阮岸辞职,而且不接电话……

"嗯,这不好。"考林说。

"我想你能不能……跟他打个电话,代我向他道歉。"

"这……当然可以,你也是为我吃苦嘛。"考林及时记得弟弟的好,"你当然是希望他回来帮助电视辩论会啰?"

"不、不、不!"詹姆斯被这误解吓得不轻,"我哪里还能指望那个,我只想道歉。我知道我讲了那样的话已经无法原谅,还是希望他能原谅一点点……"

"懂了、懂了,我来办吧。"考林放下电话,转动眼珠。又拿起电话,马上又放下,然后再拿起来……他不是在犹豫要不要打电话,而是给谁打:老部下阮岸还是自己在威尔岛的亲信谢伯特?看来两个都要打,顺序呢?想好了步骤,他嘴角滑过一丝微笑。

阮岸听到老上级的声音有些吃惊:"啊,是你……"

"你还好吧?"考林关怀的声调一如既往。

"还凑合,只是……"

"听说令堂去世了,太遗憾了!"

"谢谢。"

"令尊还好吧?"他打电话前做了点儿准备,知道阮岸的父亲还在。这种问到点子上的问候比泛泛的寒暄要拉近距离不少。

"他不容易……我们正在料理后事。"

"好母亲啊,我还记得她做的牛排,特别有味道……"

"谢谢还记得她。"阮岸声音哽塞。

"她值得记得,我要为詹姆斯向你道歉。他太不懂事,太不应该!"

阮岸没说话。

"他希望你能原谅他,我看是难以原谅的。我知道是因为电视辩论的事把他急昏了。可我们首先是人,不是机器。"

"我也比较冲动。是他……让你打电话的?"

"是的,主要是道歉,当然也……"

"……"阮岸等着。

"也还是希望……你能回去帮他过这一关……"

"原来是这样……"阮岸的声调降至冰点。

"当然,你自己决定,照顾好自己。"考林找到了希望的温度,便果断结束了谈话。

保守党候选人谢伯特的电话铃响时,他正在准备电视辩论的演讲稿,没想到上司这时候来电话。

"准备得差不多了吧?"考林问。

"还在加班,看来统计党来势不小……"

"嗯,他们也有他们的难处。"

"哦?"

"詹姆斯刚向我求援呢。不但老婆气走了,涉嫌花心问题,嗨嗨……"他哼了声心照不宣的轻笑,"而且阮岸也气跑了,众叛亲离的味道啊。"

"真的?"谢伯特按捺不住心头的喜悦,像一个被追逃的小偷忽然听到追赶的警察撞车了。幸亏他还记得电话那头是詹姆斯的哥哥,赶紧补充道:"真……要命,那他怎么办?"

"他当然想让阮岸回去,他是他们的大梁。"

"他肯吗?"

"你说呢?你有许多事可做,选民对这些故事不会感兴趣吗?芭芭拉·渥德(《威尔岛报》主编)也会感兴趣的。"

"你是说……"

"自己动脑筋,政治是全方位的。"

"我……"

"你可以赢,一定要赢!"考林挂了电话。

谢伯特完全理解考林的意思,只是感到自己对"兄弟"这个概念被狠狠修正了一下。不能不佩服地想:难怪他能上去!

午夜时分,詹姆斯的电话响了。他以为是考林打来通报阮岸的消息,不料是一个女人的声音:《威尔岛报》渥德主编。她说她很抱歉这么晚打扰,但想问几个与选举有关的问题。大概报刊编辑们认为在选举时期特别代表民意,所以可以在任何时间打电话采访。尽管詹姆斯不怎么愿意,她坚持问道:"你太太戴安娜是不是离家回伦敦了?"

"是的,但是……"

"好。你的助手阮岸是不是也辞职了?"

"是的,但是……"

"很好,豪沃先生,我想我不应该再打扰你的休息了。"

"可是……"

"晚安!"她果断地挂了电话,似乎坚决要为詹姆斯的及时休息着想。詹姆斯无奈地摇摇头想:所谓好记者大概就是这样,既能强行开始一个采访又能强行结束它。

次日晨,《威尔岛报》头版大标题便是:

统计党众叛亲离
——经詹姆斯·豪沃亲自确认

新闻就是这样,你也不能说它造假。戴安娜出走和阮岸辞职可以大致算作"叛"和"离",也确实是经过詹姆斯确认的。至于两个人能不能算"众",这是可以辩论的,但毕竟只是个语义磋商问题。传媒略加渲染无可非议,就像小学生多用些副词、形容词一样情有可原。而就大众心理而言,这样的新闻有画龙点睛之功。一个事件可以视为"偶然",而两个就成了"趋势"——这是"两点一线"的几何原理的心理学作用。

詹姆斯看着报纸心情沮丧,叹息祸不单行。正在这时牛曼打来电话,当然也已看到新闻。詹姆斯把情况一五一十地说了,牛曼安慰道:"统计党这么得人心,难免要受攻击。"

"我以为人们变诚实了。"詹姆斯失望地说。

"大多数人还没有达到你的程度,你的诚实度达到多少了?"牛曼问。

诚实度是戒谎训练的指标,显示在戒谎器上。

"接近百分之百了。"詹姆斯说。

"那就好。你要是索性把思想给公众看,就什么都清楚了。什么诋毁也是枉然。"

"你是说在电视辩论会上?"詹姆斯有些吃惊。

"行吗?"

"我想我没什么不行,那他们两个呢?"

"我们不能强迫人家做。但要是你做了,对他们就是很大的挑战。他们要是不让看的话,那你说人们相信谁?要是他们让看,诚实度够不够?经不起看的话也是不好办的。"

"这倒是的。"詹姆斯同意由牛曼去安排。

两天后,电视辩论会在威尔岛的电视台演播厅举行。观众有五百之众,当然大多数人还是在家里看实况转播。

三个候选人阐述治岛方略都头头是道,开场演说几乎是旗鼓相当。主持辩论的是老资格的电视主持人约翰·亨利,对付政治家很有经验。到了"有问必答"阶段,他对三人微微一笑道:"先生们,一如既往,你们总是承诺许多事情,但我们不知道什么是真承诺,什么是敷衍我们的说说而已。好在我们身在威尔岛,有了可以知道虚实的手段。以下三十分钟的问答时间你们可以有两个选择:可以选择以传统方式进行,也可以选择在阅脑器观察下进行,也就是说,你的思想将展示在大屏幕上。"

演播厅里爆发出欢呼声和掌声。观众没有想到会有这等待遇,好像是经济舱的旅客突然被邀请进入头等舱,或者是电视观众突然被告知明星大腕将从电视里跳出来和他们派对!

亨利捋了捋他那梳得一丝不乱的银发继续道:"请愿意这么做的候选人举手告诉大家。当然是自愿的,没有压力、没有压力。"他微笑地强调,有点儿像老虎对没了退路的小动物强调没有危险。这又赢得一阵欢呼鼓掌,像古罗马人期待斗士和狮子一道进入斗兽场。所有的目光都集中在三个候选人的脸上看他们如何表态。

统计党的詹姆斯·豪沃首先举手,像个准备好了功课的学生乐意回答老师的提问。这赢得一片热烈掌声,不论是支持哪个党的观众都为之叫好。他们不只是表彰他的勇气,而且是谢谢他确保了一场大战的不可避免——要是三个人都不敢应战的话就打不起来。显然,这给了另外二人巨大的压力。

工党候选人约瑟·拉维犹豫了一阵。他知道自己的诚实度刚达到百分之七十,不敢贸然接招。众目睽睽之下,百分之三十的不诚实也将够他受的,谁知会在什么问题上出洋相?还是不冒险出丑为好。这也不失为一种战略,因为冒险迎战机器的人有可能输得更惨。于是他垂下头来,像是忘了带战刀而上了战场,宁可不战。台下起了一片嘘笑声,他的脸红得令人想起他的党。

与此同时,保守党候选人谢伯特也在激烈思想斗争。本来觉得今天干得不错,远在伦敦的上司也会满意得连连点头的。谁知风云突变,面对这个致命挑战到底接不接招呢?若不接,谁还会信他的话、投他的票?若接,风险无穷,自己的诚实度还不到百分之五十,脑子里有太多见不得人的东西……但时间像定时炸弹的指针嘀嘀嗒嗒往前赶,不容再犹豫。情急之下,他突然想到此刻接与不接的一个最根本区别:不接立马就完,就像站在身边的工党候选人一样成为笑柄狼狈不堪;而接了至少还有一丝侥幸的希望,比如碰巧自己今天走运,或者碰巧发来的问题都容易回答,或者碰巧所做的回答都还诚实,或者碰巧上帝肯帮忙……奇迹也不是完全不可能发生的,所以人们祈求神灵……好像是为了试试灵不灵,他闭上眼咬咬牙说了个祷告。还别说,果然管用,先前举不起来的右臂前后摆动几下后举了起来。紧张等待的观众也大大松了一口气,报以一片掌声和欢呼声,既是向勇者致意,也是庆祝自己摆脱了近乎爆炸的紧张气氛。

阅脑器接通了。

詹姆斯为戒谎训练付出的代价得到了回报。阅脑器显示他已完全心口一致,即便是那些令人难堪的私人问题,如老婆为何出走、助手为何辞职等,他一概照实说来。观众虽然发出阵阵笑声,但从屏幕上看到他是百分之百的诚实。这是个多么威力无比的参数啊!选民们有史以来第一次面对一个说话完全可信的政治家——说的就是想的,想的就是说的,没有花言巧语,没有文过饰非——这怎能不使他们感到无保留的信赖、无间隔的亲密?他们用出全部力气为他鼓掌,那力气又仿佛是历经整个人类历史积蓄下来的。他们不只是庆祝一个全新的政治家,而且是庆祝他们自己把黑暗留在身后而进入光明!

轮到保守党的谢伯特时,情况截然不同。他的种种不实之词把自己搞得比工党候选人更不堪十倍。主持人亨利问他保守党代表谁的利益,他说代表大多数的;观众就哄笑起来,因为大屏幕上显示的是他把大多数人看作铺路石子。亨利又问他是否与《威尔岛报》诽谤统计党的新闻有关,他说他不知道;观众笑得更厉害,因为大屏幕显示出他的回忆:如何接受了考林·豪沃的指示、如何向渥德主编转告有关信息等。来龙去脉于观众已一目了然,而他还企图用谎话来弥补谎话。

"说谎!说谎!……"观众的骂喊声渐成节奏,越来越响亮。他不敢再吱声,耷拉下脑袋像遭了霜打的茄子。心里后悔至极:我怎么敢和它赌运气,恐怕上帝也得想一想!

电视辩论以统计党大获全胜结束。当詹姆斯在台上向支持者们挥手致意时,只见左右两条过道上有一男一女挤过人群朝他赶来。他大喜过望,从一米多高的台上跳下迎上去。他拥抱住他们,左手是戴安娜,右手是阮岸,眼里闪着泪花。

认识他们的人鼓起掌来……

在后排的安和牛曼也欣赏了这团聚的一幕。他们高兴但不意外,因为这正是他们分头行动的战果。牛曼把詹姆斯受挫的情况告诉了安,两人都觉得对此负有相当责任。不论是戴安娜对安的无端醋意还是阮岸被詹姆斯无意冒犯,都和戒谎训练有关。于是决定分头找阮岸和戴安娜聊一聊以化解对詹姆斯的误解,男对男、女对女。

戴安娜接到安的电话很吃惊,安想来伦敦约她谈谈!上星期她婆婆也说约她谈谈,她借口身体不适拒绝了。婆婆有什么好谈的,当然是为自己儿子辩护。要是你儿子有得辩护,我比你还想为他辩护呢!她们婆媳关系向来很好,她不想为此发生争执,所以回避了。现在是安找上门来,这情况就不同——她是原因!虽然并不想见她,但又有一种特别想听她说些什么的冲动。情敌之间的引力不亚于情人之间,所以她答应了,约好在维多利亚火车站附近的一个咖啡馆见面。

和上次比起来,两位美人外表都有所逊色,但原因不同。

没有詹姆斯在身边,戴安娜失去了打扮的兴趣。随便一套宽松的休闲衣裤,更别谈什么胸线设计了。这大概也是表示一点抗议。

至于安,她知道自己的容貌对戴安娜是个问题,就做了些负打扮来赴会,还戴了副平光镜。可她说话的直接劲儿仍一如既往。

"像我们这样的女人自然对男人有影响。"她看着戴安娜惆怅的眼睛说,"我测试过,没有不感兴趣的,说不说是另一回事。"

"知道你漂亮!"戴安娜不无敌意。

"你也一样,照理我也该跑了。"

"你跑什么?"

"因为牛曼喜欢你呀。"

"瞎说!"

"真的,要不要看阅脑记录?"

戴安娜张了张嘴没说出话来。

"他也对我说了,我们是什么都说的,就是不说我也看到了。你盯着你的男人,我就不盯着我的呀?"安说得认真,像是不愿被人当作在这方面不尽职的女人,"你知道他注意你哪里?"

"什么呀……"戴安娜紧张地望着她。

"这里!"她指指戴安娜的胸,"你开得那么低,不是叫人看的?"

"怎么低了,哪有你漂亮……"戴安娜无力地争辩。

"我可没那么露,而且你对他有新鲜感。"

"你……"戴安娜还从来没敢这样交谈过。

"不过,男人总不能不是男人。我们也虚伪,打扮漂亮吸引他们,吸引过来了又骂人家无耻,像不像陷害?我们就好了吗?"

"我是不花心的。"戴安娜觉得安在故意混淆是非。

"也不见得,你要是碰见杰德·克劳斯呢?你不想让他……抱抱?"

"瞎说!"

"我倒想过的,不过想想而已。"安伸伸舌头。

"那你们的关系呢?"戴安娜决定反击。她发现安不断为牛曼辩护,不是以她自己为代价就是以全体女性为代价。这当然只表明一样东西——像她的令人无话可说的美貌一样,叫你只能嫉妒而奈何不得!现在既然她自愿说到对一个男明星的性幻觉,那就不能不让她知道些分寸!

"你想知道呀?"安自己也想说,但摆出应邀讲演的样子,"他不是白马王子,离过婚,大我十八岁——不算白马王子吧?"

"嗯……"戴安娜无可评说。

"可他是天才。人好,还知道统治我的最好办法就是让我统治!"

两人都笑起来,像一对搞恶作剧的少年庆祝捣鬼成功。

"和他在一起像是在天堂,就像——你别介意——和智慧做爱似的有味道,谁还稀罕什么小白脸……"她打住了,戴安娜脸上的表情使她意识到这话不合适,不知是困惑"和智慧做爱"是怎么回事,还是因为"小白脸"一说被误解为暗指她的詹姆斯。

"好了、好了,你在天堂!"戴安娜受够了。虽然安不是想象的那么危险,但暗示詹姆斯够不上她也是不能容忍的,或更不能容忍!但又说不出口,于是换个角度进攻:"天堂不天堂的,你就不在乎他喜欢别的女人?"

"当然在乎,可我们总不能指望男人不是男人吧?"

"我没这么说。"

"好,我不喜欢他注意你的胸部,他也不喜欢我看克劳斯的三角肌,可是人能完全没有动物性吗?爱究竟意味更宽容些还是更不宽容些呢?"

"……各人的宽容程度是不一样的。"

"要是你连他看一眼别的女人都不能容忍,那你是不是也很难被容忍了?"

"我不是这样的……"戴安娜急了。

"其实,詹姆斯很爱你,那天我试过他……"安显很神秘。

"你……"戴安娜紧张地瞪大眼睛。

"别紧张,我只是打了个电话。"安感到要是再逗她的话她会扑上来,"我问他对我的感觉。"

"他说什么?"

"他说他绝没有非分之想,除了……"

"什么?"

"一点本能反应。"

"他承认了?"

"他很诚实,你总不会想把他阉割了吧?"

"闭嘴!"戴安娜震怒但又忍不住要笑,呈半哭半笑状。她也看到这极度的荒唐好像差不多就是自己所求的。"都是因为你!"她终于无可遏制地爆发道,"我还从来没有感到这么受威胁过!"这是一个总结,公然承认她的嫉妒直接和安的美貌成比例,这美貌应对所发生的一切负责。

"彼此、彼此,太太。"安起身挪到戴安娜身边的位子上搂住她抽搐的肩,既是安慰也是控制进一步爆发的动量。"你说你是不是太酸了点？他不过看我两眼呀,我又没展示什么。"安伸伸舌头,觉得自己有点像集市上的小贩在抱怨某桩生意不公平。

戴安娜真想反驳说"你秀美腿了",可又实在说不出口,因为她很清楚那美腿曝光不是安的错而是那该死的风。"我很在乎他……"她抽泣着,把头枕在安的肩上,好像已被感情搞得筋疲力尽,哪怕是敌人的肩头也得先靠一靠再说。

"我知道。"安把肩膀稍加调整使她枕得舒服些,"他也在乎你得不得了。你看过他的思想没有？"

"我……不敢看。"

"难怪了!"安像发现新大陆似的叫道,"要不怎么还会误会成这样？你们有机器不用,还是像过去一样猜疑、吵架、生气,简直……简直像有的农民把洗衣机当米缸用!"

"那是真的吗？"戴安娜从泪眼里笑出来,不知应感到比较安慰还是同等荒唐,不过还是问了她最想问的话,"是他……让你来的吗？"

"当然啦,人家都急死了!"

她们赶回威尔岛时,电视辩论会已经开始,便在后排坐下来观看。

相比起来,两个男人的电话交谈简短得多。阮岸对牛曼一向很敬重。从统计党的成立到威尔岛竞选,一路走来牛曼是他最好的顾问,教授长教授短地叫个不停。但此刻以为牛曼也是来为詹姆斯说情的,他就极不舒服。不等教授说完就打断道:"好了,教授,你别浪费时间了,我不会回去的。"

"他不是要你回去,只是想向你道歉。"

"是这样吗？"阮岸不信任地问。

"这还有假？"牛曼感到他问得奇怪。

"哼,他哥哥可不是这么说的。"

"考林·豪沃?"牛曼很吃惊。

"还有谁?意思已经带到了!"

这一下牛曼哑了,他得想想。

"喂、喂……"阮岸以为是电话断了。

"嗯、嗯,我在这儿呢!"牛曼接上道,"你看,我不知道他们兄弟是怎么说的,或者他哥哥为什么要那么说。不过你想一想,詹姆斯明知自己说了不近人情的话而向你道歉,他再提那样的要求不是打自己的脸吗?"

"嗯?"阮岸也感到奇怪。

"我不清楚他们兄弟的关系,但我知道保守党和统计党有利害冲突。"

"什么?"阮岸脑子里轰的一声。这使他想起考林说话的种种可疑之处:那支支吾吾的提醒、那仓仓促促的结束…… 他知道老上级的手段是一流的,可是,总不见得使到亲弟弟头上吧?但牛曼的话显然符合逻辑。詹姆斯就是再急于求成也不至于打自己的脸吧?他也不是不知道我阮岸的脾气,至于这么蠢?而老上级则不同,作为保守党领袖,这样的时刻想利用统计党内的不和来削弱它当然是可能的。不是可能,恰是题中应有之义——不这样他就不是考林·豪沃了!什么兄弟呀、老部下呀,那算得了什么?这里只讲权力得失……

牛曼意识到阮岸在思考,没再多说。

"谢谢你的关照,教授,让我想想看。"阮岸挂了电话。

阮岸最恨被人利用,对他来说,侮辱他的智力是更深层次的侮辱他的人格。相比之下,詹姆斯那种不近人情的话就算不得什么了,无非是戒谎训练让那家伙过度诚实了。那样的话当然很伤人,可大多数人遇到这种情况不就是那么想的吗?谁会像你一样来感受你的母亲的去世?你会那样去感受别人的母亲吗?有些人说些感同身受的话、做些感同身受的表示,那只是仗着思想不可见摆出的客套而已,还能当真那么去要求人家?自己的痛终归是自己的,我要是为这些犯糊涂,让考林从中渔利,那就太蠢了!

如此考虑,想到威尔岛的电视辩论在即,阮岸决定赶去看个究竟再回来料理丧事。于是给家人做了安排,向母亲的棺木鞠三个躬作为请假,然后驱车回岛。

阮岸到达辩论会场时正好看到谢伯特的思想展示。完全证实了他的判断:他的老上级一面装出调解不和的样子火上加油,离间他和詹姆斯;一面又指使谢伯特让传媒渲染不和,来诋毁统计党……

"对亲弟弟也下得了手!"安摇着头评论考林的行径。

"竞选!"牛曼不屑多说一个字。

"这种事心理学都难以解释了。"安说。

"普通心理学不行,得用政治心理学。他想进唐宁街就要排除一切障碍,弟弟是障碍就排除弟弟。"

"这让我想起中国古代的《七步诗》了。"安顺口吟诵道:

煮豆燃豆萁,漉豉以为汁。
萁在釜下燃,豆在釜中泣。
本是同根生,相煎何太急!

"嚯!"牛曼听得叫好,忙问背景。

安解释道:"那是说古代三国时的国君曹操的两个儿子。哥哥曹丕不如弟弟曹植有才华,他继承了王位后仍感到不安全,就找借口把弟弟抓起来并要斩了。弟弟说:'我们是兄弟呀!'哥哥说:'看在这一点上我再给你个机会。你不是会写诗吗?限你行走七步之内作一首;若能说动我,就免你一死。'于是弟弟含着泪边走边想边吟,吟成这首千古绝唱。果然感动了哥哥,救了自己的命。"

"好悲楚!"

"我们是不是应该把它送给詹姆斯?"安问。

阅脑:命运戒恶定律

"这倒是个主意。"牛曼笑道,"不过好像该是豆子送给豆萁的东西吧?"
"这倒是的,家政还是不干预的好。"
"再说,现代政客恐怕更马基雅维利化了,不见得还会被一首诗打动。"

第十七章

人格均匀论

一年后，威尔岛上。

首相斯特劳带领的议会视察团考察试验区，市长詹姆斯·豪沃陪同。视察团做出评估后将向议会报告，议会据此决定是否向全国推广。

他们首先来到坐落在威尔山巅的阅脑网络中心。这个桶形混凝土结构气势非凡：乳白色墙体沟壑纵横彰显大脑深思熟虑的智慧，一杆高强天线刺破青天示意脑电波驰骋广宇的力度。"中心"分为通信和监测两大部分。

一楼的通信部是连接阅脑信号的枢纽。使用者拨打某人的DNA号，这里的光纤阀就进行频率沟通。当然，被阅脑的人也可以知道阅脑者的号码，愿意的话也可进行反阅读。

二楼的监视部负责处理非正常信号。一旦这类思维触发警报器，值班的警察或精神科医生会及时处置。不久前，美国中情局派了三名高级特工前来偷取阅脑技术，结果一上岛就被抓获并被阅脑，致使中情局大量机密暴露，全球运作崩溃。那个公认为谍报奇才的中情局局长只好承认无能而引咎辞职。从此没人再敢来自讨苦吃，不论是各国情报机构的枭雄还是东西方黑社会的高手，连探路都不敢。

"但为什么要精神科医生值班呢？"斯特劳问詹姆斯。

"岛上已经没有犯罪，但还存在两种危险：一种是精神分裂症患者，他们还可能产生不合本能的念头；另一种是正常人的感情冲动，也可能导致不理智的想法。这些非常思维也会触发警报……"

正在这时警报响了。呈现全岛地图的大显示屏上有一处红灯闪烁，监测仪上显示出一条非常思维信息：

哼，给你浇一桶汽油看看……

詹姆斯对视察团说："你们运气不错，可以马上看到这个系统是如何工作的。"他把视察团领到3D监视屏前，那里可以清楚地观看警察的行动。

不一会儿两名警察出现在一个半独立别墅前。一个警官按着门铃叫道："警察、警察！"

这家的房主是个五十来岁的木匠，叫梯姆·省克莱。他正在楼上照顾病卧在床的太太服药，闻声后吃惊地下楼来开门。

"省克莱先生吗？"警官问。

"是的，你们"

"你是不是想用汽油烧人家的房子？"

"我？哦，不是不是……"他意识到自己犯了傻，"刚才是在气头上想了一下，当然不会做的、不会做的。"

原来这是一起邻里纠纷，梯姆和他的隔壁邻居达伦之间因为一棵树的事不和。达伦的父母在世的时候和梯姆家关系很好。正因为如此，梯姆帮着在他们家的后花园种了棵丝柏树。谁会想到后来这对夫妇相继去世，而这棵树倒枝繁叶茂地不断成长，逐渐把梯姆家的东南窗挡得不见天日，连白天也得开灯。梯姆就和达伦商量，希望能把它砍了。但时过境迁。这树已是达伦家花园的一个景观，不仅看起来气派还增加了房子的价值，所以他拒绝了梯姆，于是两家断了交情。今年梯姆太太病重卧床，医生嘱咐要多晒太阳，梯姆再次向达伦提出砍树的事，希望这个不讲交情的人至少还有同情心。不料达伦非但不肯还说梯姆无理取闹，梯姆气恨交加就有点儿失控。不想那个愤怒念头触动了阅脑中心的警报，把警察招来了。

警官劝他到法院去解决问题，不要干傻事。

"不会的、不会的，我只是一时太生气而有点儿不理智。"梯姆说。

"我看也是，理智的话能给隔壁邻居放火吗？"警官倒不乏幽默感。

视察团兴致勃勃地观看了这一幕。

"连一时失控都能管住,犯罪就不用说了。"斯特劳感叹道。

"没有了犯罪,你们的警察干什么呢?"考林·豪沃问。

"警员减少了百分之八十,主要任务是维持交通。"

"那监狱呢?"鲍林问——他现在是斯特劳内阁的文化大臣。

"监狱撤销了。一半做学校,一半做医院。"

"原来的犯人呢?"斯特劳问。

"哦,他们的结果很不相同。当时让他们选择:可以离岛转到别的监狱去继续服刑,也可以留下来参加戒谎训练,训练成功的就释放。"

"他们是怎么选择的?"斯特劳忙问。

"巧得很,一半选择走,一半选择留。"

"留下的训练成功吗?"

"百分之百。"

"都放了?"

"都放了,我们遵守诺言。当时是有争议,有人认为那是便宜了罪犯,但把变好了的人再关着不是自找麻烦吗? 还得花钱。"

"这倒是的。"斯特劳转身对内务大臣霍姆说,"看到没有,我说过监狱预算不是问题吧? 照这个趋势,你要愁的是预算用不完呢!"

"嗯,有意思。"霍姆道。他问詹姆斯:"不过,纠纷总还是有的吧,你们的法院怎么运作?"

"司法过程也简单多了。"詹姆斯说,"上法院和看医生差不多,随到随看。"

"这么容易?"考林·豪沃难以置信。

"法官把双方的思想都看了,所以对事实没有争议。一个案子十分钟就结了。"

"真的呀?"斯特劳差点儿没把茶喷出来。

英国司法的烦琐是有名的,一个案子审上几年是常事。20世纪末最著名的挪用养老金案审了十年多,其间法官和陪审团成员退休的退休、去世的去世。结果不了了之,白白扔了几千万镑。

"我知道你们难以相信。"詹姆斯·豪沃说,"午饭后我带你们去法院亲眼看看就知道了。"

下午,视察团来到威尔岛法院时正赶上审梯姆和达伦的丝柏树纠纷案。真是难以相信,上午的事下午就开庭。视察团被带到旁听席上。不过好像没什么可"听"的,因为法官和原告、被告都盯着显示屏相互阅脑。

莫雷法官五十开外,头发花白,看得出是个饱经风霜的人。他的助手叫爱玛,鹅蛋形的小脸上戴一副硕大的黑框眼镜,仿佛只有这视觉设备最为重要。还别说,这的确反映了这个法庭的特点:它不像传统法庭那样争辩不休而主要靠阅读。气氛有点儿像象棋比赛,事情在紧张进行却无须争论。

从阅脑记录可以看到,双方对事实的认定没有分歧,诸如树是谁栽的,现有多高,如何影响梯姆家的日照,以及谁说了什么。但双方的观点不同。梯姆认为这树阻挡了自己家的阳光,侵犯了他对自然资源的基本权利。

达伦认为这树是他的财产,位于他的私有地域,旁人无权干涉。

莫雷法官指示爱玛查阅关于居所权限的法律条文。爱玛动作利索地从电脑中找到,显示在大屏幕上一目了然。莫雷法官马上做出了判决:"根据《居所权条例》第四十二条第五款,花园树木对邻居居所日照的影响不得超过百分之二十。现在这棵丝柏树对原告的日照影响已经达到百分之八十,所以应该砍除。特此判决被告在一周内执行。被告除承担砍树费用外,应赔偿原告阳光损失费二千镑。"他击了一法槌,判决结束。

梯姆自然高兴,但设法不让自己太喜形于色。达伦无话可说,后悔自己没有早点儿妥协导致加倍损失。一点儿太阳光值那么多钱,那这世界还不富死了？但现在只好认账,他一边往外走一边想着怎么对付那棵丝柏树。是请人来锯还是自己锯？请人又是一笔花费,但自己搞的话也够麻烦:上哪里去找那么高的梯子？锯子该是多大尺寸？是买呢还是借呢？自己对这类活一点儿不内行,要是在从前还可以去请梯姆大叔帮个忙,可现在……

这时一只大手从后面拍拍他的肩:"别担心,我帮你!"回头一看,是梯姆大叔手上握着阅脑器。

视察团大开眼界,议论纷纷。但被爱玛不客气地制止了:"秩序、秩序!法庭审理下一案。"正如詹姆斯说的,审案就像看门诊,一个接一个。

接下来审的是个种族歧视案。尼日利亚裔的乌高吉博士状告著名的尤尼弗公司,说其人事主管歧视黑人。事情是关于招聘一位高级主管。在那场百里挑一的激烈竞争中,乌高吉博士和斯蒂文先生是两个佼佼者,一路领先杀入决赛。但两人旗鼓相当,从智商、经验、能力到战略思维各方面都同等优秀,且总分都是九十分。唯一的区别就是肤色的一黑一白,结果人事主管窝西女士决定录用斯蒂文。

法律禁止就业上的种族歧视,但以往这是难以实施的。录用或不录用某个人都可以有无限多个理由,一个雇主何愁找不到借口？有了阅脑器当然不同,乌高吉博士把窝西主管的思想看得清清楚楚。平心而论,窝西主管在招聘的过程中还是很客观公正的。正因为她严格按照招聘条件打分筛选,乌高吉博士才得以进入决赛。问题是到了最后选择关头,可供评判的标准已经用完了,她就让自己对肤色的偏好起了那么一点点作用。可这逃不过乌高吉博士的眼睛,就告上法庭。

窝西女士在庭上否认有"黑歧视":"我总得做决定吧？不管这决定怎样做,总要被指责为歧视。如果我选择了乌高吉博士,斯蒂文先生不是要说我'白歧视'吗？"她在结束陈述时为自己的权利叫屈:"作为人事主管,我就没有一点儿行使权利的自由吗？难道我应该像布里丹的'理性的驴子'

那样活活饿死不成？"听得懂这话的人都忍不住笑出声来。莫雷法官也想笑，但赶紧喝口水忍住，以保持威严。"理性的驴子"是丹麦哲学家布里丹讲过的一个哲学笑话。说是有一头驴子绝对的理性，它的原则是不做任何没有理由的事情。有一次它肚子饿了，但发现自己恰好处在两堆草料的正中间位置，每当它想往某一堆去时就停住了，因为找不到不往另一堆去的理由。于是它在原地不停地转圈子，结果饿死了。

"秩序！"莫雷法官敲了一法槌对窝西女士说，"你对颜色的偏好本身并不构成歧视，但你把它用于招聘的决定就构成了歧视。尽管两个候选人的条件相当，你也不必像'理性的驴子'一样饿死。驴子不知道可以用掷硬币来做决定，你也不知道吗？"

女主管无话可说。这么简单的办法竟没有想到，仿佛是找了半天的帽子其实就戴在自己头上！所幸她没有被判处罚款，而是回去掷硬币重新做出聘用决定。退场时，她心里也七上八下地想着该怎么做。她还从未用掷硬币的方法决定过重大事情。作为专业的人事主管，她向来对那种类似赌博的行为不屑一顾。这个法官倒好，把它宣判为科学方法，非它不可了！她想象着掷硬币的情形都有些害怕：天啊，岂不是我的一丝一毫的抖动——甚至呼吸心跳——都会影响人家的命运？这到底是更公平还是更不公平？

"你可以搞'三战两胜'嘛。"莫雷法官的声音从后面追上来回答了她的担心。

视察团的大员们都笑起来，他们也都从大屏幕上观看着女主管的思想。

他们也理解了新法庭的效率所在。在这里，传统的法庭起誓——"真话，全部真话，除了真话别无其他"——已成为自然而然的事，所以通常求证事实的艰难过程都不需要。审案子就好像是原、被告和法官三方联合解一道代数方程：把没有争议的事实条件代入法律公式，答案当然正确无误。

鉴于视察团的浓厚兴趣,斯特劳让詹姆斯向莫雷法官提出一个请求:能否让视察团请教他几个问题。

"我很忙——"莫雷法官说,"不过我有二十分钟喝咖啡的时间,就算我这个执法者给你们立法者一个加场吧。"他开玩笑地击了一下法槌。

"太谢谢你啦!"斯特劳说,"种族歧视问题根深蒂固,我们立了多少法也没能解决,你认为现在解决了?"

"我想是的。"莫雷法官道,"思维不可见的时候,反歧视的法规是一纸空文。现在就不同了,乌高吉博士对窝西女士的思想一路紧跟。一旦她的个人偏好影响决定,马上就被告了。不过,她的问题主要在于不够智慧。做人事主管的应该使难以公平的事情尽量公平才是,光靠'驴子的智力'怎么够?"人们笑起来。

"你认为阅脑器是解决歧视的唯一办法?"鲍林问。

"我看不到还有其他办法。我们反对种族歧视多少年、多少代了?但那只是理想而不是现实。"

"你认为什么是现实呢?"鲍林追问。

"现实就是那些偶尔曝光的事件所反映出来的情况——就像偶尔拍到的警察对待黑人的野蛮态度的录像。"

"为什么几个录像就有代表性呢?"斯特劳问。

"你想想看,两架飞机在天上相撞被拍到的可能性有多大?那些曝光事件被拍到,不是罕见现象碰巧被记录,而是普遍现象碰巧被记录。如果把社会生活全部记录下来,我们就会看到它们到处都是,这就是现实,用不着像'洛杉矶暴乱'那样的大冲突来告诉我们,也不是出了几个黑人法官或总统就可以改变的。"

莫雷停下喝了口水,仿佛是给那沉重的寂静多一点儿时间。

"也不光是种族歧视问题,恶表现在各个方面。就说学校里欺负同学的现象吧,学校不断搞各式各样的反欺负运动,还常说找到了某某好办法了。其实稍微懂得历史的人就知道这说法是自欺欺人。人类办学校有几千年了,欺负同学的现象古已有之,要是有办法去掉的话那办法早就想出来了,古人是不比我们笨的。种族歧视也好,欺负同学也好,本质就是人可能是恶的。"

议员们互相望了一眼。这个概括当然包括他们在内,又来自当庭法官,仿佛离判决不远了。

"我在这里审了三十年案子,这是我对人性的看法。"莫雷法官不妥协地说,"我给你们一个例子,似乎有点儿极端,但它是真实的。有一次我审判一个人,而他正是两星期前我推荐作为'年度勇敢勋章'的候选人,是英雄人物。"

"怎么回事?"斯特劳吃惊地问。

"他是个出租车司机,叫安吉·戴佛。一天他在路上见到一户人家着火了。他冒着生命危险抢救出一对老夫妇,忍着伤痛把他们送到医院,然后离开了,连姓名都没留下。后来人们找到了他,他拒绝了被救者的重谢,说自己只做了一件应该做的事。你想象不出更善良更勇敢的人。那时正值为年度勇敢奖提名之际,我以地方法官的身份推荐了他。可谁会想到,不几天后他被逮捕了。"

"怎么会这样?"

"又是碰巧,他开车经过一个车祸现场。一个妇女开车撞了一棵大树,受了重伤昏迷不醒。你想得到他会怎么做吗?他不但见死不救,还趁机窃走她携带的一笔巨款。结果那妇女因未得到救治而身亡。"

视察团的人都惊讶不已。

"这当然有原因,他五岁的女儿遭了绑票,是那个先前对老夫妇家纵火的歹徒对他进行的报复,逼他拿钱赎人。他怕女儿遭到不测就不敢报警,但又没有钱救人,所以在这个机会面前起了歹念。你很难想象这两件事是同一个人所为,但就是同一个人所为。我判了他六个月监禁,是这类犯罪的刑期的下限……"莫雷法官下意识地打住,知道自己的判法受了先前事件的影响而对那个死去的妇女有所不公平。

"基督教把'罪'作为出发点是有一定道理的。"他继续道,"就是说每个人都是可能恶的,就像苹果都是可能烂的。这取决于条件,有的烂了有的没烂。有的把烂的部分挖去,便烂不下去了;而没烂的一旦有某些条件也会烂。我们说到天使和魔鬼的时候,是把已经烂的部分和没有烂的部分看作两个类。其实苹果是一个类,人也是一个类。"

"这有一定道理,但总不能说我们和希特勒没有区别吧?"考林·豪沃说。

"即便是希特勒,恐怕也是到了独裁者的地位才那么邪恶的。他出身卑微,要是没有一定的魅力恐怕也上不去。比如他的消除贫困的思想就对穷人有吸引力,也是人种理论得到响应的原因。等到到了一个可以随心所欲的地位他就随心所欲,把可能的恶变为现实。其他人到了那个地位就不那样吗?第二次世界大战时那些屠杀犹太人的德国人、那些强奸中国妇女的日本人,在战前也是像我们一样的普通人——普通的工程师、教师、医生或法官,但到了法西斯的条件下就变成魔鬼了。"说到这里,他对斯特劳半开玩笑道,"要是英国成了第三帝国,很难说你首相先生会不会杀人如麻呢!"

"是不能说不可能,苹果的确都是可能烂的。"斯特劳点头道。他想到道德问题确实有很大的或然性。就说不久前的事,要是贝尔首相和浩尔财相要把他卷进假预算的阴谋中去,他大概也不会拒绝,那么现在不就像贝尔和浩尔一样可悲吗?

莫雷法官继续道:"霍布斯有个论证我看比较客观,他从人在体格上的差别不大而推出人在欲望上的差别不大。其实,如果人的本能差别不大,人格的差别也就不会很大。我称之为'人格均匀'。"他在白板上画了个示意图:人格受制于本能而变化范围有限。

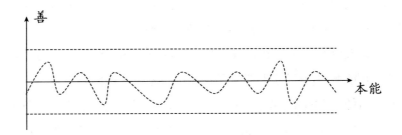

莫雷继续道:"道德学说喜欢讲善恶两极,好像好的就好得不得了,坏的就坏得不得了。真要是那么天壤之别,我们做法官的都难以量刑了。"

"是的!"鲍林说,"你要是不介意的话,我可以把你的'人格均匀论'概括为两条边界:人类能出希特勒说明人好不到哪里去,人类能出特蕾莎修女说明人也坏不到哪里去。"

"嗯,总结得好,很有味道!"斯特劳说。

"正是、正是!"莫雷法官由衷地叫道,"谢谢你让我更理解了我的理论。"

人们都笑了。这时爱玛指指墙上的钟提醒莫雷法官得开庭了。

"看来我们只能到这里了。"莫雷法官击了一下法槌道,"我判决你们回议会继续辩论。"

视察大员们都笑了,向他致谢。

斯特劳还向他要了张名片。这是他从前任那里学会的一个小动作,既表示赏识又给人留下想头——说不定哪天首相会来电话。不过,这次倒不是笼络人心,而是觉得这个法官颇有才气,说不定哪天用得着。

视察团驱车回市议会的路上,斯特劳注意到一道特殊的风景线:到处有人在看阅脑器。看思想显然比打游戏有意思——因其真实性。不论是丈夫看太太的心思,市长看市民的想法,还是竞争对手看对方的打算,都是真实的思想!这里的人的交往方式已改变了,正如牛曼用物理语言概括的:不再处于非此即彼的经典状态,而是处于亦此亦彼的量子状态。

詹姆斯把视察团领到休息室喝咖啡。一杯在手,又热烈议论起来。

"太有意思了,闻所未闻!"斯特劳说,"没想到司法也能这么简化,简化一百倍不止!"

"这是势在必行!"詹姆斯说,"现代司法系统的烦琐已无法维持下去了。"

"怎么说的?"内务大臣霍姆不容别人轻易下这种结论,好像是说他的系统维持不下去了。

"牛曼教授有数学证明。"詹姆斯背了一段话,"一个无限增加问题的系统无法永存,这数学的规律不会向多数人屈服;民主也许能压倒一切敌人,但敌不过自身的体重。"

"有道理!"鲍林赞成道,"我们太习惯于线性思维,看不见数量爆炸问题。社会传媒的发展使人类活动量呈指数上升,纠纷和诉讼都会成百上千倍地增加,法院哪里对付得过来?连立法本身也受不了。我们已经立了那么多法,都得为索引编索引、为律师请律师了,而议会的立法生产还在日夜兼程。再过一百年,人类得有一半去当律师而另一半去当警察。"

大家都笑了。

"这不是笑话,除非道德成为本能,现有的司法系统肯定无法维持。"

"你是说我们不得不引进阅脑器了?"斯特劳问,一边对正在做记录的秘书海伦递个眼色,示意她记录下来。

"就像牛曼说的,民主敌不过自身的肥胖症。只有思维可见才能把效率最大化。"

"对了,我们不是说请教授一起参加视察的吗?"斯特劳转向霍姆问道。

"我请过他了,他说没有时间,正忙于写一本书。"

"写什么书?不要又来个革命吧?"

"我也不清楚。"詹姆斯说。

"我知道。"鲍林把眼镜往上推了推说,"他在为阅脑时代开发一些新概念。今天晚上他就要和我讨论心感概念。"

"什么心感？英文里有这个词吗？"斯特劳问。

"当然没有，他刚造出来的。他认为，随着思维可见，人们将关注思想多于关注外表。性感表达身体的审美强度，而心感可以表达思想的审美强度。"

"难怪了！"斯特劳悟到了什么，"刚才在路上我看到一对年轻人，外表看来很不相称。女的高挑婀娜、天仙似的。男的呢，对不起，又胖又矮又丑。可他们亲热得，啊呀呀，让人流口水。那一定是很心感的缘故啦。"

众人都笑起来。

"心灵审美与外表审美有许多不同。"鲍林接着说，"如果人类在择偶方面能心感高于性感，那将是文明在深度上的进化。"

"照你这么说，爱因斯坦对女人就有无穷魅力了，哪怕他的头发乱得像鸡窝、胡子长到了鼻子上？"

"可能的，不过这个概念的意义不限于审美，它将消除各种歧视——种族的、性别的、年龄的，所以可能是体现平等的根本性概念。"

"天哪，这么看来真是得写一本大书了。这家伙的贡献无所不包啊。"斯特劳感叹道。

"嗯，无所不包也有无所不包的麻烦。"鲍林说，"听说诺贝尔评委会争论了几个月还定不下来……"

"什么？对这样的成就还有争议？"斯特劳大感不解。

"不是争论给不给奖，而是给哪个奖。六个委员会都争着给他颁奖。"

"原来是这个问题。"斯特劳笑道，"他们怎么个争法？"

鲍林很乐意和他们分享内幕："物理奖分会和化学奖分会争论这个发明应该归他们哪一家，两家都提交了几百页的报告。物理学和化学从来有边界纠纷，要是争得清楚的话就不会有物理化学和化学物理了。"

"那倒是的。"詹姆斯笑道。

"生理学或医学奖分会则强调阅脑器对人类心理的革命性变革和对人类进化的历史性意义。说它真正改变的是人类生存的身心条件,所以授予其他奖项是文不对题。"

"这听来也很有道理。"斯特劳说。

"经济学奖分会则大讲它带来的经济效益,说它比过去的、现在的和未来可能出现的一切经济理论对经济的推动都大得无可估量。经济是文明的基础,所以经济学奖才体现这个进步的本质。"

"这也不失为一种说法。"考林·豪沃点着头。

"文学奖分会说思维可见将重塑人性,比任何可能的文学作品都更促进人类精神的进步和人性的升华,若不得文学奖,那文学奖就失去了存在的意义。话说得那个绝对呀,好像什么莎士比亚、狄更斯都不值一提了。"

"说来也是这么回事。"霍姆说。

"可是和平奖分会更不示弱。它说道德成为本能的机制就是终极和平的机制,和平高于一切。它连篇累牍论证了几百页,简直可以为授和平奖而发动战争了!"鲍林说得自己都笑起来。

人们大笑,但马上也就支持哪个奖争论起来,好像也都有一票似的。

斯特劳不愿为自己管辖范围之外的事情瞎操心,向旁边的詹姆斯轻声问道:"对了,光顾着说教授了,安现在怎么样?"

"她呀,你没听说吗,拍电影去了!"詹姆斯说。

"是吗?"斯特劳大吃一惊。

"奥卡导演写了部新片子,选中她出演女主角。"詹姆斯把事情的前前后后告诉了他。

那年春天,威尔岛议会批准威尔岛法院率先引入阅脑器,并可以受理岛外地区的上诉案。于是英国流行起一句话来"到威尔岛见",意思就是让事实说话。有了这个上诉途径,各地的法官们对上诉案都分外敏感。凡有人不服判决而提出要去威尔岛上诉,法官就马上同意复查。而先前靠谎言获胜的一方就会像个戳了洞的皮球瘫软下去。

奥卡的上诉案由莫雷法官受理。根据安提供的阅脑记录,莫雷法官没花一小时就结了案。奥卡被当庭释放。斯通小姐的诬陷行径和赫顿大法官隐藏极深的强奸杀人的命案也一并定了罪,不过都未判刑,因为法律对引入机器之前的犯罪不予追究。斯通小姐大概还可以当她的二流演员——或许把新版故事卖得便宜些,但赫顿的大法官是当不成了。据说是隐居去了。

没人知道去了哪里,估计总是离阅脑器越远越好。

自由有神奇的疗效。奥卡出狱后不仅身体迅速恢复,还发誓要把失去的时间抢回来。他写了一部关于阅脑革命的电影,女主角的人选好像是命运早已注定的。两年前当安去法庭采访他时,他已对安的美貌和气质印象深刻。虽然当时身陷囹圄,但职业本能还在惯性的作用,他想象过她在银幕上会如何光彩夺目,只可惜发现得太晚……没想到,两年后事情会有如此转机——竟是安出示的阅脑记录把他救出来!

和安交谈以后,更确信没有人比她更适合这个角色。

这对安虽说是意外,毕竟是奥卡大导演的邀请,足以唤醒每个姑娘儿时的梦想。她就征求牛曼的意见。牛曼虽然吃惊但也为之高兴,甚至有些兴奋:不知她在银幕上会是怎样的?比得过那些大明星吗?以往看电影时也有过这样的遐想,不料突然可能成为现实了!可是,过了一晚上他的想法大大改变了。眼前的情形使他想起当年琳达信教的教训,有"似曾相识燕归来"的感觉。谁敢说一个导演比一个神父安全些?好莱坞能有什么戒律?那种事情对一个坏神父来说也许还要装模作样掩饰一下,而对一个坏导演来说或许就像喝下午茶那么随便,说不定根本就是纳入"业务范围"的。这家伙没有强奸不等于就是圣人,况且也不只是强不强奸的问题。安是那么有吸引力,就是圣人也可能起念头……

为了更理性地判断风险的大小,牛曼还以自己为例来考虑:如果自己处在奥卡的地位,能完全控制住自己吗?能不想入非非吗?回答是也许不能。他差不多能抵抗像虎太太那样的诱惑,那比安要差远了;而自己第一次见到安就为之心潮澎湃也是不争的事实……然后他又把自己和奥卡相比较,看看如果发生竞争的情况自己将处于怎样的情形。虽然在许多方面他自信可以胜出,但新鲜感是个不确定因素,说不定什么时候会起作用,谁知那会怎样改变局面?想来想去觉得此举风险太大,所以反悔了。

牛曼把自己的反对意见告诉安,并坦陈了理由。

安完全懂。她不但没有不悦,反而颇为牛曼的醋意高兴,好像这正是她来征求意见时期待的东西。不过她说她要再考虑一下,做些调查。这话说得不太明白,牛曼也似懂非懂。

几天后,她告诉牛曼她已邀请奥卡和卡尔上岛商谈,还教牛曼如何向奥卡提出反对。牛曼虽然吃惊,但很高兴她站在自己这边。

"你就这样报答救命之恩的吗?"一见到奥卡,牛曼就按安的授意拿话来压他。奥卡给问得哑口无言。不仅因为他对牛曼心存感激,而且因为牛曼对他这种人有怀疑也是合情合理的。他在女人问题上记录不佳。虽然强奸案是被诬告的,但他的不良记录大概也是人家敢于诬告他的原因之一。其实,电影导演挑选中意的女主角也的确和挑选情人差不多,职业兴趣和个人兴趣的混合在所难免。这往坏里说可以说是"渎职",往好里说也可以说是"工作富有激情"。不过老天在上,这次他是只想拍个好电影而未敢胡思乱想的。可是叫他怎么申辩呢?还没有被指控就声明"我不会偷你的女人"吗?岂不显得此地无银三百两?但不声明好像也是心里有鬼,明摆着已经被怀疑了。这左右为难的尴尬局面使他怀念起法庭的好处来:在那个地方,你受到了明白的指控,就可以进行干脆的辩护。

幸亏卡尔前来解围,把那个不明确的指控给挑明了。他对牛曼说:"怪你自己不好,为什么要去救一个导演呀?你不知道他们是专食美女的动物吗?"

"可是……"牛曼几乎叫道:当初不是你让我救的吗?

卡尔不等他叫出来就继续道："不过，凡事都有原则。安本来是跟我做研究的不是？当年我忍痛割爱是因为那是她想要的。照此原则，你们还是问她自己吧。"卡尔总是点到要害，牛曼无话可说。

"就演这一部！"安乘虚而入地跳起来给牛曼一个吻，好像他已经批准了似的。牛曼怀疑这根本是她和卡尔串通好的，但又感觉她的手指在自己肩上按了一下。他知道那是通报她的"调查"结果令人满意——她肯定是对奥卡用了机器！她不该对客人这么做的……他想，可又毕竟感到放心了不少。他感觉到自己的虚伪，有点儿像一个唱着人权高调的政府在暗中接受刑讯逼供得来的情报。但情报毕竟是情报，他点头准了。

第十八章

比真理还真

牛曼和鲍林谈了一晚的哲学,加上两杯威士忌的作用,一上床就睡着了。但哲学讨论的兴奋灶没有结束,而是延续为一个梦。那是个好莱坞大片似的神奇大梦,又清楚又真切又有趣,以至醒来时差点儿把现实当成梦幻了。

这个梦是他把历史上的一些哲学大师请到家里开讨论会。他要向他们通报阅脑器的发明,看看他们如何处置自己关于人性的理论。他邀请了九位但却只到了五位:古希腊的柏拉图、基督教的耶稣、17世纪的霍布斯、18世纪的康德和20世纪的弗洛伊德。四位没能来的是亚里士多德、休谟、尼采和萨特,但他们也做了哲学家该做的事——给出了不能前来的理由。

亚里士多德是怕与柏拉图遭遇——"吾爱吾师但更爱真理"这样的大话说时痛快,真到了老师面前就难堪了。

休谟忙于炒股而脱不开身——他一面对预测和股价之间的联系做"经验分析",一面又怀疑分析的根据所在。

尼采听说耶稣要来就却步了,怕被追问"上帝已死"的证据何在——这种话哗众取宠还行,面对本尊时又该从何说起?

萨特则沉溺于网络游戏而顾不上其他,玩得没日没夜还强词夺理,说存在固然"先于本质",但游戏高于存在。

虽然不无遗憾,但牛曼对请到五位大师已甚感满足。这样的大师能请到一位就不错了,他们可不是每小时多少英镑出场费计价的现代明星。根据卡尔的看法,这五位大师正好代表了思想史上对人性的典型理解。

不过，大师们不是好招待的。牛曼本想致几句欢迎词，但一开口就被打断了。他刚说到"诸位对人性问题都很有研究，特别是对恶的根源的解释有著名的建树。但世界已经发生很大的变化……"，惯于倚老卖老的祖师爷柏拉图就插话进来。

"变化不要紧呀，万变不离其宗，哲学就是关于永恒的真理。"柏拉图身着公元前5世纪的雅典长袍，手执一本企鹅出版社出的硬壳《理想国》，好像等这一刻已经等了二十五个世纪，"我不认识你们，你们总该认识我吧？苏格拉底告诉我知识即美德，而恶来自无知。我以为然，理性控制意志和欲望就像驾驭两匹不听话的马，必须强有力。国家要由哲学王来掌管，搞好教育比制定规则更重要。你们现在还有许多问题就是因为教育没抓好。你们好像不再版《理想国》了，我已经好久没收到版税……"

"再版的、再版的。版税问题可以回头查一下。"牛曼见他唠叨没完，不得不打断。没想到这个唯心主义老前辈那么实际，好像要把两千年的版税账审计一遍。

这时其他大师也都要发言。考虑到他们不一定了解彼此的工作，牛曼答应他们各自介绍一下自己的理论。"就按时代顺序来吧。"他发现他们正好按年纪大小顺时针坐了一圈，仿佛碳14在起作用。

坐在柏拉图边上的耶稣还是衣衫褴褛、血迹斑斑，像刚从十字架上下来。要是讨论会在五星级酒店举行，他会被拒之门外。他手握一本刚刚校对过的《新约》道："恶的问题不在于理性，而在于你们不听天父的话，这是原罪。我用死来为你们指路，让你们相信父的恩典，具有爱和希望。你们听了没有？嘴里说听心里没有听！你们选择不听我也没办法，难道要我再死一次不成……"

"不必、不必。"牛曼见他气得说不下去，赶紧递上一杯可口可乐。心想，耶老不必着急，有了阅脑器人就不能再口是而心非了。

下一个轮到霍布斯，还是一身17世纪的牛津黑袍，精瘦细长的手指在精装《利维坦》上叩了几下来集中注意力:"我还是那句话:人与人是狼。自私自利是人的本性,无所谓善恶,也不会被知识或信仰改变。但我们都需要安全而害怕惩罚,所以把权力交给国家,让它行使法律来保障和平。法是基于利益的契约,它的有效不是因为道德而是因为明智。英国已经四百年不打内战了?不错。可你们还打外战,因为世界的'利维坦'还没有建立起来。这是谁的责任?"

牛曼见要兴师问罪,就凑到耳边轻声说:"今天是学术讨论会,没有请联合国秘书长参加。"霍老转着眼珠子点点头,好像知道说的是谁。

接下来是康德,他还是戴着18世纪哥尼斯堡的发套,倍显庄重。他放下手上的《实践理性批判》,以纯粹理性的确定性道:"人既有善的禀赋又有恶的倾向。作为一个道德自律的主体,他天生有良心,就像有关于时空因果的先天观念。问题是自由意志可以选择不听从良心。你们应该像崇拜上帝一样崇拜良心。我用纯粹理性驳倒一切关于上帝存在的证明,又用实践理性假设上帝存在来满足道德,任人笑我出尔反尔,你们总该理解我的良苦用心吧?我再说一遍:不是因为相信上帝才应行善,而是应该行善所以才相信上帝。"

"当然、当然,不以宗教解释道德,而以道德解释宗教。"牛曼知道康老最为自己在伦理—信仰关系上的"哥白尼革命"自豪。

最后轮到弗洛伊德,那20世纪的奥地利八字胡依然挺括性感。虽然是最年轻的一位,他已枕着那本《梦的解析》打了好一阵呼噜,直到被康德的激情抗议吵醒。他带着晨起的嗓音道:"自然本无所谓善恶,是宗教发明这个概念来镇压人性。原始人类不受宗教幻想的约束而自由地满足最强、最深的欲望,从同类相食到弑杀父亲。文明压制欲望而形成罪恶感,使人在两者之间挣扎而紧张焦虑,导致精神病。梦就是本我受到压迫后的歪曲呈现。我刚刚还做了一个梦,当然和性有关。什么?一百七十岁了还和性有关?这正说明性是永恒动力,你们要不要听听我的解析?"

"不必了不必了,弗老的理论大家都很熟悉。"牛曼怕他一口一个"性"地让其他老先生难堪,他们毕竟来自不同时代。果然,柏拉图已有点儿面红耳赤,耶稣也怏怏地把头低下。听后生晚辈谈"性"像谈天气一样不当回事,对他们的确是个挑战。从前这个字是说不出口的,实在要涉及也得用"房事"或"床笫之间"之类的替身。现在倒好,既大言不惭又直言不讳。不过话又说回来,要是性在维多利亚时代就像谈天气那么容易上口的话,今天英国人也不必如此大谈天气了。

不论如何,该言归正传了。牛曼说:"谢谢诸位大师的介绍。现在我要向诸位通报一个新近的发展,它可能会影响到诸位理论的适用性。"他向他们展示了阅脑器,解释了思维可见条件下本能如何消除恶的可能性。

大师们先是不信,怀疑21世纪的人特别能开玩笑,是因为20世纪受了太多的苦。牛曼只好让他们自己试试。三遍试过,一个个惊恐万状,有的还用手护着头作为保护。忽然,他们在柏拉图的带动下一起撤退,退到客厅一端的角落,最大限度地远离牛曼。他们在那里叽叽喳喳地磋商一阵,还用手挡着嘴不让声音扩散出来。

牛曼听不清他们在说什么,但肯定是在商量对策。

他们返回会议桌时已经有所组织,以U字形阵势坐好面对牛曼,并已推举了最懂法律的霍布斯作为"联合时代"的司法代表与牛曼谈判。霍布斯宣读了三点声明:

第一,鉴于讨论会的邀请函未说明阅脑器的存在——否则我们会重新考虑是否前来21世纪——组织者应对此突然袭击引起的后果承担全部责任。

第二,鉴于目前的境遇,我们严正要求任何人在任何情况下不得对本声明的签署者使用阅脑器,除非得到有关个体的书面许可。

第三,立即把这个不能被正常预见的危险状况通知所有历史时代,以使那些计划前来21世纪的人做出知情的选择。

看得出他们也都有自己的秘密要保护。这好理解，如此高深智慧的人怎么会没有？甚至康德也不例外。这个大哲学家主张绝对诚实，声称"一个人说一次谎就失去了他做人的全部尊严"。但他也有不想说实话的时候。他一生住在德国的哥尼斯堡小镇，过着极其规律的生活。据说每天都在同一个时间走过同一条街道的同一个地点，以至店主们以他的经过来校对钟表。他终生未娶，但有一次朋友们恶作剧地把他和一个漂亮姑娘关在一间屋里过了一夜，第二天问他发生了什么。他不想说真话也不想说谎，就说："一系列愚蠢的动作。"

　　牛曼担心他们会搞罢工之类，不但答应了他们的要求，还解释了有关法律条文让他们放心："你们是完全受现行法律保护的。法律规定对阅脑器发明之前的犯罪一律不予追究，更不用说古代的事了。"他还举了些有说服力的例子，包括一个五次抢劫银行的惯犯、一个杀了三任妻子的凶手等都未予追究。这些例子过于有说服力了，大师们不寒而栗，没想到自己会和抢劫杀人犯相提并论。马上反思出一条哲理：过度害怕的表现会导致不必要的怀疑。

　　正当牛曼的承诺使众人放心了些，祖师爷柏拉图又提出一个要求："既然你承诺不对我们使用机器，那么把机器交给我们保管岂不是更好？"

　　"对啊、对啊！"大师们都支持这个提议，到底是祖师爷想得周到。

　　"好吧、好吧！"牛曼把机器交给他们息事宁人。心里笑他们没有批量生产的概念，以为阅脑器也像希腊神话中的宝器那样独一无二。

　　大师们对机器虽然害怕但也非常好奇，很快就转入热烈的讨论。他们争先恐后地向牛曼提出各种问题。这些问题跨越两千五百年的时间跨度，当然不容易回答，或者是太容易了而不知从何答起。比如："思想是怎么写上去的？""屏幕是如何点亮的？"还有那些来自德谟克利特或亚里士多德的自然哲学观念，诸如电子的"天然位置"何在、有什么"目的因"等。他们的知识基础参差不齐，而刨根问底的脾气倒十分一致。牛曼一不小心提到电动力学、量子力学等概念,他们就穷追不舍、打破砂锅问到底。他只好恭敬地从头说起,人家是公认的大师。虽然他们还未被当今的明星文化所腐蚀,但从牛曼毕恭毕敬的样子肯定也看出了自身的价值,所以毫不在乎给他添多少麻烦。牛曼被他们的气势搞得诚惶诚恐,像是一个学生在给老师上一堂高度浓缩的百科进化课——问题比答案高出一头,无知比知识富有信心,简直比一辈子上过的课加在一起还累人!好几次他想打电话让安来紧急增援,但不知怎的就是记不起她的号码……

总算有了个空隙,牛曼顾不上擦汗喘气,不失时机地向他们提出了自己的问题:"先生们、先生们,请容我请教一个问题。诸位关于人性善恶的理论都建立在阅脑器之前,现在思维可见消除了恶的可能性,各位的理论做何解释呢?"他望望柏老,意思是还从祖师爷这里开头吧。

柏拉图转动着眼睛想了想,摆出兵来将挡的架势说:"嗯,老朽是没想到你们能造出这样的东西。理想国也要进口一批(显然他已在刚才的讨论中掌握了"批量生产"的概念),不然恐难立足。至于我说要靠知识来解决恶的问题,那是不错的。只是利欲熏心,明知是恶也偏要为之的不在少数。这个机器排除了产生恶念的可能性,都不用理智操心了,何乐而不为?教育固然重要,目的还是幸福嘛!"

牛曼很欣慰:祖师爷承认阅脑器比他的知识伦理主义有效。他又转过脸去,看着耶稣。

耶老说:"我让你们靠信仰来解决罪和恶的问题,这是不错的。但你们未必真信,利益强人啊!现在有了这个机器使恶念不可能产生,也就仿佛有了信仰。你们对主的理解不一而战争不断,既然能就地解决就不必舍近求远了。"

牛曼更为高兴:阅脑器被认为和信仰一致又具有本地优势。于是他又转过脸去,看着霍布斯。

霍老说:"我说要靠对法的畏惧来解决恶的问题,也是不错的。问题是人会欺骗而逃避惩罚,法治的作用就有限。这个机器使欺骗不再有可能了,人本能地不产生恶念就是新的自然状态呀!柏老说它减轻了理性的负担,我看更减轻了国家的负担。"

牛曼很高兴这个本性论的大法家也承认看见思维可以改善人性。他又转过脸去,看着康德。

康老说:"我说要靠实践理性来解决恶的问题,在理论上也是不错的。但要你们像信仰上帝一样崇拜良心谈何容易?现在思维可见使良心成为本能,人就自然把别人作为目的来对待了。唉,我要是把搞星云假说的时间用来发明阅脑器的话,说不定人类会少吃二百年苦头。"

牛曼差点没笑出来:他不但承认阅脑器比他的道德管用,还后悔没能抢到头功呢!随即,他又转向弗洛伊德。

弗老说:"你们不要太急嘛!道德成为本能就是超我并入自我,这用我的'三我'理论很好解释。问题是会不会对本我压抑太大?压抑太大就做梦不止,这能吃得消吗?要查一查世卫组织的规定。要是对性的压制是在允许范围之内,我可以支持。"

牛曼理解老先生担心的还是性反应的协调问题,不以此反对就算通情达理了。

听罢这一圈评论牛曼大大松了口气。心里原来七上八下,好像是把自己最心爱的羔羊放在一群世界顶级厨师面前,不知他们会怎么把它下厨。奇怪的是,他们竟从各自的角度出发都赞成了阅脑器——好像是它把他们统一起来了。谁都知道让哲学家们统一意见是件最难的事,因为他们天生相互找碴儿,甚至提得出"鸡蛋里面有骨头"那样的命题来标新立异。人们说,一个陪审团要达成一致意见的基本条件是其中不能有两个哲学家。那么为什么他们会一致赞成?会不会其中有诈?

这时已是午饭时分,牛曼便打电话叫了个外卖,请大师们吃意大利比萨。这东西又好吃又方便,还可以边吃边聊。奶酪油脂是多了些,但无妨,估计他们还没有什么胆固醇高低的概念。

果然他们爱吃,特别是番茄香肠、蘑菇鸡丁两款最受欢迎。趁他们大快朵颐之际,牛曼撤出来躲进书房,赶紧给卡尔打电话咨询:"……他们起先都很害怕,可后来一致赞成,虽然不愿放弃自己的理论。"

"这好理解——"卡尔笑道,"他们是职业的追求真理者,现在看到一个比真理还真的东西能不赞成? 具体说来有两个理由。"

"哦?"

"第一,阅脑器消除恶的可能性,就捉到了他们几千年没捉到的鬼。"

"我记得你说过,哲学家们在恶的根源问题上把鬼影子当成了鬼。"

"是的。有的说它附在人身上,有的说它藏在人心里,还有的说它来自社会。"

"听起来都有些道理。"

"哲学的妙处是既有论证又有想象,特别擅长利用对立概念来推理。道家用阴和阳的转化解释万物,黑格尔用正题和反题的合题推理宇宙,'两性'哲学差不多推得出任何东西。"

"倒挺符合生物学的。"牛曼笑道,"你说那是形而上的思辨?"

"但它们被视为理论,假以时日就越来越复杂,复杂性又被视为深刻性。可是,依据它们的道德方案都没能解决恶的问题。直到有了阅脑器恶才不见了,可见真正的鬼是什么。"

"是思维不可见。"

"思维可见消除了恶的可能性,这一点实现了,还有什么话说? 你让他们的理论成为多余了,就像16世纪哥白尼的日心说使地心说的许多解释成为多余的一样。"

牛曼当然理解这个科学史的对比。托勒密的地球中心说统治了中世纪的天文学达一千多年。当天文观测与那个模型不相符的时候,经院哲学的天文学家就杜撰出所谓"特殊运动"来解释,在天球图上添加一些臆想的轨道,如本轮、均轮,把天球图搞得越来越复杂。当哥白尼发现了"太阳中心"——即地球自转且围绕太阳公转——这个事实后,各种观测现象都被自然而然地说明了,不再需要那些特殊运动。所以说哥白尼重写了天文学。

"真理是简单的。"牛曼感叹道。

"但不失伟大。阅脑器就是道德哲学的'哥白尼革命'。思维是否可见决定了恶的可能性所在,这解释了人何以为人,也重写了道德哲学。"

"它只是个装置。"

"正因为是个装置才胜过理论。理论争论不休而不解决问题,装置解决了问题而不必争论。"

"好了、好了,第二个理由呢?"牛曼对把阅脑器比作哥白尼革命受宠若惊,不好意思再这么讨论下去。

"第二个理由就是它解决了上帝问题。"

"上帝问题?"

"也叫'道德—理性悖论',简单说来就是:人为了道德而请来上帝,但理性质疑他是否存在。"

"是啊,我们请人家来,又怀疑人家是不是真的。"牛曼笑道。

"不合逻辑也不礼貌吧?可是我们就是既不能没有道德也不能没有理性。现在好了,阅脑器从本能上消除恶的可能性。"

"哎呀,别这么夸张!"牛曼失声叫道。可他不知该如何对付这个肆无忌惮的诗人。刚才被比作"哥白尼革命"已经很那个了,所幸卡尔看不见他的脸部表情。

卡尔只知道自己在评论机器,继续道:"道德成为本能就是把人类的共存合理化了。后道德社会不必再靠信仰维系,而只需人性的动力。"

"好了、好了,我得回去照看大师们了。"牛曼赶紧搁下电话。

回到客厅,见大师们还吃得来劲,手上、嘴上油油的,唇边挂着番茄酱汁。他们胃口不错,两大盆比萨饼几乎扫荡一空。柏拉图抓住剩下的一块递给牛曼道:"这最后一块是留给你的!"

祖师爷话中有话的目光在他和比萨饼之间打了个来回,仿佛那始于《理想国》宏愿而阅尽千古风云的睿智落到了实处。

"你太客气了,谢谢!"牛曼接过来道。

············

无独有偶,当牛曼在做哲学家千年聚会的大梦时,大洋彼岸的马萨诸塞州剑桥也有个人在做一个规模不小的梦。他就是牛曼的前助手、现任哈佛大学天体物理中心主任的虎克教授。虎克大概多少从他的前老板那里学到些做梦技术。他的梦虽不像牛曼的那样富有理论意义,却也不乏实用价值。他发现自己接到诺贝尔奖评委会的通知:他将被授予今年的物理学奖!不仅如此,颁奖日期也如他所愿提前了。往年都是在 12 月 10 日阿尔弗雷德·贝恩哈德·诺贝尔的生日那天举行,今年因考虑虎克教授的朝思暮想,诺贝尔已同意把生日提前两个月。虎克兴奋之至,带着着装华丽的太太古蕾丝一早就来到了斯德哥尔摩音乐厅外等候。

虽然是第一次到访,虎克对这地方已完全不再陌生,因为早已谷歌多遍。从音乐厅的外部环境到内部结构,以及上台领奖的路径、规矩等都已了如指掌。不过时间太早了点,工作人员都还没来。这也难怪,那些人怎么会有一个获奖者的心情?他们所能做的最多也就是为他上台领奖引引路——虽说会和他同行几步,那步子与步子的意义又何止天壤之别?他的每一步比那些人一辈子的步伐加在一起都大得多!不过,太早了——毕竟是太早了。他建议虎太太到斯德哥尔摩风格独特的街上转转,看看街景。商店还没开门,但没开门有没开门的味道,稍过一会儿就可以欣赏各家打开店门的不同步骤,配以各种物件碰撞的背景音响。其实他是把太太支开,自己好把获奖演说再演习几遍。不知怎么搞的,平时讲三小时的课可以不用稿子,可这二十分钟的演说背了一百遍还老打磕绊。有时会突然感到脑子一片空白、手心冰凉渗汗……他曾怀疑会不会有什么"诺奖综合征",考虑过去看医生,后来还是决定自己解决好些。如今所谓心理医生也是假多真少,就算是真的,又有几个能比诺奖得主能干的?其实也难怪:一生奋斗为此一刻,盖世殊荣世界瞩目,谁能不紧张?从每个字到每个标点符号,从每个面部表情到每个肢体动作,都经过专业指导、反复排练,要顾及的事情绝不比宇航局发送航天飞机来得少。连微笑都是由公关公司专门设计的:嘴角的上行角度必须控制在十五到二十度之间,太大会影响权威性,而太小会降低亲和力。不错,连太太都笑话他了,那又怎样?她自己呢?花了几个月的时间来决定穿哪套行头,反反复复十多次还是悬而未决。每次决定后,必然在二十四小时内发现这决定的弊端。例如,穿着裙子就觉得还是穿裤子好看,能突显令人羡慕的身材;穿着裤子又觉得还是穿裙子好看,能展示叫人垂涎的美腿。那些时装大师们也真是的,日进斗金却不能让她两全其美,这点要求也过分吗?有时她也征求丈夫的意见,作为异性观众的看法。但他得当心,议论着装方案往往比运算引力方程还难。起先他是十分支持太太在这方面的努力的:"喜欢什么就买什么",他一脸英雄地给出原则。在全世界面前显示太太的光彩照人当然是物有所值,这不正是要个光彩照人的太太的意义所在吗?这种时候吝啬是犯傻,就如花大成本拍了部电影却舍不得放映所用的电费钱!可是,这种大话也是好说而不好收的。几个月下来,银行卡上的余额就量子跃迁似的往下跳。他嘴里不好说,心里在快速计算:好家伙,奖金还没到手就已经花掉了三分之一!

不过,这和另一件头痛的事相比是微不足道的:听说诺埃·牛曼也被提名今年的诺奖!这岂不是要撞车?发明阅脑器当然是了不得,但正因为了不得,那就什么时候得奖都行呀,为什么不早不晚,偏偏也……他很清楚自己在某种意义上促成了前老板的这项发明,但他绝不会提自己的"贡献"。几年前,当他得知牛曼放弃引力波课题而搞别的去了,真是喜出望外,专门到教堂的圣坛上点了二十四支蜡烛——通常谢神只点十二支——感谢主的大慈大悲。因为这么一来他对牛曼的工作"发展"就可以不算偷而算"捡"了,就像一个有远见的小偷预见到人家要扔掉某件东西而提前下手"捡"了它。这无论在良心上还是道德上都好说得多,用如今时髦的环保语言甚至可说是"提前再利用"。可是谁会想到,闹了半天还是要遭遇这个最怕遭遇的人,而且是在最关键时刻!这不公平,他愤愤地想。既然让我接手就该让我干到底,当然也包括获奖。不然算怎么回事?我已经承受许多年内心愧疚,连英国都不大敢回,难道最后还要被当众羞辱?要么从一开始就是个陷阱,等着到最后看我笑话的?要是他坐在面前,叫我怎么演讲?那就如同对着达尔文讲进化论、对着爱因斯坦讲相对论,你说难不难?简直像叫卖偷来的东西,还非要卖给原来的主人不可!虽说公关公司的培训无微不至,但没有教你如何面对你行窃的主顾呀。眼睛接触最是不易。那些荧光闪烁的软玻璃球无声无息地转动,看似能量、动量全无,实则大千世界尽有——所有的人生经验、体会、责问、嘲讽尽在其中。还有那刀子般的鄙视、鞭子般的藐视,以排山倒海之势让你避之不及又无处藏身!对了,要是戴一副墨镜来避免目光接触如何?那也不解决问题,他看不见我的眼睛可我还看得见他的,那就还会脸红。该死的脸红,为什么人要有这种讨厌的生理反应——把难堪的心理状态直接公布于众?太没有必要了!未来制定机器人的设计规范,第一条要禁的就是它!那么能不能戴个口罩来遮掩呢?可以是可以,只是在没有生物或化学恐怖威胁的情况下说不大过去。对了,听说中国人的气功可以控制血液循环的方向,能不能让血液不上行到脸上而只下行到屁股呢?那样就再红也不怕了。这当然再好不过,而且是个重要研究课题,说不定能得生理学奖⋯⋯ 不过一定也不容易:这玩意儿的社会需求那么大,要是容易的话还不早就发明出来了?相比起来大概还是争取个文学奖比较可行:一旦成为语言文字的权威就可以重新定义"剽窃"一词。什么"剽窃"?谁的文字不是从别人那里拿来用的？谁还能发明他自己的词典不成？所以，要么每个人都在剽窃，要么就根本没有剽窃这回事……

这时候，他受到一阵不舒服的摇曳。睁开眼睛，才知是做了场噩梦。但眼前的景象似乎更不妙：太太一脸杀气地冲着自己，显然有什么大祸临头。也许还不如回到噩梦中去好些，但又不得不面对。

"怎么了？"他紧张地问。

"自己看！"虎太太话音未落，厚厚一叠《纽约时报》已劈头盖脸砸下来，鼻子酸得能流出泪来。这报纸真该被起诉：对重量毫无控制，尤其是对高鼻子在愤怒太太面前的安全问题毫无考虑！不过，这个冲击和他读到的通栏标题相比微不足道：

诺贝尔奖评委会决定：六奖全部授予牛曼

标题下面是几行粗体字的说明：

鉴于阅脑器的发明和戒恶定律的发现对人类文明的划时代意义——大大超出任何一项诺贝尔奖的奖励范围，也超出任何两项、三项、四项或五项诺贝尔奖的联合奖励范围——诺贝尔奖委员会的六个专业分会联合决定：把本年度的六项——诺贝尔奖全部授予诺埃·牛曼教授。

虎克目瞪口呆。主啊，我知道你在惩罚我，但又何必这般严厉，一定要把到手的东西也拿走？一定要让我这么倒霉——比那最倒霉不过的甘地还要倒霉吗？——印度的莫罕达斯·卡拉姆昌德·甘地曾五次被提名诺贝尔和平奖但终未获得。1948年评委会已决定给他授奖，但他不幸遭到暗杀。评委会决定让该年度和平奖空缺。可我是基督徒啊！就算我有罪该罚,可让我怎么对她交代……他不敢抬头看太太,心烦意乱地再往下看几行,像阅读自己的悼文一样,心灰意冷得连叹气的力气都没有了。可是,他忽然看到一行:

今年的其他提名将顺延到下一年度考虑……

这就好、这就好!他兴奋得几乎用屁股跳起来。"考虑"就不是不考虑,"顺延"就不是完蛋!他把这一行翻来覆去念了几遍,好像要用眼睛把每个字都咽下去才放心。上帝对我毕竟不是那么糟呀!正相反,他是在保佑我呢!我只想到最好那人不来,怎么就没想到自己可以不去——相对论学到哪里去了?推迟一年有什么不好?好事多半存在于等待之中:恋爱到结婚就完了,真正的快乐不都在期待中吗?推迟一年就意味着多享受三百六十五天,何乐不为?况且,一个将要得奖的人不比一个已经得奖的人差;就像花店里卖花,未开放的花蕾比已绽开的花朵还卖得贵呢。以此类推,要是能够晚拿五年就应该申请晚拿五年。就像存在银行里的钱存期越长利息越高,只要上帝保佑银行不倒闭就行。更重要的是,现在不用和他遭遇了!不然的话该有多狼狈?装作不认识吗?那等于宣布一个诺贝尔奖得主得了失忆症,这两个头衔放在一起实在是太多了一点。现在都解决了,谢谢主——谢谢!他对这番重新解读十分满意,也感到有把握平息太太的怒气了。

对于虎克的解释,虎太太开始以为是打肿脸充胖子,但听着倒也悟出了道理,特别是那个恋爱-结婚、花朵-花蕾的比喻很有说服力,于是也转忧为喜。不过,她的高兴与虎克不尽相同:再等一年当然就意味着多一年的准备时间,当然也就意味着更多的行头、皮鞋、拎包,更多的一切!那些先前已经看中而未及下手的东西本来就让她心里痒痒得难受,现在又浮现在眼前。她也笑了……

…………

"梦里醒、梦里醒!"牛曼也从睡梦中被唤醒,睁开眼睛看到安的灿烂笑容。

"怎么了?"他揉着眼睛问。

"看!"安把《卫报》的通栏标题展现在他眼前:

诺贝尔奖评委会决定:六奖全部授予牛曼

标题下面是几行粗体字的说明:

鉴于阅脑器对人类文明进步的意义已大大超出任何一项诺贝尔奖的奖励范围,也超出任何两项、三项、四项或五项诺贝尔奖的联合奖励范围,诺贝尔奖委员会的六个专业。分会共同决定:把本年度的六项诺贝尔奖全部授予诺埃·牛曼教授……

牛曼扑哧一笑,感到荒唐,大概是在做梦吧?加之那津津有味的哲学聚会还历历在目,他不得不重拍两下额头来判断究竟哪个才是现实。终于确认,的确是安在向他展示报纸。他正要往下念,不料安把报纸挪开逗他。他一骨碌起身夺下,又顺势撂到一旁。安正惊讶不解,已被他腾出的手搂入怀中:"这才是我的诺贝尔奖!"他叫着吻她。

安咯咯地笑道:"是单项奖还是全部奖呀?"

"是基金会。"吻完了,赶紧把刚才做的大梦讲给她听……

安听得兴味无穷,只恨未能置身其中。只光被想到过两次当然很不过瘾,下次一定要让他记住自己的电话号码……这使她想起了什么:"对了,你还忘了请一位大师。"

"谁?"

"卡尔呀!"

"可他们都是历史上的……"

"别势利眼,只有历史上的才算大师吗?他刚发来一首总结阅脑革命的诗,几句话就都说到了。"

"哦?快给我看,要是那么好的话我就再召集一回给他补上。"他说得好像能把散去了的大师们再请回来似的。

"那你得把我也请上。"安急切地说。

"你?不行、不行,你太……漂亮,把大师们搞得心不在焉怎么办?"

"人家负打扮一下还不行?"安央求着。

牛曼被她的认真劲逗乐了,发现生活与梦幻的混淆可以是很美的意境:"那好吧,我们一道来做这个梦!"

安怔了怔,嗔笑着戳牛曼一指。遂拿来卡尔的诗一起念:

阅脑革命

几千年宗教、教育、法治未能消除恶,
道学试图抑制本能,而人不能不是人。
唯当思维可见,本能取消恶的可能性,
人方超越善恶,成为不可能坏的好人。
本能似水——载舟、覆舟取决于河流,
在阅脑器开辟的、真实性的大运河里:
共存之舟得水如鱼,自由于人性动力。

后记

命运二定律

写完长篇人文科幻小说《阅脑：命运戒恶定律》，好像抵达了学术之旅未经设定却早有默契的目标。我涉猎科学哲学近四十年，建树不多，也从不搞体系之类，仅满足于用分析哲学的方法澄清有现实意义的问题，从中揭示未知的联系或形成新的概念。这不是听取胡适的"多研究些问题，少谈些主义"，而是由衷赞成逻辑实证主义把哲学定义为逻辑分析。回望研究过的各种问题，聊以自慰的是绝大多数兴味犹存、道理依然。然而，即便是 20 世纪 80 年代引起学界争论的那些文章或 90 年代后的哲学诗在英国的反响，相对思想史而言还是过眼烟云。有没有谈得上历史价值的东西呢？有两个逻辑推论我希望能算，因为它们确实关乎人类命运。一个前瞻技术文明的前途：从技术的加速发展规律推断技术文明的必然终结。另一个推导人类戒恶的可能：从人的本能证明根除恶的途径是使思维可见。这两个论证都是以文学形式表达的——前者以一首哲学诗写成，后者是这部小说，但其结论的科学性对我来说堪称"定律"。我以为的科学哲学，就是以逻辑分析达到认识的科学性。这里把这两个定律扼要地归纳到一起，既作为本书的"后记"，也算对学问人生的交代。

定律一：技术文明的终结，由长篇哲学诗《关于技术文明的终结——其自我毁灭的数学和哲学》论证，首发于《香港文学》1998 年第 7 期和第 8 期。英文版先刊于 ENVOI No. 126，May 2000，后收入我的哲学诗集《当代五命题》(*Five Themes of Today*, Chengde Chen, Open Gate Press, London, 2001)。这个问题是从科学史和科学学对技术发展规律的研究中提出的。20 世纪中叶，科技史的研究发现技术发展呈指数增长（以 D. J. 普拉斯和 J. D. 贝尔纳的两本书较为著名：D. J. Price: *Little Science, Big Sci-*

ence，1963；J. D. Bernal：*Science in History*，1974)。技术和知识一样世代积累，其发展呈加速度不难理解；一如细菌繁殖，基础越大发展越快。但这引出一个难以接受的推论。数学告知加速系统不可能无限持续，所以技术发展作为加速系统也将终结，而这意味着技术文明的终结。如何解释技术发展导致文明终结这个逻辑推论？

第一，技术文明会发展出自我毁灭的能力。当技术发展到具有毁灭人类文明的能力，如20世纪以来的核技术、基因工程、人工智能等，文明的自我毁灭就成为一种现实的可能性。

第二，可能性的增大就意味着概率的上升，概率将在时间的河流里成熟为现实。这种必然性可用"车祸理论"证明：一辆有可能出车祸的车，开的时间足够长就必然会出车祸。技术文明在达到自我毁灭的能力后就是这样一辆车：不论车祸的概率多么小，在时间的大跨度中必定会发生。毁灭只需要一次。

第三，这个数学逻辑已从20世纪以来的技术发展中显现：可能毁灭文明的技术种类在增加、能力在增强，其趋势不可阻挡。仅看大规模杀伤性武器一项，20世纪之前的武器没有这种能力，20世纪中叶的核武器实现了这种能力，到21世纪这种能力已增加了几十倍。那么到下个世纪呢？再下个世纪呢？

第四，技术文明的自我毁灭问题不是一个可以靠技术进步来解决的技术问题，也不是罗马俱乐部所担心的资源问题或生态问题，而是一个加速系统的数学不可能性问题：无限加速是一个不合逻辑的命题！人类不认识这一点是因为对历史的线性概念——以为历史证明了人类总能驾驭技术、技术总是利大于弊。其实历史是非线性的：有的历史是未来的镜子，而有的未来全无历史的影子。技术的指数增长，使人无法凭借过去几千年的经验，想象未来几十年的发展。

第五，人类要避免自我毁灭的命运就只有放弃技术文明，代之以非时间函数的文明形态,如农业文明或艺术文明。这要求摆脱以技术和市场为轴心的功利主义价值体系。这不容易,但为了避免自我毁灭别无选择。

进入21世纪以来,关于技术毁灭文明的可能性越来越被注意。美国未来学家库兹韦尔证明:一些技术的指数增长已逼近人类不可承受的奇点(Ray Kurzweil: *The Singularity Is Near*, 2005)。这个证明得到相当范围的承认,他为应对这种危机而创立的"奇点大学"(Singularity University)也得到NASA和Google等的投资支持。英国剑桥大学在2012年成立了生存风险研究中心(The Centre for the Study of Existential Risk,即CSER)来专门研究技术发展对人类的毁灭性威胁。其创办人、前皇家学会会长马丁·里斯勋爵推算:人类在21世纪被技术毁灭的概率已达百分之五十(Martin Rees: *Our Final Hour*, 2003)。史蒂芬·霍金在去世前不久预言"技术很可能毁灭人类",更引起国际社会关注。不过,这些关于自我毁灭的预警或预估都是对具体可能性的阐发,而非对总体必然性的证明。我很欣慰《关于技术文明的终结》先行论证了技术文明自我毁灭的必然性。该论证得到了伦敦大学国王学院的数学哲学家D.吉利斯教授的确认。他写道:"这是一个像我这种崇尚科学技术的人所不喜欢的结论,但陈以他作为一个哲学家的全部本领加以论证,其结论确实是难以驳倒的。"(见其为 *Five Themes of Today* 一书所作的序)

定律二:戒恶定律,阐述于这部小说《阅脑:命运戒恶定律》中。戒恶问题是从恶与欺骗的普遍联系提出的,经下述论证得出"戒恶定律":

第一,关于人性中损人利己的恶,道德哲学自古以来就争论其根源何在:源自自然本性、源自道德无知、源自不听从上帝、源自自由意志等,莫衷一是。但几千年的宗教、教育、法治都未能根除恶。康德在《单纯理性限度内的宗教》中说:"人性这根曲木,决然造不出任何笔直的东西。"

第二,本书提出一条新的思路:恶源自思维不可见这一生存条件。人的本能是趋利避害;如果思维可见,人无法欺骗,任何损人的恶念都会害己,故本能地不会产生。所以,引入阅脑器使思维可见将消除"恶的可能性",使人成为不可能坏的好人。这个机制可称为"戒恶定律",或表述为:思维成为可见=道德成为本能。

第三,这部小说全景式地展示戒恶定律的来龙去脉。人是思维非直接交流的动物,思维不可见这一生存条件是迄今为止一切社会结构和观念的前提。引入阅脑器的革命具有四大效应:(1)使道德成为本能;(2)让人际关系真诚;(3)将世界效率最大化;(4)把自由解放出来——从欺骗的压迫下。

第四,阅脑革命作为观念变革,摆脱了道德哲学用善恶定义人性的传统思路。损人利己的恶其实是本能在思维不可见条件下的呈现;哲学史上的种种方案——信念、理性、法治、良心,都未能克服恶,是因为它们敌不过本能。使思维成为可见,则改变了本能的作用条件。在这个条件下,正是本能使恶念不可能产生。所以说,思维不可见是恶的根源,而思维可见是戒恶的途径。

第五,阅脑是否戒恶的唯一途径？我曾竭力设想、极力求证还有没有别的途径可以戒恶,但绞尽脑汁、博览群书也想不出第二条。有人提出用基因工程改写DNA的设想,如赫拉利的《未来简史》或福山的《我们的后人类未来》等提及的。设计一种利他主义的人工智能程序也许是可能的——AI的潜力无可估量,但那属于创造新的物种,不在人类人性的讨论范围内。从逻辑上说,唯阅脑能戒恶,这个唯一性是相关的定义所规定的。因为"本能"是趋利避害,而"恶"是损人利己,所以"思维可见"是恶与本能不相容的充要条件。我们也无法另行定义,因为正是这些定义给出了这个问题的意义。这个唯一性也是戒恶定律被冠以"定律"的根据。

关于阅脑戒恶的哲学论证,我已在小说中方便的地方尽量阐述,但也往往为方便阅读起见适可而止,所以这里不妨为哲学起见而说得充分些。

已经有人指出,我关于人类命运的两个定律——关于技术文明的终结和关于阅脑戒恶——所导出的主张是有矛盾的。前者担心技术的发展导致人类毁灭,后者期待阅脑革命改善人性。这当然是两个不同层次的问题,但的确有大方向上的不一致。随着技术发展逼近这两种可能性,它们也许真会成为尖锐的矛盾也难说。但矛盾不是发现者的错,尽管它会迫使人们进行选择。人类可以选择减少生存风险而不追求道德完美,也可以选择追求道德完美而不惜增加生存风险。但选择就意味着理性,而基于理性的选择比糊里糊涂陷进去好。

至于为什么不用论文的形式而用哲学诗和哲学小说的形式来论述这样重大的主题,除了对文学写作的兴趣,主要出于可传达性的考虑。这两个问题对于人类文明的意义值得世界知道,而愿意读哲学论文的人太少了。如果文学也能讲清道理,又能千百倍地增加读者的范围和兴趣,何乐而不为?T. S. 艾略特希望他的形而上学诗具有"让思想被感觉而不失为思想"的效果,我希望我的哲学诗和人文科幻小说更像"思想的漫画":看似比工笔画随意和夸张,却因此而更准确和深刻。很高兴听到欣赏了诗和小说的读者说也领会到不少哲学,如果是哲学论文的话他们是不会去碰的。

陈承德
2021 年 3 月于牛津

致谢

本书的中英文写作都得到了朋友们的支持,特此致谢:

John Rutherford, Dwight Middleton, Geoff Mills, Susan Coxhead, Donald Gillies, Jennie Cohen, Mary Ommerode, Heather Bradshaw, Donna Scott, Guy Rose, Marcus Ferrar, Martin Cohen, Shahrar Ali, Robert Chesshyre, Ke Chen;郭丰生、樊盛妍、黄辉、任熙梅、卢雪平、王晓鸣、陈承慧、陈承明、陈乐、夏进、王健。

我也感谢英国牛津大学王后学院、中国上海大学文学院、英国 SIP 公司多年来对我的学术工作的支持。

我十分感谢北京大学出版社策划编辑、作家王炜烨;他高度赏识此书的文学和思想价值,致力于打造一部"史诗作品"而辛勤付出,是为知音。

我特别感谢从未谋面的《十月》杂志副主编宗永平先生;他从浩如烟海的自然来稿中发现一位陌生人的长篇——一个非小说家借道文学挑战哲学,且逾越"中不写西"的陈规而以人文科幻的形式描写未来"阅脑革命"的奇作,使之登上《十月·长篇小说》的殿堂,其发现与创新的出版家精神堪比云五、家璧。

此外,夫人张瀛方女士一路相伴的尽心尽力难以言谢,许多非她莫属的好建议更有点睛之妙,非献上此书不能偿愿!